ŒUVRES DE MICHEL TOURNIER

Aux Éditions Gallimard

VENDREDI, OU LES LIMBES DU PACIFIQUE (roman). Folio 959.

LE ROI DES AULNES (roman). Folio 656.

LES MÉTÉORES (roman). Folio 905.

LE VENT PARACLET (essai). Folio 1138.

LE COQ DE BRUYÈRE (contes et récits). Folio 1229.

GASPARD, MELCHIOR & BALTHAZAR (récits). Folio 1415.

VUES DE DOS. Photographies d'Édouard Boubat.

GILLES & JEANNE (récit). Folio 1707.

LE VAGABOND IMMOBILE. Dessins de Jean-Max Toubeau.

LA GOUTTE D'OR (roman). Folio 1908.

PETITES PROSES. Folio 1768.

LE MÉDIANOCHE AMOUREUX (contes et nouvelles).

Pour les jeunes

VENDREDI OU LA VIE SAUVAGE. Folio Junior 30.

PIERROT OU LES SECRETS DE LA NUIT. Album illustré par Danièle Bour. Enfantimages.

BARBEDOR. Album illustré par Georges Lemoine. Enfantimages. Folio Cadet 74.

L'AIRE DU MUGUET. Folio Junior 240.

SEPT CONTES. Folio Junior 264.

LES ROIS MAGES. Folio Junior 280.

QUE MA JOIE DEMEURE. Conte de Noël dessiné par Jean Claverie. Enfantimages.

Suite de la bibliographie en fin de volume.

LE ROI DES AULNES

MICHEL TOURNIER

LE ROI
DES AULNES

roman

GALLIMARD

A la mémoire diffamée du
Staretz Grigori Iefimovitch

RASPOUTINE

guérisseur du tsarevitch Alexis,
assassiné pour s'être opposé au
déchaînement de la guerre de 1914

I

Écrits sinistres
d'Abel Tiffauges

Pour qu'une chose soit intéressante, il suffit de la regarder longtemps.

Gustave Flaubert.

3 janvier 1938. Tu es un ogre, me disait parfois Rachel. Un Ogre? C'est-à-dire un monstre féerique, émergeant de la nuit des temps? Je crois, oui, à ma nature féerique, je veux dire à cette connivence secrète qui mêle en profondeur mon aventure personnelle au cours des choses, et lui permet de l'incliner dans son sens.

Je crois aussi que je suis issu de la nuit des temps. J'ai toujours été scandalisé de la légèreté des hommes qui s'inquiètent passionnément de ce qui les attend après leur mort, et se soucient comme d'une guigne de ce qu'il en était d'eux avant leur naissance. L'en deçà vaut bien l'au-delà, d'autant plus qu'il en détient probablement la clé. Or moi, j'étais là déjà, il y a mille ans, il y a cent mille ans. Quand la terre n'était encore qu'une boule de feu tournoyant dans un ciel d'hélium, l'âme qui la faisait flamber, qui la faisait tourner, c'était la mienne. Et d'ailleurs l'antiquité vertigineuse de mes origines suffit à expliquer mon pouvoir surnaturel : l'être et moi, nous cheminons depuis si longtemps côte à côte, nous sommes de si anciens compagnons que, sans nous affectionner particulièrement, mais en vertu d'une accoutumance réciproque aussi vieille que le monde, nous nous comprenons, nous n'avons rien à nous refuser.

Quant à la monstruosité...

Et d'abord qu'est-ce qu'un monstre? L'étymologie réserve déjà une surprise un peu effrayante : *monstre* vient de *montrer*.

Le monstre est ce que l'on montre — du doigt, dans les fêtes foraines, etc. Et donc plus un être est monstrueux, plus il doit être exhibé. Voilà qui me fait dresser le poil, à moi qui ne peux vivre que dans l'obscurité et qui suis convaincu que la foule de mes semblables ne me laisse vivre qu'en vertu d'un malentendu, parce qu'elle m'ignore.

Pour n'être pas un monstre, il faut être semblable à ses semblables, être conforme à l'espèce, ou encore être à l'image de ses parents. Ou alors avoir une progéniture qui fait de vous dès lors le premier chaînon d'une espèce nouvelle. Car les monstres ne se reproduisent pas. Les veaux à six pattes ne sont pas viables. Le mulet et le bardot naissent stériles, comme si la nature voulait couper court à une expérience qu'elle juge déraisonnable. Et là je retrouve mon éternité, car elle me tient lieu à la fois de parents et de progéniture. Vieux comme le monde, immortel comme lui, je ne puis avoir qu'un père et une mère putatifs, et des enfants d'adoption.

...

Je relis ces lignes. Je m'appelle Abel Tiffauges, je tiens un garage place de la Porte-des-Ternes, et *je ne suis pas fou*. Et pourtant ce que je viens d'écrire doit être envisagé avec un sérieux total. Alors? Alors l'avenir aura pour fonction essentielle de démontrer — ou plus exactement d'illustrer — le *sérieux* des lignes qui précèdent.

6 janvier 1938. Dessiné au néon dans le ciel humide et noir, le cheval ailé de *Mobilgas* jette un reflet sur mes mains, et s'évanouit aussitôt. Cette palpitation rougeâtre et l'odeur de vieille graisse qui imprègne toute chose ici composent une atmosphère que je hais, et dans laquelle pourtant inavouablement je me complais. C'est trop peu dire que j'y suis habitué : elle m'est aussi familière que la chaleur de mon lit ou le visage que chaque matin je retrouve au miroir. Mais si pour la deuxième fois je m'installe un stylo dans la main gauche devant cette page blanche — la troisième de mes *Écrits sinistres* —, c'est parce que j'ai la certitude que je me trouve, comme on dit, à un tournant de mon existence, et parce que je compte en partie sur ce journal pour échapper à ce garage, aux médiocres préoccupations qui m'y retiennent, et en un certain sens à moi-même.

Tout est signe. Mais il faut une lumière ou un cri éclatants pour percer notre myopie ou notre surdité. Depuis mes années d'initiation au collège Saint-Christophe, je n'ai cessé d'observer des hiéroglyphes tracés sur mon chemin ou d'entendre des paroles confuses murmurées à mes oreilles, sans rien comprendre, sans pouvoir en tirer autre chose qu'un doute supplémentaire sur la conduite de ma vie, mais aussi, il est vrai, la preuve réitérée que le ciel n'est pas vide. Or cette lumière, les circonstances les plus médiocres l'ont fait jaillir hier, et elle n'a pas fini d'éclairer ma route.

Un incident banal me prive pour un temps de l'usage de ma main droite. J'ai voulu en quelques tours de manivelle dégommer les segments d'un moteur que ses batteries ne seraient pas parvenues à ranimer. Un retour de manivelle m'a surpris, mais par chance alors que j'avais le bras mou et l'épaule disponible. C'est mon poignet qui a supporté tout le choc, et je crois bien avoir entendu craquer ses ligaments. Peu s'en est fallu que je vomisse de douleur, et sous le gros pansement caoutchouté posé devant moi, je sens battre encore un pouls lancinant. Incapable d'entreprendre au garage un travail quelconque d'une seule main, je suis venu me réfugier au deuxième étage, dans cette petite pièce où j'entasse mes livres de compte et les vieux journaux. Pour occuper mon esprit, j'ai voulu de ma main valide tracer quelques mots sans suite sur une feuille de bloc.

C'est alors que j'ai eu soudain la révélation que je savais écrire de la main gauche! Oui, sans exercice préalable, sans hésitation ni lenteur, ma main gauche trace fermement des caractères achevés, dépourvus de toute pataudrie enfantine, et qui n'ont de surcroît aucune ressemblance avec mon écriture habituelle, celle de ma main droite. Je reviendrai sur cet événement bouleversant dont je soupçonne l'origine, mais il fallait d'entrée de jeu noter les circonstances qui me font pour la première fois prendre la plume à seule fin de vider mon cœur et de promulguer la vérité.

Faut-il rappeler cette autre circonstance, non moins décisive peut-être, qu'est ma rupture d'avec Rachel? Mais alors, c'est toute une histoire qu'il va falloir raconter, une histoire d'amour, mon histoire d'amour en somme. Il va sans dire que j'y répugne, mais ce n'est peut-être que manque de routine. Pour un homme aussi naturellement secret que moi, répandre ses viscères sur du papier, c'est bien rebutant au début, mais ma main m'entraîne, et il me semble qu'ayant commencé à me raconter, je ne pourrai plus m'arrêter avant d'être arrivé au bout de mon rouleau. Peut-être aussi les événements de ma vie ne peuvent-ils plus se succéder désormais sans ce reflet verbal qu'on appelle un journal?

J'ai perdu Rachel. C'était ma femme. Non pas mon épouse devant Dieu et les hommes, mais la femme de ma vie, je veux dire — sans emphase aucune — l'être féminin de mon univers personnel. Je l'avais connue il y a quelques années, comme je connais tout le monde, comme cliente du garage. Elle s'était présentée au volant d'une quadrillette Peugeot délabrée, visiblement flattée de l'étonnement que suscitait, plus encore à l'époque qu'aujourd'hui, une femme-automobiliste. Avec moi elle avait affecté d'emblée une familiarité qui prenant prétexte de la chose automobile qui nous réunissait s'était vite étendue à tout le reste, de telle sorte que je n'avais pas tardé à la retrouver dans mon lit.

J'ai d'abord été retenu par sa nudité qu'elle portait bien, bravement, ni plus ni moins qu'une autre tenue, costume de voyage ou robe de soirée. La pire des disgrâces pour une femme, c'est à coup sûr de ne pas savoir qu'on peut être nu, qu'il y a non seulement une habitude, mais un *habitus* de la nudité. Et je me fais fort de reconnaître du premier coup d'œil, à une certaine sécheresse, à une étrange adhérence de leurs vêtements à leur peau, les femmes marquées par cette ignorance.

Sous sa petite tête au profil aquilin, coiffée d'un casque de bouclettes noires, Rachel avait un corps puissant et rond, dont la féminité surprenait avec ses hanches généreuses, ses seins aux larges lunules violettes, ses reins profondément creusés, et cette gamme de rotondités d'une fermeté impeccable, toutes trop volumineuses pour la main et composant au total un ensemble *imprenable*. Au moral, elle relevait sans grande originalité du type « garçonne », très en vogue depuis un certain roman à succès. Elle avait assuré son indépendance en exerçant le métier de comptable volant, se transportant chez les artisans, les commerçants ou les chefs de petites entreprises pour mettre à jour leur comptabilité. Israélite elle-même, j'ai eu l'occasion de m'apercevoir que toute sa clientèle était juive, ce qui s'explique doublement par le caractère confidentiel des documents qu'elle avait à dépouiller.

J'aurais pu être rebuté par son esprit cynique, une certaine vue dissolvante des choses, une manière de prurit cérébral qui la fait toujours vivre dans la crainte de l'ennui, mais son sens de la drôlerie, son adresse à déceler le côté profondément absurde des gens et des situations, une gaieté tonique qu'elle sait faire jaillir de la grisaille de la vie avaient une influence bienfaisante sur mon naturel volontiers atrabilaire.

En écrivant ces lignes, je m'oblige à mesurer ce qu'elle était pour moi, et ma gorge se serre quand je répète que j'ai perdu Rachel. Rachel, je ne saurais dire si nous nous sommes aimés, mais ce qui est certain, c'est que nous avons bien ri ensemble, et cela n'est-ce pas quelque chose?

C'est d'ailleurs en riant, et sans méchanceté aucune, qu'elle a posé les prémisses dont nous devions partir tous les deux pour aboutir ensemble par des voies différentes à la même conclusion, notre rupture.

Elle arrivait parfois en coup de vent, confiait sa petite auto à mon mécanicien pour une réparation ou une vidange, et nous en profitions pour monter dans mon logement, non sans qu'elle proférât traditionnellement une plaisanterie obscène qui feignait de confondre le sort de l'auto et celui de sa conductrice. Ce jour-là, elle observa négligemment en se rhabillant que je faisais l'amour « comme un serin ». Je crus d'abord qu'elle mettait en cause mon savoir, mon habileté. Elle me détrompa. C'était seulement ma précipitation dont il s'agissait, comparable, selon elle, au coup de tampon expéditif que les petits oiseaux s'administrent en guise de devoir conjugal. Puis elle évoqua rêveusement le souvenir d'un de ses amants précédents, le meilleur qu'elle eût possédé assurément. Il lui avait promis de la prendre dès le coucher, et de ne pas s'en déprendre avant le lever du jour. Et il avait tenu parole, la travaillant jusqu'aux premières lueurs de l'aube. « Il est vrai, ajouta-t-elle honnêtement, que nous nous étions couchés tard et que les nuits en cette saison étaient courtes. »

Cette histoire m'a rappelé celle de la petite chèvre de M. Seguin qui pour imiter la vieille Renaude mit un point d'honneur à se battre avec le loup toute la nuit et à ne se laisser dévorer qu'au premier rayon du soleil.

— Il serait bon en effet, a conclu Rachel, que tu croies que je te dévorerai dès que tu t'arrêteras.

Et aussitôt je lui trouvai en effet un air de loup, avec ses sourcils noirs, son nez aux narines retroussées et sa grande bouche avide. Nous avons ri une fois de plus. La dernière. Car je savais que son cerveau de comptable volant avait supputé mon insuffisance et repéré une autre couche où elle irait se poser.

Comme un serin... Depuis six mois que cette parole fut prononcée, elle a longuement, profondément cheminé en moi. Je savais depuis longtemps qu'une des formes les plus fréquentes de fiasco sexuel est l'*ejaculatio precox*, en somme l'acte sexuel insuffisamment retenu, différé. L'accusation de Rachel va loin, car elle vise à me placer au seuil de l'impuissance, mieux, elle traduit la grande mésentente du couple humain, l'immense frustration des femmes, sans cesse fécondées, jamais comblées.

— Tu te soucies de mon plaisir comme d'une guigne!

Cela je suis bien obligé d'en convenir. Quand j'enveloppais Rachel de tout mon corps pour me l'approprier, ce qui pouvait se passer derrière ses paupières closes, dans sa petite tête de berger hébreux, c'était bien la dernière de mes préoccupations.

16

— Tu assouvis ta faim de chair fraîche, puis tu retournes à ta tôlerie.

C'était vrai. Et il est également vrai que l'homme qui mange son pain ne s'inquiète pas de la satisfaction qu'éprouve, ou n'éprouve pas, le pain à être ainsi mangé.

— Tu me ravales au niveau du bifteck.

Peut-être, si l'on adopte sans discuter ce « code de la virilité » qui est l'œuvre des femmes et l'arme de leur faiblesse. Mais d'abord l'assimilation de l'amour à l'acte alimentaire n'a rien d'avilissant, puisque aussi bien c'est à une pareille assimilation que recourent nombre de religions, et la chrétienne au premier chef avec l'eucharistie. Mais c'est cette idée de virilité — notion exclusivement féminine — qu'il faudrait autopsier. Donc la virilité se mesure à la *puissance sexuelle*, et la puissance sexuelle consiste simplement à différer aussi longtemps que possible l'acte sexuel. Elle est affaire d'abnégation. Ce terme de puissance doit donc s'entendre dans son sens aristotélicien, comme le *contraire de l'acte*. Puissance sexuelle est tout l'inverse et comme la négation d'acte sexuel. Elle est l'acte promis, jamais tenu, indéfiniment enveloppé, retenu, suspendu. La femme est puissance, l'homme est acte. Et donc l'homme est naturellement impuissant, naturellement désaccordé aux lentes et végétatives maturations féminines. A moins qu'il ne se mette docilement à son école, à son rythme, besognant avec tout l'acharnement requis pour arracher une étincelle de joie à la chair atermoyante qui lui est offerte.

— Tu n'es pas un amant, tu es un ogre.

Ô saisons, ô châteaux! En prononçant cette simple phrase, Rachel a fait surgir le fantôme d'un enfant monstrueux, d'une précocité effrayante, d'une puérilité déconcertante dont le souvenir prend possession de moi avec une impérieuse souveraineté. Nestor. J'ai toujours pressenti qu'il reviendrait en force dans ma vie. En vérité, il ne l'avait jamais quittée, mais depuis sa mort, il me laissait du mou, se contentant par-ci par-là d'un petit signe sans gravité — amusant même parfois — pour que je n'oublie pas. Ma nouvelle écriture sinistre et le départ de

Rachel m'avertissent d'une prochaine restauration de sa puissance.

10 janvier 1938. Je regardais récemment l'une de ces photos de classe qui sont faites en série au mois de juin peu avant la distribution des prix. Parmi toutes ces faces figées dans des expressions patibulaires, la plus mince, la plus souffreteuse, c'est la mienne. Champdavoine et Lutigneaux sont là, l'un grimaçant sous sa perruque de clown taillée en artichaut, l'autre les yeux fermés dans son visage rusé, comme méditant quelque coup sous le couvert d'une sieste fallacieuse. De Nestor, point, bien que la photo date indiscutablement de son vivant. Mais en somme, c'était bien de lui de se dérober à cette petite cérémonie un rien ridicule, et surtout de ne laisser aucune trace banale de sa vie avant de disparaître.

Je pouvais avoir onze ans et je n'étais plus un novice à Saint-Christophe où je commençais ma seconde année. Mais si mon malheur n'était plus celui, éperdu, du déracinement et de la divagation dans l'inconnu, il n'en était que plus profond sous sa forme calme, réfléchie et comme définitive. A ce moment-là, je me souviens, j'avais fait le recensement de mes misères et je n'attendais de lueur d'espoir de nul horizon. J'avais tiré un trait sur les maîtres et sur le monde de l'esprit auquel ils étaient censés nous initier. J'en étais arrivé au point — mais me suis-je jamais départi de cette attitude? — de considérer comme nul et radicalement disqualifié tout auteur, tout personnage historique, toute œuvre, toute matière d'enseignement quelconque, dès l'instant que les adultes paraissaient se l'être approprié et nous l'octroyaient en nourriture spirituelle. Par bribes, en feuilletant les dictionnaires, en glanant ce que je pouvais dans des ouvrages de compilation scolaire, en guettant dans un cours d'histoire ou de français l'allusion fugitive à ce qui m'importait au premier chef, je commençai à me constituer une culture en marge, un panthéon personnel où voisinaient Alcibiade et Ponce Pilate, Caligula et Hadrien, Frédéric-Guillaume Ier et Barras,

Talleyrand et Raspoutine. Il y avait une certaine façon de parler d'un homme politique ou d'un écrivain — en le condamnant certes, mais cela ne suffisait pas, il y fallait autre chose encore — qui me faisait dresser l'oreille et soupçonner qu'il s'agissait peut-être de quelqu'un des miens. Aussitôt j'entreprenais une enquête, une manière de procès en béatification, avec tous les moyens du bord, au terme duquel les portes de mon panthéon s'ouvraient, ou demeuraient fermées selon le cas.

J'étais chétif et laid avec mes cheveux plats et noirs qui encadraient un visage bistre où il y avait de l'arabe et du gitan, mon corps gauche et osseux, mes mouvements fuyants et sans grâce. Mais surtout je devais avoir quelque trait fatal qui me désignait aux attaques même des plus lâches, aux coups même des plus faibles. J'étais la preuve inespérée qu'eux aussi pouvaient dominer et humilier. A peine la cloche de la récréation sonnait, j'étais par terre, et il était rare que je pusse me relever avant le retour dans les classes.

Pelsenaire était nouveau venu au collège, mais sa force physique et la simplicité de sa personnalité lui avaient valu d'emblée une place de choix dans la hiérarchie de la classe. Une bonne part de son prestige tenait à un ceinturon de cuir d'une largeur inouïe — j'ai appris plus tard qu'il avait été taillé dans une sous-ventrière de cheval — qu'il portait sur son tablier noir et dont la boucle d'acier ne comptait pas moins de trois ardillons. Il avait une tête carrée, surmontée d'un épi de cheveux blonds, un visage régulier et inexpressif, des yeux clairs au regard bien droit, et lorsqu'il s'avançait entre les groupes, les pouces passés dans son ceinturon, il faisait sonner d'admirables godillots cloutés qui pouvaient dans les grandes occasions arracher des gerbes d'étincelles aux pavés de granit de la cour. C'était un être pur et sans malice, mais aussi sans défense contre le mal, et, comme ces primitifs du Pacifique qui succombent dès leur premier contact avec les germes que transportent impunément les blancs, il contracta d'un coup la méchanceté, la cruauté et la haine le jour où je lui découvris la complexité de mon cœur.

19

La mode des « tatouages » s'était brusquement répandue dans le collège. L'un des externes faisait commerce d'encre de Chine et de plumes épointées qui permettaient de tracer profondément des signes sur la peau sans l'écorcher. Nous passions de longues heures à nous « tatouer » ainsi des lettres, des mots et des dessins sur la paume des mains, sur les poignets ou sur les genoux, et il s'agissait toujours de niaiseries et de symboles vagues dont nous trouvions le modèle parmi les graffiti des murs et des urinoirs.

Pelsenaire n'était certes pas insensible au charme de notre nouveau passe-temps, mais il était évidemment dépourvu de l'imagination et de la dextérité qu'exigeait une décoration en rapport avec sa dignité. Aussi se montra-t-il tout de suite intéressé, le jour où j'exhibai, comme négligemment, une feuille de papier sur laquelle j'avais dessiné de mon mieux un cœur percé d'une flèche — des gouttes de sang coulaient de la blessure — entouré de ces mots : *A toi pour la vie.* J'achevai de l'éblouir en prétendant avoir copié cette merveille sur la poitrine d'un sous-officier de la Légion étrangère de mes amis. Puis je me proposai comme tatoueur, s'il voulait porter ces prestigieuses inscriptions sur la face interne de la cuisse gauche, un emplacement discret, mais qui pouvait se découvrir à tout moment.

L'opération ne demanda pas moins de toute une étude du soir. J'étais assis par terre, sous le pupitre de Pelsenaire, et je travaillais avec un soin jaloux, grâce à la complicité des voisins qui faisaient rempart de leurs corps, de leurs livres et de leurs cartables contre l'indiscrétion du surveillant. Mon travail était rendu malaisé par l'écrasement de la cuisse sur le banc qui l'exorbitait et lui donnait une surface convexe.

Pelsenaire se montra fort satisfait du résultat, mais quelque peu surpris cependant parce que la formule entourant le cœur percé et sanglant était devenue *A T pour la vie.* Avec un front inaltérable, je prétendis que les légionnaires utilisaient ces initiales comme abréviations, soit pour *A toi,* soit pour manifester leur révolte contre Dieu (Athée pour la vie), soit de façon équivoque pour signifier l'un et l'autre à la fois. Pelsenaire qui n'avait visiblement rien compris à mes explications embrouillées parut s'en contenter sur le moment.

Le lendemain soir cependant, il me prit à part pendant la récréation de six heures avec une mine qui ne présageait rien de bon. Quelqu'un avait dû lui faire la leçon entre-temps, car il m'attaqua d'emblée sur ces énigmatiques initiales.

— A T, me dit-il, ce sont tes initiales. *Abel Tiffauges pour la vie.* Tu vas immédiatement effacer cette idiotie!

J'étais démasqué et jouant le tout pour le tout, j'accomplis le geste dont je rêvais ardemment depuis des semaines. Je m'approchai de lui, je posai mes mains sur le fameux ceinturon, au niveau des hanches, et m'approchant de plus en plus avec une lenteur émerveillée, je les fis glisser sur le cuir jusqu'à ce qu'elles se rejoignissent dans son dos. Alors je posai ma tête sur sa poitrine à l'endroit du cœur.

Pelsenaire devait se demander ce qui se passait, car sur le moment il ne bougea pas. Mais ensuite sa main droite s'éleva lentement — selon le même tempo que j'avais adopté moi-même —, elle vint s'appliquer à plat sur mon visage, et une poussée brutale, une ruade irrésistible m'arracha à lui et me projeta sur le dos à plusieurs mètres de là. Puis il fit demi-tour, et s'éloigna en faisant jaillir des gerbes d'étincelles sous les clous de ses chaussures.

Dès lors, ayant découvert les charmes de l'esclavage, il m'abreuva d'humiliations et de mauvais traitements que j'acceptai avec une soumission imbécile. Bien volontiers, je lui abandonnai la moitié de mes portions au réfectoire car je n'avais aucun appétit, et c'est même avec un bonheur dissimulé que j'acceptai de décrotter et de cirer chaque matin ses merveilleux brodequins, car j'ai toujours aimé toucher des chaussures.

Mais ces exigences, somme toute raisonnables, ne suffisaient pas, il fallait à son âme infectée des satisfactions plus âpres. C'est ainsi qu'il avait décidé que je mangerais de l'herbe tous les jours. Dès le début de la récréation de midi, il me jetait dans la maigre prairie qui entourait la statue de notre saint patron, et, à califourchon sur moi, le menton projeté par un réflexe de brute, il me poussait dans la bouche des poignées de chiendent que je mâchais consciencieusement pour qu'elles ne m'étouffassent pas. Un cercle de curieux assistaient à l'opération, et ce n'est pas sans un retour de haine et d'indignation que je songe aujourd'hui que pas une fois l'un de ces surveillants — si prompts pourtant à me prendre en faute et à me châtier — n'est intervenu pour faire cesser cette scène.

Ma servitude ne devait prendre fin qu'en atteignant son paroxysme. C'était au début de l'automne après des jours et des nuits de pluie qui avaient transformé la cour de récréation en cloaque. Les cailloux et le mâchefer disparaissaient sous une couche de boue et de feuilles mortes d'une trompeuse douceur. L'humidité où baignait notre misère d'orphelins, mal chauffés, mal nourris, jamais lavés, faisait coller nos vêtements à nos corps, et achevait de les assimiler à des membranes naturelles, à des écailles, à des carapaces dont il était affreux de se désolidariser, soit en se déshabillant le soir, soit à tout instant par un recroquevillement intérieur, peau horripilée, muscles noués, sexe rabougri. Ce jour-là nos jeux revêtaient une violence inhabituelle, presque désespérée, comme si pour répondre à la noirceur et à la dureté de notre condition, nous eussions voulu nous affirmer comme des guerriers ou comme des fauves. Des poings s'écrasaient avec un bruit mat sur des visages, des croche-pieds s'achevaient en chutes paraboliques dans la boue, des lutteurs noués l'un à l'autre roulaient en haletant sur le sol. Il y avait peu de cris, jamais d'insultes, mais celui qui était tombé seul manquait rarement de ramasser de la fange à pleines mains et de la lancer contre son adversaire afin qu'il fût souillé lui aussi. Moi, je me dissimulais entre les piliers du préau, cherchant à éviter toutes les rencontres — et elles étaient nombreuses — qui risquaient de m'être fatales. Je ne pensais pas pour une fois devoir craindre Pelsenaire, car il n'aurait cure dans cette grandiose mêlée d'un si chétif adversaire. Aussi fut-ce sans excès de panique que je me heurtai soudain à lui en évitant un ballon lancé comme un boulet de canon. Il avait dû faire une chute bizarre, sur un seul genou, car il était maculé à mi-jambe d'un côté seulement, et au demeurant presque intact. Comme je tentais de m'esquiver, il me rattrapa par le bras et avançant son genou « Essuie-moi! » m'ordonna-t-il. Aussitôt accroupi à ses pieds, je me mis au travail à l'aide d'un mouchoir douteux. Pelsenaire s'impatienta.

— Tu n'as rien d'autre? Alors avec ta langue!

La cuisse, le genou et le haut du mollet étaient uniformément sculptés dans un limon noir, vernissé qui eût été impeccable sans la plaie centrale, complexe et pourpre, ouverte au-dessous de la rotule. Il en suintait une coulée vermeille qui tournait à l'ocre, puis à un brun de plus en plus sombre en se mêlant à la boue. Ma langue fit le tour de la blessure qu'elle entoura d'une auréole grise. Je crachai à plusieurs reprises de la terre et des résidus de mâchefer. La plaie d'où le sang continuait à sourdre étalait tout près de mes yeux sa géographie capricieuse avec sa pulpe gonflée, ses élevures blanchâtres de peau excoriée et ses lèvres roulées en dedans. J'y passai la langue rapidement une première fois, pas assez légèrement cependant pour ne pas provoquer un tressaillement qui souleva en rictus le bourrelet de muscle arrondi coiffant la rotule. Puis une seconde fois plus longuement. Enfin mes lèvres se posèrent sur les lèvres de la blessure et y demeurèrent un temps que je ne mesurai pas.

Je ne saurais dire exactement ce qui se passa ensuite. Je crois que je fus pris de frissons, de convulsions même, et qu'on dut m'emporter à l'infirmerie. Il me semble que j'y fus malade plusieurs jours. Mes souvenirs sur cet épisode de ma vie à Saint-Christophe sont assez confus. Ce dont je suis sûr en revanche, c'est que mes maîtres crurent bon d'avertir mon père de cette indisposition et qu'alléguant n'importe quoi, ils firent allusion, avec une ironie dont l'énormité leur échappa, à une indigestion due à un excès de friandises.

13 janvier 1938. Je disais à Rachel : « Il y a deux sortes de femmes. La femme-bibelot que l'on peut manier, manipuler, embrasser du regard, et qui est l'ornement d'une vie d'homme.

Et la femme-paysage. Celle-là, on la visite, on s'y engage, on risque de s'y perdre. La première est verticale, la seconde horizontale. La première est volubile, capricieuse, revendicative, coquette. L'autre est taciturne, obstinée, possessive, mémorante, rêveuse. »

Elle m'écoutait le sourcil froncé, cherchant dans mes paroles ce qui pouvait être désobligeant pour elle. Alors pour la faire rire, je feignais de reprendre mon exposé en d'autres termes : « Il y a deux sortes de femmes, répétai-je. Celles qui ont le bassin parisien, et celles qui ont le bassin méditerranéen » et j'indiquais des mains une petite et une grande largeur. Elle souriait, tout en se demandant avec un reste d'inquiétude si je ne la classais pas dans le genre large — auquel elle appartient d'ailleurs sans l'ombre d'un doute.

Car cette garçonne, cette débrouillarde est indiscutablement une femme-paysage; un bassin méditerranéen (d'ailleurs sa famille est originaire de Salonique). Elle a un corps ample, accueillant, maternel. Je me gardai de le lui dire de peur de l'irriter — car pour elle la parole est toujours caresse ou agression, jamais miroir de vérité — et je lui taisais plus encore les réflexions qui me venaient par exemple en posant ma main sur l'os de sa hanche, très développé, en forme de promontoire, dominant tout le reste du paysage. Entre les massifs des cuisses, le ventre fuit, combe frileuse et creusée d'anxiété... Je m'interrogeais sur cette notion mystérieuse : le sexe de la femme. Ce n'est certes pas ce ventre décapité qui peut prétendre à ce titre, sinon en vertu de la symétrie que présentent grossièrement le corps de la femme et celui de l'homme. Le sexe de la femme. On serait sans doute mieux inspiré en le cherchant au niveau de la poitrine qui porte triomphalement ses deux cornes d'abondance...

La Bible jette sur cette question une étrange lumière. Quand on lit le début de la Genèse, on est alerté par une contradiction flagrante qui défigure ce texte vénérable. *Dieu créa l'homme à son image, il le créa à l'image de Dieu, il les créa mâle et femelle. Et Dieu les bénit, et il leur dit : « Soyez féconds, croissez, multi-*

pliez, remplissez la terre et soumettez-la... » Ce soudain passage du singulier au pluriel est proprement inintelligible, d'autant plus que la création de la femme à partir d'une côte d'Adam n'intervient que beaucoup plus tard, au chapitre II de la Genèse. Tout s'éclaire au contraire si l'on maintient le singulier dans la phrase que je cite. *Dieu créa l'homme à son image, c'est-à-dire mâle et femelle à la fois. Il lui dit : « Crois, multiplie »,* etc. Plus tard, il constate que la solitude impliquée par l'hermaphrodisme n'est pas bonne. Il plonge Adam dans le sommeil, et il lui retire, non une côte, mais son « côté », son flanc, c'est-à-dire ses parties sexuelles féminines dont il fait un être indépendant.

Dès lors on comprend pourquoi la femme *n'a* pas à proprement parler de parties sexuelles, c'est qu'elle *est* elle-même partie sexuelle : partie sexuelle de l'homme trop encombrante pour un port permanent, et donc déposée la plupart du temps, puis au besoin reprise. C'est d'ailleurs le propre de l'homme — à l'opposé de l'animal — de pouvoir à tout moment s'ajuster un instrument, un outil, une arme dont il a besoin justement, mais dont il peut aussitôt se débarrasser, au lieu que le homard est condamné à traîner toujours ses deux pinces avec lui. Et de même que la main est l'organe d'accrochage qui permet à l'homme de s'ajuster selon ses besoins un marteau, une épée ou un stylo, de même son sexe est organe d'accrochage des parties sexuelles, plutôt que partie sexuelle lui-même.

Si telle est la vérité, il faut juger sévèrement la prétention du mariage qui est de ressouder aussi étroitement et indissolublement que possible ce qui fut dissocié. Ne réunissez pas ce que Dieu a séparé! Vaine adjuration! On n'échappe pas à la fascination plus ou moins consciente de l'Adam archaïque, bardé de tout son attirail reproductif, vivant couché, incapable de marcher peut-être, de travailler à coup sûr, perpétuellement en proie à des transports amoureux d'une perfection inouïe — possédant-possédé d'un même élan —, si ce n'est sans doute — et encore qui sait! — pendant les périodes où il se trouvait enceint de ses propres œuvres. Alors quel ne devait pas être l'équipage de l'ancêtre fabuleux, homme porte-femme devenu de surcroît porte-enfant, chargé et surchargé, comme ces poupées gigognes emboîtées les unes dans les autres!

L'image peut sembler risible. Moi — si lucide pourtant en face de l'aberration conjugale — elle me touche, elle m'éveille à je ne sais quelle nostalgie atavique d'une vie surhumaine, placée par sa plénitude même au-dessus des vicissitudes du temps et du vieillissement. Car s'il y a dans la Genèse une *chute de l'homme*, ce n'est pas dans l'épisode de la pomme — qui marque une promotion au contraire, l'accession à la connaissance du bien et du mal — mais dans cette dislocation qui brisa en trois l'Adam originel, faisant choir de l'homme la femme, puis l'enfant, créant d'un coup ces trois malheureux, l'enfant éternel orphelin, la femme esseulée, apeurée, toujours à la recherche d'un protecteur, l'homme léger, alerte, mais comme un roi qu'on a dépouillé de tous ses attributs pour le soumettre à des travaux serviles.

Remonter la pente, restaurer l'Adam originel, le mariage n'a pas d'autre sens. Mais n'y a-t-il que cette solution dérisoire?

16 janvier 1938. Lorsque je quittai Saint-Christophe, l'âme de la vieille maison l'avait désertée depuis quatre ans déjà, et tout cet univers scolaire, religieux et carcéral à la fois n'était plus peuplé que par des ombres d'enfants et de prêtres. Nestor est mort asphyxié dans la cave du collège, mort pour les autres, mais pour moi plus vivant que jamais.

Nestor était le fils unique du concierge de l'établissement. Quiconque a connu ce genre d'institution mesurera aussitôt le pouvoir que lui conférait cette circonstance. Habitant à la fois chez ses parents et dans le collège, il cumulait les avantages des internes et ceux des externes. Souvent chargé par son père de menues tâches domestiques, il circulait à sa guise dans tous les bâtiments, et possédait les clés de presque toutes les portes, cependant qu'il était libre de sortir « en ville », en dehors des heures de cours et d'études.

Mais tout cela n'aurait rien été encore, s'il n'avait pas été justement Nestor. Avec le recul des années, je me pose à son sujet des questions qui ne m'effleuraient pas quand j'étais son ami. Être monstrueux, génial, féerique, était-ce un adulte nain, bloqué dans son développement à la taille d'un enfant, était-ce au contraire un bébé géant, comme sa silhouette le suggérait? Je ne saurais le dire. Ceux de ses propos que ma mémoire reconstitue — plus ou moins fidèlement peut-être — témoigneraient d'une stupéfiante précocité, s'il était prouvé que Nestor eût l'âge de ses condisciples. Mais rien n'est moins certain, et il n'est pas exclu qu'il fût au contraire un attardé, un demeuré, un installé à demeure dans l'enfance, né au collège et condamné à y rester. Au milieu de ces incertitudes, un mot s'impose que je ne retiendrai pas davantage dans ma plume : intemporel. J'ai parlé d'éternité à mon propre sujet. Rien d'étonnant dès lors que Nestor — dont je procède indiscutablement — échappât comme moi-même à la mesure du temps...

Il était très gros, obèse à vrai dire, ce qui donnait à tous ses gestes, à sa démarche même une lenteur majestueuse, et le rendait redoutable par sa masse dans les échauffourées. Il ne tolérait pas la chaleur, se couvrait à peine par grand froid et transpirait sans cesse le reste de l'année. Comme encombré par son intelligence et sa mémoire anormales il parlait lentement, avec une componction doctorale, étudiée, fabriquée, sans l'ombre de naturel, levant volontiers l'index lorsqu'il proférait une formule que nous nous accordions à trouver admirable, sans y comprendre goutte. J'ai d'abord cru qu'il ne s'exprimait que par des citations glanées dans ses lectures, puis je suis entré dans son orbite, et j'ai compris mon erreur. Son autorité sur tous les élèves était indiscutée, et les maîtres eux-mêmes paraissaient le craindre, et lui concédaient des privilèges qui m'avaient paru exorbitants au début, alors que j'ignorais qui il était.

La première manifestation de cette situation privilégiée dont j'avais été témoin m'avait paru, il est vrai, d'une irrésistible drôlerie, parce que je n'étais pas encore sensible à l'aura redoutable qui entourait tout ce qui le concernait. Dans chaque classe, une caisse peinte en noir, posée au pied de la chaire du maître, servait de corbeille à papier. Lorsqu'un élève voulait se rendre aux latrines, il en demandait la permission en levant deux doigts en V. Sur un signe de tête affirmatif du surveillant ou du maître, il se dirigeait vers la caisse, y opérait un rapide plongeon et gagnait la porte, une poignée de papiers à la main.

Que Nestor se dispensât du signe en V convenu, c'est ce qui m'échappa au début parce qu'il occupait une place au fond de la classe. Mais je fus d'emblée saisi de respect par la nonchalance avec laquelle il s'approcha de la caisse et par la scène qui suivit. Avec une attention maniaque, il entreprit d'examiner les divers échantillons de papier qui s'offraient en surface, puis apparemment peu satisfait de ce choix, il fourragea bruyamment dans la caisse pour mettre au jour des boules ou des déchirures plus anciennes qu'il éprouvait longuement, allant jusqu'à lire, semblait-il, ce qui y était écrit. L'attention de tous les élèves était irrésistiblement attirée par ce manège, et le professeur lui-même ne poursuivait son cours de géographie que d'une voix lente, mécanique, semée de silences de plus en plus longs. J'aurais dû être frappé du mutisme angoissé qui pesait sur toute la classe, alors qu'un chahut monstre eût salué tout autre élève se livrant au même manège. Mais encore une fois, j'étais novice à Saint-Christophe, et je pleurais de rire, cramponné à mon pupitre, lorsque enfin mon voisin me bourra les côtes à coups de coude avec une hargne que je ne compris pas, pas plus que le commentaire qu'il murmura ensuite entre ses dents, comme Nestor arrêtait son choix sur un cahier de brouillon couvert de croquis : « Ce qui compte pour lui, dit-il, ce n'est pas le papier lui-même, c'est ce qu'il y a écrit dessus, et qui l'a écrit. » Cette phrase — et bien d'autres dont j'essaierai de me souvenir — cerne le mystère Nestor sans l'éclaircir.

Il avait un appétit hors du commun et j'en étais chaque jour témoin, car s'il dînait le soir dans sa famille, il déjeunait à midi au réfectoire. Chaque table comprenait huit couverts et était placée sous la responsabilité d'un « chef de table » qui devait veiller à la juste distribution des parts. Par l'un de ces paradoxes qui ne cessèrent de me surprendre qu'au bout de plusieurs mois d'initiation, Nestor n'était pas chef de table. Mais il n'en profitait que mieux de la situation, car l'élève qui occupait cette fonction — aussi bien d'ailleurs que le reste de la tablée — non seulement le laissait sans sourciller faire basculer un bon quart de chaque plat dans son assiette, mais l'entourait d'offrandes alimentaires, comme un dieu antique.

Nestor mangeait vite, sérieusement, laborieusement, s'interrompant seulement pour essuyer la sueur qui coulait de son front sur ses lunettes. Il y avait du Silène en lui, avec ses bajoues, son ventre rond et sa large croupe. La trilogie ingestion-digestion-défécation rythmait sa vie, et ces trois opérations étaient entourées du respect général. Mais ce n'était encore que la face manifeste de Nestor. Sa face cachée, que je fus seul à soupçonner, c'était les *signes*, le *déchiffrement des signes*. C'était là la grande affaire de sa vie, avec le despotisme absolu qu'il faisait peser sur tout Saint-Christophe.

Les signes, le déchiffrement des signes... De quels signes s'agissait-il? Que révélait leur déchiffrement? Si je pouvais répondre à cette question, toute ma vie serait changée, et non seulement ma vie mais — j'ose l'écrire assuré que personne ne lira jamais ces lignes — le cours même de l'histoire. Sans doute Nestor n'avait-il fait que quelques pas dans ce sens, mais ma seule ambition est précisément de mettre mes pieds dans sa trace, et peut-être de progresser un peu plus avant qu'il n'avait fait, grâce au temps plus long qui m'est accordé et aussi à l'inspiration qui émane de son ombre.

20 janvier 1938. Le moi visqueux. Une bonne, une très bonne nouvelle m'est apportée et me soulève de joie. Peu après, elle est démentie. Il n'en reste rien, absolument rien. Pourtant si! Par un étrange phénomène de rémanence la joie qui m'a envahi et qui s'est retirée a laissé derrière elle une nappe heureuse, comme la mer en refluant abandonne des flaques limpides où le ciel se reflète. Il y a quelqu'un en moi qui n'a pas encore compris que la bonne nouvelle était fausse, et qui continue absurdement à jubiler.

Quand Rachel m'a quitté, j'ai pris la chose d'un cœur léger. Je continue d'ailleurs à juger cette rupture sans gravité, et même bénéfique d'un certain point de vue, parce que j'ai la conviction qu'elle ouvre la voie à de grands changements, à de grandes choses. Mais il y a un autre moi, le moi visqueux. Celui-là n'avait rien compris d'abord à cette histoire de rupture. Il ne comprend d'ailleurs jamais rien du premier coup. C'est un moi pesant, rancunier, humoral, toujours baigné de larmes et de semence, lourdement attaché à ses habitudes, à son passé. Il lui a fallu des semaines pour comprendre que Rachel ne reviendrait plus. Maintenant il a compris. Et il pleure. Je le porte au fond de moi comme une blessure, cet être naïf et tendre, un peu sourd, un peu myope, si facilement abusé, si lent à se rassembler devant le malheur. C'est lui à coup sûr qui me fait chercher la trace dans les couloirs glacés du collège Saint-Christophe d'un petit fantôme inconsolable, écrasé par l'hostilité de tous et plus encore par l'amitié d'un seul. Comme si je pouvais vingt années plus tard prendre son malheur sur mes épaules d'homme, et le faire rire, rire !

25 janvier 1938. Le collège Saint-Christophe occupe à Beauvais les anciens bâtiments de l'abbaye cistercienne du même nom, fondée en 1152 et supprimée en 1785. Il ne reste du Moyen Age que les voûtes de l'église abbatiale restaurée, et l'essentiel du collège est installé dans l'immense bâtiment abbatial construit par Jean Aubert au XVIIIᵉ siècle. Ces détails ont leur importance, car l'atmosphère de rigueur et d'austérité à laquelle nous étions soumis devait quelque chose sans doute aux origines et à l'histoire de ces murs. Nulle part cette atmosphère n'était plus sensible que dans le cloître dont l'architecture médiocre ne remontait qu'au XVIIᵉ siècle, et qui servait de lieu de récréation aux pensionnaires le matin avant l'arrivée des externes, et le soir après leur départ. Nous n'avions droit qu'aux galeries, et nous ne pouvions qu'admirer par-dessus la balustrade le petit jardin qu'elle entourait, soigneusement entretenu par le père Nestor, planté de sycomores qui diffusaient en été une lumière glauque, orné en son centre d'une vasque ébréchée où végétait un massif de fougères. La tristesse qui émanait de ce lieu était rendue plus pesante, et comme respirable, par les hauts murs qui s'élevaient de tous côtés.

En l'absence des externes qui constituaient notre lien vivant avec le dehors, nous nous retrouvions donc deux fois par jour dans cette prison verte que nous appelions entre nous l'aquarium. Les jeux bruyants et les poursuites y étaient proscrits, et d'ailleurs l'esprit du lieu aurait suffi à en étouffer toute velléité, mais nous n'en avions pas moins la faculté d'y aller et venir, et de nous parler, de telle sorte que l'aquarium — plus encore que la chapelle, le réfectoire ou les dortoirs — constituait le lieu de réunion normal de l'internat, le point de concentration de ces cent cinquante enfants soumis à une vie collégiale, repliée, recluse. Nestor n'y paraissait que rarement, de même, comme je l'ai mentionné, qu'il n'était pas des nôtres le soir au réfectoire. Pourtant il n'en était pas absent — loin de là — et ses deux factotums, Champdavoine et Lutigneaux, se chargeaient de transmettre ses messages et ses ordres. Il s'agissait habituellement d'une manière de trafic d'influence auquel donnait lieu d'une part le système assez subtil des punitions et des exemptions de punitions en vigueur à Saint-Christophe, d'autre part le pouvoir occulte qu'exerçait Nestor dans ce domaine majeur.

La gamme des punitions de Saint-Christophe, je ne la connaissais que trop pour la parcourir sans cesse d'un bout à l'autre. Il y avait le « peloton », longue file d'élèves condamnés pour un quart d'heure, une demi-heure, une heure ou plus, à tourner en silence sous le préau, le « séquestre » qui interdisait au puni d'adresser la parole à qui que ce fût, si ce n'était pour répondre à une question d'un maître ou d'un surveillant, l' « erectum » qui l'obligeait à manger au réfectoire seul, à une petite table, et *debout*. Mais j'aurais supporté mille fois n'importe laquelle de ces brimades pour ne jamais entendre accolé à mon nom l'horrible formule qui annonçait pour moi angoisse et humiliation : « Tiffauges *ad colaphum!* » Car il fallait alors quitter la classe, monter deux étages et enfiler un couloir désert pour pousser enfin la porte de l'antichambre du préfet de discipline. Là, on s'agenouillait sur un prie-Dieu, curieusement placé au centre de la pièce face à la porte du bureau, et l'on devait agiter une sonnette posée par terre à portée de la main. Un prie-Dieu, l'agenouillement, une sonnette qui tinte grêlement, je ne puis m'empêcher aujourd'hui de voir dans ce rite punitif une parodie satanique de l'Élévation. Car ce n'était certes pas pour accomplir un acte d'adoration qu'on allait *ad colaphum!* La sonnette ayant tinté, l'attente pouvait varier de quelques secondes à une heure, et elle constituait le raffinement le plus insupportable du châtiment. Enfin tôt ou tard la porte du bureau s'ouvrait en tempête, le préfet surgissait dans un froissement furieux de soutane tenant dans sa main gauche un billet de relaxe. Il se ruait sur le prie-Dieu, giflait à toute volée le coupable, lui mettait en main la preuve qu'il avait purgé sa peine, et disparaissait dans le même mouvement.

Un système d'exemptions permettait d'échapper à ces divers châtiments selon un barème calculé avec des finesses de casuistique. Les exemptions étaient des petits rectangles de carton blancs, bleus, roses ou verts — selon leur valeur — qui récompensaient les très bonnes notes ou les premières places aux compositions. Nous savions ainsi que dans l'esprit des bons pères six heures de peloton avaient la même valeur qu'une journée de séquestre, que deux jours *d'erectum* ou qu'un *colaphus*, et étaient rachetés par une place de premier à une composition, deux places de second, trois places de troisième ou par quatre notes au-dessus de 16. Mais l'élève puni préférait souvent souffrir et garder ses exemptions, car celles-ci permettaient également d'acheter une « petite sortie » (le dimanche après-midi) ou une « grande sortie » (le dimanche toute la journée).

Toutefois le système demeurait presque toujours théorique et comme frappé de paralysie, car au mépris de l'esprit de la communion des saints et de la réversibilité des mérites, les bons pères avaient décidé que les exemptions seraient obligatoirement personnelles — le numéro du bénéficiaire figurait sur le rectangle de carton — et ne pourraient profiter qu'à ceux qui les avaient méritées. Or c'était justement ceux qui en récoltaient le plus — les bons élèves, les forts en thème, les préférés des maîtres et des surveillants — qui en avaient le moins besoin, car du même coup une étrange protection paraissait écarter de leur tête peloton, séquestre, *erectum* et *colaphus*. Il ne fallait pas moins que tout le génie de Nestor pour remédier à cette imperfection.

2 février 1938. Toute la journée, je n'ai cessé de nouer et de dénouer un élastique à mes doigts. Je vais être obligé demain de lutter pour me passer de cette fausse et étrange *présence*, assez semblable, bien que plus agaçante et moins symbolique, à celle d'un anneau de mariage. Cet élastique, c'était comme une petite main cramponnée à la mienne, et qui se crispait et pinçait faiblement quand on tentait de l'arracher.

8 février 1938. Il faut parfois atteindre le fond de l'abîme pour voir enfin une lueur d'espoir percer le ciel noir. C'est le *colaphus* qui devait pour la première fois me révéler l'étonnante protection dont j'allais devenir le bénéficiaire, et qui n'a pas fini de s'étendre sur moi.

Un certain tumulte s'était produit dans le coin de la classe où j'étais tapi, et je ne saurais plus dire la part réelle que j'y avais. Cependant la sentence horrible était tombée du haut de l'estrade sur ma tête : « Tiffauges *ad colaphum!* » et le frisson de joie sadique qui accompagnait toujours ce genre de punition avait parcouru les travées. Je me levai dans un cauchemar, et me dirigeai vers la porte au milieu du silence impur formé de quarante respirations retenues. On était en décembre, au seuil d'un hiver qui semblait définitif; je sortais mal ressuyé de mes démêlés avec Pelsenaire qui paraissait depuis ma sortie de l'infirmerie ne plus me voir. Un crépuscule mouillé noyait la cour où l'on distinguait, au-delà du grillage noir des marronniers, le préau désert à gauche et, au fond, l'urinoir qui se dressait sans discrétion, comme l'autel fumant de la garçonnie. Je donnai un vague coup de pied dans un ballon abandonné contre le trottoir du préau. Des tabliers noirs suspendus à des patères ébréchées ressemblaient dans l'ombre à une famille de chauves-souris. Le refus d'exister montait en moi comme une clameur silencieuse. C'était un cri secret, un hurlement étouffé qui sortait de mon cœur pour se confondre avec la vibration des choses immobiles. Un élan impétueux nous traînait — elles et moi — vers le néant, nous précipitait vers la mort, d'une bourrade furieuse qui me faisait ployer les épaules. Je m'assis, les pieds dans le caniveau. Je pris mes genoux dans mes bras. La solitude me laissait toujours au moins ces deux poupées jumelles aux crânes carrés, chauves et bosselés — qui étaient moi. Je passai mes lèvres sur une croûte noire qui s'élevait au milieu du réseau losangé de la peau, crasseuse par endroits, poudreuse et sèche ailleurs. Je retrouvai avec soulagement l'odeur de silex frotté qui m'était familière. Je compris que je venais de toucher assez rudement le fond de la nuit, si rudement que j'en étais encore abasourdi quand je montai l'escalier du supplice. L'anti-chambre du préfet de discipline était plongée dans la pénombre. Je me gardai bien d'allumer. Du prie-Dieu, on ne voyait distinctement sur le mur blanc qu'un tableau violemment colorié, un Christ aux outrages, couronné d'épines que giflait un soudard. J'étais encore si étranger à la lecture des signes — la grande affaire de ma vie — que je ne songeai pas au rapprochement qui s'imposait. Je sais aujourd'hui qu'un visage humain, aussi vil soit-il, souffleté, devient aussitôt la face de Jésus.

Une cloche tinta dans le lointain. Le plancher craqua. Un rai de lumière menaçant filtrait sous la porte du préfet. Je me tassais sur le prie-Dieu en retenant mon souffle. Les minutes passaient sans que je pusse me décider à agiter la sonnette *ad colaphum*. Mais où était-elle cette sonnette? Je tâtonnai dans l'ombre vers le sol. Bientôt mes doigts effleurèrent le manche de bois chantourné qui coiffait la jupe de cuivre du petit objet pesant et traître. Je l'élevai lentement vers moi avec autant de précaution que s'il se fût agi d'un serpent endormi. Je me sentis plus rassuré lorsque mes doigts emprisonnèrent le battant. Il était en plomb, et sa surface était martelée, lisse comme chair, avec en haut et en bas un bourrelet éversé vers le dedans. Cela trahissait de longues années de service, et je rêvais des innombrables *colaphi* que cette sonnette avait fait pleuvoir sur des visages d'enfants, quand elle m'échappa soudain, rebondit sur l'accoudoir matelassé du prie-Dieu et roula sur le plancher avec un bruit de tonnerre. Aussitôt la porte du bureau s'ouvrit et la lumière inonda la pièce. Pétrifié, je fermai les yeux dans l'attente du coup.

Il n'y eut pas de coup. Une caresse au contraire, quelque chose de doux et de soyeux qui effleura ma joue avec un bruit de froissement. J'osai enfin regarder. Champdavoine était là, ricanant et se contorsionnant à son habitude, et il me tendait un petit papier avec lequel il venait de me caresser la joue. Puis il recula, esquissa une révérence clownesque et s'effaça dans l'entrebâillement de la porte du bureau. Aussitôt sa tête reparut le temps d'une dernière grimace, et la porte se referma.

Je regardai le papier qu'il venait de me donner : c'était un billet de relaxe dûment signé par le préfet.

En regagnant la classe, la tête me sonnait plus que si j'avais subi un double *colaphus*. Mais bien entendu, je n'avais rien compris, et j'étais loin de soupçonner que je venais d'assister à la formation d'une première fissure dans le bloc monolithique du destin qui m'écrasait. Dès ce jour mémorable, j'aurais pu cesser de le considérer comme un enchaînement inéluctable et *a priori* hostile, et reconnaître — comme j'y ai été contraint depuis — qu'il pouvait entretenir une certaine complicité avec ma petite histoire personnelle, et en somme qu'il pouvait entrer du Tiffauges dans le cours des choses.

Mais l'affaire du *colaphus* n'était qu'un signe avant-coureur. Il fallut attendre longtemps encore pour que se produisît l'événement qui devait changer radicalement ma position à Saint-Christophe et ouvrir une ère nouvelle dans ma vie.

Le dimanche des Rameaux les internes étaient traditionnellement embarqués dans une « partie de campagne » agrémentée d'un pique-nique qui devait marquer la fin de la saison d'hiver. J'exécrais toute obligation de sortir des murs de Saint-Christophe à l'intérieur desquels ma misère pouvait du moins se lover sur elle-même dans un semblant de chaleur, mais cette randonnée m'était entre toutes odieuse. En effet nous étions pour l'occasion répartis en deux groupes. Les possesseurs de bicyclette formaient — comme les cavaliers dans l'armée jadis — une élite enviée, promise à un but de promenade plus lointain, sous la direction d'un jeune lévite chevauchant un vélomoteur. Je faisais partie de la piétaille obscure, pesamment chaussée qui couvrirait des kilomètres, harcelée par une meute de surveillants hargneux.

Le coup de sifflet du départ allait retentir quand eut lieu un événement qui fit sensation dans toute l'école. Lutigneaux parut, menant à la main une rutilante bicyclette, la bicyclette de Nestor. C'était une bicyclette de marque *Alcyon*, de couleur grenat fileté jonquille, avec un guidon de course en acier chromé agrémenté à gauche d'un mignon rétroviseur et à droite d'un gros timbre à deux sons, des pneus semi-ballon à flancs blancs, et à l'arrière un porte-bagages sur lequel était fixé un catadioptre; enfin, chose peu connue à l'époque, elle était équipée d'un dérailleur à trois vitesses.

Nous nous attendions tous à voir Lutigneaux s'incorporer au groupe des cyclistes : il n'en fut rien. Il traversa toute la cour sur les pavés de laquelle la bicyclette sautillait comme un cheval piaffant, et c'est vers moi, perdu dans la piétaille, qu'il se dirigea. Il me remit la bicyclette avec ces simples mots :

— De la part de Nestor, pour la promenade.

Ma surprise ne fut pas moindre que celle de toute l'école qui me taxa pourtant sur-le-champ d'une faculté de dissimulation peu commune, car il semblait évident qu'une longue intimité amicale avait dû précéder et préparer une faveur aussi exorbitante. Cette scène semblera peut-être bien anodine, et sans doute aurait-elle échappé à un témoin étranger à la vie profonde de Saint-Christophe. Pour moi, près d'un quart de siècle plus tard, je ne puis l'évoquer sans tressaillir encore de joie et de fierté.

Toute la semaine qui suivit, Nestor parut m'ignorer. Au demeurant je connaissais assez l'étiquette pour savoir qu'il n'y avait pas lieu de le remercier. Mais le samedi d'après, Lutigneaux vint me trouver pendant la grande récréation de dix-sept heures qui suivait le départ des externes pour m'apprendre que je changeais de place et pour m'aider à déménager.

Il va de soi que les places des élèves étaient déterminées souverainement par le préfet de discipline qui s'appliquait à contrarier leurs vœux autant que possible, soit en séparant les amis, soit en imposant les premiers rangs aux cancres et aux rêveurs qui n'auraient aspiré qu'à vivre heureux et cachés au fond de la classe. Seul Nestor pouvait impunément bouleverser cet ordre, et substituer sa volonté à la sienne. Il occupait lui-même le coin gauche le plus reculé de la classe près d'une fenêtre. Pour pouvoir sans cesse surveiller la cour, il avait même surélevé son pupitre avec des petites cales de bois et remplacé par un verre ordinaire l'un des petits carreaux de verre dépoli dont toutes les fenêtres des classes étaient garnies. Désormais par un décret qui ne pouvait émaner que de lui, je prendrais place dans ce même coin de gauche, à côté de lui, à sa droite précisément. Après le coup d'éclat de la bicyclette, ce déménagement n'étonna personne, mieux, tout le monde l'attendait, les maîtres et les surveillants aussi bien que les élèves.

Dès lors, je vécus à Saint-Christophe entouré d'une protection aussi discrète qu'efficace. Il ne se passait pas de semaine sans que je trouvasse quelque gâterie dans mon casier de pensionnaire; la pluie des punitions parut se détourner de ma tête; les grands qui m'avaient rudoyé reparaissaient le lendemain mystérieusement amochés. Mais tout cela était peu de chose en regard du rayonnement de Nestor auquel j'étais exposé pendant toutes les heures de classe et d'étude. Sa masse formidable semblait faire basculer toute la pièce du côté de ce coin, au fond, à gauche, où elle se tassait. Pour moi, c'était bien là en effet le foyer central de toute la classe, bien plus en tout cas que l'estrade où se succédaient de dérisoires et éphémères orateurs.

12 février 1938. Une cliente vient me voir accompagnée d'une petite fille de cinq à six ans. Au moment de partir, l'enfant se fait rabrouer parce qu'elle me tend la main gauche. Je m'avise soudain qu'en effet la plupart des enfants de moins de sept ans — l'âge de raison! — nous invitent spontanément à leur tendre la main gauche. *Sancta simplicitas!* Ils savent dans leur innocence que la main droite est souillée par les contacts les plus dégoûtants, qu'elle se glisse journellement dans la main des assassins, des prêtres, des flics, des hommes de pouvoir comme une putain dans le lit des riches, alors que la sinistre, l'obscure, l'effacée, demeure dans l'ombre, comme une vestale, réservée aux seules étreintes sororales. Ne pas oublier la leçon. Toujours tendre désormais la main gauche aux enfants de moins de sept ans.

16 février 1938. Nestor écrivait et dessinait sans cesse. Mon regret est de n'avoir ni possédé ni conservé l'un ou l'autre de ses cahiers. Tout ce qu'il me disait me paraissait merveilleux, bien que je n'y comprisse à peu près rien, de telle sorte que j'en suis réduit à quelque vingt ans de distance à interpréter et à exprimer par des mots qui ne sont à coup sûr pas les siens, ce que ma mémoire veut bien me restituer de ses propos. Il est vrai que cette période — somme toute assez brève — que j'ai passée auprès de lui s'est inscrite si profondément en moi, les tribulations que j'ai traversées dans la suite s'y rattachent si manifestement qu'il est à peine nécessaire de distinguer dans mon bagage ce qui lui revient en propre et ce qui doit m'être imputé.

Au demeurant, s'il me fallait la preuve irréfutable qui fait de moi le légataire de Nestor, il me suffirait de regarder ma main courir sur le papier, ma main gauche tracer les lettres successives de cet écrit « sinistre ». Car cette main, Nestor l'a longuement tenue dans la sienne, il a couvé dans sa grande main pesante et moite mon faible poing, ce petit œuf osseux et translucide qui s'abandonnait à cette chaude étreinte sans savoir de quelles énergies il se chargeait alors. Toute la force de Nestor, tout son esprit dominateur et dissolvant sont passés dans cette main, celle dont procèdent jour après jour ces écrits sinistres qui sont ainsi notre œuvre commune. Et le petit œuf est éclos. Il est devenu cette main sinistre aux doigts velus et rectangulaires, à la paume large comme un plateau, plus faite assurément pour manier la barre à mine que le stylo.

Tenant ma main gauche dans sa main droite, Nestor écrivait et dessinait de la main gauche. Peut-être avait-il toujours été gaucher. Je préfère supposer orgueilleusement qu'il s'est astreint à écrire de la main gauche pour moi seul, à seule fin de pouvoir tenir ma main sans cesser d'écrire. Ce qui est certain, c'est que je ne me suis jamais senti aussi près de lui que ce jour mémorable — il y a quelques mois — où j'ai constaté avec un frisson sacré que je *savais* écrire de la main gauche, que ma main gauche, lâchée sur le papier, sans essai, sans apprentissage, sans hésitation, le couvrait d'une écriture nouvelle qui ne ressemblait pas à l'autre, celle de ma main droite, mon écriture *adroite*.

Je suis ainsi pourvu de deux écritures, l'une *adroite*, aimable, sociale, commerciale, reflétant le personnage masqué que je feins d'être aux yeux de la société, l'autre *sinistre*, déformée par toutes les *gaucheries* du génie, pleine d'éclairs et de cris, habitée en un mot par l'esprit de Nestor.

18 février 1938. Chaque fois que dans une voiture qui m'est confiée, j'aperçois vissé au tableau de bord le médaillon de saint-Christophe, je songe au collège de Beauvais, et j'admire l'une de ces constances qui courent tout au long de mon existence. Certaines sont fortuites et comme risibles. Celle-là est fondamentale. Le collège Saint-Christophe, Nestor, puis ce métier de garagiste qui me replace sous le patronage du géant Porte-Christ... Il y a davantage. Ce teint bistre et ces cheveux plats et noirs, c'est de ma mère que je les tiens, car elle ressemblait à une gitane. Je n'ai jamais eu la curiosité de fouiller ses origines familiales, ma vie est bien assez encombrée déjà de pré-monitions, mais je ne serais pas surpris qu'il y eût dans sa famille de la roulotte et du cheval.

C'est comme ce prénom d'Abel qui me semblait fortuit jus-qu'à ce jour où les lignes de la Bible relatant le premier assas-sinat de l'histoire humaine me sont tombées sous les yeux. Abel était berger, Caïn laboureur. Berger, c'est-à-dire nomade, labou-reur c'est-à-dire sédentaire. La querelle d'Abel et de Caïn se poursuit de génération en génération depuis l'origine des temps jusqu'à nos jours, comme l'opposition atavique des nomades et des sédentaires, ou plus précisément comme la persécution achar-née dont les nomades sont victimes de la part des sédentaires. Et cette haine n'est pas éteinte, bien loin de là, elle se retrouve dans la réglementation infâme et infamante à laquelle les gitans sont soumis — on les traite comme des repris de justice — et elle s'affiche à l'entrée des villages par les panneaux « Station-nement interdit aux nomades ».

Il est vrai que Caïn est maudit et son châtiment, comme sa haine pour Abel, se perpétue également de génération en géné-ration. *Maintenant, lui a dit l'Éternel, tu seras maudit de la terre qui a ouvert sa bouche pour recevoir de ta main le sang de ton frère. Quand tu cultiveras la terre, elle ne te donnera plus ses fruits, tu seras errant et fugitif sur la terre.* Voilà donc Caïn condamné à la pire des peines à ses propres yeux : il doit deve-nir nomade comme l'était Abel. Il a des paroles de révolte contre ce verdict, et d'ailleurs il n'obéit pas. Il se retire loin de la face de l'Éternel, et là, il construit une ville, la première ville, qu'il appelle Hénoc.

Eh bien, j'affirme que cette malédiction des agriculteurs — toujours aussi endurcis contre leurs frères nomades — nous la voyons s'exercer de nos jours. Parce que la terre ne les nour-rit plus, les culs-terreux sont obligés de plier bagage et de partir. Par milliers, ils errent d'une région à l'autre — et on savait au siècle dernier qu'en faisant d'une certaine sédentarité l'une des conditions de l'exercice du droit de vote, on excluait du corps électoral une masse fluctuante importante, et en principe mal-pensante, parce que déracinée. Puis ils se fixent dans des villes où ils forment la population prolétarienne des grandes cités industrielles.

Et moi, caché parmi les assis, faux sédentaire, faux bien-pensant, je ne bouge pas certes, mais j'entretiens et je répare cet instrument par excellence de la migration, l'automobile. Et je prends patience parce que je sais qu'un jour viendra où le ciel, lassé des crimes des sédentaires, fera pleuvoir le feu sur leurs têtes. Ils seront alors, comme Caïn, jetés pêle-mêle sur les routes, fuyant éperdument leurs villes maudites et la terre qui se refuse à les nourrir. Et moi, Abel, seul souriant et comblé, je déploierai les grandes ailes que je tenais cachées sous ma défroque de garagiste, et frappant du pied leurs crânes enténébrés, je m'envolerai dans les étoiles.

25 février 1938. Un jour Nestor sortit de son pupitre une petite boîte carrée en carton, et il l'approcha de mon oreille. J'entendis un ronflement flûté et modulé, comme le vrombissement d'un avion volant à très haute altitude. Les yeux plissés de mon ami m'observaient ironiquement à travers les verres de ses lunettes épais comme des loupes. Il posa la boîte sur la table. Aussitôt elle se dressa sur l'un de ses angles et, s'inclinant, elle se mit à danser avec une grâce que sa lenteur rendait majestueuse. Le ronflement s'accentuait, devenait plus grave à mesure que la boîte s'inclinait plus profondément dans ses évolutions. Enfin elle se coucha sur l'une de ses faces, et après avoir fait quelques tours sur elle-même elle ne bougea plus. Je m'approchai curieusement pour lire le texte que je voyais imprimé sur la boîte : *Inventé en 1852 par le célèbre physicien français Léon Foucault pour mettre en évidence la rotation de la terre* ... A ce moment Nestor prit la boîte et l'ouvrit en m'expliquant gravement : « C'est un gyroscope, c'est la clé de l'absolu. » L'objet était formé de deux anneaux d'acier concentriques et soudés dans des plans perpendiculaires. Un disque de cuivre rouge assez pesant était inscrit dans l'un des anneaux et traversé par un axe dont les extrémités pointues s'enfonçaient en deux trous, diamétralement opposés, de l'autre anneau de telle sorte qu'il pût tourner avec le disque. Nestor glissa dans une perforation de l'axe le bout d'une ficelle qu'il enroula ensuite sur l'axe. Puis il tira violemment sur l'autre bout de la ficelle qui se déroula en claquant. Le disque se mit à ronfler. Nestor fit alors tomber de la boîte un petit support de fonte figurant la tour Eiffel, et il plaça le gyroscope en équilibre sur son sommet. Aussitôt la danse gracieuse commença. Le petit appareil aux formes si simples, rigoureuses, géométriques tournoyait autour de son point fixe, décrivant une orbe de plus en plus vaste, et la lenteur pompeuse de cette révolution contrastait avec la giration furieuse du disque qui l'habitait, comme ces oiseaux-mouches qui paraissent voler d'autant plus lentement, et même demeurer sur place d'autant plus longtemps, que leurs petites ailes sont agitées d'un frémissement plus rapide.

La tour Eiffel vibrant sur le bois du pupitre faisait un grondement sourd qui attira bientôt l'attention des élèves et du surveillant. Nestor n'en avait cure. Appuyé sur un coude, à demi tourné vers moi, il était absorbé dans la contemplation du gyroscope qui poursuivait sa danse. « Un jouet cosmique, murmurait-il, la petite image parfaitement fidèle de la gravitation terrestre... Car vois-tu, Mabel, ce mouvement que tu suis des yeux, eh bien il n'existe pas! C'est toi, c'est Saint-Christophe, c'est la France entière qui dansent! Le gyroscope a le don d'échapper au mouvement terrestre, et c'est pourquoi il paraît tourner. En vérité, c'est nous qui tournons autour de lui. Tiens, serre-le bien dans ta main. » Et il le cueillit à la pointe de son support, et me le tendit. Je refermai mon poing sur la vivante petite mécanique. Aussitôt je ressentis dans ma main, dans mon poignet et jusque dans mon bras, une poussée formidable, un effort irrésistible de torsion.

— On dirait un crapaud! m'écriai-je.

— Le crapaud, c'est toi, petit Fauges, me dit Nestor. Tu t'accroches à un point fixe, mais la terre veut tourner, et tu ne l'empêcheras pas de tourner. Ce que tu sens dans ta main, c'est l'immobilité du gyroscope contrariée par la rotation de la terre qui t'emporte. Rends-moi ça. C'est mon point d'appui quand les choses tournent trop mal. C'est mon absolu de poche...

28 février 1938. Est-ce l'effet de cette replongée dans mon enfance à laquelle je me livre depuis deux mois? Voici que m'obsède l'absurde mélopée que la vieille Marie me chantait en me berçant les jours de pluie, et qui faisait se recroqueviller mon âme transie de chagrin au fond de sa grotte la plus sombre :

Quand j'y songe
Mon cœur s'allonge
Comme une éponge
Que l'on plonge
Dans un gouffre
Plein de soufre
Où l'on souffre des tourments si grands, si grands, si grands
Que quand j'y songe
Mon cœur s'allonge...

2 mars 1938. Il avait pris l'habitude de parler sans remuer les lèvres, plus sans doute par goût de la dissimulation que par nécessité, car l'immunité dont il jouissait auprès des maîtres et des surveillants l'autorisait à bien d'autres libertés. Parfois ses yeux plissés de malice me regardaient longuement, et il prononçait des paroles dont l'obscurité me plongeait dans un vertige heureux.

— Un jour, ils s'en iront tous, disait-il par exemple, mais toi tu me resteras, alors même que j'aurai disparu. Tu n'es ni beau ni intelligent, mais tu m'appartiens comme jamais un élève de Saint-Christophe ne m'a appartenu. A la fin, tu me rendras inutile, et ce sera très bien ainsi.

Ou encore, en me tenant par les épaules :

— J'ai planté toutes mes graines dans ce petit corps. Il faudra que tu cherches un climat favorable à leur floraison. Tu reconnaîtras la réussite de ta vie à des germinations et à des épanouissements qui te feront peur.

Mais je comprends parfaitement aujourd'hui la prédiction qu'il formula un jour en me saisissant le menton et en m'obligeant à ouvrir la bouche :

— Bientôt, dit-il, ces petites dents grandiront. Mabel aura des crocs formidables, et ses claquements de mâchoire retentiront à toutes les oreilles comme une menace redoutable.

Peut-être saurai-je plus tard, à la lumière des événements qui se préparent, ce qu'il entendait lorsqu'il disait :

— A force de frapper à coups redoublés sur la même porte, elle finit toujours par s'ouvrir. Ou alors c'est une porte voisine, qu'on n'avait pas vue, qui s'entrebâille, et c'est encore plus beau.

Ou encore :

— Il faudrait réunir d'un trait alpha et oméga.

Je ne lui ai jamais vu lire qu'un seul roman, mais il en connaissait par cœur des pages entières qu'il récitait tout à coup, sans remuer les lèvres, quand un cours devenait par trop ennuyeux. C'était *Le Piège d'or* de James Oliver Curwood. Nestor se penchait vers moi d'un air mystérieux, et il murmurait à mon oreille, comme un enivrant secret : *Si l'on met une pirogue sur le lac Athabasca, et si, par la rivière de la Paix, naviguant vers le nord, on atteint le grand lac de l'Esclave, puis descendant le courant du fleuve Mackensie, si l'on remonte jusqu'au Cercle arctique...* Le héros du récit, c'était Bram, un colosse sauvage, un métis d'Anglais, d'Indien et d'Eskimo qui parcourait seul les effroyables déserts glacés avec un équipage de loups. Pour Bram, hurler avec les loups n'était pas une figure de style : *Il avait soudain rejeté sa grosse tête en arrière pour une clameur caverneuse qu'il fit jaillir vers le ciel de sa gorge et de sa poitrine,* récitait Nestor. *Ce fut d'abord un roulement de tonnerre, puis cela s'acheva en un gémissement plaintif et aigu qui dut porter à plusieurs milles sur la plaine rase. C'était l'appel du maître à sa meute; celui de l'homme-bête à ses frères...* A ce cri sauvage répondent les hurlements du vent du nord, mais aussi parfois *la musique des cieux, cette étrange et fantastique harmonie que l'aurore boréale fait entendre dans l'air pour annoncer son lever. C'était tantôt un sifflement strident, tantôt un murmure assez doux, assez semblable au ronron d'un chat, et, par moments aussi, quelque chose comme le métallique bourdonnement d'une abeille.*

Le cri de Bram, les hurlements des loups et du vent, la musique métallique de l'aurore boréale, c'était l'irruption dans la vie confinée, recluse, vouée à toutes les promiscuités que nous menions à Saint-Christophe d'un monde vierge et inhumain, blanc et pur comme le néant. Pour moi, cet appel se confondait avec la clameur silencieuse que j'avais entendue ce soir de décembre, assis sur le trottoir du préau, alors que j'allais — ou croyais aller — *ad colaphum*. Mais il l'enrichissait, il l'élargissait, il la douait de séductions âpres que les récits de Nestor évoquaient. Mon ami me parlait avec exaltation du blizzard hurlant dans les sapins noirs, des abîmes glauques sur lesquels on court en traversant un lac gelé, du *zip, zip, zip* monotone des raquettes de neige, des hordes de loups menant une chasse infernale dans la nuit glacée, et aussi de la cabane en rondins, bossue et à demi enfouie sous les névés où le trappeur se réfugie le soir, et où il allume un grand feu pour se réchauffer la peau et le cœur.

Les années ont passé, mais je ne me suis pas encore évadé, en vérité, de cette atmosphère pleine de miasmes et de remugles où mon enfance agonisait. Le Canada reste toujours, pour moi, cet au-delà qui frappe de nullité les dérisoires misères qui m'emprisonnent. Oserai-je écrire que je n'ai pas renoncé ? Un jour, Mabel, un jour, tu verras !

6 mars 1938. A la préfecture de Police pour un changement de carte grise. Files d'attente mornes et résignées devant des guichets où aboient des femmes laides et hargneuses. On rêve d'un bon tyran qui supprimerait d'un trait de plume état civil, carte d'identité, passeport, livrets de toutes sortes, casier judiciaire, bref tout ce cauchemar de papier dont l'utilité — à supposer qu'elle existe — est sans rapport avec le travail et les vexations qu'elle coûte.

Il est vrai pourtant que rarement une institution subsiste sans le consentement et même la volonté positive du grand nombre. Ainsi la peine de mort n'est pas une sanglante survivance des temps barbares ; toutes les enquêtes d'opinion publique ont prouvé que la grande majorité des gens y demeurent aveuglément attachée. Quant à la paperasserie administrative, elle doit répondre à une exigence du grand nombre, ou plutôt à une peur élémentaire : *la peur d'être une bête*. Car vivre sans papiers, c'est vivre comme une bête. Les apatrides, les enfants adultérins ou naturels souffrent d'une situation qui n'a de réalité que de papier. Ces réflexions me donnent l'idée d'un petit apologue que je me fais.

Il était une fois un homme qui avait eu une escarmouche avec la police. L'affaire terminée, il reste un dossier qui risque de resurgir à la première occasion. Notre homme décide donc de le détruire et s'introduit à cette fin dans les locaux du Quai des Orfèvres. Naturellement, il n'a ni le temps ni le moyen de retrouver son dossier. Il faut donc qu'il supprime tout le « sommier », ce qu'il fait en incendiant les locaux à l'aide d'un bidon d'essence.

Ce premier exploit couronné de succès et sa conviction que les papiers sont un mal absolu dont il convient de délivrer l'humanité l'encouragent à persévérer dans cette voie. Ayant converti sa fortune en bidons d'essence, il entreprend la tournée méthodique des préfectures, mairies, commissariats, etc., incendiant tous les dossiers, tous les registres, toutes les archives, et comme il travaillait en solitaire, il était imprenable.

Or voici qu'il constate un phénomène extraordinaire : dans les quartiers où il a accompli son œuvre, les gens marchent courbés vers le sol, de leurs bouches s'échappent des sons inarticulés, bref ils sont en train de se métamorphoser en bêtes. Il finit par comprendre qu'en voulant libérer l'humanité, il la ravale à un niveau bestial, parce que *l'âme humaine est en papier*.

8 mars 1938. Le soir au réfectoire, nous avions la liberté de parole. Bien que nous ne fussions que cent cinquante, le bruit croissait régulièrement *proprio motu*, selon une loi constante puisque chacun était obligé d'élever la voix de plus en plus pour se faire entendre. Lorsque le vacarme ayant atteint son plein épanouissement formait comme un édifice sonore qui remplissait exactement la vaste pièce, un surveillant le détruisait d'un seul coup de sifflet à roulette. Le silence qui succédait avait quelque chose de vertigineux. Puis un murmure courait de table en table, une fourchette tintait sur une assiette, un rire fusait, le réseau des sons et des bruits retissait sa toile, et le cycle recommençait.

A midi, les demi-pensionnaires s'ajoutant aux pensionnaires, nous étions près de deux cent cinquante, et le silence nous était imposé. Les heures de peloton pleuvaient sur les bavards, renforcées en cas de récidive par l'*erectum*. Debout devant un pupitre placé sur une estrade, un élève faisait à haute voix la lecture de pages édifiantes, tirées généralement d'une vie de saint. Pour se faire entendre dans cette vaste salle au milieu des bruits de vaisselle et des conversations étouffées, il lui fallait crier son texte *recto tono*, c'est-à-dire sur une seule note, sans aucune intonation parlée, étrange psalmodie qui rabotait impitoyablement toutes les nuances — interrogatives, ironiques, comminatoires ou amusées — et conférait à chaque phrase un ton uniformément pathétique, plaintif, d'une agressive véhémence.

La fonction de *recitator* était hautement prisée parmi les élèves, et elle récompensait les premiers prix d'excellence dans la mesure où ils étaient capables de la remplir. Car ce n'était pas chose simple pour un enfant de déclamer quarante-cinq minutes, sans reprise ni défaillance, un texte que rien ne destinait à ce traitement barbare. Aussi le *recitator* du moment était-il entouré d'un certain prestige, auquel s'ajoutait l'avantage du repas qu'il prenait seul avant les autres, et qui était traditionnellement plus fin et plus copieux que l'ordinaire.

Bien entendu rien ne me destinait à devenir *recitator*, et c'est avec stupeur et non sans trembler que j'appris un matin que je remplacerais dès le repas de midi l'actuel titulaire devenu indigne de cet honneur par suite d'un *colaphus* qui venait de lui être infligé à la surprise générale. En même temps, on me remit le texte que j'aurais à lire : c'était la vie de saint Christophe extraite de la *Légende dorée* de Jacques de Voragine.

Je ne doutais pas que Nestor fût à l'origine de cet excès d'honneur qui m'accablait. Aujourd'hui, sachant ce que je sais, et ayant relu les pages que j'eus alors à clamer à la face de tout le collège réuni, je reconnais sa signature dans le filigrane de ce texte surprenant. Mais aurais-je assez de toute ma vie pour élucider la relation profonde qui unit la légende de saint Christophe au destin de Nestor, ce destin dont je suis le dépositaire et l'exécuteur?

Christophe, rapporte Jacques de Voragine, était chananéen. Il avait une taille gigantesque et un aspect terrible. Il voulait bien servir, mais seulement le plus grand prince du monde. Il se présenta donc chez un roi très puissant qui avait la réputation de n'avoir point d'égal en grandeur. Ce roi en le voyant l'accueillit avec bonté, et le fit rester à sa cour. Pourtant Christophe le surprit un jour faisant le signe de croix sur sa figure après que quelqu'un eut invoqué le diable en sa présence. Christophe lui ayant demandé raison de son geste « Je me munis de ce signe, répondit-il, quelque diable que j'entende nommer, dans la crainte qu'il ne prenne pouvoir sur moi et ne me nuise. » Christophe comprit dès lors que le prince qu'il servait n'était ni le plus grand ni le plus puissant, puisqu'il redoutait le diable. Il lui fit donc ses adieux, et se mit en quête du diable. Or comme il marchait au milieu d'un désert, il vit une grande multitude de soldats dont l'un à l'aspect féroce et terrible vint vers lui et lui demanda où il allait. Christophe lui répondit : « Je cherche le seigneur diable afin de le prendre pour maître. » Celui-ci lui dit : « Je suis celui que tu cherches. » Christophe tout réjoui s'engagea pour être son serviteur à toujours, et le prit pour son seigneur. Or comme ils marchaient ensemble, ils rencontrèrent une croix dressée au bord du chemin. Aussitôt le diable fut effrayé, prit la fuite et quittant le chemin, il conduisit Christophe à travers un terrain raboteux. Ensuite il le ramena sur la route. Christophe émerveillé de voir cela lui demanda pourquoi il avait manifesté tant de crainte. « Un homme qui s'appelle Christ, lui répondit-il, fut attaché à la croix; dès que je vois l'image de sa croix, j'entre dans une grande peur et je m'enfuis effrayé. » Christophe lui dit : « J'ai donc travaillé en vain et n'ai pas encore trouvé le plus grand prince du monde. Adieu maintenant, je te quitte pour chercher ce Christ qui est plus grand et plus puissant que toi. »

Il chercha longtemps quelqu'un qui lui donnât des renseignements sur le Christ. Enfin il rencontra un ermite qui lui prêcha Jésus-Christ et qui l'instruisit dans la foi. L'ermite dit à Christophe : « Ce roi que tu désires servir réclame cette soumission : il te faudra jeûner souvent. » Christophe lui répondit : « Je suis un géant et ma faim est impérieuse. Qu'il me demande autre chose parce qu'il m'est absolument impossible de jeûner. » L'ermite lui dit : « Connais-tu tel fleuve où bien des passants sont en péril de perdre la vie? — Oui, dit Christophe. » L'ermite reprit : « Comme tu as une haute stature et que tu es fort robuste, si tu restais auprès de ce fleuve et si tu passais tous ceux qui surviennent, tu ferais quelque chose de très agréable au roi Jésus-Christ que tu désires servir. » Christophe lui dit : « Oui, je puis bien remplir cet office, et je promets que je m'en acquitterai pour lui. »

Il alla donc au fleuve dont il était question et construisit une petite cabane sur sa berge. Il portait à la main au lieu de bâton une perche avec laquelle il se maintenait dans l'eau, et il passait sans relâche tous les voyageurs. Bien des jours s'étaient écoulés, quand, une fois qu'il se reposait dans sa petite maison, il entendit la voix d'un enfant qui l'appelait en disant : « Christophe viens dehors et passe-moi. » Christophe se leva tout de suite et ne trouva personne. Rentré chez lui, il entendit la même voix qui l'appelait. Il courut dehors de nouveau, mais ne trouva personne. Une troisième fois, il fut appelé comme par-devant, sortit et trouva sur la rive du fleuve un jeune garçon qui le pria de le passer. Christophe leva donc l'enfant sur ses épaules, prit sa perche et entra dans le fleuve pour le traverser. Et voici que l'eau du fleuve se gonflait peu à peu, l'enfant pesait sur lui comme une masse de plomb; il avançait et l'eau gonflait toujours, l'enfant écrasait de plus en plus ses épaules d'un poids intolérable, de sorte que Christophe se trouvait dans de grandes angoisses et craignait de périr...

Il échappa à grand-peine. Quand il eut franchi la rivière, il déposa le jeune garçon sur la rive et lui dit : « Tu m'as exposé à un grand danger. Tu m'as tant pesé que si j'avais eu le monde entier sur moi, je ne sais si j'aurais eu plus lourd à porter. » Le jeune garçon lui répondit : « Ne t'en étonne pas, Christophe, tu n'as pas eu seulement tout le monde sur toi, mais tu as porté sur tes épaules celui qui a créé le monde : car je suis le Christ ton Roi, auquel tu as en cela rendu service; et pour te prouver que je dis la vérité, quand tu seras repassé, enfonce ton bâton en terre vis-à-vis de ta maison, et le matin tu verras qu'il a fleuri et porté des fruits. » A l'instant, il disparut. En arrivant, Christophe ficha donc son bâton en terre, et quand il se leva le matin il trouva que sa perche avait poussé des feuilles et des dattes, comme un palmier...

Je n'étais pas peu fier d'avoir psalmodié toute cette histoire sans broncher une seule fois, et j'attendais des félicitations de Nestor quand je m'assis à côté de lui à l'étude de deux heures. Il était absorbé dans l'un de ces dessins surchargés de couleurs et de fioritures qu'il enrichissait parfois des heures durant, le visage presque collé à la feuille de papier. Lorsqu'il se redressa, je vis qu'il avait dessiné un saint Christophe. Mais sur ses épaules, le géant portait l'ensemble des bâtiments du collège aux fenêtres desquels se penchaient la foule des élèves. Nestor passa son mouchoir sur son front dans un geste familier en murmurant : « Christophe à la recherche du maître absolu le trouva dans la personne d'un jeune garçon. Mais ce qu'il importerait de savoir, c'est l'exacte relation qui existe entre le poids du jeune garçon sur ses épaules et la floraison de la perche. »

Je vis alors en me penchant qu'il avait prêté ses propres traits au visage du géant Porte-Christ.

11 mars 1938. Cette manière de journal-souvenir que je tiens sinistrement depuis plus de deux mois a l'étrange pouvoir de situer les faits et gestes qu'il relate — mes faits et mes gestes — dans une perspective qui les éclaire et leur donne une dimension nouvelle. Mon prénom Abel, par exemple, m'apparaît sous un jour nouveau depuis ma note du 18 février. De même des petites habitudes intimes, vaguement honteuses, d'une absurdité apparente indéfendable, je me crois en mesure de les racheter en leur consacrant quelques lignes ici.

Par exemple le *brame* auquel je me serais adonné ce matin encore à coup sûr si mon poignet droit ne se rappelait encore à moi par une douleur fulgurante quand je lui demande un effort. C'est à la fois une mimique de désespoir et une sorte de rite pour surmonter le désespoir. Je me mets à plat ventre par terre, les pieds tournés vers le dehors, et je m'appuie des deux mains sur mes bras tendus, le buste dressé, la tête renversée en arrière vers le plafond. Là, je brame. C'est comme un rot profond et prolongé qui semble monter de mes entrailles et qui fait longuement vibrer mon cou. En lui s'exhale tout l'ennui de vivre et toute l'angoisse de mourir.

Ce matin, à défaut de brame, j'ai inventé un nouveau rite que j'appellerai le shampooing-chiottes ou le shampooing-caca, je ne sais encore. Il faut dire que l'impossibilité de continuer à exister pesait assez lourdement sur ma carcasse au petit jour, quand je travaillai à l'arracher à ses toiles. Et ce n'était rien encore : comme chaque jour, il y a eu — mais plus amère qu'à l'accoutumée — la déception du miroir. Car je n'ai jamais pu renoncer au secret espoir qu'à la faveur de la nuit un visage de chair neuve pourrait remplacer mon masque habituel. Par exemple, un matin, ce serait le visage naïf et grave d'un chevreuil qui m'observerait de ses longs yeux d'amande verte dans le tain étoilé de ma glace. Et je m'amuserais de mes oreilles mobiles et expressives dont la vivacité compenserait l'insolite durcissement de la face.

Mais c'était toujours moi, plus jaune, plus ténébreux encore qu'à l'ordinaire, avec mes yeux profondément enfoncés dans les orbites, mes gros sourcils charbonneux, mon front bas, buté, sans inspiration et ces deux grandes rides qui sillonnent mes joues et qui paraissent avoir été creusées par un ruisseau de larmes corrosives et intarissables. J'avais mal dormi, le poil de mon menton râpeux grattait douloureusement sous ma paume, un dépôt verdâtre encrassait mes dents. Non, vraiment, c'en était trop pour une fois! J'ai crié : « Quelle gueule! Mais quelle gueule! Allez, aux chiottes! » tandis que mes deux mains enserraient mon cou et faisaient le geste de dévisser ma tête. Et puis, emporté par ma colère, je suis allé effectivement aux cabinets. Là, je me suis agenouillé devant la cuvette comme pour vomir, mais j'y ai enfoncé ma tête tout entière, tandis que ma main levée cherchait en tâtonnant le bout de la chaîne. La chasse d'eau s'est déclenchée dans un tonnerre de cataracte, et une douche froide et dure comme un couperet de guillotine m'est tombée sur la nuque. Ensuite, je me suis relevé, ruisselant, calmé et un peu confus. Ça m'a fait du bien, tout de même! Je serais surpris si je ne recommençais pas.

14 mars 1938. La grande récréation, celle de quatre heures, battait son plein. Une clameur unanime montait de la cour où tourbillonnaient des centaines d'enfants sanglés dans leurs tabliers noirs soutachés de rouge. Assis sur le rebord d'une fenêtre auquel Nestor s'appuyait, j'observais un jeu nouveau d'une fascinante brutalité. Les garçons les plus légers se juchaient sur les épaules des plus forts, et les couples ainsi formés — cavaliers et montures — s'affrontaient sans autre but que de se désarçonner les uns les autres. Les bras tendus des cavaliers formaient des lances qui visaient l'adversaire au visage et qui dans un second temps se transformaient en harpons, crochaient le cavalier au col et le tirait sur le côté ou en arrière. Il y avait des chutes brutales dans le mâchefer, mais parfois le cavalier, renversé en arrière, serrait entre ses genoux le cou de son cheval et luttait la tête au ras du sol, agrippant des deux mains les jambes des montures adverses.

Nestor avait d'abord embrassé toute la cour du regard, jouissant de la supériorité que lui donnait son immobilité contemplative face à la mêlée. Il prononça quelques mots qui ne s'adressaient selon son habitude à personne : « Une cour de récréation, dit-il, c'est un espace clos qui laisse assez de jeu pour autoriser les jeux. Ce jeu est la page blanche où les jeux viennent s'inscrire comme autant de signes qui restent à déchiffrer. Mais la densité de l'atmosphère est inversement proportionnelle à l'espace qui l'enferme. Il faudrait voir ce qui se passerait si les murs se rapprochaient. Alors l'écriture se resserrerait. En serait-elle plus lisible ? A la limite on assisterait à des phénomènes de condensation. Quelle condensation ? Peut-être l'aquarium, et mieux encore les dortoirs, pourraient-ils fournir une réponse. »

A ce moment une grappe de cavaliers inextricablement enchevêtrés bascula avec les montures et se disloqua sur le sol raboteux. Nestor eut un tressaillement d'enthousiasme. « Allons viens, Mabel, me dit-il, nous allons leur montrer qui nous sommes ! » Puis il passa derrière moi, glissa sa grosse tête entre mes maigres cuisses, et me souleva comme une plume. Ses mains serraient mes poignets et tiraient sur mes bras pour renforcer mon assiette, de telle sorte que nous n'avions les mains libres ni l'un ni l'autre. Il ne s'en souciait pas, car il ne comptait pour vaincre que sur sa masse. Et le fait est qu'il traversa l'aire des combats en renversant tout sur son passage, comme un taureau furieux. Il fit demi-tour et revint à la charge, mais l'effet de surprise était épuisé, et les cavaliers qui restaient firent front courageusement. Le choc fut terrible. Les lunettes de Nestor volèrent en éclats. « Je n'y vois plus rien, me dit-il en lâchant mes mains, guide-moi ! » Je lui pris les oreilles et tentai de le diriger en tirant du côté où je voulais qu'il allât, comme on fait le mors d'un cheval. Mais il adopta bien vite une autre tactique. Pour échapper aux cavaliers qui le harcelaient, il se mit à tourner sur lui-même avec une vélocité que sa corpulence rendait surprenante. De mon côté, j'empoignais tout ce qui passait à ma portée entraînant avec moi les assaillants qui culbutaient comme des quilles. Bientôt nous fûmes seuls debout, au milieu des vaincus qui se désunissaient péniblement sur le sol. Un cercle d'admirateurs nous entourait. Un petit s'en détacha et me remit respectueusement les lunettes disloquées de Nestor qu'il avait ramassées.

Nestor s'agenouilla pour me déposer à terre, dans un geste qui me rappela furtivement celui de l'éléphant déposant son cornac. Puis il resta un instant immobile, vaguement souriant, rêveur, avec une expression de bonheur que je ne lui avais jamais vue, oubliant même de passer à son habitude son mouchoir sur son visage qui ruisselait de sueur. Toujours aveugle, il posa la main sur mon épaule, sans songer à essayer de rechausser ses lunettes. Nous regagnâmes l'encoignure de fenêtre dont nous étions partis, sans que cet air d'extase un peu niaise quittât son visage. Il demeura longtemps silencieux jusqu'à ce qu'il prononçât enfin : « Je ne savais pas, petit Fauges, que porter un enfant fût une chose si belle. »

14 mars 1938. Une de mes menues consolations, c'est de cirer mes chaussures. J'ai sous mon armoire une petite caisse pleine de brosses de duretés variables, de chiffons de vraie laine et surtout de boîtes de cirage de teintes diverses, du noir pur au blanc incolore en passant par toute la gamme des fauves. J'aime faire varier de jour en jour la couleur d'une paire de chaussures en la traitant avec des crèmes aux teintes savamment dosées. Je dépoussière et je cire le soir, pour lustrer et peaufiner le lendemain matin. C'est ainsi qu'il faut faire. Mais ce que j'affectionne surtout, c'est de palper une chaussure, et aussi de glisser ma main à l'intérieur. J'ai des mains énormes, des pinces d'étrangleur, des pelles d'égoutier qui souffrent de leur ridicule lorsqu'elles se posent sur une nappe blanche ou une feuille de papier, et qu'il leur faut manipuler une petite cuiller en argent ou un crayon qui risquent à chaque instant de se briser entre leurs doigts comme une allumette. Mais avec les chaussures, tout change.

54

L'autre semaine, j'ai repéré sur le dessus d'une poubelle une paire de brodequins crevés, déchirés, brûlés par la sueur, humiliés de surcroît parce qu'avant de les jeter on avait récupéré leurs lacets, et ils bâillaient en tirant la languette et en écarquillant leurs œillets vides. Mes mains les ont cueillis avec amitié, mes pouces cornés ont fait ployer les semelles — caresse rude, mais affectueuse —, mes doigts se sont enfoncés dans l'intimité de l'empeigne. Ils semblaient revivre, les pauvres croquenots, sous un toucher aussi compréhensif, et ce n'est pas sans un pincement au cœur que je les ai replacés sur le tas d'immondices.

Dans un tiroir de mon bureau, j'ai un petit nécessaire à cirer. Une boîte de crème incolore, une brosse dure à décrotter, une brosse douce à reluire, une laine. Quand un client s'incruste et m'excède, je n'hésite pas. Sous ses yeux ahuris, je déballe mes outils et j'entreprends un cirage méthodique de mes chaussures. Au besoin, je les enlève de mes pieds, et je les pose sur la table. Le grand avantage de la crème incolore, c'est qu'on peut — on doit même — se passer de brosse pour l'étaler. Quel plaisir de s'enduire les doigts de cette matière blanchâtre, translucide, au fort parfum de térébinthe, et d'en masser longuement le cuir, d'en nourrir tous ses pores, d'en assouplir ses pliures, d'en combler ses coutures! Mon visiteur aurait bien tort de prendre ombrage de cette liberté. J'y retrouve bonne humeur, patience, indulgence.

Mes mains aiment les chaussures. C'est en vérité qu'elles se consolent mal de n'être pas des pieds, comme ces filles trop grandes qui regrettent toute leur vie de n'être pas nées garçons.

16 mars 1938. Affalé dans son coin, Nestor tient mon poing gauche prisonnier de sa main droite, et il m'observe en souriant à travers ses lunettes rendues plus monstrueuses encore par les rubans de sparadrap qui en retiennent grossièrement les morceaux.

— Tu connais le baron des Adrets? me demande-t-il.

Bien sûr que non, comment connaîtrais-je le baron des Adrets? D'ailleurs Nestor n'attend pas de réponse.

— Je vais te raconter son histoire, me dit-il sans remuer les lèvres. Il s'appelait François de Beaumont et possédait un château dans le Dauphiné, à La Frette. C'était au xvie siècle, alors que les Guerres de religion ensanglantaient le royaume, et permettaient aux fortes natures de s'épanouir impunément.

« A la chasse, un jour, Adrets et ses officiers forcent un ours dont la retraite est coupée par un précipice. Acculé, l'animal charge l'un des hommes, lequel tire, blesse l'ours et roule bientôt dans la neige avec lui. Le baron a vu la scène. Il s'élance pour secourir son homme. Mais il s'arrête soudain, paralysé par une ineffable volupté. Il s'est aperçu que l'homme et l'ours enlacés glissent lentement vers l'abîme, et il regarde figé, hypnotisé par cette chute au ralenti. Puis la masse noire bascule dans le vide, et la blancheur du sol n'est plus troublée que par une traînée grise, tandis qu'Adrets râle de bonheur.

« Quelques heures plus tard, l'officier reparaît, sanglant, blessé, mais sauf cependant, car l'ours a amorti sa chute. Il s'étonne respectueusement auprès du baron du peu d'empressement que celui-ci a mis à le secourir. Et le baron, souriant rêveusement comme à un souvenir exquis, lui répond par cette phrase mystérieuse et grosse de menaces : " Je ne savais pas qu'un homme qui tombe fût une chose si belle. "

« Dès lors il donne libre cours à sa nouvelle passion. Profitant des désordres des guerres religieuses, il emprisonne les catholiques en pays protestant et réciproquement, et il les fait *tomber*. Il met au point un cérémonial de chute raffiné : les prisonniers sont contraints de danser les yeux bandés au son d'une viole sur le sommet d'une tour sans parapet. Et le baron suffoquant de volupté les regarde s'approcher du vide, s'en éloigner, s'en approcher encore, et tout à coup l'un d'eux perd pied et glisse dans le vide en hurlant pour venir s'empaler sur des lances fichées dans le sol au pied de la tour... »

Je n'ai jamais eu la curiosité de vérifier l'exactitude historique du récit de Nestor. Et d'ailleurs qu'importe? Il y a une vérité humaine — j'allais écrire *nestorienne* — qui passe infiniment celle des faits. Après m'avoir raconté la vie ténébreuse du baron des Adrets, Nestor n'ajouta aucun commentaire. Mais je ne puis m'empêcher aujourd'hui de rapprocher de ce récit une réflexion qu'il exprima plus tard et que je ne compris pas sur le moment. Il avait dit : « Il n'y a sans doute rien de plus émouvant dans une vie d'homme que la découverte fortuite de la perversion à laquelle il est voué. » Je me souviens aussi qu'il usait avec prédilection d'un mot qui me paraissait alors savant : l'euphorie. « Adrets, disait-il, avait découvert l'*euphorie cadente*. » Et il rêvait longuement sur cet étrange assemblage de mots, cherchant peut-être d'autres formules, d'autres clés à des voluptés inconnues.

20 mars 1938. La presse de ce matin donne le chiffre de 2.783 personnes disparues sans traces en France l'année écoulée. Il est certain que dans nombre de cas, il s'agit de fugues et d'évasions délibérées pour échapper à une famille ou à une épouse odieuses. Mais pour le reste, on a affaire à des crimes parfaits ayant abouti à la destruction totale du « corps du délit » par le feu, la terre ou l'eau. Si l'on ajoute à cela que les assassinats les plus accomplis sont ceux qu'on a pu maquiller en décès normaux, on a une vision vague de la société effrayante où nous vivons. Nul doute que dans l'immense majorité des cas, le crime paie, l'assassinat réussit. Chaque jour nous serrons des mains qui ont étranglé ou versé l'arsenic. Les affaires dont s'occupe la justice sont par définition déjà des échecs puisqu'elles n'ont pas su demeurer inaperçues. Mais leur nombre infime — une douzaine par an — trahit leur caractère purement symbolique, allusif, juste ce qu'il faut pour donner à croire qu'on se conforme à un principe, celui du respect de la vie.

En vérité notre société a la justice qu'elle mérite. Celle qui correspond au culte des assassins qui fleurit à la lettre à chaque coin de rue, sur les plaques bleues où sont proposés à l'admiration publique les noms des hommes de guerre les plus illustres, c'est-à-dire des tueurs professionnels les plus sanguinaires de notre histoire.

22 mars 1938. Bien que les ruines de l'église abbatiale eussent été relevées, c'était dans une chapelle récente, dessinée et décorée dans un style d'un modernisme byzantinisant que nous réunissaient les offices et les prières. On nous y conduisait deux fois les jours ordinaires — prière du matin, prière du soir —, mais les dimanches et fêtes carillonnées nous étions tenus d'y retourner sept fois — prière du matin, messe de communion, grand-messe, vêpres, complies, salut, prière du soir. C'est dire que nous y étions installés chacun chez soi en quelque sorte, habitué à son banc, à son casier et à tous les repères visuels que lui offrait sa place. La société y était tout aussi organisée et hiérarchisée qu'en classe, bien que différemment. Il y avait d'abord les membres de la chorale, assez enviés pour les répétitions qui les requéraient parfois au milieu d'un cours et qui pouvaient couvrir certains manquements. Mais leur situation pendant les offices — dans la tribune, sous la grande rosace de style pseudo-flamboyant, groupés autour de l'harmonium sur lequel s'affairait l'abbé Pigeard — offrait finalement plus d'inconfort que de liberté, si ce n'était l'avantage de pouvoir observer tout le collège réuni d'un point de vue élevé et surtout par-derrière. C'était Nestor qui avait attiré mon attention sur ce dernier point, et il s'était demandé s'il ne ferait pas bien de se ménager sous un prétexte quelconque un poste d'observation dans cette galerie, projet dont il parut ensuite se désintéresser. Touchant cette chorale, je regrette de n'avoir pas retenu les propos qu'il émit certain jour en ma présence et où il comparait l'unanimité ordonnée et comme architecturale qu'elle réalise avec l'unanimité sauvage et dionysiaque qui monte d'une cour de récréation.

La cohorte des enfants de chœur avait été l'occasion pour moi d'un petit scandale — au sens le plus spirituel du mot — dont Nestor s'était bien moqué et qui avait commencé un déniaisement dont j'avais grand besoin. Il m'avait semblé aller de soi dans un établissement religieux que l'honneur insigne d'assister l'officiant du saint sacrifice de la messe n'aurait dû aller qu'à la fine fleur du collège, aux seuls premiers prix d'excellence et de diligence, parangons de vertu et graines de sainteté. Or il m'était apparu bien vite que ce critère, s'il jouait un rôle non négligeable dans le choix des élus à aubes immaculées, n'en était pas moins subordonné à des considérations d'un tout autre ordre puisqu'elles ne concernaient pas, elles, la beauté de l'âme. La vérité honteuse et inavouable que les bons pères n'auraient concédée que sur le pal ou sur le gril, c'est qu'on n'était pas enfant de chœur si l'on n'avait pas une jolie figure. Et il ne s'agissait pas d'une grossière sélection visant simplement à écarter les forts en thème à faciès de gorille, mais bien d'un fin dosage, disposant sur les degrés de l'autel des blonds et des bruns, des minces et des râblés, l'angelot joufflu et rubicond, et le visage osseux de Mater Dolorosa, l'innocence joyeusement animale et la pureté macérée.

Nestor avait balayé mes scrupules. De tout ce qu'il m'avait dit ce jour-là et en d'autres occasions, je me souviens surtout qu'il reprochait aux bons pères — pasteurs de jeunes garçons par profession pourtant — d'ignorer qu'un enfant n'est beau que dans la mesure où il est *possédé*, et qu'il n'est possédé que dans la mesure où il est *servi*. L'Enfant Jésus sur les épaules de Christophe est à la fois porté et emporté. C'est là tout son rayonnement. Il est enlevé de vive force, et très humblement et péniblement soutenu au-dessus des flots grondants. Et toute la gloire de Christophe est d'être à la fois bête de somme et ostensoir. Dans la traversée du fleuve, il y a du rapt et de la corvée. Certes je mets dans ses propos plus de force et plus de clarté qu'ils n'en pouvaient contenir, obéissant en cela à ma vocation fondamentale. Mais je crois me souvenir que Nestor aurait voulu retrouver cette ambiguïté dans l'enfant de chœur, et voir s'agenouiller un prélat devant son petit thuriféraire.

C'est dans cette chapelle byzantine que le destin devait frapper un premier coup, et nous offrir ainsi la répétition générale de ce qui allait être cette année la tragédie de Saint-Christophe.

J'occupai, comme à l'accoutumée, l'avant-dernière place d'une travée. A ma gauche, Nestor était assis au bord de l'allée latérale, rendue plus étroite à ce niveau par un confessionnal. Ce qu'il y avait de nouveau, c'était mon voisin de droite, Benoît Clément, un jeune Parisien que sa famille avait « bouclé » à Beauvais, désespérant d'en venir à bout dans la capitale. Ce Clément s'était acquis un facile prestige aux yeux des petits culs-terreux que nous étions en exhibant l'un après l'autre des objets violents ou poétiques — revolver à barillet, boussole, couteau à cran d'arrêt, ludion, balle de golf — et je me demande à la réflexion si ce n'était pas de lui que Nestor tenait son gyroscope, son « jouet absolu » comme il l'appelait. Il était certain en tout cas qu'entre les deux garçons s'était nouée une sorte de complicité — sinon d'amitié — dont s'autorisait Clément pour affecter à l'égard de Nestor une familiarité qui me faisait mal, à la fois par jalousie et comme une concession dégradante de la part de mon ami. On les voyait souvent ensemble débattre des affaires et discuter de trocs et d'échanges — et je ne parvenais à en prendre mon parti qu'en me persuadant que Nestor devait exploiter à fond toutes les ressources du nouveau venu et le remettrait à la place modeste qui lui revenait lorsqu'il n'aurait plus rien à en attendre.

Au demeurant, la présence de Clément à ma gauche n'était pas étrangère à ce trafic, car à peine la messe avait-elle commencé que mes deux voisins entraient en pourparlers par-dessus ma tête, sans plus se soucier de moi que si je n'avais pas existé. Bien entendu, je n'en perdais pas un mot, d'autant plus que l'affaire n'était pas nouvelle et se débattait en ma présence depuis plusieurs jours. L'objet en était une grenade-citron de la guerre 14-18 transformée en briquet. Je crois me souvenir que le prix de dix exemptions blanches qu'en demandait Clément paraissait excessif à Nestor qui exigeait pour le moins une démonstration de son bon fonctionnement. « Je sais ce que c'est, m'avait-il dit après une discussion, les briquets ça ne marche jamais. » Seulement une démonstration exigeait une certaine quantité d'essence, et cela, seul Nestor pouvait en trouver.

Les choses en étaient là ce dimanche matin, et dès l'Offertoire les accords étaient assez mûrs pour que j'eusse à transmettre à Clément de la part de Nestor une petite bouteille d'essence. Aussitôt Clément se mit en devoir de garnir sa grenade dont

l'intérieur avait été bourré de coton, opération délicate, constamment interrompue par le va-et-vient d'un séminariste de
garde dans l'allée centrale. Nestor surveillait attentivement
toutes les phases d'une opération qui engageait sa responsabilité, et sans doute aurait-il prévenu un accident, si le père supérieur du collège montant alors en chaire n'avait prononcé un
sermon qui par extraordinaire parut l'intéresser au point qu'il
sembla avoir bientôt oublié Clément, sa grenade-citron et son
flacon d'essence. Ces premiers mots du sermon du père supérieur, je viens de les retrouver non sans mal dans les *Essais* de
Montaigne dont ils étaient extraits. Il s'agit d'une anecdote
concernant le conquistador portugais du xvᵉ siècle Alphonse
d'Albuquerque. « Albuquerque, récita le prédicateur avec onc-
tion, en un extrême péril de fortune de mer prit sur ses épaules
un jeune garçon, pour cette seule fin qu'en la société de leur
fortune son innocence lui servist de garant et de recommandation
envers la faveur divine pour le mettre à sauveté. »

Après cet exorde, le bon père enchaîna sans difficulté sur
notre saint patron, son aventure merveilleuse de porteur de
Christ, sa récompense, cette perche feuillue et fruitée. Rien ne
permet de supposer, ajouta-t-il, qu'Albuquerque se soit souvenu
de l'histoire de saint Christophe et qu'il ait voulu l'imiter dans
un péril extrême, encore que Christophe fût, comme chacun
sait, le protecteur des voyageurs et des navigateurs. Non, ce
qui est à la fois plus probable et plus exaltant, c'est que le
conquistador comme le saint ont puisé leur destin à la même
source, c'est, qu'indépendamment l'un de l'autre, ils ont accompli le même geste : se mettre sous la protection de l'enfant qu'ils
protégeaient en même temps, se sauver en sauvant, assumer
un poids, charger leurs épaules, mais un poids de lumière, une
charge d'innocence !

— Tu récites, murmura à ce moment Nestor. Tu as écrit
tout cela noir sur blanc, et tu l'as appris par cœur ! Voilà un
grimoire qui ferait assez bien dans ma collection !

Le bon père nous associait maintenant à l'aventure de Christophe-Albuquerque.

— Parce que vous êtes tous placés ici sous le signe de Christophe, il faut que désormais et toute votre vie vous sachiez traverser le mal en vous abritant sous un manteau d'innocence. Que vous vous appeliez Pierre, Paul ou Jacques, souvenez-vous toujours que vous vous appelez aussi Portenfant : Pierre Portenfant, Paul Portenfant, Jacques Portenfant. Et alors lestés de cette charge sacrée, vous traverserez les fleuves et les tempêtes, comme aussi bien les flammes du péché.

C'est alors qu'une traînée de flammes courut sous les travées et s'éleva en rideau mouvant au milieu de la nef. Clément ne s'était pas aperçu qu'en garnissant sa grenade, il avait répandu une partie du contenu de la bouteille sur les dalles. Ayant battu la pierre à feu du briquet, il avait dû lâcher la grenade inondée d'essence qui brûlait comme une torche. Tous les assistants se levèrent en désordre, tandis que les séminaristes croyant voir une apparition tombaient au contraire à genoux. Une panique balaya tout le monde vers la porte qui devint aussitôt infranchissable. Clément me mit la bouteille vide dans les mains pour lutter plus commodément avec sa grenade qui continuait à cracher des jets d'essence enflammée en roulant sous les bancs. Je me tournai vers Nestor : il avait disparu inexplicablement. La voix tonnante du prédicateur s'éleva enfin, nous ordonnant de rester calmes et de regagner nos places. Il y avait en effet plus de peur que de mal. Les flammes étaient d'autant plus éphémères qu'elles étaient plus vives, et les dégats se limiteraient à quelques missels roussis. Restaient les coupables. L'index accusateur de l'orateur menaça notre coin. Clément et Tiffauges, au séquestre jusqu'à nouvel ordre, devaient sortir des travées et s'agenouiller dans l'allée centrale. Nous nous exposâmes en effet aux yeux de tous sous un murmure d'horreur, car nous tenions à la main les instruments du crime, Clément sa grenade, moi le flacon dont était sorti tout le mal. Puis le père supérieur pour bien marquer que l'incident était clos entonna le *credo* à pleine voix, suivi par un chœur d'abord hésitant et clairsemé, mais de plus en plus fourni.

Au moment de la communion, je vis remuer les rideaux du

confessionnal, et une ombre facilement reconnaissable en glissa pour se mêler aux groupes qui, nous contournant, Clément et moi, se dirigeaient vers la grille du chœur. Nestor, marchant vers la sainte Table, me frôla, les bras croisés, le triple menton enfoncé dans la poitrine, muré dans son recueillement.

25 mars 1938. Chaque nuit je m'efforçais de me rendre à moi-même en volant au sommeil ce que je pouvais d'heures de rêverie et de rumination, unique parenthèse de solitude qui me fût concédée dans cette vie communautaire où le tumulte des récréations et du réfectoire ne cessait que pour faire place aux remuements sournois de l'étude et de la chapelle. Il n'était pas interdit de se lever pour se rendre aux cabinets, et ainsi pouvais-je m'accorder quand le cœur m'en disait quelque déambulation nocturne, faculté dont j'usais modérément dans la peur de me trouver nez à nez avec le somnambule du dortoir, car chaque dortoir avait le sien, comme chaque château écossais son fantôme.

L'incident de la grenade et une menace de conseil de discipline aggravée par l'isolement où me plaçait le séquestre m'ôtaient cette nuit-là le sommeil. Je me levai et m'engageai dans les allées formées par les rangées des lits. Le fantôme du dortoir, je crus bien l'avoir rencontré en entendant le glissement d'un pas mou tandis qu'une ombre massive s'avançait par lentes étapes, inspectant les dormeurs, se penchant sur tel ou tel autre, reprenant sa progression capricieuse. Je n'eus pas besoin de l'observer longtemps pour reconnaître Nestor, enveloppé dans un survêtement de coton épais qui faisait paraître sa silhouette plus pesante encore. Il m'avait lui-même reconnu sans doute, car ma survenue évidemment inattendue ne troubla pas le moins du monde son manège. Il ne parut pas davantage se soucier de moi quand je fus à ses côtés, si ce n'est peut-être qu'il exprima à mi-voix des réflexions qu'il pouvait vouloir me faire partager, mais il se parlait volontiers à lui-même.

— Ici, disait-il, la concentration est extrême. Le jeu est

réduit autant qu'il se peut. Le mouvement s'est figé en des attitudes qui varient certes, mais avec une lenteur infinie. N'importe, ce sont là autant de figures qu'il faudrait lire. Il doit y avoir un signe absolu alpha-oméga. Mais où le trouver? Et puis le sommeil est une fausse victoire. Ils sont tous là, bien sûr, nus et inconscients. Mais en vérité toute une partie d'eux-mêmes m'échappe. Ils sont là, mais ils sont *absents* en même temps. A preuve leur regard éteint. Pourtant ces corps moites et livrés, n'est-ce pas cela la condensation idéale?

Les veilleuses bleutées jetaient une lueur blafarde sur les petits lits alignés comme des tombes au clair de lune, et la respiration de certains enfants sifflait comme la bise dans les cyprès. L'atmosphère était épaisse et confinée comme celle d'une étable, car les paysans picards et brayons qui nous gouvernaient redoutaient les courants d'air comme la source de tous les maux. Nous clopinâmes vers les cabinets où Nestor m'entraîna avec lui à ma grande surprise. Il verrouilla la porte et ouvrit toute grande la fenêtre. Les toits et les clochers de la ville se détachaient comme dessinés à l'encre de Chine sur le ciel phosphorescent. Le carillon de Saint-Étienne sonna plaintivement trois heures. Contrastant avec les remugles de chambrée dont nous sortions, l'air pur de la nuit nous paraissait glacé. Nestor eut une profonde inspiration : « La condensation, dit-il, est pleine de mystères troublants parce qu'elle est vie, mais tout de même la pureté a du bon. Pureté égale néant. Elle a pour nous une séduction irrésistible parce que nous sommes tous fils du néant. » Puis il se tourna vers moi avec une soudaine exaltation : « N'est-ce pas admirable, s'écria-t-il, cette pauvre porte de sapin que retient un verrou de quatre sous sépare l'être du néant! »

Le siège de bois sombre était bizarrement juché sur une manière de podium à deux marches, véritable « trône » qui se dressait pompeusement dans le fond de la pièce. Nestor me tourna le dos et gravit ces degrés lentement, comme accomplissant déjà un acte rituel. Parvenu au pied de son trône, il fit glisser son pantalon qui tomba en tire-bouchon sur ses pieds. Il inspecta l'intérieur de la cuvette, décrocha un petit balai de paille de riz suspendu dans une sorte de guérite en fer-blanc et entreprit de l'astiquer en actionnant plusieurs fois le levier qui déclenchait la chasse d'eau. Je ne voyais de lui que ses fesses exorbitées par l'effort. C'était moins leur énormité qui me frappait d'étonnement — elle répondait à mon attente — que leur expression en quelque sorte morale. Comment dire? Il y avait une grande naïveté dans cette double demi-lune déformée par des bourrelets de graisse venus de toutes parts, mieux, quelque chose qui paraissait à première vue tout étranger au personnage de Nestor : de la bonté. Jusqu'alors j'avais été écrasé par le prestige de Nestor et par son pouvoir, sensible à sa protection, touché par les attentions dont il me comblait. C'est en voyant ses fesses que je me mis pour la première fois à l'aimer, parce qu'elles me révélaient ce qu'il y avait en lui de désarmé, de gauchement vulnérable.

Il se redressa et fit demi-tour. La partie supérieure de son survêtement lui descendait jusqu'au nombril. Au-dessous, le ventre proéminent et les cuisses formaient trois masses de chair blanche et savonneuse qui noyaient un sexe minuscule enfoncé en leurs confins. Il se posa sur le trône et ressembla aussitôt à un sage indou, à un bouddha méditatif et bienveillant. Son monologue interrompu reprit.

— Je n'ai rien contre les cuvettes turques de la cour, dit-il. Elles répondent exactement à la défécation quotidienne du grand nombre, qui n'est peut-être pas profane tout de même, mais à coup sûr laïque. Tu saisis la nuance. L'accroupissement qu'elles imposent est dans son inconfort plein d'une vertu d'humilité. C'est une manière d'agenouillement à rebours, les genoux pointant vers le ciel au lieu de piquer vers le sol. Ce qui pique vers le sol, c'est oméga qui semble rechercher le contact direct de la terre, comme si elle pouvait aider à l'acte en attirant par une sorte de magnétisme ce qui dans le corps lui ressemble le plus.

Il leva un doigt.

— Ce n'est pas ainsi qu'il faut dire : ce qui dans le corps est une image exaltée de la terre, une terre pétrie de germes vivants et longtemps couvée au creux de notre chaleur animale. Le fumier n'est rien d'autre qu'une terre à laquelle l'animalité a prêté le dynamisme qui lui est propre. Mais la cuvette turque de par son sens même consomme sans délai l'administration à la terre minérale de cette terre animale que nous enfantons. Elle ne connaît que la matière. Or les âmes raffinées trouvent un charme particulier dans la contemplation des formes qu'édifie oméga, lequel sait être parfois sculpteur et même architecte. Plaisir royal qui implique le trône avec le calme et la lenteur nocturnes qui l'entourent normalement.

Il y eut un long silence. Un coup de vent s'engouffra par la fenêtre faisant vaciller l'abat-jour en tôle émaillée de la lampe, et nous apportant le halètement lointain d'un chemin de fer. Puis le silence retomba jusqu'à ce que la porte fût agitée violemment de l'extérieur par quelqu'un qui voulait entrer. J'étais terrorisé et je regardais éperdument Nestor qui ne bougeait pas plus qu'un roc. Longtemps après, il s'anima enfin, se leva et plongea derechef le nez dans la cuvette.

— Cette nuit, commenta-t-il, oméga s'est montré d'humeur médiévale. Regarde, petit Fauges, il y a là donjons et tours d'angles cernés par une double épaisseur de murailles. Médiévale et même féodale, ma parole! La semaine dernière nous faisions dans le gothique flamboyant, conclut-il rêveusement en repoussant le rouleau de papier hygiénique que je lui proposai.

« Non, vois-tu, ce serait dommage de ne pas célébrer cette nuit comme elle le mérite. J'ai mis de côté un papier rare, couvert par les signes d'un esprit supérieur que je réservais pour une occasion exceptionnelle. En vérité je ne pensais pas en user aussi tôt, mais il est clair qu'il ne trouvera pas un meilleur emploi que cette nuit. »

Il dégagea la poche arrière de son pantalon et en tira trois feuillets qu'il déploya sous mes yeux. Je lus avec épouvante les premières lignes : « Albuquerque en un extrême péril de fortune de mer prit sur ses épaules un jeune garçon pour cette seule fin qu'en la société de leur fortune son innocence lui servist de garant et de recommandation envers la faveur divine pour le mettre à sauveté. » C'était le sermon du père supérieur rédigé de sa propre main! Les grosses pattes de Nestor se refermèrent sur le manuscrit et le pétrirent longuement pour en attendrir le glacé. Puis il me le remit et, les mains appuyées sur la lunette du trône, il attendit que j'accomplisse mon office.

Nestor ne devait pas me lâcher encore. Il m'entraîna ensuite dans un dédale d'escaliers de service et de couloirs que j'empruntais pour la première fois. Parvenu au rez-de-chaussée, il s'arrêta devant une petite armoire encastrée dans le mur, l'ouvrit, faisant apparaître une multitude de clés pendues à des rangées de crochets. Sans hésitation, il en décrocha trois, et m'entraîna de nouveau, vers le sous-sol cette fois. Ici plus de veilleuses. C'était la nuit noire. Jusqu'à ce que mon compagnon avec une audace qui me suffoqua fît la lumière dans le fond d'une des cuisines. Puis il fit pivoter l'une des lourdes portes de la glacière, et disposa sur une table des pâtés, un gigot de mouton, un bloc de gruyère et un seau de confiture d'abricots. Il fit un geste d'invite à mon intention, et sans plus se soucier de moi il commença à dévorer, sans pain, ni boisson.

J'avais peur, j'avais froid, ces nourritures m'écœuraient, et j'étais tenaillé par la peur du châtiment qui me menaçait. Mais la présence de Nestor donnait à toutes choses un air de magie d'une irrésistible emprise. Je ne crois pas que les enfants aient un sens esthétique très développé. On ferait d'étranges découvertes, je pense, si l'on s'avisait d'enquêter parmi eux pour savoir ce qu'ils entendent par *beau* et *laid*. Mais la plupart sont sensibles au prestige de la force, et plus encore à celui d'une force secrète, magique, celle qui sait peser sur les points faibles de la grise réalité pour la faire céder par pans entiers et l'obliger à livrer les trésors qu'elle cache. Nestor avait ce don au plus haut point et il me tenait sous un charme si puissant que je n'osai même pas l'interroger sur sa conduite à la chapelle et sur les suites qu'aurait pour moi l'affaire de la grenade. Lorsque je regagnai enfin mon petit lit, la nuit était encore d'ébène, mais déjà la diane chantait dans la cour de la caserne voisine. Je savais qu'il me restait encore une heure avant l'horreur sans nom des sonneries et des lumières qui déchireraient brutalement mes douces ténèbres à six heures et demie.

J'avais bien compris que Nestor n'aurait pu m'aider utilement s'il avait été impliqué avec Clément et moi dans l'affaire de la grenade. En demeurant hors de cause, il conservait toute sa liberté de mouvement et d'intervention. Il n'importe, sa disparition soudaine au moment où l'essence avait flambé et son silence depuis avaient détruit le sentiment de sécurité dans lequel je vivais depuis qu'il m'avait pris sous sa protection. Et puis comment oublier que mon rôle avait été à peu près nul dans toute cette affaire qui ne concernait que Clément et lui, et que c'était en somme en ses lieu et place que je pâtissais? Sans doute notre rencontre nocturne et le spectacle de sa force et de sa souveraineté m'avaient-ils quelque peu réconforté. Mais je sentis tout s'effondrer en moi lorsque le préfet de discipline me notifia le matin même que le conseil des professeurs se réunirait le lendemain et qu'il statuerait sur nos cas après nous avoir fait comparaître séparément. L'isolement où me confinait le séquestre achevant de me désespérer, je perdis tout à fait la tête et cédai à un mouvement de fuite panique.

Les fugues de pensionnaires étaient inconcevables aux bons pères, et la surveillance de la sortie au moment du départ des externes à peu près nulle. Je me glissai dehors sans grande peine, et, contournant l'église Saint-Étienne, je traversai la rue Malherbe et m'élançai dans la rue de la Tapisserie en direction de la gare. A Beauvais, je ne connaissais rien d'autre. La chance me servit, car le dernier train pour Dieppe partait deux minutes plus tard. Je ne serais pas rattrapé. Je pris un billet pour Gournay et m'acagnardai dans un compartiment de troisième, persuadé que tous les voyageurs lisaient sur mon visage ma double indignité de séquestré et de fugueur. Le train s'arrêtait partout, reculait à toute occasion, et il fallait plus d'une heure pour couvrir les trente kilomètres qui séparent Gournay de Beauvais.

Je m'étais demandé avec angoisse, pendant tout ce temps, ce que je dirais à mon père pour expliquer ma survenue. Je n'eus pas cette peine. Alerté par un coup de téléphone de Saint-Christophe, il m'attendait à la gare. Pour une fois l'inébranlable indifférence qu'il m'avait toujours opposée fut la bienvenue. Il posa machinalement sa moustache sur mes deux joues, puis il m'expliqua que s'il y avait eu encore un train pour Beauvais, j'y serais retourné le soir même, mais qu'en prenant celui de sept heures quinze le lendemain matin, j'arriverais encore à temps pour mon conseil de discipline. Tout cela avec froideur, sans l'ombre de colère, ni d'impatience. En arrivant à la maison, je fus quelque peu rasséréné par l'odeur familière de l'atelier, mais le logis au premier étage reflétait si fortement les habitudes d'un solitaire vieillissant — mélange de soins maniaques et de négligences sordides — que je m'y sentis aussi étranger qu'à Saint-Christophe bien que j'y fusse né et que j'y eusse grandi. La nuit fut affreuse, traversée de cauchemars et de longues heures d'insomnie. Une image s'imposait à moi avec une insistance obsédante, celle des flammes qui s'élevaient soudain autour de moi dans la chapelle. Flammes de l'enfer certes, mais aussi flammes libératrices, car si Saint-Christophe brûlait, si le monde entier brûlait, mon malheur serait lui aussi englouti.

J'étais enfin parvenu à m'endormir au petit jour lorsque mon père vint me secouer, et mon idée fixe — Saint-Christophe en flammes — n'attendait que mon réveil pour reprendre possession de moi. J'y trouvai une satisfaction morose, envisageant sans crainte ma propre disparition dans la catastrophe. Quant à l'improbabilité de l'incendie, elle était curieusement compensée dans mon esprit par la simple considération qu'il n'y avait pas d'autre solution pour me tirer d'affaire.

Mon père m'avait averti qu'un séminariste m'attendrait à la gare de Beauvais. Il n'y avait personne. J'en augurai bien, estimant que pour un temps au moins les choses se devaient de sortir de leur cours prévu. Je refis sans me presser le trajet de la veille, guettant quelque signe sur le visage des passants.

La rue du collège était encombrée d'une foule murmurante que les pompiers refoulaient en déroulant des tuyaux sur la chaussée. La voiture rouge de la grande échelle avait été amenée par précaution, mais elle n'avait pas servi, parce que, me dit-on, le sinistre s'était déclaré dans les sous-sols. Je vis en effet d'âcres nuages de fumée noire sortir paresseusement des soupiraux de la chaufferie. Les vitres des petites classes situées juste au-dessus étaient brisées, et on distinguait à l'intérieur un indescriptible désordre de bancs, de pupitres et de tableaux noirs à demi calcinés. L'eau répandue à profusion par les pompiers achevait de donner un air de désolation à ce capharnaüm. On se montrait surtout une sorte de cratère charbonneux ouvert dans le plancher à l'opposé de l'emplacement de l'estrade. C'était là que le feu après avoir longtemps couvé dans la cave avait fait éruption comme un volcan. Heureusement l'incendie s'était déclaré très tôt — à six heures et quart précisa quelqu'un — à une heure où les classes étaient vides. On affirmait qu'il n'y avait pas de victimes. Pourtant le portail s'ouvrit tout à coup et une ambulance se fraya la voie dans la foule. Quand elle passa près de moi, je reconnus le visage hagard et bouffi de la mère de Nestor, assise à l'intérieur.

Je me glissai dans la cour du collège avant que les portes ne se refermassent. Tous les internes étaient là, rassemblés en petits groupes, immobiles, échangeant des propos à mi-voix. On avait prié les externes qui le pouvaient de rentrer chez eux. Personne ne fit attention à moi, et je devais faire ainsi ce jour-là la première expérience de l'incroyable cécité des autres au signe fatidique qui me distingue entre tous. Il était donc possible d'ignorer la relation évidente, éclatante qui unissait cet incendie et mon destin personnel! Ces hommes stupides qui s'apprêtaient à m'écraser pour une peccadille — dont j'étais de surcroît innocent — ne reconnaîtraient jamais, quand même je leur hurlerais la vérité en pleine face, la part que j'avais dans le châtiment qui venait de frapper Saint-Christophe!

Je cherchai Nestor. Pourquoi sa mère se trouvait-elle dans

l'ambulance? Ce que j'appris alors m'accabla. Ce matin-là, le père Nestor avait demandé à son fils de descendre à cinq heures recharger la chaudière à sa place. Ce n'était pas la première fois que Nestor s'acquittait de cette tâche. On n'a jamais su ce qui s'était exactement passé. Un peu plus d'une heure plus tard, les flammes jaillissaient dans les petites classes. Les premiers pompiers qui purent pénétrer dans la chaufferie en remontèrent le cadavre de Nestor asphyxié.

28 mars 1938. Ce matin étrange sursaut avec le sentiment qu'il est temps de me lever. Mon réveil dit deux heures moins le quart, mais il est arrêté. Je me lève pour atteindre mon bracelet-montre sur la table. Il est également arrêté, et les aiguilles marquent deux heures dix. Il fallut donc téléphoner à l'horloge parlante pour apprendre qu'il était sept heures.

Dans la rue brouillard intense. J'ai laissé au bord du trottoir ma vieille hotchkiss pour pouvoir filer à Meaux, chez un client, avant l'ouverture du garage. Quand j'actionne la tirette du démarreur, rien ne bouge : les accus sont à plat, sans doute vidés par le brouillard. Or donc la montre du tableau de bord alimentée par la batterie est arrêtée, et elle marque : deux heures quinze.

Ce genre de coïncidences en chaîne m'impressionnerait si je n'étais pas accoutumé au phénomène. Mais ma vie fourmille de coïncidences inexplicables dont j'ai pris mon parti comme d'autant de petits *rappels à l'ordre*. Ce n'est rien, c'est le destin qui veille et qui entend que je n'oublie pas sa présence invisible mais inéluctable.

L'été dernier, je dormais, fenêtre grande ouverte. En m'éveillant je branche la radio pour bercer de musique les premières minutes de la journée. Et la musique monte en effet, pétillante, vive, fraîche, endiablée. Puis je suis distrait par un vaste raffut qui éclate sur le toit au-dessus de ma tête. Des oiseaux, de taille sans doute respectable, se battent et s'insultent avec passion. Le bruit augmente, et je devine les adversaires aux prises glissant

71

sur la tôle en pente. Finalement, un paquet de plumes hérissées rebondit sur le bord de ma fenêtre et choit dans la pièce. Deux pies effarées se séparent et d'un commun élan reprennent par la fenêtre le chemin de la liberté. A ce moment les derniers accords de la musique s'éteignent et la speakerine annonce : « Vous venez d'entendre l'ouverture de *La Pie voleuse* de Rossini. » J'ai souri sous mes draps. J'ai murmuré : « Bonjour, Nestor ! »

Parfois aussi, c'est une réponse — généralement ironique — à une sollicitation indiscrète qui m'a échappé. Parce qu'enfin, environné de signes et d'éclairs comme je suis, je pourrais sans doute prétendre avoir de la chance, il me semble?

Il y a six mois, ayant des échéances difficiles, j'ai acheté un billet entier de la Loterie nationale en prononçant cette courte prière : « Nestor, pour une fois? » Oh, je ne peux pas dire qu'on ne m'a pas entendu ! On m'a même répondu. Par une manière de pied de nez. Mon numéro était le B 953 716. Le numéro qui a rapporté un million à son propriétaire était le B 617 359. Mon numéro à l'envers. C'était pour m'apprendre à vouloir tirer un profit trivial de ma relation privilégiée avec le ressort de l'univers. Je me suis fâché, puis j'ai ri.

4 avril 1938. Le *Völkischer Beobachter*, organe officiel du parti gouvernemental allemand, lance la formule : plutôt des canons que du beurre. C'est sous sa forme la plus basse l'expression de la grande *inversion maligne* partout en œuvre. Des canons plutôt que du beurre, cela veut dire en termes nobles, en termes ordinaires : plutôt la mort que la vie, plutôt la haine que l'amour !

6 avril 1938. Renault lance une gamme de véhicules à gazogène. Des camions de mille à cinq mille kilos et des cars de dix-huit à trente et une places qui partent directement sur le bois après cinq à six minutes de combustion. Un système breveté assure la production du gaz pendant les descentes prolongées et permet des reprises énergiques. L'appareil est équipé d'un filtre simple, sans tissu, qui ne risque ni de se colmater, ni de se déchirer.

Il est bien caractéristique de notre temps que le progrès se fasse désormais *à rebours*. Il y a seulement quelques années, l'apparition d'automobiles marchant au bois aurait suscité le rire. Bientôt on va nous présenter comme dernier cri de la technique un moteur consommant exclusivement *du foin*, et on finira par découvrir avec ravissement la voiture à cheval.

8 avril 1938. Je suis resté à Saint-Christophe jusqu'à l'âge de seize ans. Ma conduite était irréprochable, mes notes désastreuses. J'avais posé sur ma face le masque d'innocence dont je ne me suis pas départi depuis, mais que la rupture de Rachel, la découverte de l'écriture sinistre et quelques autres signes font curieusement trembler. J'étais résolu à me faire oublier d'une société dont je n'attendais que du mal. En revanche, mon âme n'a jamais su se maquiller. Elle vomissait tout ce que mes maîtres essayaient de lui faire ingurgiter dans l'ordre de la culture. Parvenu à la fin de mes études secondaires, j'ignorais superbement Corneille et Racine, mais je me récitais en secret Lautréamont et Rimbaud, je ne connaissais de Napoléon que sa chute à Waterloo — en m'indignant que les Anglais n'eussent pas pendu le parjure — , mais je savais tout sur les rose-croix, Cagliostro et Raspoutine, et si je scrutais autour de moi tous les signes qui pouvaient apparaître, j'avais tiré un trait sur toutes les sciences quelles qu'elles fussent. A la fin de ma seconde, il était clair que je ne passerais pas le baccalauréat. Les bons pères me rangèrent sans regret dans le lot des collégiens que l'on expulse chaque année de ces sortes d'établissements, à seule fin d'améliorer la moyenne des succès aux examens. Je me retrouvai donc à Gournay-en-Bray où mon père entreprit de m'initier à son métier de mécanicien. La présence de cet homme taciturne et froid a toujours eu pour effet de me brouiller les idées et les mains. Il convient d'ajouter que si j'étais un bien piètre apprenti, il ne valait guère mieux comme maître, ayant toujours travaillé seul et répugnant à ouvrir la bouche pour donner une explication. Bientôt d'ailleurs j'émigrai chez son concurrent, dans le seul atelier de réparation automobile que possédât Gournay. Le service militaire me fournit l'occasion de « monter » à Paris et d'y découvrir un oncle, propriétaire d'un garage près du Ballon des Ternes. Il m'accueillit avec un empressement où se mêlait l'intention de désobliger mon père qu'il ne voyait plus depuis que la liquidation de l'héritage de mon grand-père les avait dressés l'un contre l'autre. Je devins son premier compagnon après le service militaire, et il me légua le garage du Ballon à sa mort, cinq années plus tard. Le hasard avait ainsi voulu que j'exerce un métier analogue à celui de mon père, mais à un niveau plus élevé, comme si j'avais eu l'ambition de gravir quelques échelons sociaux sans trahir la tradition familiale. Dérisoire apparence! En vérité je m'acquitte de mes fonctions — comme j'ai été soldat, comme j'ai eu des femmes, comme je paie mes impôts — en homme éteint, en somnambule, rêvant sans cesse d'un éveil, d'une rupture qui me libérera et me permettra d'être enfin moi-même. Cette rupture, ce n'est plus assez dire que j'en rêve. Je l'ai dit, le masque tremble sur ma face. Et il y a surtout cette main gauche, première émergence du nouveau Tiffauges, qui écrit, depuis maintenant trois mois, des choses neuves avec des mots que n'aurait pas trouvés à coup sûr mon écriture adroite. Il y a du printemps dans l'air. Du printemps, du dégel, de la débâcle...

11 avril 1938. 99,06 % des électeurs autrichiens se sont prononcés hier en faveur d'un rattachement de leur pays à l'Allemagne. Cette ruée presque unanime à l'abîme n'est pas l'effet d'une force extérieure qui balaierait toutes les résistances. Non, le mal est enraciné en chacun, et la foule placée devant l'alternative vie-mort crie « La mort! La mort! », comme les Juifs répondaient à Ponce Pilate « Barabbas! Barabbas! »

74

13 avril 1938. J'ai été petit et chétif jusqu'à douze ans. Puis je me suis mis à grandir démesurément, presque sans prendre de poids, de telle sorte que ma maigreur d'abord simplement laide, puis ridicule devint bientôt alarmante. A vingt ans, je mesurais un mètre quatre-vingt-onze et je pesais soixante-huit kilos. J'ajoute qu'une myopie galopante m'obligeait à porter des verres de plus en plus épais qui avaient déjà l'aspect de presse-papiers quand je me présentai au conseil de révision. Par un acte de cruauté sans doute involontaire, le garde-champêtre qui dirigeait les opérations me les fit retirer avant de me pousser nu et aveugle dans la « salle d'honneur » de la mairie. Ma survenue souleva des rires de hobereaux parmi les notables de Gournay qui siégeaient en brochette derrière le bureau. Ce qui les amusait le plus, c'était que mon sexe n'était rien moins que proportionné à ma taille, un sexe d'enfant impubère. Le médecin du cru prononça un mot savant qui relança l'hilarité générale parce que tout le monde y entendit une obscénité particulièrement corsée : *microgénitomorphe.* Mon cas fut longuement débattu. Enfin je manquai la réforme de peu, et fus versé dans les transmissions, arme peu exigeante à l'endroit des performances physiques des recrues.

Une fois de plus j'avais été jugé stupidement, car à peine mon service terminé tant bien que mal, mes dents, comme l'avait prophétisé Nestor, se sont mises à grandir, je veux dire, un appétit d'une exigence peu commune a commencé à me tenailler quotidiennement l'estomac.

Au commencement, c'était toujours entre les repas que la fringale m'assaillait. Brusquement en plein atelier ou dans mon bureau, une sensation de vide me creusait le ventre, un tremblement me désemparait les mains et les genoux, une poussée de sueur me mouillait les tempes, la salive me giclait sous la langue. Il fallait que je mange, immédiatement, n'importe quoi, sans aucun délai. Les premières attaques de ce genre me précipitèrent chez le boulanger le plus proche qui me voyait avec perplexité me bourrer la bouche de brioches et de croissants. Plus tard, l'hiver étant venu, j'avisai des bourriches d'huîtres qui formaient un étalage sentant le varech mouillé sur le trottoir d'un marchand de vin. C'était une innovation qui se justifiait par le vin blanc sec dont on accompagne les coquillages, et qui s'est généralisée depuis. Je me fis ouvrir deux douzaines de portugaises n° o qu'on me servit avec un verre de pouilly-fuissé. La volupté gloutonne avec laquelle j'enfonçai mes dents dans la mucosité glauque, salée, iodée, d'une fraîcheur d'embrun de ces petits corps qui s'abandonnent mous et amorphes à la possession orale dès qu'on les a détachés de leur habitacle nacré, fut l'une des révélations de ma vocation ogresse. Je compris que j'obéirais d'autant mieux à mes aspirations alimentaires que j'approcherais davantage l'idéal de la crudité absolue. Je fis un grand pas en avant le jour où j'appris que les sardines fraîches, que l'on mange habituellement frites ou sautées, peuvent aussi se consommer crues et froides pour peu qu'on ait aux cuisines la patience d'en gratter les écailles, car la peau se détache difficilement. Mais ma découverte majeure dans ce domaine fut celle du « bifteck tartare », viande de cheval hachée que l'on mange crue avec un jaune d'œuf et un assaisonnement robuste associant le sel, le poivre et le vinaigre à l'ail, l'oignon, l'échalote et les câpres. Mais là aussi il y avait des progrès à accomplir dans la satisfaction d'une passion aussi rare. A force de discussions avec les serveurs du seul restaurant de Neuilly où l'on offrît ce plat cynique et brutal, j'obtins qu'on supprimât l'un après l'autre tous les épices et condiments qui n'ont d'autre fonction que de voiler la franche nudité de la chair. Et comme je trouvais également à redire touchant la quantité, j'en suis vite venu à passer moi-même dans le moulin à viande des quartiers de filet que j'achetai dans une boucherie chevaline. J'ai compris ainsi l'attirance qu'ont toujours exercée sur moi ces étals et ces crochets qui exposent aux regards la farouche et colossale nudité des bêtes écorchées, les blocs de chair rutilante, les foies visqueux et métalliques, les poumons rosâtres et spongieux, l'intimité vermeille que révèlent les cuisses énormes des génisses obscènement écartelées, et surtout cette odeur de graisse froide et de sang caillé qui flotte sur ce carnage.

Cet aspect de mon âme que j'ai ainsi découvert ne m'inquiète pas le moins du monde. Quand je dis « j'aime la viande, j'aime le sang, j'aime la chair », c'est le verbe aimer qui importe seul. Je suis tout amour. J'aime manger de la viande parce que j'aime les bêtes. Je crois même que je pourrais égorger de mes mains, et manger avec un affectueux appétit, un animal que j'aurais élevé et qui aurait partagé ma vie. Je le mangerais même avec un goût plus éclairé, plus approfondi que je ne fais d'une viande anonyme, impersonnelle. C'est ce que j'ai tenté vainement de faire comprendre à cette sotte de Mlle Toupie qui est végétarienne par horreur des abattoirs. Comment ne comprend-elle pas que si tout le monde faisait comme elle, la plupart des animaux domestiques disparaîtraient de nos paysages, ce qui serait bien triste? Ils disparaîtraient comme est en train de disparaître le cheval à mesure que l'automobile le libère de son esclavage.

Au demeurant la qualité de mon cœur serait attestée — s'il en était besoin — par un autre goût que j'ai, celui du lait. Ma gustation rendue à sa finesse originelle par la viande non cuite et non épicée, et qui sait découvrir des mondes de nuances sous la fadeur apparente des crudités, a trouvé matière à s'exercer dans le lait qui est devenu assez vite mon unique boisson. Il faut aller loin dans Paris pour trouver une crémerie dont le lait n'ait pas été tué par les pratiques infâmes de pasteurisation et d'homogénéisation! En vérité, il faudrait aller à la ferme, à la vache, à la source même de ce liquide synonyme de vie, de tendresse, d'enfance, et sur lequel s'acharnent les hygiénistes, puritains, flics et autres pisse-vinaigre! Moi, je veux un lait sur lequel flottent avec des remugles d'étable un poil et un fétu, signes d'authenticité.

Mes deux kilos de viande crue et mes cinq litres de lait quotidiens n'ont pas manqué à la longue de modifier ma silhouette, et aussi mes relations avec mon corps. Aujourd'hui, si j'ai mon visage en grande aversion, je vis en bonne intelligence avec mon corps. Bien que mon poids évolue autour des cent dix kilos, j'ai toujours des jambes proportionnellement longues et sèches. C'est que toute ma force s'est amassée dans mes hanches larges et mon dos bosselé. Mes muscles dorsaux forment autour de mes omoplates une double besace qui semble d'un poids accablant. Dans mes postures et allures habituelles j'ai toujours l'air de plier sous le seul poids de mon échine. En vérité je soulève comme une plume quand il le faut l'avant ou l'arrière d'une Rosengart ou d'une Simca-V.

Rachel qui m'avait observé à la loupe connaissait toutes mes particularités physiques — y compris et au premier chef bien sûr mon microgénitomorphisme — et ne manquait jamais une occasion de s'en amuser. « Au fond, me disait-elle, tu as une anatomie de portefaix, voire de bête de somme. Un gros percheron, qu'en dis-tu? Ou plutôt un mulet, puisqu'on dit que les mulets sont stériles. »

Elle me tarabustait aussi avec prédilection sur une dépression que j'ai au milieu de la poitrine et que les Trissotins de la Faculté appellent un « entonnoir sternal ». Excédé, je finis un jour par lui faire un conte qu'elle écouta les yeux écarquillés d'admiration.

— C'est mon ange gardien, ai-je commencé. Je voulais faire quelque chose de défendu. Il prétendait m'en empêcher. Nous nous sommes disputés. J'ai tenté de le gifler. Il m'a contré d'un coup de poing en pleine poitrine. Un coup de poing d'ange. Un poing plus dur et plus lourd que le marbre. Un poing de bronze. Je suis tombé à la renverse suffocant. Si le coup avait été purement *matériel*, il m'aurait tué. Mais c'était un coup angélique, tout enveloppé des plumes blanches de l'esprit, comme d'un gant de boxe en duvet spirituel. Je me suis relevé. Mais depuis, j'ai cette marque, ce défoncement de ma poitrine de part et d'autre duquel mes muscles pectoraux saillent comme des boules dures et noueuses, comme des petits seins arides et désespérés. Et puis parfois, j'ai du mal à respirer; il me semble que le poing de marbre ne m'a pas lâché et pèse encore de tout son poids sur ma poitrine. Par-devers moi, j'appelle cette angoisse respiratoire l'*oppression angélique*, ou plus brièvement l'*angélique*.

— Mais es-tu sûr qu'il s'agisse de ton ange gardien? avait-elle insisté avec un sérieux qui m'avait surpris de sa part.

— Parfois j'en doute, en effet, avais-je répondu, et je me demande s'il ne s'agissait pas de l'ange gardien de quelqu'un d'autre qui aurait eu sur moi des vues abusives. Le tien peut-être? Ou encore celui d'un camarade que j'avais en pension et qui est mort.

— Mais au juste, avait-elle demandé encore, c'était quoi la chose défendue que l'ange voulait t'empêcher de faire?

Quant à l'angélique, c'est la seule maladie que je me connaisse. Et encore s'agit-il bien d'une maladie? Les quelques médecins que j'ai consultés m'ont examiné sans rien me trouver d'anormal, et se sont perdus en conjectures saugrenues. Comme je demandai à l'un d'eux s'il ne pouvait y avoir de relation entre mon oppression et mon entonnoir sternal, il a nié absolument.

— Peut-être pas une relation de cause à effet, ai-je précisé, mais que diriez-vous d'une relation de symbole à chose symbolisée?

Quoi qu'il en soit, je dois à l'angélique d'avoir chargé ma vie respiratoire d'une signification fondamentale. Grâce à elle, mes poumons sont passés de la nuit glandulaire à la pénombre viscérale, voire, dans les cas extrêmes, à la grande lumière de la conscience. Ces cas extrêmes, ce sont la grande angoisse dyspnéique qui me fait lutter sur le sol contre une étreinte invisible et meurtrière, mais aussi la profonde et bienheureuse aspiration par laquelle le ciel tout entier plein de vols d'hirondelles et d'accords de harpe plonge directement dans mes poumons sa racine bifurquée.

14 avril 1938. Est-il besoin de préciser à qui je dois cette force redoutable et inutile accumulée dans mes épaules et mes reins? C'est évidemment l'héritage de Nestor. Si j'avais le moindre doute à ce sujet, cette terrible myopie qu'il m'a léguée de surcroît, comme pour authentifier son héritage, suffirait à me convaincre. C'est sa force qui gonfle mes muscles, de même que son esprit guide ma main sinistre. C'est lui également qui détient le secret de l'obscure complicité unissant mon destin et le cours général des choses, cette complicité qui s'est manifestée pour la première fois dans l'incendie du collège Saint-Christophe, et qui depuis se rappelle à moi par des affleurements presque toujours futiles. Ce sont autant d'avertissements qui réveillent le secret le plus intime et le plus noir de ma vie en attendant la Grande Tribulation qui le fera éclater au grand jour.

15 avril 1938. Hier matin, messe du jeudi saint à Notre-Dame. Je n'entre dans une église, je ne me rends à la messe qu'avec les sentiments *mêlés* qui conviennent. Car en dépit de toutes ses erreurs, Luther avait raison de dénoncer la présence de Satan sur le trône de saint Pierre. Toute la hiérarchie est à la solde du Malin et porte effrontément sa livrée à la face du monde. Il faut avoir les yeux crevés par la superstition pour ne pas reconnaître dans le déploiement des fastes ecclésiastiques la pompe grotesque de Satan, ces mitres en forme de bonnets d'âne, ces crosses qui figurent autant de points d'interrogation, symboles de scepticisme et d'ignorance, ces cardinaux attifés dans leur pourpre comme la Putain écarlate de l'Apocalypse, et tout l'attirail romain, chasse-mouche et *sedia gestatoria* qui culmine dans la basilique de Saint-Pierre avec le monstrueux baldaquin du Cavalier Bernin dont les quatre pattes et le ventre de mammouth couvrent l'autel comme pour le conchier.

Mais rien ne peut cependant tarir tout à fait la faible source qui ruisselle timidement sous cet amas d'immondices, car si Satan s'est jeté sur l'héritage du Nouveau Testament, toute lumière vient du Christ dont les prêtres sont bien obligés de se réclamer tout en bafouant son enseignement. Aussi n'est-il pas rare qu'un rai de lumière filtre à travers toute cette forêt de mensonges et de crimes, et c'est dans l'attente de cette improbable lueur que je hante de loin en loin quelque cérémonie religieuse.

Cette messe se célébrait à l'ombre funèbre du vendredi saint et gagnait en recueillement ce qu'elle perdait en éclat. Après le

Gloria, les cloches sonnèrent pour la dernière fois avant le samedi saint. Puis ce fut l'oraison que l'organiste accompagna de variations sur le thème d'un choral de Bach.

Que le bon Dieu me pardonne, mais chaque fois que son instrument de musique officiel, l'orgue, fait entendre sa voix solennelle et dorée, c'est sur les chevaux de bois de la fête foraine de Gournay-en-Bray que je me retrouve. Le manège moud sa rengaine véhémente et endeuillée. Les cuisses nues des petits garçons s'écrasent contre les flancs vernis de leurs montures à demi cabrées qui menacent le ciel de leurs gueules béantes et de leurs yeux fous. L'escadron puéril plane à un mètre du sol, emporté par cette fanfare que souffle en tempête l'orgue limonaire, une vraie usine à musique, avec ses soupapes, ses cylindres, ses tambourins, sa forêt de tubulures, et, marquant la mesure d'un geste sec et précis, une furie aux seins exorbitants et au regard halluciné. Le souvenir qui spiritualise toute chose défunte a transformé cette cavalcade en choral contrapunctique, et c'est dans une lumière de vitrail où montent des volutes d'encens que je vois tourner, tourner les petits garçons des années mortes...

J'étais si absorbé dans ma rêverie que je fus surpris par l'Évangile et le *Mandatum* qui le suit. Douze enfants de chœur assis dans les stalles font tour à tour émerger des plis de leur aube leurs petits pieds blancs dont la nudité tranche de façon émouvante au milieu de la pompe solennelle. Mgr Verdier s'agenouille successivement devant chacun d'eux. D'une aiguière d'argent, il verse quelques gouttes sur un pied nu, il l'essuie avec un linge, puis, malmenant sa dignité et son embonpoint, il s'incline jusqu'à terre pour le baiser. Enfin pour remercier son jeune garçon, il lui remet un petit pain et une pièce de monnaie — comme le guerrier germain après la nuit de noces offrait la *Morgengabe* à sa jeune épousée. Les enfants réagissent diversement à l'hommage. Celui-ci jette des regards effarés autour de lui, tel autre baisse les yeux d'un air recueilli, mais mon préféré qui a un visage d'ange serre les lèvres pour contenir son fou rire.

Elle est entrée pour toujours dans mon cœur, l'image de ce

vieil homme chargé d'ors et de pourpre, courbé jusqu'au sol pour poser ses lèvres sur le pied nu d'un enfant. Et quelles que soient les turpitudes que l'Église doive étaler à mes yeux, je n'oublierai pas la réponse qu'elle a si profondément et si noblement donnée hier matin à la question que posait Nestor, il y a vingt ans, l'avant-veille de sa mort.

20 avril 1938. Le bonheur? Il y a là-dedans du confort, de l'organisation, une stabilité construite qui m'est tout étrangère. Avoir des malheurs, c'est sentir l'échafaudage bonheur ébranlé par les coups du sort. En ce sens, je suis tranquille. Je suis à l'abri du malheur, car je n'ai pas d'échafaudage. Moi, je suis l'homme de la tristesse et de la joie. Alternative tout opposée à l'alternative malheur-bonheur. Je vis nu et solitaire, sans famille, sans amis, exerçant pour survivre un métier qui est tellement au-dessous de moi que j'y satisfais sans plus y songer qu'à ma digestion ou à ma respiration. Mon climat moral habituel est une tristesse d'ébène, opaque et ténébreuse. Mais cette nuit est souvent traversée par des joies fulgurantes inattendues et imméritées, qui s'éteignent aussitôt, mais non sans me laisser les yeux pleins de phosphènes dorés et dansants.

6 mai 1938. Ce matin, à la une de tous les journaux s'étalent les portraits du nouveau cabinet ministériel. Étonnante et patibulaire galerie! La bassesse, l'abjection et la bêtise s'incarnent diversement en ces vingt-deux visages — qu'on a déjà eu l'occasion d'admirer vingt fois déjà dans d'autres « combinaisons ». La plupart faisaient partie d'ailleurs du précédent ministère.

Il faut que tu songes à une « Constitution sinistre » dont le préambule comporterait les six propositions suivantes :

1. La sainteté est le fait de l'individu solitaire et sans pouvoir temporel.

2. Inversement le pouvoir politique relève intégralement de Mammon. Ceux qui l'exercent prennent sur eux toute l'iniquité

du corps social, tous les crimes qui sont commis chaque jour en son nom. C'est pourquoi l'homme le plus criminel d'une nation est celui qui occupe la position la plus élevée dans la hiérarchie politique : le Président de la République, et, après lui, les ministres, et après eux tous les dignitaires du corps social, magistrats, généraux, prélats, tous serviteurs de Mammon, tous symboles vivants du magma boueux qui s'appelle l'Ordre établi, tous couverts de sang des pieds à la tête.

3. A ces effrayantes fonctions, les organes répondent par un ajustement parfait. Pour satisfaire au plus abject des métiers une sélection à rebours se charge de trier sur le volet des équipes qui constituent le sublimé d'ordure le plus quintessencié que la nation puisse offrir. Il est établi que d'un conseil ministériel, d'un conclave, d'une conférence internationale au sommet se dégage une odeur de charogne qui fait fuir même les vautours les plus blasés. A un niveau plus modeste, un conseil d'administration, un état-major, la réunion d'un corps constitué quelconque sont autant de ramassis crapuleux qu'un homme moyennement honnête ne saurait fréquenter.

4. Dès l'instant qu'un homme fait la loi, il se place hors la loi et échappe du même coup à sa protection. C'est pourquoi la vie d'un homme exerçant un pouvoir quelconque a moins de valeur que celle d'une blatte ou d'un morpion. L'immunité parlementaire doit faire l'objet d'une *inversion bénigne* qui en fera le droit pour chaque citoyen de tirer à vue et sans permis de chasse sur tout homme politique se présentant au bout de son fusil. Chaque assassinat politique est une œuvre de salubrité morale, et fait sourire de félicité la Sainte Vierge et les anges du paradis.

5. Il conviendrait d'ajouter à la constitution de 1875 un article aux termes duquel tous les membres d'un gouvernement renversé seront passés par les armes sans recours ni délai. Il est inconcevable que des hommes auxquels la nation vient de retirer sa confiance puissent non seulement rentrer chez eux impunis, mais encore poursuivre leur carrière politique auréolés de leur faillite frauduleuse. Cette disposition aurait le triple avan-

tage d'éponger la sanie la plus cadavéreuse de la nation, d'éviter le retour des mêmes têtes dans les gouvernements successifs, et d'apporter à la vie politique ce qui lui manque le plus : le sérieux.

6. Tout homme doit savoir qu'en revêtant volontairement un uniforme quel qu'il soit, il se désigne comme créature de Mammon et encourt la vengeance des honnêtes gens. La loi doit compter au nombre des bêtes puantes qu'on peut chasser en toute saison flics, prêtres, gardiens de square, et même les académiciens.

13 mai 1938. L'inversion bénigne. Elle consiste à rétablir le sens des valeurs que l'inversion maligne a précédemment retourné. Satan, maître du monde, aidé par ses cohortes de gouvernants, magistrats, prélats, généraux et policiers présente un miroir à la face de Dieu. Et par son opération, la droite devient gauche, la gauche devient droite, le bien est appelé mal et le mal est appelé bien. Sa domination sur les villes se manifeste entre autres signes par les innombrables avenues, rues et places consacrées à des militaires de carrière, c'est-à-dire à des tueurs professionnels, bien entendu tous morts dans leur lit, parce qu'il n'y a rien de satanique sans une touche de grotesque qui est comme la griffe du Prince des ténèbres. Même le nom hideux de Bugeaud, l'un des plus abominables bouchers du siècle dernier, déshonore des rues dans plusieurs villes de France. La guerre, mal absolu, est fatalement l'objet d'un culte satanique. C'est la messe noire célébrée au grand jour par Mammon, et les idoles barbouillées de sang devant lesquelles on fait agenouiller les foules mystifiées s'appellent : Patrie, Sacrifice, Héroïsme, Honneur. Le haut lieu de ce culte est l'hôtel des Invalides qui dresse sur Paris sa grosse bulle d'or gonflée par les émanations de la Charogne impériale et des quelques tueurs secondaires qui y pourrissent. Même le stupide massacre de 14-18 a ses rites, son autel fumant sous l'Arc de triomphe, ses thuriféraires, comme il a eu ses poètes, Maurice Barrès et Charles

Péguy qui mirent tout leur talent et toute leur influence au service de l'hystérie collective de 1914, et qui méritent d'être élevés à la dignité de *Grands Équarrisseurs de la jeunesse* — avec bien d'autres, cela va de soi.

Ce culte du mal, de la souffrance et de la mort s'accompagne logiquement de la haine implacable de la vie. L'amour — prôné *in abstracto* — est persécuté avec acharnement dès qu'il revêt une forme concrète, prend corps et s'appelle sexualité, érotisme. Cette fontaine de joie et de création, ce bien suprême, cette raison d'être de tout ce qui respire est poursuivi avec une hargne diabolique par toute la racaille bien-pensante, laïque et ecclésiastique.

P.-S. L'une des inversions malignes les plus classiques et les plus meurtrières a donné naissance à l'idée de *pureté*.

La pureté est l'inversion maligne de l'innocence. L'innocence est amour de l'être, acceptation souriante des nourritures célestes et terrestres, ignorance de l'alternative infernale pureté-impureté. De cette sainteté spontanée et comme native, Satan a fait une singerie qui lui ressemble et qui est tout l'inverse : la pureté. La pureté est horreur de la vie, haine de l'homme, passion morbide du néant. Un corps chimiquement *pur* a subi un traitement barbare pour parvenir à cet état absolument contre nature. L'homme chevauché par le démon de la pureté sème la ruine et la mort autour de lui. Purification religieuse, épuration politique, sauvegarde de la pureté de la race, nombreuses sont les variations sur ce thème atroce, mais toutes débouchent avec monotonie sur des crimes sans nombre dont l'instrument privilégié est le feu, symbole de pureté et symbole de l'enfer.

20 mai 1938. Chez Karl F. qui possède un étrange appareil américain grâce auquel on peut enregistrer sur des bandes magnétiques — puis faire entendre à nouveau — tous les bruits recueillis par un microphone auquel un très long fil confère une certaine mobilité. Il me fait entendre toute sorte de cris d'animaux, et singulièrement des brames de cerfs en rut qui seraient d'une puissance d'évocation admirable si je n'y trouvais surtout une allusion à l'un de mes petits rites intimes. Il me raconte qu'ayant fait entendre à un professeur d'ornithologie du Muséum des enregistrements de chants d'oiseaux le brave homme ne parvint à identifier avec assurance que les imitations faites par un siffleur de music-hall. Quant aux chants authentiques, captés à grand-peine dans la nature, il les trouva confus, peu caractéristiques, et, somme toute, complètement ratés.

Karl F. était loin de se douter de l'impression que ferait sur moi une dernière bande qu'il conservait pour la bonne bouche. Il s'agissait simplement de la rumeur crescendo d'une foule impatiente, mécontente, en colère, puis furieuse. Était-il vraiment possible qu'il n'y eût pas sous les fenêtres de F. ce monstre à mille têtes, criant sa rage, hurlant au meurtre, faisant monter vers le ciel une clameur de haine à laquelle se mêlait le clair tintement des premiers carreaux brisés par les pierres? Était-il possible surtout que ce ne fût pas contre moi seul que déferlât cette marée d'exécration? Une sueur d'angoisse me glaçait et je devais être blême. F. a fini par s'en apercevoir. Il m'a demandé si je ne me sentais pas mal, puis jusqu'à la fin de ma visite que j'ai écourtée autant que possible, il m'a observé avec une certaine perplexité.

Comment aurais-je pu lui expliquer que je ne survis que grâce à un malentendu par lequel on ne voit en moi qu'un obscur garagiste de la porte des Ternes, mais que si l'on soupçonnait la force ténébreuse dont je suis le porteur, je tomberais aussitôt sous le coup de la loi du lynch? Moi-même j'ai peine à concevoir ce secret de mon destin : un certain jour de mon enfance, une baguette magique m'a touché dont l'effet est de métamorphoser partiellement les êtres de chair en statues de marbre. Et depuis, je vais par le monde mi-chair, mi-pierre, c'est-à-dire avec un cœur, une main droite et un sourire avenants, mais aussi en moi quelque chose de dur, d'impitoyable et de glacé sur quoi se brisera inexorablement tout l'humain qui s'y heurtera. C'est une manière de consécration dont j'ai été l'ordinant à demi consentant, je veux dire, passionnément soumis et réitérant mon adhésion chaque fois qu'un signe se manifestait.

3 octobre 1938. J'avais délaissé ce cahier depuis plus de quatre mois et je ne pensais pas l'ouvrir à nouveau, si ce n'est sous le coup d'un événement extraordinaire. Ce qui s'est passé ce matin est d'une si grande portée qu'il faut en faire rapport ici, et le plus exactement possible.

Je me suis levé vers six heures dans un état d'extrême déconfiture. J'ai songé à faire un brame, puis à me donner un shampooing-c, mais mon ennui de vivre me retirait jusqu'à la force de recourir à ces remèdes désespérés. Ce qu'il y a de redoutable dans ces états de dépression, c'est la lucidité — du moins apparente — qui les accompagne et les renforce. Le désespoir se donne irrésistiblement comme seule réponse authentique au non-sens de la vie. Toute autre attitude — passée ou future — paraît relever de l'ébriété. La vie n'est tolérable qu'en état d'ébriété. Ébriété alcoolique, amoureuse, religieuse. Créature de néant, l'homme ne peut affronter l'inconcevable tribulation qui lui advient — ces quelques années d'être — qu'en se saoulant la gueule.

J'ai refusé de me raser. J'ai enfilé ma salopette et je suis descendu au garage sans même passer à la cuisine faire du café. A l'hostilité formidable de toutes choses, il fallait que j'oppose une cuirasse de robot sans défaut humain. Ce matin, je serais donc le patron du garage du Ballon ni plus, ni moins. Le pauvre Ben Ahmed fut le premier à s'en apercevoir. Cet analphabète possède un véritable génie pour tout ce qui est mécanique, mais il procède « au flair » sans méthode, ni précision. S'agissant de rectifier les soupapes d'une Georges Irat — dont le moteur est tout simplement le 11 CV Citroën léger — il les avait passées à la machine meulante spéciale et il achevait de meuler les sièges. Mais il ne peut se résoudre à vérifier leur assiette en traçant sur le chanfrein des traits de crayon noir dirigés selon les rayons de la tête et espacés d'environ 2 à 3 mm. C'est sans doute l'usage d'un crayon qui le déconcerte. Je l'écartai en rugissant de l'abord de la voiture, et me mis moi-même à la tâche. Plus tard Jeannot eut droit à une algarade parce qu'il arrivait en retard. Je l'envoyai aussitôt à l'établi avec une douzaine de chambres à air dont il y avait lieu de réparer l'empiècement de valve. Puis je m'enfermai dans la cabine vitrée qui me sert de bureau avec une pile de factures à établir. A sept heures et demie, Gaillac déposa sa 402 B pour une vérification de l'allumage, puis le facteur apporta le courrier. La journée démarrait cahin-caha.

Il était neuf heures moins le quart et je parlais avec Mlle Toupie de sa Rosengart, quand Ben Ahmed qui en avait terminé avec la Georges Irat lança le moteur. J'écoutais d'une oreille Mlle Toupie, de l'autre j'auscultais à distance le moteur de la Georges Irat qui paraissait tourner le mieux du monde. L'insistance de Ben Ahmed à donner de grands coups d'accélérateur commençait à m'agacer. Ce moteur ronronnait comme un gros chat, pourquoi l'emballer brutalement à vide? On aurait dit que Ben Ahmed prenait plaisir aux mugissements et aux gaz d'échappement dont il emplissait tout le garage. Il y eut enfin un silence. Mlle Toupie me parlait de l'institution religieuse Saint-Dominique où elle enseigne la philosophie. Je l'interrogeais avec une curiosité non feinte, car je suis toujours attiré par les internats, et je me demande à quoi peut ressembler la vie d'une pension de jeunes filles. A ce moment la Georges Irat hurla derechef au point de couvrir nos voix. Puis au milieu du crescendo furieux, je perçus distinctement un claquement métallique très sec. Il n'avait pas échappé non plus à Ben Ahmed qui cessa aussitôt de donner des gaz. De ma place, je vis alors Jeannot porter la main à sa tempe, s'incliner en avant sur l'établi, s'agenouiller, puis tomber sur le sol en arrière. Je compris aussitôt qu'une pale du ventilateur avait dû se briser et l'atteindre avec une force redoutable. Je fus sur lui d'un bond, et je soulevai dans mes bras son corps maigre et sans connaissance.

C'est alors que quelque chose a fondu sur moi, d'une intolérable et déchirante douceur. J'étais sidéré par une foudroyante bénédiction tombée du ciel. Mes yeux demeuraient fixés sur ce corps ployé dans mes bras, avec d'un côté ce masque osseux et ensanglanté sous des touffes de cheveux châtains, de l'autre ces genoux minces, serrés, et les lourds godillots qui ballaient gauchement dans le vide. Ben Ahmed me regardait avec ébahissement. Je ne bougeais pas. J'aurais pu demeurer ainsi jusqu'à la fin des temps. Le garage du Ballon avait disparu avec ses poutres voilées de toiles d'araignée et ses verrières encrassées. Les neuf chœurs des anges m'environnaient d'une gloire invisible et radieuse. L'air était plein d'encens et d'accords de harpes. Un fleuve de douceur coulait majestueusement dans mes veines. Ben Ahmed finit par intervenir.

— Regarde! me dit-il en me montrant une tache sombre qui s'élargissait sur la terre battue, il saigne!

Aussitôt après ces mots, un long silence frémissant de bonheur se reforma sur nous.

— Je n'aurais jamais cru, parvins-je enfin à articuler, que porter un enfant fût une chose si belle!

Et cette simple phrase éveilla dans mon souvenir un long et profond écho.

Ce fut Mlle Toupie qui rompit le charme. Elle m'entraîna d'autorité vers sa Rosengart à l'arrière de laquelle je me logeai tant bien que mal avec mon fardeau. Puis nous partîmes pour la clinique de Neuilly.

Jeannot n'a rien de grave. Une forte coupure du cuir chevelu et un traumatisme crânien. Pas trace de fracture du crâne. Je l'ai reconduit encore à demi assommé chez sa mère qui a pensé s'évanouir à la vue de son énorme pansement en turban. Le plus blessé des deux, c'est encore moi, et je n'ai pas fini de ruminer l'éblouissante découverte dans laquelle m'a précipité cet accident.

6 octobre 1938. Le premier mot qui se présente sous ma plume est apparemment banal et faible, mais il se révèle d'une grande ressource : l'*euphorie*. Oui, c'est une manière d'euphorie qui m'a enveloppé des pieds à la tête quand j'eus soulevé dans mes bras le corps inanimé de Jeannot. Je dis bien des pieds à la tête, car, à la différence de la volupté ordinaire étroitement et obscènement localisée, la vague de béatitude dont je parle m'a recouvert tout entier, irriguant mes couches les plus profondes, mes extrémités les plus lointaines. Ce n'était pas une titillation égrillarde et limitée, c'était une hilarité unanime de tout mon être. Et là, je reviens nécessairement à mes méditations bibliques, à l'Adam archaïque d'avant la Chute, porte-femme et porte-enfant, perpétuellement en proie à une transe érotique — possédant-possédé — dont nos amours ordinaires ne sont que l'ombre pâle. Se pourrait-il que ma vocation surhumaine me fît accéder en de certaines circonstances à l'extase du grand ancêtre androgyne?

Mais il faut m'efforcer de sortir des spéculations et d'approcher le concret. La donnée la plus strictement *objective* de mon expérience d'hier, c'est le *poids* de Jeannot, un poids qui peut se définir en kilos avec autant de précision qu'on voudra. Ce poids, je m'en suis chargé, et alors : Euphorie!

Sensation de bien-être, dit platement le dictionnaire. Mais l'étymologie est plus instructive. Il y a *eu* qui donne l'idée de bien, de bonheur, de joie calme et équilibrée. Et puis *phorie* qui dérive de φορέω, porter. L'euphorique est celui qui se porte lui-même avec bonheur, qui se porte bien. Mais il serait encore plus littéral de dire qu'il *porte* simplement avec bonheur. Et là, un trait de lumière illumine soudain mon passé, mon présent et, qui sait, mon avenir peut-être aussi. Car cette idée fondamentale de portage, de *phorie*, elle se trouve aussi dans le nom même de Christophe, le géant Porte-Christ, de même qu'elle était illustrée par la légende d'Albuquerque, de même encore qu'elle s'incarne à nouveau dans ces automobiles auxquelles je consacre en renâclant le meilleur de moi-même, mais qui n'en sont pas moins dans leur trivialité l'instrument porteur d'homme, anthropophore, *phorique* par excellence.

Il faut que je m'arrête. Ces révélations successives me brûlent les yeux. Mais je veux encore noter une réflexion. L'euphorie du 3 octobre était provoquée par le poids d'un enfant venu s'ajouter au mien. Jeannot n'est pas gros certes, mais il doit bien peser dans les quarante kilos, lesquels s'ajoutèrent aux quelques cent dix kilos que je pèse moi-même. Or c'est par un sentiment de légèreté, d'allégement, de joie ailée que mon « extase phorique » se définit le mieux. Une manière de lévitation provoquée par une pesanteur aggravée! Étonnant paradoxe! Le mot *inversion* se présente aussitôt sous ma plume. Il y a eu en quelque sorte changement de signe : le plus est devenu moins, et réciproquement. Inversion bénigne, bénéfique, divine...

20 octobre 1938. Cette nuit, insomnie. Comme le ciel était doux et lumineux, je me suis lancé au hasard des rues au volant de ma vieille hotchkiss. Les Champs-Élysées, la Concorde, les quais. Je suis bientôt arrêté par les caravanes de charrettes et de camions qui obstruent les abords des Halles. Délaissant ma voiture, je poursuis à pied, et je me perds aussitôt au milieu d'un déluge de légumes et de fruits qui crée au cœur de Paris un super-jardin potager, un super-verger avec leurs odeurs violentes et doucereuses et leurs couleurs crues exaltées par la lumière métallique des lampes à acétylène. On songe d'abord au déjeuner de Gargantua, mais peu à peu, l'abondance même ridiculise toute idée de consommation, décourage la gourmandise. Je contourne des pyramides de choux-fleurs, des montagnes de choux-raves, j'évite de justesse une avalanche de poireaux qu'un tombereau acculé dans le ruisseau déverse sur le trottoir.

Il ne faut pas croire que l'énorme quantité de ces choses les avilit. Au contraire, elle les exalte en les rendant inutilisables, en détruisant d'avance toute idée d'utilisation. Dès lors, ce sont des essences qui s'étalent à mes pieds, essence de la pomme, essence du pois, essence de la carotte...

Sauf une charmante poissonnière d'eau douce, luisante de fraîcheur et scintillante d'écailles comme une ondine, les femmes sont épaisses et criardes. Mais les portefaix, les « forts » de la ville, retiennent toute mon attention en raison de l'affinité que je ressens entre eux et moi. Leur large dos, leurs mains énormes, cette démarche rapide à petits pas qu'ils adoptent quand ils vont, coiffés d'un demi-bœuf ou d'une caque de harengs, tout cela, c'est moi bien sûr, d'un certain côté. Mais c'est une *phorie* trivialisée, abaissée à des utilités mercantiles et subalternes. Et sans doute est-ce pourquoi on écrit grossièrement *forts* des Halles, au lieu de *phores* des Halles. Le fort est la forme vulgaire du phore. Et j'imagine aussitôt un vrai phore des Halles, superbe et généreux, portant triomphalement sur ses épaules formidables une corne d'abondance qui vomit à ses pieds un inépuisable trésor de fleurs, de fruits et de pierres précieuses.

28 octobre 1938. Je m'avise en feuilletant un dictionnaire qu'Atlas portait sur ses épaules — non pas le monde, ni la terre comme on le représente habituellement — mais le ciel. Au demeurant Atlas est géographiquement une montagne, et si l'assimilation d'une montagne à un pilier du ciel a un sens, appliquée à la terre l'image est absurde. Exemple remarquable d'inversion maligne infligée à l'un des plus glorieux héros *phoriques.* Il soutenait de ses épaules les étoiles et la lune, les constellations et la Voie lactée, les nébuleuses, les comètes, les soleils en fusion. Et sa tête plongeant dans les espaces sidéraux se confondait avec les astres. On va changer tout cela. Au lieu de l'infini bleu et or qui le couronnait et le bénissait à la fois, on le charge du globe terrestre, bloc de boue opaque qui lui ploie la nuque et lui oblitère la vue. Et voici le héros avili, déchu, le phore est devenu fort, les amours pondérées sont devenues onéreuses.

Mais plus j'y pense, plus il me semble qu'Atlas uranophore, Atlas astrophore est le héros mythologique vers lequel devrait tendre ma vie pour trouver en lui finalement son aboutissement et son apothéose. Quoi que je porte à l'avenir, de quelque fardeau précieux et sacré que mes épaules soient chargées et bénies, ma fin triomphale ce sera, si Dieu le veut, de marcher sur la terre avec posée sur ma nuque une étoile plus radieuse et plus dorée que celle des rois mages...

30 octobre 1938. Hervé est venu ce matin prendre livraison de son nouveau cabriolet Viva grand sport Renault. Mon aversion pour ce genre de voiture de cinéma était évidemment tempérée par la commission assez dodue que me vaut sa vente. Très excité par sa nouvelle voiture, Hervé n'a jamais été aussi épanoui, sûr de lui, de sa réussite sociale comme de ses vertus, ce qui bien entendu ne fait qu'un dans son esprit. Il vient d'avoir trente-six ans et m'explique que c'est l'âge le plus plein, le plus équilibré, et comme le sommet d'une courbe qui s'élèverait depuis la naissance et redescendrait ensuite vers la mort.

En vérité, ses trente-six ans, il me semble qu'il les a toujours eus, depuis dix ans que je le connais, qu'il les avait sans doute déjà avant que je le connusse, et probablement de naissance. Simplement, il était jusqu'à présent *trop jeune* pour ses trente-six ans, comme il sera désormais et davantage d'année en année *trop vieux* pour ses trente-six ans.

Chaque homme doit avoir ainsi toute sa vie un « âge essentiel » auquel il aspire aussi longtemps qu'il ne l'a pas atteint, auquel il s'accroche quand il l'a dépassé. Bertrand a toujours eu *essentiellement* soixante ans, et Claude sera toute sa vie un petit jeune homme de dix-sept ans. Quant à moi, mon éternité me donne une infranchissable *distance* en face du drame du vieillissement, et j'observe avec un détachement empreint de mélancolie le flux et le reflux des générations, comme un rocher dans une forêt la ronde des saisons.

Mais il me vient une autre idée en voyant Hervé aussi frais et optimiste : c'est un *suradapté*. La médecine ferait bien de creuser cette notion nouvelle de suradaptation, et l'école devrait prendre garde qu'à force de craindre que les enfants ne souffrent d'une quelconque inadaptation, elle n'en fasse tout à coup des suradaptés.

Le suradapté est heureux dans son milieu, « comme un poisson dans l'eau ». Et aussi bien le poisson est typiquement suradapté à l'eau. Ce qui veut dire que son bonheur est d'autant plus fragile qu'il est plus complet. Car si l'eau devient trop chaude, ou trop salée, ou si son niveau baisse... Alors, il vaut mieux être simplement et même médiocrement *adapté* à l'eau, comme le sont les animaux amphibies, lesquels ne sont tout à fait heureux ni dans l'humide, ni dans le sec, mais s'accommodent moyennement de l'un et de l'autre. Je ne souhaite pas de mal à Hervé, mais je pense que si quelque chose venait à craquer dans sa brillante organisation, si le sort lui réservait quelque mauvais coup, il aurait bien du mal à retrouver son bel équilibre. Tandis que nous autres amphibies, toujours en porte à faux avec les choses, rompus au provisoire, à l'à-peu-près, nous savons faire face de naissance à toutes les trahisons du milieu.

4 novembre 1938. Chaque fois que mes allées et venues me rapprochent du Louvre, je me fais le reproche de ne pas y entrer plus souvent. Habiter Paris et ne jamais aller au Louvre, c'est la plus inexcusable des sottises. Après plus de deux années d'abstention, j'y fus donc cet après-midi. Le plus clair bénéfice de cette visite : m'avoir fait sentir l'importance de l'évolution que je traverse par le seul décalage de mes centres d'intérêt.

Je conçois mal qu'on puisse s'exposer au rayonnement de cette accumulation de chefs-d'œuvre sans en avoir de prime abord les larmes aux yeux. Magie de l'Apollon archaïque de l'île de Paros! Fascinant contraste entre l'hiératisme du corps, rond comme une colonne, avec ses cuisses soudées l'une à l'autre et ses bras pris dans la masse du torse — et l'énigmatique sourire qui illumine cette face radieuse de douceur, rendue pathétique par les balafres qui sillonnent la pierre.

J'imagine ce que deviendrait ma vie si ce dieu se trouvait chez moi, possédé jour et nuit. Et à dire vrai, non, je suis bien incapable d'imaginer comment je supporterais la présence incandescente de ce météore tombé près de moi après une chute de vingt siècles. Rien n'illustre mieux que cette statue la fonction essentielle de l'art : à nos cœurs rendus malades par le temps — par l'érosion du temps, par la mort partout à l'œuvre, par la promesse inéluctable de l'anéantissement de tout ce que nous aimons — l'œuvre d'art apporte un peu d'éternité. C'est le remède souverain, le havre de paix vers lequel nous soupirons, une goutte d'eau fraîche sur nos lèvres fiévreuses.

Ce qui me retient le plus longuement dans les salles grécolatines, ce sont les bustes. On ne se lasse pas d'interroger ces visages où éclatent si vivement l'intelligence, l'ambition, la cruauté, la suffisance, le courage, plus rarement la bonté, la noblesse. On ne se lasse pas de leur poser la même question qui restera éternellement sans réponse : de quel spectacle, de quelle vie, de quel univers êtes-vous le chiffre ?

Pour le reste une flânerie assez rapide et inattentive me fait parcourir quelques salles sans m'arrêter, si ce n'est devant certains tableaux — toujours les mêmes depuis quinze ans — auxquels je rends visite en quelque sorte, prenant de leurs nouvelles et scrutant mon image en eux, miroirs incomparables. Je retrouve ici une expérience qui préoccupait Nestor au premier chef et dont il s'efforçait de suivre les variations dans les divers locaux de Saint-Christophe, celle de la *saturation atmosphérique*. Dans cette atmosphère saturée de beauté, j'éprouve une impression d'ivresse qui n'est pas sans une lointaine affinité avec l'extase phorique. Encore une pièce à ajouter au grand puzzle que je compose patiemment.

En repassant la grille du contrôle, je remarque un enfant en vive discussion avec le préposé de l'entrée. Je comprends bientôt l'enjeu du débat qui m'apparaît sans issue. Il a apporté son appareil de photo, et on lui demande 0,50 franc pour lui permettre de l'introduire dans le musée. Comme il n'a pas cette somme, on lui enjoint de le déposer au vestiaire, conseil dérisoire, puisqu'il lui en coûterait également 0,50 franc. Il renonce, s'éloigne, déçu, et bien sûr j'interviens pour lui offrir — non l'absurde solution des adultes, ces 50 centimes rédimeurs de l'appareil de photo — mais la solution romanesque, aventureuse, contrebandière, et je repasse le portillon avec lui, le flanc ballonné par l'objet litigieux dissimulé sous ma veste.

Étienne a onze ans. Il est petit pour son âge, et d'une ravissante saleté. Son visage irrégulier, fin, osseux, tourmenté contraste exquisement avec un corps pataud, des genoux ronds et gauches. Ses poches crevées par les livres, comme ses mains courtes aux ongles impitoyablement rongés le situent dans la catégorie des enfants d'une surprenante maturité intellectuelle — qui paraissent avoir tout lu et tout compris de naissance — en contradiction avec un retard physique qui donne un air d'ingénuité à tout ce qu'ils disent.

Dès les premières salles, il manifeste une étonnante familiarité avec les œuvres exposées et me mène tout droit au *David* de Guido Reni qu'il se propose de photographier. Ce gros garçon plein de jactance et de jobardise, la joue vaste, l'œil bel et sans malice, coiffé d'un absurde chapeau à plumes, serré à grand-peine dans une peau de bête, comment a-t-il pu gagner le cœur d'Étienne? A travers les explications un peu confuses qu'il me donne, je crois comprendre que ce David incarne aux yeux d'Étienne la race très fascinante de ceux *qui n'ont jamais douté de rien*. Étienne a découvert cela! Il y a des êtres limités, d'une beauté éclatante mais sans prolongement et, soyons francs, qu'on aurait tout lieu de mépriser s'ils ne nous offraient le spectacle d'une adaptation sans défaut à l'existence, d'une adéquation miraculeuse de leurs désirs et des choses à leur portée, de leurs paroles et des questions qu'on leur pose, de leurs capacités et de la profession qu'ils exercent. Ils naissent, vivent et meurent, comme si le monde avait été fait pour eux et eux-mêmes pour le monde, et les autres — les douteurs, les troublés, les indignés, les curieux, Étienne, moi — les regardent passer et s'émerveillent de leur *naturel*.

J'avais presque oublié ainsi mes récentes préoccupations quand un moulage d'une statue du Musée du Vatican m'y a vivement ramené. L'inscription portée sur le socle aurait suffi à elle seule à m'alerter : *Héraklès Pédéphore*. Il s'agit en effet d'une représentation d'Hercule portant assis sur son bras gauche son petit garçon Téléphe. Pédéphore, c'est-à-dire en bon français Portenfant. Hercule Portenfant...

Étienne me regardait sans rien comprendre bien sûr à mon ébahissement. Alors en riant, je me suis accroupi près de lui et j'ai passé mon bras gauche derrière ses genoux. Et il s'est prêté au jeu, il s'est assis sur mon bras arrondi, et je me suis relevé en faisant mine de m'appuyer de la main droite sur une massue, comme notre modèle herculéen. Un peu plus loin, nous aurions pu reprendre la pose avec l'Hermès de Praxitèle portant tout de même l'enfant Bacchus assis sur son bras sinistre. Mais nous avons été plutôt sollicités par deux copies dont les originaux se trouvent au Musée national de Naples. L'une représente un satyre jouant des cymbales, la tête à demi tournée et levée vers un Dionysos enfant qu'il porte à cheval sur sa nuque. L'enfant se retient de la main gauche à la chevelure du satyre, de la droite, il lui présente une grappe de raisins. Il est heureux que nous nous fussions trouvés seuls dans la salle, Étienne et moi, car ayant juché tout là-haut sur mes épaules mon compagnon de hasard, j'ai mimé en rond la danse du satyre rythmée par de furieuses et imaginaires explosions de cymbales, et Dionysos serrait mes joues entre ses cuisses nues et crasseuses. Pourtant, c'est l'autre statue napolitaine qui nous a permis de donner toute notre mesure. Hector emporte son petit frère Troïlus blessé. Mais dans quel équipage! Il tient par le mollet droit l'enfant qu'il a jeté par-dessus son épaule, comme un sac et qui pend, la tête en bas, battant l'air de sa jambe gauche. J'ai regardé Étienne d'un air d'invitation interrogative, et pour toute réponse il m'a tendu son pied gauche. Je l'ai enlevé en l'air d'un seul coup, par la cheville, assez vivement pour que sa tête ne heurte pas le sol, et, avec une désinvolture apparente, secrètement amortie par mon immense et tendre vocation phorique, je l'ai balancé tout suffoquant de rire derrière mon dos. Que c'était bon! Quel fleuve de miel coulait majestueusement en moi!

Nous nous sommes quittés à la porte, Étienne et moi, et sans doute ne le reverrai-je jamais. Je l'ai pensé, non sans un petit sanglot silencieux dans la gorge, mais je sais de source sûre, de source infaillible et impérative qu'il ne me sied pas de nouer des relations individuelles avec tel ou tel enfant. Ces relations, quelles seraient-elles au demeurant? Je pense qu'elles emprunteraient fatalement les voies faciles et toutes tracées soit de la paternité, soit du sexe. Ma vocation est plus haute et plus générale. N'en avoir qu'un seul, c'est n'en avoir aucun. En manquer un seul, c'est les manquer tous.

10 novembre 1938. Toute la nuit, l'angélique m'a fait suffoquer et m'a obsédé de rêves de noyade et d'ensevelissement sous le sable, sous la terre, dans la boue... Je me lève, la poitrine toujours broyée, mais heureux d'en finir avec ces fantasmes qui grossissent une réalité déjà suffisamment revêche. Café amer au point de n'être pas buvable. Un grand brame. Deux grands brames. Aucun soulagement. La seule consolation de la matinée est d'ordre fécal. Je fais inopinément et sans la moindre bavure un étron superbe, si long qu'il faut qu'il s'incurve à ses extrémités pour tenir dans la cuvette. Je regarde attendri ce beau poupon dodu de limon vivant que je viens d'enfanter, et je reprends goût à la vie.

La constipation est une source majeure de morosité. Comme je comprends le Grand Siècle avec sa manie de clystères et de purges! Ce dont l'homme prend le plus mal son parti, c'est d'être un sac d'excréments à deux pattes. A cela, seule une défécation heureuse, abondante et régulière pourrait remédier, mais combien chichement cette faveur nous est concédée!

12 novembre 1938. Rachel et l'acte pur (puissance = o). Jeannot et l'eu-phorie. Les leçons de la Bible sur l'Adam archaïque. Ces pièces se combinent dans mon esprit pour former un ensemble cohérent où je vois apparaître en filigrane les six lettres d'un nom : Nestor.

L'exigence de domination. Rien ne cerne mieux la personnalité de Nestor que ces deux mots. Pour parvenir à ses fins, pour assurer son emprise sur les autres, il me semble aujourd'hui qu'il disposait de deux voies. L'une ne sortait pas du monde clos du collège de Saint-Christophe, de cette collégialité au centre de laquelle il était tapi comme une araignée dans sa toile, de ces bâtiments dont il possédait toutes les clés, peuplés d'enfants qui l'admiraient aveuglément et d'adultes qui tremblaient devant lui. Monde clos dont il mesurait avec un soin vigilant la densité d'atmosphère variable d'un lieu à l'autre, plus faible dans la cour de récréation que dans la chapelle, plus lourde dans le réfectoire que dans l'aquarium, et qui trouvait sa formule la plus riche dans les dortoirs, au cœur de la nuit.

L'autre voie, il est certain qu'il l'a pressentie, qu'il s'y est même quelque peu engagé, mais tardivement et non profondément. Je veux parler de la *voie phorique*. Christophe et Albuquerque, le combat des cavaliers, et jusqu'à sa prestigieuse bicyclette — instrument phorique de l'écolier par excellence — tout indique qu'il n'ignorait pas cette voie. Et là, je voudrais formuler une hypothèse assez fragile certes, mais qu'il appartiendra à l'avenir de confirmer. Je me demande si ces deux voies ne sont pas exclusives l'une de l'autre, comme deux chemins ne peuvent être empruntés simultanément, quand même ils aboutiraient au même but. La claustration collégiale — celle de l' « internat », si bien nommé — rendait inutile la phorie, sinon comme un exercice profitable en prévision d'un éventuel avenir de plein air. Ainsi la phorie correspondrait à un milieu ouvert, de densité très faible, semblable en cela au masque à oxygène que les aviateurs doivent chausser pour s'envoler à haute altitude.

Tout cela est bien spéculatif, mais ce n'est en somme qu'un effort de mon esprit pour comprendre des données brutes qui s'imposent à moi d'autorité.

C'est ainsi que cette « densité atmosphérique », bien oubliée depuis l'internat, je l'ai retrouvée par deux fois en peu de jours, d'abord de façon allusive au Louvre, puis ce matin même et avec quelle violence !

C'était rue de Rivoli, au nº 119 exactement. Il y a là l'entrée d'un passage qui aboutit rue Charlemagne, non loin du collège du même nom. Je me suis engagé dans ce goulot sombre qui traverse successivement deux petites cours d'immeuble parce que j'avais affaire chez un fournisseur quai des Célestins. Sans doute le collège venait-il d'ouvrir ses portes. Je me suis trouvé soudain à contre-courant d'un flot d'enfants qui se ruaient avec des clameurs dans l'étroit canal, remplissaient les deux cours où ils retrouvaient un peu d'espace, et se bousculaient à nouveau vers la rue de Rivoli. Moi je faisais face, comme un saumon dans un torrent de montagne, secoué, bousculé, délicieusement heureux aussi, du bonheur de la petite fleur qui subit toutes étamines dehors l'assaut d'une bourrasque chargée de grains de pollen. Bonheur ailé, tout semblable à celui qui a fondu sur moi à l'instant où j'ai ramassé Jeannot frappé à la tête par une pale de ventilateur. Mais cette fois c'était une joie nombreuse, tumultueuse, à laquelle il ne manquait pour être supérieure à l'extase phorique qu'un sceau définitif, celui de la *totalité*.

Car je comprends maintenant pourquoi quelques lignes de Descartes m'avaient paru flamber soudain dans la grisaille d'un cours de philosophie. J'avais la certitude obscure que cette règle du *Discours de la Méthode* avait un rapport avec la préoccupation majeure de Nestor : « Faire partout des dénombrements si entiers et des revues si générales que je fusse assuré de ne rien omettre. » Le grand mérite d'un monde clos sur lui-même, sans ouverture sur le dehors, obéissant aux seules lois internes qu'il s'est données, c'est de faciliter la satisfaction à cette règle fondamentale.

Mais moi, je vis en milieu ouvert, exilé loin de la citadelle nestorienne et de ses sujets dénombrés. Je tâtonne, conforté par la seule certitude qu'un fil invisible guide mes pas vers un accomplissement mystérieux. « Regarde Christophe et va d'un pas assuré. »

En rentrant au garage, j'ai voulu savoir combien il y a d'enfants actuellement en France. Je me suis arrêté à l'âge de douze ans, âge de l'enfant par excellence, ayant atteint en quelque sorte sa pleine maturité enfantine, parvenu à son bel épanouissement et aussi hélas au seuil de la catastrophe pubertaire. Voici les chiffres que m'a communiqués un ami journaliste spécialisé dans les questions démographiques :

NAISSANCES EN FRANCE

	Total	Garçons	Filles
1926	767 500	392 100	375 400
1927	743 800	379 700	364 100
1928	749 300	383 600	365 700
1929	730 100	373 000	357 100

Nous sommes donc en 1938 dans une année particulièrement faste. L'atmosphère extérieure, c'est-à-dire à l'état de dilution maximum, présente une densité qu'elle ne connaîtra plus de longtemps puisque la classe des douze ans s'effondre en 1939 pour remonter un peu en 1940 et retomber plus bas encore en 1941.

15 novembre 1938. Hier soir les Hervé ont eu raison de ma résistance et sont parvenus à m'entraîner à l'Opéra où l'on représentait le *Don Juan* de Mozart.

Je savais que je haïssais l'opéra, mais maintenant je sais aussi pourquoi. C'est parce que dans le monde dont il nous donne le spectacle, les caractères sexuels des personnages sont grossis jusqu'à la caricature. Les hommes sont d'une virilité qui avoisine la bestialité, les femmes d'une féminité exacerbée dont l'hystérie paraît être le climat habituel. Enfin je ne saurais trop dire pourquoi la *fraîcheur* qui représente pour moi la valeur majeure — en comparaison de laquelle toutes les autres ne sont que chèques sans provision et monnaies de singe — me paraît être ce que l'opéra est le moins propre à exalter. Le courage, la grandeur, la majesté, une certaine forme de beauté — noble, altière, orageuse —, la profondeur, la cruauté, l'amour, oui. La fraîcheur, non. Ni la musique, ni les décors, ni l'action, et les personnages moins encore, ne lui laissent la moindre place. En vérité l'opéra — qu'il s'agisse de la salle ou du plateau — est pour moi l'un de ces lieux suffocants où il est bien évident que les enfants n'ont pas accès. Pouah!

Quant au spectacle d'hier soir, je suis bien obligé de convenir qu'il m'est entré dans le cœur comme une écharde, et cela pour une raison toute simple : parce que Don Juan, c'est moi. Oh certes maquillé, fardé, masqué et travesti, comme il est fatal si l'on veut me transposer dans un univers dont la fraîcheur est exclue, de telle sorte que tout le monde soit dupe et que le personnage demeure indéchiffrable à tout autre qu'à moi. Mais la scène où Leporello exhibe la liste des conquêtes de son maître et en compte cent quarante en Allemagne, deux cent trente en Italie, quatre cent cinquante en France et mille trois en Espagne exprime assez une *volonté d'exhaustion* que je ne connais que trop. A Don Juan aussi une Rachel aurait pu dire « Tu n'es pas un amant, tu es un ogre! » Et comme j'ai des yeux pour voir et des oreilles pour entendre, j'ai bien compris l'épilogue terrible, et qu'il n'était autre que ma propre mort adaptée aux prémisses de l'affabulation. Car je ne doute pas qu'une nuit un visiteur sculpté dans de la pierre tombale viendra frapper à ma porte de son poing de marbre, et qu'il prendra la main que je lui tendrai et m'entraînera avec lui dans les ténèbres dont nul ne revient. Mais il n'aura pas les traits d'un père bafoué et assassiné. Il aura mon propre visage.

Je sais maintenant ce que sera ma fin : elle sera la victoire définitive de l'homme de pierre qui est en moi sur ce qui me reste de chair et de sang. Elle s'accomplira la nuit où mon destin ayant pris totalement possession de moi, mon dernier cri, mon dernier soupir viendra mourir sur des lèvres de pierre.

2 décembre 1938. En assistant tout à l'heure à la sortie de l'école communale boulevard de la Saussaye, j'ai eu la vision d'une grande épuisette qui happerait d'un coup tous les enfants. Elle en raflerait le gros contre le mur de la porte, mais il faudrait aussi qu'elle balaie le trottoir pour rattraper les premiers sortis. Et me livrerait tout un grouillement de tabliers noirs soutachés de rouge, de jambes nues et de visages rieurs.

9 décembre 1938. Les journaux sont pleins de l'arrestation, à La Celle-Saint-Cloud, dans sa villa « La Voulzie », de Weidmann, un Allemand que l'on soupçonne d'avoir assassiné sept personnes.

12 décembre 1938. Une mince couche de neige couvrait la ville ce matin. Le fait est assez rare pour justifier une petite promenade photographique. Mon rollei en sautoir, je remontai donc l'avenue du Roule. Arrivé devant la cour de récréation du collège Sainte-Croix, j'ai observé un moment les chassés-croisés des enfants. Il est certain que cet extraordinaire ballet, ces figures sans cesse formées, puis effacées et reconstituées doivent avoir un sens. Lequel? Groupes, combinaisons, ensembles, compositions, éclatements, tout est signe ici, comme ailleurs, davantage qu'ailleurs. Mais signe de quoi? C'est mon éternelle question dans ce monde semé d'hiéroglyphes dont je n'ai pas la clé.

Je me suis approché des grilles qui séparent la cour de Sainte-Croix du trottoir, puis à travers les barreaux, j'ai pris une rafale de photos, avec la joie forte et coupable du chasseur qui tirerait les bêtes d'un parc zoologique dans leurs cages. J'étudierai ces images à tête reposée. Je comparerai les états successifs de cette petite société livrée à elle-même et saisie de seconde en seconde. C'est bien le diable si je ne découvre pas quelque chose! Mettre des enfants en cage... Mon âme ogresse y trouverait son compte. Mais il y a autre chose qui va plus loin qu'un simple jeu de mot. Toute grille est grille de déchiffrement, il n'est que de savoir l'appliquer.

15 décembre 1938. Pause de midi. Assis en face de moi, sa main gauche enfouie dans sa crinière châtaine, Jeannot lit.

Interrompu, il pose son doigt sur la ligne en cours, ou bien, s'il faut décidément abandonner sa lecture, il sort un bout de crayon de sa poche et trace une croix dans la marge au niveau où il la reprendra plus tard.

Ce qu'il lit, c'est *Pinocchio* de l'Italien Collodi. Je feuillette le livre abandonné, d'avance contracté dans l'attente des atrocités dont les contes pour enfants sont farcis. Comme si les enfants étaient des brutes épaisses, aussi peu intelligentes et sensibles que possible, que seules des histoires abominables — véritables tord-boyaux littéraires — peuvent réussir à émouvoir! Perrault, Carroll, Busch, des sadiques auxquels le divin marquis n'avait rien à apprendre.

Pinocchio me rassure d'abord. Cette histoire d'une marionnette soudain douée de vie renoue avec une très ancienne et tendre tradition féerique. Mais je ne ressens que plus durement l'horrible épisode au cours duquel Pinocchio et son ami Lumignon parce qu'ils travaillent trop mal à l'école sont métamorphosés en ânes. Épouvantés, ils se jettent à genoux, joignent les mains, implorent leur pardon. Mais on entend leurs cris devenir peu à peu des hi-han grotesques, leurs petites mains jointes se transforment en sabots, leur bouche devient un mufle, les fonds de culotte se gonflent et crèvent avec un bruit ignoble sous la poussée d'une queue noire et velue. Vrai, je ne sache pas qu'on soit jamais allé aussi loin dans l'horrible. Même Peau d'âne s'enlaidissant pour décourager les assiduités d'un père incestueux ne me donne pas un sentiment d'abomination aussi violent que l'agonie de ces deux enfants.

Mais je m'avise que l'affreuse tribulation de Pinocchio et de Lumignon est une vieille connaissance pour moi. La mauvaise fée qui d'un coup de baguette magique transforme le carrosse en citrouille et le petit garçon en âne, je la rencontre tous les jours, c'est la fée Puberté. L'enfant de douze ans a atteint un point d'équilibre et d'épanouissement insurpassable qui fait de lui le chef-d'œuvre de la création. Il est heureux, sûr de lui, confiant dans l'univers qui l'entoure et qui lui paraît parfaitement ordonné. Il est si beau de visage et de corps que toute beauté humaine n'est que le reflet plus ou moins lointain de cet âge. Et puis, c'est la catastrophe. Toutes les hideurs de la virilité — cette crasse velue, cette teinte cadavérique des chairs adultes, ces joues râpeuses, ce sexe d'âne démesuré, informe et puant — fondent ensemble sur le petit prince jeté à bas de son trône. Le voilà devenu un chien maigre, voûté et boutonneux, l'œil fuyant, buvant avec avidité les ordures du cinéma et du music-hall, bref un adolescent.

Le sens de l'évolution est clair. Le temps de la fleur est passé. Il faut devenir fruit, il faut devenir graine. Le piège matrimonial referme bientôt ses mâchoires sur le niais. Et le voilà attelé avec les autres au lourd charroi de la propagation de l'espèce, contraint d'apporter sa contribution à la grande diarrhée démographique dont l'humanité est en train de crever. Tristesse, indignation. Mais à quoi bon? N'est-ce pas sur ce fumier que naîtront bientôt d'autres fleurs?

18 décembre 1938. L'instruction du procès de Weidmann, l'assassin aux sept cadavres, est en cours. Le bonhomme mesure un mètre quatre-vingt-onze et pèse cent dix kilos. Ce sont exactement mes mensurations.

21 décembre 1938. Ce matin, avenue du Roule. J'allais dépasser l'extrémité de la cour du collège Sainte-Croix et longer la succession d'ateliers et de stations de pompage qui aboutit à mon propre garage quand j'ai été soudain cloué sur place par un long cri qui domina le brouhaha des jeux de la récréation. C'était une note gutturale, d'une pureté incomparable, longtemps soutenue, comme un appel venu du plus profond du corps, puis s'achevant dans une série de modulations ensemble joyeuses et pathétiques. Étonnante impression de rigueur et de plénitude, d'équilibre et de débordement!

Je suis immédiatement revenu sur mes pas, persuadé que j'allais découvrir dans la cour quelque chose ou quelqu'un d'exceptionnel, d'éclatant. Mais non, il n'y avait rien. J'avais encore dans l'oreille ce cristal enrichi de toutes les harmoniques de la chair, et le va-et-vient des enfants se poursuivait comme par-devant, comme si ce miracle sonore n'avait pas eu lieu. Lequel de ces petits hommes avait tiré de lui-même cette plainte heureuse et pure? Ils me paraissaient tous aussi quelconques, c'est-à-dire aussi essentiels les uns que les autres.

Je suis resté un long moment bercé par l'écho de plus en plus lointain du « cri » qui faisait lever en moi le souvenir de Saint-Christophe mais que recouvrait et effaçait la musique multiple et tonique des jeux et des combats enfantins. Puis une cloche sonna, des files se formèrent aux portes des classes. Enfin je me suis éloigné d'une cour devenue déserte.

Avant de rentrer au garage, j'ai noté toutefois le jour et l'heure du « cri », aussi apparemment absurde que fût l'idée d'un retour régulier d'un miracle.

23 décembre 1938. Boulevard de la Saussaye un grand bâtiment austère réunit l'école maternelle et les écoles primaires des filles et des garçons. C'est maintenant une habitude pour moi d'assister à la sortie des enfants à six heures du soir. J'ai d'abord été retenu par la gerbe sonore qui s'épanouissait derrière le haut mur, un jour que je passais là à l'heure de la récréation. Je me suis arrêté, délicieusement enveloppé par ce vaste chœur unanime et nombreux à la fois, traversé irrégulièrement de silences et d'exclamations, de points d'orgue et de reprises *mezza voce.* J'attendais toujours le « cri » qui m'a si chaudement touché le cœur avant-hier, devant les grilles de Sainte-Croix, car j'ai la conviction qu'il s'agit là non de la manifestation particulière d'un don vocal individuel, mais de l'essence même de l'enfant sous sa forme sonore.

Je n'ai pas entendu le « cri » ce matin, mais à une masse vocale puissante et emportée a succédé soudain un trille délicat, un *pizzicato* suraigu, fin comme une dentelle, à la fois moqueur et caressant qui me picota les yeux au point d'y faire monter l'eau. J'ai résolu de demander à Karl F. de me prêter sa machine américaine à enregistrer les bruits. Je viendrai ici jour après jour fixer *chaque récréation* sur des bandes magnétiques. Puis je les écouterai chez moi dans le calme, autant de fois qu'il le faudra pour trouver le fil de la symphonie. Et qui sait ? Peut-être pourrai-je chanter ensuite avec elle, peut-être la saurai-je par cœur et pourrai-je faire renaître en moi de mémoire la récréation de cinq heures du 25 novembre ou celle de dix heures du 20 décembre, comme je peux susciter dans mon imagination un quatuor de Beethoven ou une étude de Chopin.

En attendant d'acquérir cette culture musicale d'un genre nouveau, j'observe avec une surprise d'une inaltérable fraîcheur la ruée au-dehors des enfants, soudain lâchés dans la rue après de longues heures de claustration. Je note que ce sont toujours les mêmes qui sortent les premiers, toujours les mêmes qui s'attardent. Je les connais et je les reconnais mieux que la foule des autres qui s'étrangle dans le goulot de la porte avec des hurlements.

Par l'autre porte s'écoule le troupeau gazouillant des petites filles que j'observe avec une curiosité passionnée. On ne saurait dire le mal que fait en notre enfance la séparation des garçons et des filles! L'homme et la femme sont si étrangers l'un à l'autre, si difficiles à unir dans une vie commune qu'il est stupide et criminel de ne pas les accoutumer dès le premier âge à tout partager. On sait bien pourtant que chien et chat ne peuvent cohabiter que s'ils ont tété le même biberon!

28 décembre 1938. Tristesse insondable des écoles et des cours de récréation vidées par les vacances de Noël. Comment vivre sans ces petits îlots de fraîcheur vivifiante, sans ces ballonnets d'oxygène qui font oublier quelques instants la pestilence de l'adultat ? Je m'avise que rien ne m'est plus funeste que la liberté des enfants. Leur dispersion aux quatre vents ne laisse place qu'à une atmosphère raréfiée au point de devenir irrespirable.

C'est dans cette humeur chagrine que j'ai assisté ce matin à la messe dédiée aux Saints-Innocents, massacrés sur l'ordre du roi Hérode. Comment n'aurais-je pas associé cette grande et terrible tuerie aux symphonies de cris d'enfants dont je me repais journellement? En entendant la lecture de l'Évangile selon saint Matthieu qui relate ce crime, je me suis dissimulé derrière un pilier, et j'ai sangloté de douceur et de pitié.

31 décembre 1938. Dans quelques instants l'année 1939 va commencer. Coiffés de chapeaux de clowns, les hommes et les femmes se jettent des confettis à la figure. Moi je quitte un lit rendu aride, fade et absolument inhospitalier par l'insomnie, et je côtoie des abîmes de solitude, comme un somnambule divaguant au bord d'une gouttière. La certitude que l'année ne s'achèvera pas sans pluie de feu et de soufre me transit de peur et de tristesse. J'ouvre la Bible, mais ce livre écrit par des nocturnes dans mon genre ne m'apporte que l'écho formidablement amplifié de mes propres plaintes.

Mes yeux sont consumés de chagrin
Et mes membres sont comme une ombre.
La demeure que j'attends, c'est le séjour des morts,
C'est dans les ténèbres que je dresse ma couche.
Je crie au tombeau : tu es mon père!
Et aux vers : vous êtes mes frères!
Les ombres des trépassés tremblent sous les eaux,
Le séjour des morts est à nu devant Dieu,
Et l'abîme est sans voiles.
Il étend le septentrion au-dessus du vide,
Il suspend la terre sur le néant,
Il enferme les eaux dans ses nuages,
Et la nuée n'éclate point sous leur poids.
Il voile la vue de son trône,
Il le couvre de sa nuée,
Il trace un cercle sur les eaux,

A la limite où la lumière confine aux ténèbres.
Dieu a fait tomber la nuit sur mon sentier,
Il m'a arraché mon manteau de pourpre,
Il a ôté la couronne de ma tête et l'a fait éclater sur un rocher,
Il m'a brisé de toutes parts,
Il a déraciné mon espérance comme un arbre.
Pourtant Dieu fait la plaie et il la panse,
Il blesse et ses mains guérissent,
Et moi je sais qu'il rendra un jour le sourire à mes lèvres,
Qu'il mettra des chants d'allégresse dans ma bouche.
Alors la terre tressaillira de joie,
La mer retentira de rires,
Les campagnes frémiront d'amour,
Les arbres des forêts secoueront en hennissant leurs feuillages,
Comme des chevaux fougueux secouent leur crinière.

2 mars 1939. Je n'ai rien écrit depuis le début de l'année. En vérité, c'est à peine si j'ai vécu! Enfant, la plongée dans le noir, l'humide et le froid de l'hiver se confondait pour moi avec le malheur d'exister. Il m'a fallu longtemps pour comprendre qu'il ne s'agissait en somme que d'une saison, la mauvaise. D'année en année, à mesure que je vieillis, le temps passe plus vite pour moi, et ainsi des durées de plus en plus longues me deviennent mesurables, maîtrisables. Mais l'hiver n'a pas encore suffisamment rétréci pour que je puisse l'enjamber gaillardement et prendre pied sur l'autre bord du trou. Un jour peut-être. Pour l'heure, je manque encore le pas, et je m'effondre dans la fosse janvier-février avec le sentiment que jamais, jamais on en sortira.

En vérité je hais l'hiver, parce que l'hiver hait la chair. Partout où il la trouve dénudée, il la châtie, il la fouaille, comme un prédicateur puritain. Le froid est une leçon de morale, de l'inspiration la plus haineusement janséniste. Et logiquement, parce que *les signes ont besoin de la chair pour se manifester,* l'hiver impose silence aux voix et éteint les feux qui jalonnent habituellement ma route. Alors moi, je me mets en panne. J'hiverne, la figure contre le mur et les poings sur les oreilles...

Mais ce matin des rafales de vent tiède essuyaient la pluie qui a crépité toute la nuit sur la verrière du garage. Une humeur océanique attendrit le ciel. En sortant de chez moi, je me suis trouvé entouré tout à coup par un pensionnat de fillettes aux jambes nues, blanchies par l'hiver. Nous reverrons bientôt, Mabel, les chemisettes et les socquettes blanches, les robes d'été et les culottes courtes! Tu peux fourbir ta machine à voler les cris et les sons, et ta boîte à capturer les images.

Mais prends garde aussi, car les prémonitions ne vont pas tarder à te sauter au visage!

4 mars 1939. Soixante-deux cardinaux assistés chacun d'un conclaviste et d'un garde noble se sont enfermés avant-hier matin dans la partie du Vatican réservée au conclave. Ils chantaient le *Veni Creator*, mais le ciel irrité a couvert leur voix par un violent orage. Ainsi la fine fleur de la racaille ecclésiastique cosmopolite a été murée dans un espace clos par les soins du prince Chigi, maréchal du conclave, et toutes les issues étaient surveillées par les troupes pontificales et par les auditeurs de la Rote.

On frémit en essayant d'imaginer le sabbat qu'ont mené ces 186 vieillards assurés d'une densité d'atmosphère inconnue à ce jour! Seules des volutes de fumée noire s'échappant de la cheminée de la chapelle Sixtine témoignèrent des diableries auxquelles cette assemblée ivre d'impunité s'est livrée.

A dix-sept heures trente, le cardinal Caccia Dominioni s'est présenté sur la loggia centrale de Saint-Pierre que les cérémoniaires avaient ouverte, et sous laquelle ils avaient déployé la grande tapisserie aux armes de Pie IX.

— Je vous annonce une grande joie, a-t-il proclamé. Nous avons un pape en la personne du Très Révérend Cardinal Eugenio Pacelli.

La foule a aussitôt entonné le *Te Deum*.

Je ne sais qui est ce Pacelli. Il se prénomme Eugène, comme Weidmann dont on instruit le procès. Et puis j'ai vu sa photo dans les journaux : c'est la momie de Ramsès II en plus sec, en moins humain. Exactement l'anti-pasteur ravagé par tous les démons de la Pureté que requièrent les temps apocalyptiques qui approchent.

15 mars 1939. J'ai remarqué sortant avec un groupe de compagnes de l'école communale boulevard de la Saussaye une fillette d'une étonnante beauté, très femme déjà, me semble-t-il, malgré son torse plat et ses genoux écorchés. Je l'ai remarquée, mais il serait plus juste de dire que c'est elle qui m'a remarqué. C'était fatal. Voilà des semaines que je viens ici soit avec mon rollei, soit avec l'appareil à enregistrer de Karl F. dissimulé dans ma vieille hotchkiss et dont seul émerge le micro au bout d'une sorte d'antenne que j'ai fixée verticalement entre les deux portières, parfois avec l'un et l'autre, puisque j'en use à des moments différents, récréations pour les enregistrements, sorties pour les prises de vue.

Je sais qu'elle s'appelle Martine pour l'avoir entendu interpeller par des camarades. La question que je me pose est celle-ci : quid de la phorie avec une petite fille? Mon éducation exclusivement garçonnière à Saint-Christophe fait de l'enfant femelle pour moi une *terra incognita* que je brûle d'explorer.

21 mars 1939. Ce premier jour du printemps a été marqué pour moi d'une pierre noire et d'une pierre blanche, comme si désormais le faste et le néfaste devaient sans cesse s'équilibrer de part et d'autre de mon chemin.

Pierre noire : j'apprends par la presse que Weidmann, dont je suis journellement l'instruction du procès, est né le 5 février 1908 à Francfort, et qu'il était fils unique. Je suis fils unique. Je suis né le 5 février 1908 à Gournay-en-Bray. Ainsi il ne suffisait pas que l'assassin aux sept cadavres eût mon poids et ma taille, il fallait encore qu'il fût né le même jour que moi. Ce sont des rencontres qui me blessent plus que je ne saurais le dire.

Pierre blanche : la récréation de quatre heures et demie d'hier dont l'enregistrement mérite de devenir un grand classique du genre. Pour la première fois, j'ai assisté à un glissement de la pure symphonie instrumentale vers l'action dramatique, et en somme l'oratorio. Elle est là, lovée sur la bobine de l'appareil d'enregistrement. Je l'ai écoutée vingt fois peut-être, et je ne crois pas que je me lasserai de l'entendre.

Cela prélude par une gerbe sonore triomphale qui fait le silence autour d'elle, absorbant tout autre son. Puis cette masse apparemment homogène se fissure de mille petits cris qui la diversifient et l'affaiblissent en même temps. Et soudain un point d'orgue, formidable, suffocant, qui vous arrête le cœur. Et alors une autre gerbe, mais cette fois les petits cris sont devenus paroles, murmure innombrable dont la dominante est une angoisse mille et mille fois répétée, reflétée selon des facettes différentes. Enfin un mot qui vient s'inscrire en lettres grasses et rutilantes sur ce fond frémissant : SALAUD ! Ah cette insulte, préparée de si longue haleine, si richement rehaussée, je l'attends chaque fois en tremblant, et lorsqu'elle éclate, je suis tout recroquevillé sur mon fauteuil, depuis plusieurs secondes déjà, dans l'anticipation du choc. Ensuite, comme il est fatal, la masse sonore se disloque, des foyers se forment çà et là — et les amateurs de musique descriptive y relèveraient facilement une partie de football, une dispute furieuse entre deux enfants, un jeu des quatre-coins, un petit groupe chantant une comptine — mais il faut mépriser ces interprétations littéraires et lire dans cette dispersion les efforts d'une collégialité qui cherche à se différencier, voire même pour son plus grand péril à enfanter des individus particuliers. Mais tout se résout à nouveau dans une grande fulmination sonore pleine d'éclats et de gémissements, buée argentée où tremblent des visages souriants ou pathétiques. Jusqu'au moment où la cloche attaque à coups précipités le dôme sonore, le sape de toutes parts, le réduit, l'anéantit, et l'on n'entend plus qu'un piétinement de galoches sur la terre battue.

En enroulant ma bande magnétique pour la vingtième fois autour de sa bobine, j'admire que le détail si clair, si évident de ces quinze minutes m'ait totalement échappé au cours de l'enregistrement — je ne percevais alors qu'un tumulte émouvant mais désordonné — et ne se soit révélé que lentement au fur et à mesure des auditions successives.

Pour percer le mur de notre cécité et de notre surdité, il faut que les signes nous frappent à coups redoublés. Pour comprendre que tout est symbole et parabole de par le monde, il ne nous manque qu'une capacité d'attention infinie.

6 avril 1939. Albert Lebrun est réélu président de la République par cinq cent six voix sur neuf cent dix votants, sénateurs et députés, réunis au palais des Congrès versaillais. Ils ont fait preuve dans leur choix d'un discernement raffiné. Lebrun est le seul qui réussisse ce tour de force : allier l'insignifiance à l'abjection.

14 avril 1939. Ce soir Martine avait noué sur sa tête un fichu de soie noire qui encadrait assez étroitement son visage triangulaire. Ainsi débarrassé du commentaire volubile et frivole de ses boucles blondes, ramené à ses lignes essentielles, ce visage avait une pureté de madone qu'avivait son air enfantin, malgré sa gravité. Qu'elle était jolie! Elle m'a regardé avec insistance, mais elle ne m'a pas souri.

1er mai 1939. Lorsque je divague par les rues dans ma vieille hotchkiss, ma joie n'est vraiment complète que si mon rollei pendu en sautoir à mon cou est bien calé entre mes cuisses. Je me plais ainsi équipé d'un sexe énorme, gainé de cuir, dont l'œil de Cyclope s'ouvre comme l'éclair quand je lui dis « Regarde! » et se referme inexorablement sur ce qu'il a vu. Merveilleux organe, voyeur et mémorant, faucon diligent qui se jette sur sa proie pour lui voler et rapporter au maître ce qu'il y a en elle de plus profond et de plus trompeur, son apparence! Grisante disponibilité du bel objet compact et pourtant mystérieusement creux, balancé à bout de courroie comme l'encensoir de toutes les beautés de la terre! La pellicule vierge qui le tapisse secrètement est une immense et aveugle rétine qui ne verra qu'une fois — tout éblouie — mais qui n'oubliera plus.

J'ai toujours aimé photographier, développer, tirer, et dès mon installation au Ballon, j'ai transformé en laboratoire une petite pièce facile à obscurcir et pourvue d'eau courante. Je mesure aujourd'hui à quel point cet engouement était providentiel, et comme il sert bien mes préoccupations actuelles. Car il est clair que la photographie est une pratique d'envoûtement qui vise à s'assurer la possession de l'être photographié. Quiconque craint d'être « pris » en photographie fait preuve du plus élémentaire bon sens. C'est un mode de consommation auquel on recourt généralement faute de mieux, et il va de soi que si les beaux paysages pouvaient se manger, on les photographierait moins souvent.

Ici s'impose la comparaison avec le peintre qui travaille au grand jour, par petites touches patientes et patentes pour coucher ses sentiments et sa personnalité sur la toile. A l'opposé, l'acte photographique est instantané et occulte, ressemblant en cela au coup de baguette magique de la fée transformant une citrouille en carrosse, ou une jeune fille éveillée en jeune fille endormie. L'artiste est expansif, généreux, centrifuge. Le photographe est avare, avide, gourmand, centripète. C'est dire que je suis photographe-né. Ne disposant pas des pouvoirs despotiques qui m'assureraient la possession des enfants dont j'ai décidé de me saisir, j'use du piège photographique — et je me hâte de préciser qu'il ne s'agit nullement d'un pis-aller. Quoi que l'avenir me réserve, je conserverai l'amour de ces images brillantes et profondes comme des lacs où je fais certains soirs solitaires des plongées éperdues. La vie est là, souriante, charnue, offerte, emprisonnée par le papier magique, ultime survivance de ce paradis perdu que je n'ai pas fini de pleurer, l'esclavage. L'envoûtement et ses pratiques exploitent déjà la possession mi-amoureuse mi-meurtrière du photographié par le photographe. Pour moi, l'aboutissement de l'acte photographique sans renoncer aux prestiges de l'envoûtement va plus loin et plus haut. Il consiste à élever l'objet réel à une puissance nouvelle, la *puissance imaginaire*. L'image photographique, cette émanation indiscutable du réel, est en même temps consubstantielle à mes fantasmes, elle est de plain-pied avec mon univers imaginaire. La photographie promeut le réel au niveau du rêve, elle métamorphose un objet réel en son propre mythe. L'objectif est la porte étroite par laquelle les élus appelés à devenir des dieux et des héros *possédés* font leur entrée secrète dans mon panthéon intérieur.

Dès lors il est clair que je n'ai pas besoin de photographier *tous* les enfants de France et du monde pour satisfaire ce besoin d'exhaustion qui est mon tourment. Car chaque photo élève son sujet à un degré d'abstraction qui lui confère du même coup une certaine généralité, de telle sorte qu'un enfant photographié, c'est X — mille, dix mille — enfants possédés...

Donc par ce beau 1er mai ensoleillé, ayant petit-déjeuné allégrement sur un coin de table, je me lance à la chasse aux images, mon rollei amoureusement calé à sa place géniteuse. Déjà mes yeux ne sont plus que des viseurs, cueillant des images possibles aux branches des arbres, sur les trottoirs, et même au fond des voitures que je côtoie. Les passants du 1er mai, les chiens du 1er mai marchent d'un pas dominical dans les rues apaisées par la fête du travail. Le monde défile derrière la vitrine de mon pare-brise. Le monde est une vitrine délicieusement agencée par un étalagiste qui a nom 1er-Mai. Les flics qui s'amusent à régler la circulation pendant leur congé du 1er-Mai me font des signes d'amitié avec leur bâton blanc.

Je laisse ma vieille hotchkiss sur la berge du pont des Champs-Élysées. Mouettes grises, pêcheurs immobiles, yachts abandonnés, quelques petits fonctionnaires qui lavent leur voiture au bord de l'eau — et ce sera peut-être leur meilleur moment de la semaine. Un marinier actionne furieusement la pompe d'une péniche, et à chaque effort une éjaculation jaunâtre fuse au ras de la ligne de flottaison. Je me glisse dans une barque et, au risque de me ficher à l'eau, je rassemble dans mon viseur le jet jaunâtre, la silhouette noire et abrupte de la coque, et, tout en haut, sur un coin de ciel bleu, le petit homme sautant pour peser de tout son poids sur le bras de la pompe. Sur le quai un gamin s'amuse à aveugler les passants avec un éclat de miroir. Je lui demande d'envoyer son rayon dans l'objectif de mon appareil, et j'imagine à l'avance la photo qui sortira de cette rencontre : une explosion blanche surmontée par une tête hirsute et hilare au grand rire ébréché.

Sur l'esplanade du palais de Tokio, des jeunes garçons tournoient en patins à roulettes, d'autres jouent au ballon. Les patineurs ne quittent jamais leurs patins. Les joueurs ne patinent jamais. Les deux groupes ne se mélangent pas, séparés par une différence presque biologique. On songe aux fourmis : certaines ont des ailes, les autres non.

Je remarque deux patineurs, deux garçons très bruns, deux frères sans doute, semblablement vêtus, de visages et de corps semblables, différents seulement par l'âge et la taille, faune et faunelet. Ils décrivent de rapides arabesques, sautent plusieurs volées de marches d'un seul bond. Je leur demande de se prendre par la main et de tournoyer au pied du haut-relief géant qui figure Terpsychore et une nymphe dansant dans un décor arcadien. Et je photographie le double couple — petit couple de chair, grand couple de pierre — s'ignorant et cependant si bien accordés. Puis j'apprends aux enfants qui est Terpsychore : une Grâce, une déesse grecque, la patronne des patineurs à roulettes. Plus tard l'attention générale est attirée par un jeune cycliste qui progresse après avoir fixé sa roue de devant sur un patin à roulettes. Invention surprenante, combinaison de deux attributs essentiels et en principe incompatibles de l'écolier. La roue de devant de la bicyclette, immobilisée, glisse sur les dalles dans un grand bruit de ferraille.

Les jeux un moment suspendus reprennent. Poursuites, voltes, sauts, farandoles qui ondulent dans un tonnerre ferrugineux. La farandole se disloque pour franchir plusieurs marches d'un bond. L'un des enfants trébuche. Emporté par son élan, il rebondit plusieurs fois sur l'escalier et forme en bas des marches un misérable petit tas de vêtements immobile. J'ai reconnu le plus jeune des deux frères, le faunelet. Il se retourne lentement, s'assqit, puis se penche sur son genou droit. Il ne pleure pas, mais son visage est décomposé par la souffrance. Agenouillé près de lui, je glisse ma main sous son genou, dans cette gorge moite, tendre et frémissante — qui est exactement le jarret — tandis qu'une étrange douceur me prend aux entrailles. Provoquée sans doute par l'arête d'une des marches de marbre, la plaie est d'une netteté magnifique : une fente vermeille d'un ovale impeccable, un œil de Cyclope aux paupières ourlées, aux commissures serrées, œil crevé certes, ne laissant filtrer qu'un regard mort, mais saignant à peine, transsudant, comme son humeur vitrée, un filet de lymphe qui forme une lente coulée albumineuse le long du mollet et jusque sur la chaussette tassée. Deux enfants s'occupent à désangler les patins du blessé, tandis que j'adapte des bonnettes de deux dioptries au viseur et à l'objectif de mon rollei. Il faut maintenant que le blessé se lève et tienne debout au moins quelques secondes. Je le mets sur ses pieds, mais il titube, vert comme un coing. « Il va tomber » prononce l'un des enfants. Il n'en est pas question. Je le gifle à toute volée. Puis je l'adosse contre le mur. Je prends une première photo, mais elle sera plate sous cet éclairage direct. Il me faut une lumière frisante qui révèle la profondeur pourpre de l'orbite. Je fais pivoter l'enfant d'un quart de tour. Sur l'œil de Cyclope crevé, mon rollei braque son œil de robot en cristal, confrontation essentielle de la chair meurtrie, réduite à la passivité, qui ne saurait voir, qui ne peut qu'être vue, dolente, ouverte, avec la vision pure, possessive et définitive de mon arme. Agenouillé devant cette petite statue de la souffrance, j'achève le film dans une sorte d'ivresse heureuse dont je ne suis pas maître. Puis vient enfin l'instant que j'attends en jubilant. Je laisse tomber mon rollei au bout de sa courroie, je passe mon bras droit sous les genoux du blessé, mon bras gauche sous ses aisselles, et je me relève avec mon frêle fardeau.

Je me relève, et mes épaules touchent le ciel, ma tête est environnée d'archanges musiciens qui chantent ma gloire. Les roses mystiques épanchent pour moi leur plus frais parfum. C'est la seconde fois en peu de mois que j'enlève dans mes bras un enfant blessé et que l'extase phorique m'enveloppe. Cela seul suffirait à prouver que je suis d'ores et déjà entré dans une ère nouvelle.

Les enfants qui m'entourent ne comprennent rien à la lumière qui transverbère mon visage. Allons, il faut réintégrer le temps, reprendre le fil des événements quotidiens, faire semblant d'être un numéro quelconque de la grande famille humaine...

Je me dirige vers ma voiture où j'installe le faunelet à côté du faune qui va le surveiller. Je les dépose tous les deux dans une pharmacie de la place de l'Alma, et je m'en vais en chantant et en caressant entre mes cuisses ma boîte à images pleine de trésors nouveaux dont je sais à l'avance que la beauté dépassera mon attente.

4 mai 1939. Ce matin, je déambule sous les voûtes fraîches, enluminées par un rayon de soleil filtrant à travers un vitrail, de l'église Saint-Pierre de Neuilly. Le vagissement d'un enfançon m'attire dans la chapelle latérale où se dresse le bassin baptismal. Un groupe d'amis et de parents entourent un homme grand, très brun, qui porte gravement dans ses bras un bébé enveloppé, dirait-on, dans des voiles de mariée. *Le parrain porte son filleul sur les fonts baptismaux.* Je saisis pour la première fois le sens tiffaugéen du sacrement du baptême : un petit mariage phorique entre un adulte et un enfant.

Certes, il ne s'agit là que de l'interprétation dérivée d'une institution dont l'accent se situe ailleurs, — et il est bien remarquable au demeurant que je n'aie jamais été choisi comme parrain. Mais je me plais à constater que l'événement *pouvait* se prêter à ma vocation. J'y vois le signe — sinon la preuve — qu'une conversion des choses, un peu rude sans doute mais non destructrice, suffirait peut-être à tourner vers moi celle de leurs faces où mon empreinte se dessine déjà en creux, manifestant ainsi mon affinité avec la vraie vie.

7 mai 1939. Le développement des films et la découverte des images négatives comportent une tentation et un regret. Car ces négatifs examinés par transparence sont d'un charme incomparable, et il est trop évident que le tirage qui restituera l'image positive a le sens d'une dégradation. La richesse des nuances et des détails, la profondeur des tons, la luminosité nocturne qui éclaire l'image négative, tout cela ne serait rien encore sans l'étrangeté qui naît de l'inversion des valeurs. Le visage aux cheveux blancs et aux dents noires, au front noir et aux sourcils blancs, l'œil dont le blanc est noir, et la pupille un petit trou clair, le paysage dont les arbres se détachent comme des plumets de cygne sur un ciel d'encre, le corps nu dont les régions les plus tendres, les plus laiteuses en réalité sont ici les plus ombrées, les plus plombées, ce perpétuel démenti à nos habitudes visuelles semblent introduire dans un monde *inversé*, mais un monde d'images et donc sans vraie malignité, toujours redressable à volonté, c'est-à-dire exactement *réversible*.

C'est dans la nuit rouge du laboratoire que le négatif s'impose souverainement. Hier soir je me suis enfermé dans mon cagibi vers sept heures. Comme chaque fois, j'y ai aussitôt perdu la notion du temps. J'en suis ressorti hagard et tremblant de fatigue au milieu de la nuit. Il y a de la messe noire tout de même dans les manipulations auxquelles on soumet impunément cette émanation si personnelle d'autrui, son image, comme il y a du tabernacle dans l'agrandisseur, de l'enfer dans la lumière sanglante où l'on baigne, de l'alchimie dans les bacs de révélateur, d'arrêt et de fixage où l'on jette sucessivement les épreuves impressionnées. Et il n'est pas jusqu'aux odeurs de bisulfite, d'hydroquinone, d'acide acétique et d'hyposulfite qui contribuent à charger de maléfices une atmosphère déjà confinée.

Mais c'est encore de l'agrandissement de l'image et des possibilités d'inversion qu'il offre que découlent les plus rares pouvoirs du photographe. Car il n'y a pas que la métamorphose du noir en blanc et sa réciproque. Il y a aussi la possibilité en retournant le négatif dans le porte-vue de mettre la gauche à droite et la droite à gauche. Double inversion donc après le développement, à laquelle prélude naïvement, dans les vieux appareils, au moment de la prise de vue, le renversement — la tête en bas — du sujet. Ce qu'il y a de magie — bénéfique et maléfique — dans la photographie est ainsi surabondamment commenté par ces phénomènes mineurs, mais caractéristiques.

J'ai une pleine boîte de négatifs provenant de mes glanes à travers les champs empiriques. Parfaite disponibilité de ces enfants, sages comme des images. Je peux à tout moment glisser l'un d'entre eux dans le porte-vue de mon agrandisseur, et alors il envahit la pièce, il se colle sur les murs, sur la table, sur moi. Je peux reproduire l'une quelconque des parties de son corps ou de son visage à une échelle gigantesque, et cela autant de fois qu'il me plaît. Car si le vaste monde est une réserve de chasse inépuisable — et qui désespère l'exhaustion — mon vivier d'images est lui tout à fait fini — quelle que soit sa richesse —, mon puéril cheptel est compté, dénombré, et j'en connais, comme il se doit, toutes les ressources. Enfin le nombre fini de mes négatifs est justement équilibré par la possibilité que j'ai de tirer de chacun d'eux un nombre infini d'images positives. L'infini empirique ramené d'abord au fini de ma collection redevient un infini possible, mais cette fois il ne se déploie qu'à travers moi seul. Par la photographie, l'infini sauvage devient un infini domestique.

14 mai 1939. Les Ambroise. Je leur ai loué trois pièces en rez-de-chaussée qui font partie du bâtiment du garage. Ambroise fait fonction de concierge et de gardien quand le garage est fermé. Mme Eugénie, elle, ne fait rien, comme elle n'a sans doute jamais rien fait de toute son existence.

Ambroise m'a raconté son histoire. Il y a quarante ans, ils se sont rencontrés, Eugénie et lui, à la gare du Nord. Il débutait comme artisan-menuisier. Elle débarquait jeune fille, en grand deuil, de sa province brabançonne. Ce devait être une de ces beautés blondes, douces et molles, toujours plaintives dont la seule arme est une force d'inertie inébranlable. Elle avait tout abandonné pour venir régler la succession de son père, mort à Paris dans les bras de son fils — un prêtre. Le père avait du bien, un bien que le frère partagerait équitablement avec sa petite sœur. C'est du moins ce qu'Eugénie expliqua sur le trottoir de la gare au jeune Ambroise, déjà sec et osseux dans son complet de lustrine noire, mais ardent et entreprenant, et ayant flairé la bonne fortune au double sens du mot. Il se chargea donc des deux valises de la jeune fille, et comme elle ne savait où aller, il lui offrit tout de go de la loger chez lui, en tout bien tout honneur, lui promit-il. « Ces deux valises me dit-il un jour dans un élan d'indignation impuissante, voilà quarante ans que je les porte ! »

Car à peine logée, et facilement séduite, Eugénie s'incrusta inexpugnablement dans le petit logement d'Ambroise, et pesa d'autant plus lourdement sur sa vie que ses espoirs d'héritage s'étaient bien vite dissipés en fumée, soit que le prêtre fût malhonnête — c'était ce qu'affirmait Eugénie — soit que le père fût mort sans un liard. Depuis quarante ans, je pense, Ambroise et Eugénie jouent la pièce à deux personnages qu'ils poursuivent sous mon toit. Lui dur et tordu comme un sarment retrousse sa moustache blanche et fulmine sans cesse contre sa propre sottise et la paresse végétale de sa femme (en réalité, ils ne se sont jamais mariés). Elle, affalée sur une chaise, énorme, blanche, spongieuse, ses cheveux gris encadrant en oreilles d'épagneul sa grosse figure dolente, ne cesse de bénir ce bon M. Ambroise, un vrai saint du Paradis, qui fait le ménage, les courses, la cuisine et la vaisselle outre ses heures d'atelier. Amours onéreuses s'il en fut !

Eugénie parle beaucoup. D'une voix grise, uniformément gémissante, une manière de lamento monotone qui fait et refait inlassablement l'inventaire de la vilenie du temps, des choses et des gens. Longtemps je n'ai prêté aucune attention à ce robinet d'eau amère et tiède dont j'entendais le murmure chaque fois que l'occasion me menait chez Ambroise. Jusqu'au jour où j'ai remarqué que sa voix, généralement en fin de verset, montait souvent d'un octave, s'adornait d'harmoniques argentins, de gazouillements printaniers, de clochettes pastorales. Du coup, je me suis amusé à attendre ce brusque changement de registre, ce passage à ce que j'appelais par-devers moi son « jeu de clarines », et j'ai bien dû m'aviser du sens que revêtaient immanquablement ces clochettes et ces gazouillis. Il s'agissait, sans aucune exception à la règle, d'une calomnie sordide, d'une imputation empoisonnée, d'une insinuation meurtrière sur laquelle débouchait le long et morose bavardage qui précédait. J'appris ainsi que Jeannot volait aux étalages d'Uniprix, que Ben Ahmed « soutenait » une prostituée berbère du quartier, que le pompiste italien que j'engage les jours de presse ne se contentait pas de son pourcentage et des pourboires, et surtout que mes chasses photographiques n'avaient pas échappé à ce témoin vigilant et méchant.

Un jour que je revenais d'une quête particulièrement fructueuse, balançant mon rollei au bout de sa courroie, comme on laisse courir et gambader devant soi un bon chien de chasse qui vient de faire merveille, et que je passais ivre d'amour et de joie sous la fenêtre des Ambroise, j'ai entendu ces mots :

— Voilà M. Tiffauges qui revient du marché avec sa provision de chair fraîche. Il va maintenant s'enfermer dans le noir pour manger tout ça. Il y a des choses qu'on ne fait pas au grand jour, pas vrai ?

C'était Eugénie, et il y avait tout un orchestre de glockenspiel dans sa voix.

18 mai 1939. J'ai longtemps pris mes photos à la sauvette, je veux dire à l'insu de celui ou de celle que je photographiais. La méthode est fructueuse et commode. En outre, elle flatte la petite lâcheté qui me tenaille toujours un peu au moment de me livrer à un rapt d'image. Mais c'est finalement un pis-aller, et je reconnais maintenant que l'affrontement du photo-graphié pour effrayant qu'il paraisse est toujours préférable. Car il est bon que la prise de vue se reflète d'une façon ou d'une autre dans le visage ou l'attitude du photographié : surprise, colère, peur, ou au contraire amusement, satisfaction vaniteuse, voire pitrerie, geste obscène ou provocateur. Il y a cent ans, lorsque l'anesthésie a fait son entrée dans les salles d'opération, certains chirurgiens se sont récriés : « La chirurgie est morte, a dit l'un d'eux. Elle reposait sur l'union dans la souffrance du patient avec le praticien. Avec l'anesthésie, elle est ravalée au niveau de la dissection de cadavre. » Il y a de cela dans la photo-graphie. Les téléobjectifs qui permettent d'opérer de loin, sans aucun contact avec le photographié, tuent ce qu'il y a de plus émouvant dans la prise de vue : la légère souffrance qu'éprouvent, ensemble et à des pôles opposés, celui qui se sait photographié et celui qui sait qu'on sait qu'il se livre à un acte prédateur, à un détournement d'image.

20 mai 1939. Dans l'inversion noir-blanc, les gris subissent eux aussi une permutation, mais de moindre amplitude, d'une amplitude d'autant plus faible qu'ils se rapprochent d'autant plus d'un gris moyen où les composantes noire et blanche s'équilibrent exactement. Ce gris moyen, c'est le pivot autour duquel tourne l'inversion, pivot lui-même immuable, absolu. A-t-on jamais cherché à définir et à produire ce *gris absolu*, réfractaire à toute inversion? Je n'ai jamais entendu parler de cela.

25 mai 1939. Tous les enfants s'étaient dispersés, et j'attendais, déçu, n'ayant pas vu Martine. Enfin elle est sortie, seule, la der-nière. Je me suis approché d'elle en m'efforçant de sourire pour masquer ma timidité mise à rude épreuve. Je lui ai dit bonjour, comme si nous nous connaissions de longue date, et dans un coup d'audace je lui ai proposé de la ramener chez elle dans ma vieille hotchkiss. Elle n'a rien répondu, mais elle m'a suivi, et en s'asseyant dans la voiture dont je tenais la portière ouverte, elle a tiré sa jupette sur ses jambes dans un geste délicieusement féminin.

J'avais la gorge nouée et je n'ai pas échangé trois phrases avec elle pendant le trajet. Elle n'a pas voulu que je la dépose devant sa porte — comme j'ai aimé la complicité un peu coupable qui se nouait ainsi entre nous ! — et m'a prié de m'arrêter sur l'île de la Grande Jatte, boulevard de Levallois, devant un immeuble en construction dont seul le gros œuvre est terminé. Elle s'est enfuie, légère comme une elfe, et j'ai eu la surprise de la voir entrer dans le chantier désert et disparaître dans l'escalier de la cave de l'immeuble.

28 mai 1939. Le père de Martine est cheminot. Quand elle m'a dit qu'elle avait trois sœurs, j'ai tressailli de curiosité. Comme je voudrais connaître ces autres versions de Martine — à quatre ans, à neuf ans, à seize ans — comme un thème musical repris par des instruments et à des octaves différents ! Je retrouve là mon étrange incapacité à m'enfermer dans une individualité, mon irrépressible inclination à rechercher, à partir d'une formule unique, des variations, une répétition sans monotonie. Elle se fait toujours déposer devant l'immeuble en construction. Elle m'a expliqué qu'en passant par la cave, elle rejoint au plus court le domicile de sa famille situé de l'autre côté, boulevard Vital-Bouhot.

30 mai 1939. C'est étrange, depuis que je m'occupe intensément des enfants, il me semble que j'ai moins d'appétit. Je m'avise que les devantures des crémeries et les étals des boucheries n'excitent plus comme jadis ma voracité. J'en viens à délaisser la viande et le lait crus pour un régime plus ordinaire. Et pourtant je ne maigris pas ! Tout se passe comme si le contact des enfants apaisait ma faim de façon plus subtile et comme spirituelle, une faim qui aurait évolué du même coup vers une forme plus raffinée, plus proche du cœur que de l'estomac...

3 juin 1939. Je lis chaque jour le compte rendu du procès d'Eugène Weidmann. Non seulement le spectacle du corps social tout entier attaché à la perte de cet homme seul, accablé de crimes, suscite en moi un mouvement de sympathie pour l'accusé, mais on dirait que le destin s'acharne à le rapprocher de moi. C'est ainsi que j'apprends ce matin qu'il est gaucher, qu'il a accompli tous ses assassinats de la main gauche. Crimes sinistres s'il en fut! Sinistres comme mes écrits.

Heureusement, la seule pensée de Martine suffit à dissiper toutes mes obsessions.

6 juin 1939. La peau, sa texture, ses réseaux quadrillés, losangés, la grosseur diverse de ses chagrins, ses pores resserrés ou relâchés, ses duvets souples ou horripilés, bref la *grille épidermique*, voilà un domaine où la photographie donne le meilleur d'elle-même, et qui est tout à fait étranger à la peinture.

10 juin 1939. L'image que j'évoque avec le plus de douceur, c'est celle de la famille de Martine — ses trois sœurs, sa mère, son père, réunis le soir sous la lampe. Moi qui n'ai jamais eu de famille, comme j'aimerais m'asseoir parmi eux, m'enfermer dans cette cellule close dont l'atmosphère doit être d'une qualité particulière et d'une densité admirable! Il est remarquable que mes chasses — photographiques ou autres — dont le gibier est forcément un individu particulier débouchent toujours pour moi sur une communauté fermée. Il me vient une comparaison d'une inspiration ogresse trop évidente, mais qui ne manque pas d'éclairer mon cas. Après des siècles de cueillette, l'homme a inventé l'agriculture. Après des siècles de chasse, il a découvert l'élevage. Lassé de courir les steppes glacées, je rêve de vergers clos où les plus beaux fruits s'offriraient d'eux-mêmes à ma main, je rêve de vastes troupeaux dociles et disponibles, enfermés dans des étables tièdes et fumantes où il ferait bon dormir avec eux l'hiver...

16 juin 1939. L'abject Lebrun vient de repousser le recours en grâce de Weidmann. On ignore le nombre d'assassinats commis par Weidmann, et lui-même n'est peut-être pas fixé sur ce point. Mais quoi qu'il en soit, y a-t-il un crime plus abominable que celui de cet homme chamarré, assis derrière son bureau monumental, libre de toute pression, qui refuse d'accomplir le petit geste qui arrêterait la perpétration de l'assassinat légal?

17 juin 1939. Une force obscure contre laquelle j'ai vainement lutté m'a incliné à céder aux supplications de Mme Eugénie qui voulait que je la mène avec des voisines hier soir à Versailles où devait avoir lieu l'exécution de Weidmann. L'ignoble fébrilité dont ces femmes donnaient le spectacle aurait certes suffi à me détourner de cette expédition si par aberration l'idée m'en était venue, mais quelque chose de fatal m'imposait ce rendez-vous avec le géant aux sept crimes à l'instant de sa mort, après avoir fait tomber chaque jour sous mes yeux les articles de presse relatant les progrès de l'instruction et du procès.

Nous savions que l'exécution aurait lieu au petit jour, mais Mme Eugénie et ses amies ont insisté pour partir dès neuf heures du soir afin de s'assurer des places de premier choix. Ambroise avait refusé tout net de participer à cette équipée douteuse, trop heureux, m'a-t-il confié, de passer cette soirée sans sa femme. Dès le départ j'ai été exaspéré par le caquet insignifiant et venimeux des quatre commères qui surchargeaient la voiture. Régulièrement, j'entendais tinter le jeu de clarines de Mme Eugénie, et chaque fois je pouvais déceler le dard empoisonné de ses propos.

Dès les abords de la ville, on sent qu'il se passe quelque chose. Non seulement la foule des grands soirs anime les rues et les trottoirs, mais il flotte dans l'air comme une complicité crapuleuse. Tous ces hommes, toutes ces femmes, ces enfants même sont venus pour la même chose, et ils le savent. J'en suis, je n'ai rien à dire...

Je parviens non sans peine à placer la voiture rue du Maréchal-Joffre, et nous poursuivons à pied. De minute en minute la cohue augmente. Des embouteillages obstruent les rues. La place d'Armes, face au Château, et la place de la Préfecture ont été transformées en parkings. Les deux gares dégorgent des flots de voyageurs au rythme des arrivées des trains. Mais ce sont encore les cyclistes qui dominent, avec une forte proportion de ces tandems qui accouplent l'homme et la femme tout de même habillés du pantalon « golf » et du pull-over à col roulé.

A minuit une longue exclamation salue l'extinction des becs de gaz. L'obscurité, trouée par les phares des voitures, les lampes de poche et les lanternes à acétylène, est pleine de rires, de jurons et de gloussements, dominés par la plaisanterie grasse d'un titi ou recouverts par un concert d'avertisseurs. Je me laisse remorquer en grommelant par mes quatre commères formées en cordée que mène une Mme Eugénie déchaînée. Nous progressons dans ce grotesque équipage vers la place Saint-Louis et ses trois bistrots qui flambent de tous leurs feux. L'habileté et l'acharnement de Mme Eugénie nous valent un guéridon et cinq chaises à l'une des terrasses qui encombrent la totalité des trottoirs. Ce n'est pas assez. Notre cheftaine de cordée n'a de cesse qu'elle n'ait juché son fauteuil sur le guéridon, et que nous ne l'ayons hissée à grand-peine sur cet échafaudage branlant. Cette fois elle trône au-dessus de la mêlée, comme la divinité des Hautes Œuvres qui vont s'accomplir. Ses trois compagnes et moi, nous avons fort à faire pour protéger le guéridon que chaque mouvement de foule menace de balayer, et nous ne voyons vraiment que les chevilles éléphantines et les charentaises de feutre à agrafes de Mme Eugénie. Autour de nous, ce n'est plus qu'un vaste pique-nique. On déballe des victuailles, on saucissonne, des sandwichs et des canettes de limonade circulent par-dessus les têtes dans l'odeur grasse des friteuses. Vers une heure du matin, la bière vient à manquer presque simultanément dans les trois bistrots. Il y a un mouvement de mauvaise humeur, puis on se rabat sur le gros rouge qu'un camion-citerne débite à la tireuse, et derrière lequel on fait la queue avec des récipients. Mme Eugénie extrait de son cabas de ménagère deux bouteilles thermos, une paire de lorgnettes de théâtre et un vaste châle dont elle s'enveloppe. Puis elle nous distribue du café chaud.

A deux heures une poignée de gendarmes s'efforce de faire évacuer l'emplacement devant la prison Saint-Pierre où doivent se dresser les bois de justice. La bousculade est brève mais brutale; une femme est foulée aux pieds. Les gendarmes abandonnent le terrain, mais des gardes mobiles interviennent à leur tour, et la troupe finit par occuper le quadrilatère sacré. Les remous violents provoqués par ces mouvements de troupes se sont propagés jusqu'à notre terrasse. Des chaises ont été culbutées, deux hommes rendus furieux par l'attente et le vin ont roulé au milieu des tables, cramponnés l'un à l'autre. Il a fallu plusieurs fois faire un rempart de nos corps pour éviter le pire à l'observatoire de Mme Eugénie. Mais toute la bonne humeur s'en est allée. La foule hargneuse ne comprend plus pourquoi on la fait attendre. Elle en veut enfin pour son argent. Soudain trois syllabes scandées d'abord de façon sporadique sont reprises sur un rythme rageur par cent mille gosiers : *Co-mmen-cez, co-mmen-cez, co-mmen-cez!* Suis-je vraiment le seul à me sentir écrasé par l'infamie de ces gens? Pourquoi ces militaires qui entourent le lieu du crime imminent ne tirent-ils pas dans le tas, ou mieux ne nettoient-ils pas toute cette purulence humaine au lance-flammes? Enfin un *Ahhhhhh!* immense et prolongé succède à l'air des lampions. C'est, nous explique Mme Eugénie du haut de son observatoire, qu'un fourgon noir tiré par une haridelle s'approche en cahotant sur les pavés. Une lampe à acétylène accrochée à un poteau et secouée par des rafales fait bondir les ombres de deux hommes qui en extraient des madriers et commencent à assembler les pièces de la Grande Veuve. Le silence est formidable, traversé par les coups de maillets et les grincements des chevilles. Moi, le front appuyé au faux marbre du guéridon, j'entre en agonie. Mais il me faut encore entendre la voix de Mme Eugénie qui laisse tomber par-ci par-là des mots lourds comme des pierres : « Bascule, boîte à son, lunette, couperet », puis c'est l'annonce qu'une lumière tremblote dans la masse noire des bâtiments de la prison, et qu'on va enfin sonner à pleine gorge l'hallali du grand solitaire aux abois. Mais non, il faut encore attendre, et la foule gronde à nouveau, s'étire et se rassemble, menace de tout emporter.

Le ciel commence à blêmir à l'est quand le portail de la prison s'illumine. Un groupe de petits hommes noirs en sortent, poussant devant eux un géant dont la chemise blanche met une tache lumineuse dans la pénombre. Les bras liés derrière le dos, Weidmann ne peut avancer qu'à pas menus, parce que ses jambes sont entravées. Un gros soupir de satisfaction soulève la foule. Les petits hommes noirs sont au pied de la machine à tuer. Weidmann est porté sur l'échafaud par quatre aides, comme un grand gisant du Moyen Age. Quand on le remet sur ses pieds, la lumière éclaire de plein fouet son visage blanc. C'est alors que la voix de clochette de Mme Eugénie s'élève dans le silence général, comme la sonnette de l'enfant de chœur lors de l'élévation :

— Mais, monsieur Tiffauges, c'est qu'il vous ressemble! Ma parole, on dirait votre frère! Mais c'est vous, monsieur Tiffauges, c'est tout à fait vous!

Sur un geste d'Henri Desfourneaux, les aides font basculer la grande statue blême et la précipitent tête la première vers le carcan. Mais que se passe-t-il? L'engrenage des gestes de mort paraît troublé. On s'affaire autour du supplicié. La bascule était mal ajustée. Le grand corps a manqué dans sa chute la « lunette » où son cou devait se loger, et il gît sur la bascule à demi recroquevillé. On l'empoigne par les oreilles, on le tire par les cheveux. C'est grotesque, c'est intolérable. Cliquetis du couperet qui s'élève par à-coups entre les montants. Sifflement. Le sang jaillit à flots. Il est quatre heures trente-deux minutes.

Accroupi sous le trône de Mme Eugénie, je vomis de la bile.

20 juin 1939. Le mélange de cauchemars, d'hallucinations et d'accès de lucidité dévastateurs qui a empli ma nuit a été constamment dominé par la grande et radieuse figure de Raspoutine. Pour moi, il avait été jusqu'ici celui qui, ayant prêché scandaleusement l'innocence du sexe, s'était opposé de tout son poids — qui était considérable à la cour — aux menées bellicistes de l'entourage du tsar. On considère que le 28 juin 1914 est la date de naissance de la Grande Guerre parce que ce jour-là l'archiduc François-Ferdinand fut assassiné à Sarajevo. Mais qui se souvient que ce même 28 juin 1914 — à la même heure peut-être — dans un bourg sibérien Raspoutine était poignardé par une prostituée à la solde des nationalistes russes? Immobilisé plusieurs semaines, le staretz ne pourra empêcher Nicolas II — malgré les messages suppliants qu'il lui adresse du fond de son lit d'hôpital — de déchaîner le conflit en décrétant la mobilisation générale.

Dans les ténèbres pleines de sanglots de cette nuit, Raspoutine m'est apparu, non plus comme prophète et martyr de l'inversion bénigne, mais revêtu des attributs de sa troisième et suprême dignité, celle du plus grand héros phorique de notre temps. Car ses mains miraculeuses avaient le pouvoir d'arracher à la maladie le corps souffreteux d'un enfant, et de l'assumer vers la vie et la lumière. Cette nuit, mes angoisses ont trouvé refuge au pied de sa sévère et radieuse silhouette, noir et gigantesque candélabre, portant haut cette flamme blonde, ployée par la souffrance, le tsarevitch Alexis endormi.

23 juin 1939. Ni tabac ni alcool désormais. Les enfants ne fument, ni ne boivent. Si tu ne peux retrouver la fraîcheur fondamentale que par voie prédatrice, du moins épargne-toi ces médiocres vices qui puent l'adultat.

25 juin 1939. Depuis quatre jours, constipation opiniâtre. Outre une manière de prurit anal qui me point toujours en pareille occurrence, j'ai tout le bas-ventre lourd et gonflé, de telle sorte que je me vois comme un buste de chair humaine posé sur un socle de matière fécale.

27 juin 1939. Impossible de recouvrer l'équilibre que m'a fait perdre l'assassinat de Weidmann. L'angélique fait peser un poids de plomb sur ma poitrine. A tout instant, je m'efforce de bâiller pour irriguer mes poumons d'air frais, mais je cherche vainement à déclencher le réflexe sauveur, et des larmes ruissellent derrière mes lunettes.

Cramponné au bord de la fenêtre ouverte, je suffoque comme un poisson jeté sur le sable sec. J'envisage en désespoir de cause de consulter un médecin, malgré la répulsion que m'inspirent les hommes de cette épouvantable profession, laquelle consiste à dénuder et à toucher sans amour les corps qui en auraient le plus grand besoin. Et je ne parle pas des âmes! Comment songer sans horreur à ces asiles où l'on enferme les possédés du démon que les faux prêtres, enfantés à profusion par Rome, ne veulent ni ne peuvent exorciser, et que l'on qualifie de « malades mentaux » afin de pouvoir les livrer à la discrétion des médecins derrière des murailles capitonnées?

Si j'allais voir un médecin, il faudrait que ce fût le plus humble, le plus pauvre, le moins « savant ». Je prendrais place dans son antichambre parmi les foules des clochards et des putains, et c'est dans son regard que je trouverais en premier lieu le vulnéraire de mes plaies.

Mais j'ai une meilleure idée. Puisqu'un vétérinaire soigne aussi bien des colibris que des éléphants, pourquoi ne soignerait-il pas un homme? Je vais faire antichambre chez le plus proche vétérinaire entre une chatte brehaigne et un perroquet chassieux, et quand mon tour sera venu, je le supplierai, à genoux s'il le faut, de ne pas me refuser les soins qu'il prodigue à nos frères inférieurs. Je ferai tant, qu'il faudra bien qu'il me traite tout de même qu'un cochon d'Inde ou un loulou de Poméranie. A défaut de chaleur humaine, du moins trouverai-je chez lui de la chaleur animale, et lui au moins ne cherchera pas à me faire parler.

3 juillet 1939, Comment ai-je été assez fou pour croire que cette société exécrée laisserait vivre et aimer en paix un innocent caché parmi la foule? Avant-hier, la racaille s'est acharnée à me souiller et à me désespérer, le grand hallali de la méchanceté et de la bêtise a sonné la mort du juste et de l'amoureux. Mais déjà le salut s'annonce, menaçant pour eux, tendre pour moi.

Du calme, Mabel, retiens ta colère, fais taire tes imprécations. Tu sais bien maintenant que la grande tribulation se prépare, et que ton modeste destin est pris en charge par le Destin!

J'étais allé cherché Martine à la sortie de l'école, comme à l'accoutumée, et je l'avais déposée dans l'île de la Grande Jatte, boulevard de Levallois, en face de l'immeuble en construction. Elle était partie légère et enjouée, en me faisant de la main un petit signe goguenard avant de descendre dans la cave. Moi, je m'attardais, appuyé des deux coudes au volant de ma vieille hotchkiss, observant le ciel mauve du soir au bout de la rue, et, en moi, le reflux très doux de la vague de tendresse qui me gonflait en présence de Martine.

Je ne saurais dire combien de temps s'écoula ainsi jusqu'au moment où un hurlement déchirant provenant de l'immeuble me glaça la moelle. Ah, ce n'était pas l'appel modulé et riche d'harmoniques de la cour de Sainte-Croix! C'était un cri de bête blessée, une déchirure de l'air qui me pétrifia avant de me précipiter hors de la voiture, à travers les gravats du chantier et dans l'escalier de la cave. La pénombre noyait tout autour de moi, mais j'étais guidé par de longs sanglots stridents qui montaient du fond de la cave où j'apercevais le rectangle lumineux d'une autre sortie. Bientôt mes yeux s'habituèrent à l'obscurité, et je pus distinguer Martine. Elle gisait sur le dos, sa jupe retroussée sur ses cuisses maigres, au milieu des plâtras et des flaques d'eau qui couvraient le sol. Je lui ai parlé, mais elle paraissait sourde, les bras croisés sur le visage, ne reprenant son souffle que pour exhaler sa plainte enfantine. Je lui ai pris d'autorité le poignet et je l'ai obligée à s'asseoir avec toute la douceur dont j'étais capable. C'est alors qu'elle a brusquement découvert son visage souillé et a hurlé : « Au secours ! Lâchez-moi ! Il m'a fait mal, mal, mal ! » en direction de la porte où je vis se profiler une silhouette d'homme.

Il y eut des appels, des bruits de galopades, et tout à coup un faisceau électrique m'a ébloui. Une voix a demandé à Martine « Qui t'a fait mal ? » et le ciel est tombé sur ma tête quand je l'ai entendue crier « Lui, lui, lui ! » en me montrant du doigt. Là j'ai perdu la tête. Je me suis rué vers l'autre sortie, mais un croc-en-jambe a brisé mon élan et m'a plaqué sur la terre battue. Quand je me suis relevé, un cercle d'hommes menaçant m'entourait tandis que deux femmes s'empressaient auprès de Martine. Des mains m'ont immobilisé les bras, des faces noires penchées sur moi ont expectoré des injures ignobles. Puis il a fallu partir, poussé en avant, un bras tordu dans le dos, affronter le boulevard où hululait une borne de police-secours.

J'ai éprouvé un sentiment de soulagement lorsqu'une bourrade m'a précipité dans le panier à salade. Du moins échappais-je à la foule déjà rassemblée autour de moi, et criant sa haine. Je croyais que tout s'éclaircirait au commissariat de police de Neuilly où l'on m'emmenait. Mais dès le premier interrogatoire, j'ai mesuré avec épouvante à quel point mes dénégations étaient dérisoires en face des circonstances accablantes, et surtout de l'accusation formelle de Martine. Cette enfant est-elle devenue folle ? Ou bien croit-elle vraiment que c'est moi qui l'ai assaillie dans la pénombre de la cave ? Ou encore trouve-t-elle plus expéditif de se débarrasser de moi en m'identifiant à son agresseur ? J'ai souvent remarqué que les mensonges des enfants ne sont qu'un effort de simplification pour mettre à la portée des adultes une situation dont la délicatesse les dépasse. En somme je serais victime d'un audacieux raccourci!

J'ai passé la nuit au poste de police de Neuilly, et dès le matin un fourgon m'a mené quai des Orfèvres, à la brigade mondaine dont le ressort englobe les affaires de mœurs. Un commissaire divisionnaire m'a interrogé l'après-midi, ou plus exactement — car la nuance vaut la peine d'être marquée — a pris acte de mes déclarations.

Son accueil correct bien que distant a pu me réconforter après les scènes de la veille et la nuit d'enfer que j'ai passée avec des maquereaux et des pochards. Pour la première fois on me traitait humainement, je veux dire poliment. Mais les coups qu'il m'a assenés froidement n'en ont été que plus meurtriers. Il m'a fait connaître que les témoignages recueillis le matin même établissaient ma présence habituelle et injustifiable aux abords des écoles du boulevard de la Saussaye. Une perquisition effectuée au garage s'est soldée par la confiscation de mes photos et de mes enregistrements. Le peu que j'ai deviné des déclarations de Mme Eugénie m'a fait craindre le pire. Puis, sans transition, le commissaire m'a révélé les conclusions de l'expertise médicale qui ne laissent aucun doute sur la réalité du viol. Enfin il a cerné en deux mots la figure que je fais à la lumière de ce dossier : celle d'un dangereux maniaque. Et tout à coup la porte s'est ouverte, et Martine est entrée. Ah tout avait été soigneusement réglé pour me dévaster! Ce que j'avais enduré jusque-là n'était rien en regard des accusations forcenées, détaillées et d'une obscène précision que cette diablesse a formulées contre moi. Ma plume se refuse à coucher sur le papier la centième partie des mensonges — faufilés de menus faits vrais — qu'elle a accumulés pour me perdre. A la fin le commissaire m'a averti qu'aux termes de l'article 332 du code pénal, le viol commis sur la personne d'un enfant de moins de quinze ans était puni par une peine de vingt ans de travaux forcés.

— Votre avocat vous suggérera, je pense, de plaider la folie, m'a-t-il dit en se levant. Cela implique que vous fassiez à mes services des aveux sans réticence. On va vous conduire à l'inspecteur qui prendra copie de votre déposition. Aussi longtemps que le juge d'instruction ne vous aura pas inculpé, vous n'êtes dans cette affaire qu'un témoin disons... privilégié.

Et satisfait de son mot, il m'a remis à un agent qui m'a conduit trois étages plus haut, sous les combles. Là, on m'a fait appliquer les dix doigts préalablement souillés d'encre d'imprimerie sur une carte, puis on m'a photographié de face et de profil, moi, le voleur d'images, dérisoire et maligne inversion! Et c'est alors qu'ont commencé les choses sérieuses.

Ils étaient trois dans une pièce exiguë, surchauffée, laide et banale comme l'enfer. Un petit, un gros et un moyen. Le moyen actionnait une machine à écrire décrépite qui pétaradait comme une mitraillette. Le gros affectait des airs bonasses. Le petit suait la haine. Le gros m'a dit d'abord qu'il ne s'agissait que d'une simple formalité. Puisqu'il y avait flagrant délit et que tous les témoignages concordaient, je n'avais qu'à signer une déposition que nous allions rédiger ensemble. Je lui ai aussitôt objecté que, sur un point essentiel, le témoin privilégié Abel Tiffauges n'était pas d'accord puisqu'il niait être l'auteur du viol. Il s'est alors étalé dans son fauteuil; un sourire d'une douceur ignoble s'est épanoui sur sa face.

— Je vais vous raconter une histoire, a-t-il commencé. Il était une fois un garagiste qui vivait en célibataire place de la Porte-des-Ternes...

Et d'un air patelin, il a égrené tout mon dossier, accumulant des précisions dont je n'avais pas eu encore connaissance, la scène du palais de Tokio reconstituée grâce aux photos, l'accident de Jeannot raconté par Mme Eugénie, et de cet agencement compliqué — dont aucune pièce n'était discutable — le viol de Martine découlait avec une rigueur implacable. Mon obstination à nier était déraisonnable et n'aurait pour effet que d'exaspérer les membres du jury quand je passerais en cour d'assise.

J'ai nié six heures d'horloge, inondé de sueur, titubant de fatigue, abreuvé d'injures et de coups. A la fin le petit m'a traîné vers un miroir suspendu au-dessus d'un lavabo. « Regarde, m'a-t-il dit, la tête que tu vas montrer aux jurés! Une vraie tête d'assassin. » J'ai regardé malgré moi. Pour la première fois il disait vrai. Puis il a ajouté qu'il avait une fille de l'âge de Martine, et que les ordures comme moi, il aurait plaisir à les planter lui-même sur un pal. Comme je le dominais de la tête et des épaules, il m'a fait rasseoir. J'ai cru alors qu'il allait me gifler, et j'ai retiré mes lunettes de peur qu'il ne les brisât et me rendît aveugle. Mais il ne m'a pas giflé. Il m'a craché au visage. Quand j'ai eu bien compris ce qui venait de se passer, quand j'ai senti le chatouillement du crachat qui roulait sur ma joue, alors je me suis levé. Les hommes ont reculé craignant sans doute quelque violence. Comme ils se trompaient, une fois de plus! Un grand calme presque heureux venait de m'envahir. Parce que je n'avais plus mes lunettes, un brouillard de couleurs douces et amorties m'environnait. Je sentais sous mes pieds comme la trémulation sismique qui annonce aux voyageurs que les machines halètent enfin dans les soutes, que l'ancre est levée, que vient de se nouer, et pour longtemps, la conspiration nombreuse et profonde qui fait le navire naviguer. Le Destin était en marche, et il avait pris en charge ma pauvre petite destinée personnelle. Une image lointaine m'est revenue : le gyroscope de Nestor, son jouet absolu, qui lui fournissait dans sa minuscule trépidation la preuve directe et sensible du mouvement de la terre. Dans chacun de mes os, je ressentais le battement sourd du cœur du monde.

J'ai souri. J'ai dit qu'à mon avis l'interrogatoire était terminé. Avec une docilité qui aurait été stupéfiante en toute autre circonstance, le gros a appelé un flic et m'a fait reconduire dans ma cellule. Cette nuit-là, la joie m'a retiré le sommeil. Je n'ai plus à me soucier de rien. La grande marmite de l'Histoire a commencé à mijoter, et nul ne peut l'arrêter, et nul ne sait ce qui en sortira, ni qui y sera jeté. L'école va brûler, comme il y a vingt ans à Beauvais. Mais cette fois, l'incendie sera à la mesure du géant Tiffauges et de la terrible menace qui pesait sur lui.

12 juillet 1939. Me Lefèvre, désigné d'office pour assurer ma défense, est venu me voir. Il m'a mis en garde contre un optimisme qu'il juge aberrant. Mon dossier est si mauvais qu'il songe à plaider la débilité mentale. Je lui ai dit qu'il ne perde pas son temps avec moi, car il n'y aura ni procès ni plaidoirie. L'Histoire est en marche. Les trompettes de Jéricho vont bientôt faire tomber les murs de ma prison. A mesure que je parlais, je sentais s'affermir sa décision de plaider la folie. Il m'a demandé si, outre le papier et le crayon qu'on m'a accordés dès le deuxième jour, j'avais besoin de quelque lecture pour passer les semaines de vacances pendant lesquelles tout entrerait en sommeil. J'allais lui demander une bible, puis je me suis ravisé. C'est un code pénal qu'il me faut, et rien d'autre.

16 juillet 1939. Je ne dois pas me dissimuler que tous ces hommes qui me haïssent sur un malentendu, s'ils me connaissaient, *s'ils savaient*, ils me haïraient mille fois plus, et alors à bon escient. Mais il faut ajouter que s'ils me connaissaient *parfaitement*, ils m'aimeraient infiniment. Comme fait Dieu, Lui qui me connaît parfaitement.

30 juillet 1939. Le code pénal. Quelle lecture! La société déculottée exhibe ses parties les plus honteuses, ses obsessions les plus inavouables. Souci numéro 1 : la sauvegarde de la propriété. Aucun crime n'est puni plus sauvagement que le crime de lèse-propriété. Les blessures et coups volontairement donnés ne sont passibles que d'une peine de prison légère. Mais le cambriolage est puni de mort si le coupable possédait une arme quelconque, même si celle-ci est demeurée dans le véhicule avec lequel il s'est rendu sur le lieu du vol. D'ailleurs la stupide férocité de la plupart de ces lois les rend tout à fait inapplicables. On pourrait croire que le législateur, œuvrant *in abstracto*, dans le calme de son cabinet, va s'efforcer par ses textes de modérer les élans vindicatifs des juges et des jurés obligés de trancher à chaud, le nez sur le crime. C'est l'inverse qui a lieu. Ces lois ont été visiblement conçues par un fou sanglant, et il faut s'en remettre au bon sens des juges et des jurés pour atténuer leur lourdeur imbécile.

Il y a des hommes qui sont *a priori* coupables aux yeux de la loi quand même ils n'ont rien fait. Article 277 : « Tout mendiant ou vagabond qui aura été saisi porteur d'armes bien qu'il n'en ait ni usé ni menacé, ou muni de limes, crochets ou autres instruments... sera puni de deux à cinq ans d'emprisonnement. » Une femme convaincue d'adultère peut être emprisonnée jusqu'à deux années, son mari restant seul maître de lever sa peine en consentant à reprendre la coupable chez lui (art. 337). Un homme a le droit de tuer sa femme et son complice surpris en flagrant délit d'adultère dans la maison conjugale. Il va de soi que la femme n'a nullement les mêmes droits en pareille occurrence (art. 324). Pas un mot sur l'inceste. Par conséquent un homme peut vivre maritalement avec sa mère ou sa fille, sa grand-mère ou sa petite-fille, avoir d'elle une belle et nombreuse famille à la face du monde sans être inquiété.

Je n'en écris pas plus. Ce pesant magma de bêtise, de haine et de cynique lâcheté décourage l'indignation.

3 août 1939. Mes nuits carcérales me reportent irrésistiblement aux longues heures de veille du collège Saint-Christophe. L'absence de Nestor n'est même pas un obstacle à la puissance de ces évocations, car d'une certaine façon il revit en moi, je suis Nestor. Ainsi toute ma vie passée s'étale devant mes yeux fermés en panorama comme si j'étais sur le point de mourir.

...

Je cherche à tirer la philosophie de ma mésaventure avec Martine. J'adore toujours les enfants, mais à l'exception désormais des petites filles. Et d'abord, qu'est-ce qu'une petite fille ? Tantôt petit garçon « manqué », comme on dit, plus souvent encore petite femme, la petite fille proprement dite n'est nulle part. C'est d'ailleurs ce qui donne aux écolières un air si gentiment comique : ce sont des femmes naines. Elles trottinent sur leurs courtes jambes en balançant les corolles de leurs jupettes que rien ne distingue — sinon la taille — des vêtements des femmes adultes. C'est vrai aussi de leur comportement. J'ai souvent vu des fillettes très jeunes — trois ou quatre ans — avoir à l'égard des hommes une attitude très typiquement et comiquement féminine, sans équivalent dans la conduite des petits garçons à l'égard des femmes. Alors pourquoi les petites filles puisqu'*il n'y a pas de petites filles?*

Je crois que la petite fille n'existe pas en effet. C'est un mirage de symétrie. En vérité la nature ne sait pas résister aux sollicitations de la symétrie. Parce que les adultes sont hommes ou femmes, elle a cru nécessaire que les enfants fussent jeunes garçons ou fillettes. Mais la fillette n'est qu'une fausse fenêtre, du même ordre fallacieux que les tétons des hommes ou la seconde cheminée de certains grands paquebots. J'ai été victime d'un mirage. Ma présence en prison ne s'explique pas autrement.

3 septembre 1939. J'écris ces lignes chez moi, dans mon bureau du garage du Ballon, fermé depuis deux mois, et pour longtemps encore. J'ai été libéré à la fin de la matinée. J'ai vu vers neuf heures le juge d'instruction. Il m'a tenu à peu près ce discours :

— Tiffauges, votre dossier est lourd, très lourd. En temps ordinaire mon devoir aurait été de vous inculper et de vous traduire en cour d'assise. Mais la France mobilise. La guerre va éclater incessamment. J'ai vu d'après votre fiche que vous serez parmi les premiers appelés. En somme vous n'avez rien avoué, et cette petite Martine est peut-être une mythomane, comme souvent les fillettes de son âge. Je rends donc une ordonnance de non-lieu. Mais n'oubliez pas, je vous prie, que seule la guerre vous a sauvé des assises, et ayez à cœur de racheter vos fautes par votre conduite au champ d'honneur.

En vérité, on ne pouvait en termes mieux choisis me conseiller de me faire trouer la paillasse! Mais qu'importe! L'école a brûlé encore une fois. Toute la France s'agite comme une fourmilière et se prépare au combat. Oh sans l'enthousiasme de 1914! Des Péguy et des Barrès n'ont pas cette fois répandu par la parole et l'écrit leur vérole patriotique dans les rangs de la jeunesse. Les mobilisés ne paraissent même pas très bien savoir pourquoi ils vont se battre. Et comment le sauraient-ils? Moi seul, Abel Tiffauges, dit Portenfant, microgénitomorphe et dernier rejeton de la lignée des géants phoriques, moi seul le sais, et pour cause...

Les flics ont tout bouleversé ici, et c'est fort bien ainsi. Ils ont emporté toutes les photos et tous les enregistrements, mais j'ai retrouvé épars sur le plancher mes *Écrits sinistres*. Sans doute ces analphabètes ont-ils été rebutés par ces feuillets couverts d'une écriture que sa « gaucherie » rend difficile à lire. C'est là pourtant qu'ils auraient tout appris...

4 septembre 1939. Je peux bien faire le goguenard quand le soleil brille. Au cœur de la nuit, l'attente de la grande tribulation qui se prépare me remplit d'épouvante. Tandis que le sommeil tombe sur mes frères, ma face tendue sonde les ténèbres avec horreur...

Une parole est arrivée furtivement jusqu'à moi, et mon oreille en a saisi le murmure. Tous mes os ont frémi de peur, et le poil de ma chair s'est hérissé. Une ombre est passée près de moi, et mes yeux écarquillés en ont reconnu le contour. Et la terre est ébranlée par chacun de ses pas formidables.

Dieu m'est témoin que je n'ai jamais prié pour une apocalypse! Je suis un géant doux, inoffensif, assoiffé de tendresse, qui tend ses grandes mains, jointes en forme de berceau. Tu me connais d'ailleurs mieux que je ne me connais moi-même. Avant que ma parole soit sur ma langue, tu la sais déjà tout entière. Alors pourquoi ce ciel lourd de rancune et labouré d'éclairs, pourquoi cette buée sanglante exhalée par la terre, ces charniers dont les fumées obscurcissent les étoiles? Je ne demandais qu'à pencher mes épaules de bûcheron sur des grands dortoirs tièdes et obscurs, qu'à jucher sur elles des petits cavaliers rieurs et tyranniques. Mais tes trompettes déchirent le doux silence de la nuit, tes visions m'épouvantent, tu secoues mes rêves comme une nuée légère de papillons, tu me traînes par les pieds et par les cheveux dans tes escaliers de lumière!

...

Communié ce matin avec des transports secrets dans une chapelle latérale de l'église Saint-Pierre de Neuilly. Fraîcheur revigorante de la chair pantelante de l'Enfant Jésus sous le voile transparent de la sèche petite hostie de pain azyme. Mais comment qualifier l'infamie des prêtres de Rome qui refusent aux fidèles la communion sous les deux espèces, et se réservent la succulence que doit gagner cette chair à être arrosée de son sang chaud?

II

Les pigeons du Rhin

A l'Élysée, le président de la République se tourne vers la haute autorité militaire que représente le maréchal.

— Enfin, monsieur le maréchal, comment expliquez-vous cette débâcle sans précédent?

M. Albert Lebrun vient ainsi de poser la question clé. Nous devenons encore plus attentifs. Tout le problème stratégique de la guerre est posé à travers la question. Et j'ai dans l'oreille la réponse du maréchal.

— Peut-être a-t-on trop développé les transmissions électriques. Elles ont été coupées. Peut-être avons-nous renoncé trop vite aux colombophiles et aux pigeons voyageurs. Peut-être faudrait-il disposer à l'arrière d'un pigeonnier grâce auquel le Grand Quartier général resterait en communication permanente.

Nous nous regardons suffoqués.

Laurent-Eynac [1].

Convoqué le 6 septembre au centre mobilisateur de Reuilly, Abel Tiffauges y fut habillé sans difficulté de pied en cap, grâce à ses mensurations hors du commun. Car si les pièces d'uniforme de tailles moyennes, raflées par les premiers venus, faisaient tout à fait défaut, il restait de quoi équiper tous les nains et tous les géants de la terre. Trois jours plus tard, il était acheminé sur Nancy, incorporé au 18e régiment de génie télégraphique et affecté à un peloton d'élèves sapeurs.

Dès son premier contact avec l'alphabet morse, il ressentit distinctement, et pour la première fois depuis de longues années, le déclic intérieur qui avait empoisonné son enfance et son adolescence et qui signalait le verrouillage de son intelligence et de sa mémoire en face d'une matière nouvelle. L'officier polytechnicien qui commandait le peloton avait décidé pour stimuler le zèle de ses hommes qu'il faudrait justifier d'une parfaite connaissance de l'alphabet télégraphique pour avoir la permission de sortir en ville. Tiffauges prit aisément son parti de sa réclusion dans la caserne. Pour lui, la mobilisation qui l'avait fait sortir de prison n'était qu'une poursuite de sa captivité sous une autre forme. En vérité, il s'agissait d'une période d'attente dont la monotonie ne manquerait pas d'être rompue par des bouleversements mémorables, mais qui serait d'autant plus longue et d'autant plus aride que la renaissance qu'elle préparait serait plus triomphale.

Aussi bien les exercices de transmission eurent tôt fait d'abaisser tous les élèves à son niveau. Car les instructeurs, ayant à cœur de fournir chaque soir en rentrant un procès-verbal d'exploitation du matériel qui fût aussi abondant et impeccable que possible, préféraient occuper eux-mêmes le poste de manipulant. Les aspirants chargés de la réception ne pouvaient la plupart du temps faire face à l'avalanche de signaux dont on les accablait que par la formule de détresse RPTML — répétez, manipulez plus lentement. Aussi Tiffauges se contentait-il de tourner la manivelle de la génératrice d'électricité, fonction modeste et monotone dont il s'accommodait d'autant mieux qu'il avait chaque jour le spectacle des camarades fantassins rampant dans la boue, ou s'asphyxiant dans d'interminables pas de course. En janvier 1940, son incapacité à maîtriser des signes conventionnels, abstraits, futiles, sans charge fatale, fut sanctionnée par son échec à l'examen de caporal, et ce fut comme soldat de deuxième classe qu'il fut envoyé à Erstein, à une vingtaine de kilomètres au sud de Strasbourg, entre la nationale 83 et la rive du Rhin.

Il s'agissait pour sa compagnie, composée de vingt téléphonistes et de vingt radios, de transformer la poste de ce gros bourg, dont la plupart des six mille habitants avaient été évacués, en centre nerveux de la division, assumant la liaison du commandement installé à l'hôtel de ville avec les trois régiments d'infanterie garnissant les casemates du Rhin, un groupe de reconnaissance composé de spahis, l'artillerie de campagne, l'artillerie lourde, le génie et les services de l'arrière.

Pendant des semaines, Tiffauges arpenta les routes et les chemins de la région en poussant devant lui la brouette dérouleuse chargée de câbles de campagne ou portant sur la poitrine le plastron-dérouleur garni d'un câble d'assaut, cependant que deux camarades munis d'échelles et de lances à fourche faisaient courir les câbles le long des murs, d'arbre en arbre ou de poteau télégraphique en poteau télégraphique. Il se comparait à une grosse araignée sécrétant inépuisablement un fil derrière elle, et il appréciait les longues marches dans la campagne hivernale qui le tonifiaient en lui laissant l'esprit libre. Bientôt d'ailleurs la poste d'Erstein ressembla en effet au cœur d'une toile d'araignée avec les quarante lignes aériennes qui s'en échappaient dans toutes les directions, cible facilement repérable par un avion mouchard, fit observer le sous-lieutenant Bertold, connu pour ses propos hostiles aux filistes.

Car il existait une sourde rivalité entre les filistes et les sans-filistes, ces derniers estimant relever d'une technique à la fois plus moderne et moins grossièrement matérielle, n'impliquant pas les corvées de pose et de surveillance des réseaux. Peu avant Noël, les événements parurent d'ailleurs leur donner raison. Le haut-parleur allemand d'Ottenheim qui abreuvait les hommes des casemates, par-dessus les eaux boueuses du Rhin, d'informations et de slogans, saluant les unités par leur numéro et leurs officiers par leur nom, pria ironiquement qu'on voulût bien transmettre des félicitations aux sapeurs téléphonistes qui venaient de terminer la pose du réseau d'Erstein. Suivait la description détaillée des installations techniques et de leur capacité de transmission. Les choses en seraient sans doute restées là, si un guetteur français n'avait repéré sur la rive droite du fleuve la corolle du haut-parleur monté sur camion, et n'avait cru bon de la pulvériser d'une balle de lebel à lunette. C'était agir directement à l'encontre des conventions tacites de paisible voisinage qu'on respectait de part et d'autre, et appeler sur soi une opération de représailles.

Elle se produisit le lendemain à l'aube, et prit la forme d'un assaut en piqué mené par un stuka solitaire sur la poste d'Erstein. Dès que les premières balles de mitrailleuses crépitèrent sur les tuiles, Tiffauges et les six autres hommes de service dégringolèrent à la cave étayée par quelques troncs d'arbres. L'appareil se livra à quelques cabrioles et lâcha un chapelet de petites bombes qui se perdirent dans des jardins. Les dégâts auraient été minimes si le poêle, trop chargé et laissé sans surveillance pendant l'alerte, n'avait provoqué un début d'incendie, et en partie carbonisé le standard téléphonique le plus proche.

L'incident prit des proportions considérables dans la vie

monotone du secteur. Il y eut d'abord des discussions passionnées concernant le hurlement strident produit par le stuka pendant son attaque en piqué. Les tenants d'une sirène installée à bord de l'appareil pour provoquer un effet psychologique s'opposaient avec acharnement à ceux qui ne voulaient y voir que le sifflement de l'appareil cabrant, en fin de piqué, pour éviter l'écrasement au sol. Ce sifflement plus aigu quand l'avion approche deviendrait de plus en plus grave quand il s'éloigne, d'où proviendrait l'effet de sirène. Ces discussions, auxquelles Tiffauges assistait sans y prendre part, l'ancraient peu à peu dans l'idée que la guerre n'était qu'un affrontement de chiffres et de signes, une pure mêlée audio-visuelle sans autre risque que des obscurités ou des erreurs d'interprétation. Personne n'était mieux préparé apparemment que lui à ces problèmes de réception, de déchiffrement et d'émission. Pourtant ils lui demeuraient étrangers, car, dépourvus de l'élément vivant, chaleureux et sanguin qui était pour lui comme la signature de l'être, ils flottaient dans une sphère abstraite, contemplative et gratuite. Il attendait avec confiance et patience cette union du signe et de la chair qui était pour lui la fin dernière des choses, et singulièrement de cette guerre. Elle devait lui être offerte quelques semaines plus tard, sous une forme certes dérisoire, mais non moins annonciatrice d'accomplissements ultérieurs.

Les alarmes du commandement touchant la vulnérabilité de ses transmissions devaient avoir en effet des suites inattendues pour Tiffauges. Elles eurent pour premier effet un triomphe passager des sans-filistes. Mais l'étendue exagérée du secteur, jointe au manque de personnel et de matériel, éloignait trop les uns des autres les postes de transmission et les mettait hors de portée mutuelle. En outre l'application d'un chiffre rendue nécessaire par l'efficacité du renseignement ennemi — le haut-parleur d'Ottenheim en administrait la preuve quotidiennement — ralentissait le rythme des transmissions et aggravait le problème du personnel. C'est alors que le sous-lieutenant Bertoid, colombophile passionné, suggéra l'installation d'un colombier d'aller et retour à proximité du siège de l'état-major. Le commandant Granet était un ancien de Verdun; il se trouvait aux côtés du commandant Raynal lors de sa défense héroïque du fort de Vaux qui était demeuré en communication avec le général Pétain par pigeons voyageurs. Il se rallia avec enthousiasme à la suggestion de Bertold. Il fallait au sous-lieutenant pour le seconder un homme à tout faire. On lui désigna Tiffauges, disponible parce que personne ne désirait le retenir.

*

Tout le mois de janvier fut consacré à la construction et à l'aménagement d'un colombier au sommet d'une tour qui flanquait bizarrement l'hôtel de ville, et dont le rez-de-chaussée servait de remise d'outils aux cantonniers municipaux. Une échelle de meunier permettait d'accéder de l'intérieur à une pièce circulaire percée d'ouvertures étroites qui avaient peut-être été des meurtrières. Ces ouvertures furent d'abord garnies de cliquettes auxquelles on pouvait donner quatre positions : fermeture, sortie seule, entrée seule, ouverture. Cependant la pièce fut divisée en deux par une cloison, car il importait, expliqua Bertold, de bien séparer les pigeons *aduits*, c'est-à-dire attachés au colombier à la fois par l'accoutumance et un conjoint, et les pigeons appartenant à un autre colombier plus ou moins lointain, qu'ils regagneraient avec un message dès qu'ils seraient lâchés. Cette deuxième catégorie de pigeons ne devaient être retenus qu'un temps limité et séparés par sexes, faute de quoi ils adopteraient le présent colombier, et devraient être versés dès lors dans la première catégorie. Avec l'aide d'un menuisier, on construisit un ensemble de soixante-dix cases pouvant recevoir chacune, soit un pigeon célibataire, soit un couple, ce qui portait la capacité du colombier à cent quarante sujets maximum, « un petit début » affirmait Bertold qui rêvait visiblement d'une guerre consistant exclusivement en chassés-croisés d'immenses nuées d'oiseaux. Dans un coin du rez-de-chaussée de la tour, treize petits coffres de bois rassemblaient toute la gamme des graines d'alimentation réglementaire du pigeon militaire, soit orge, avoine, millet, lin, colza, maïs, blé, lentilles, vesces, chanvre, féveroles, riz et pois. On n'avait pas oublié enfin la boîte à terre salée, composée de briques, de plâtras et de coquilles d'huîtres pilées auxquels on avait ajouté des petits silex et de la terre d'argile, le tout lié à l'eau salée.

Le 20 janvier, tout étant prêt pour recevoir les petits soldats ailés, comme les appelait Bertold dans ses accès d'attendrissement, le colonel Puyjalon signa un ordre de réquisition aux termes duquel les propriétaires de pigeons du secteur étaient tenus de se faire connaître par lettre, et de céder contre une somme fixée ceux de leurs sujets que le sapeur-colombophile leur désignerait ultérieurement au cours de ses tournées de recrutement. C'est ainsi qu'à la fin du mois, Tiffauges se lança sur les routes d'Alsace au volant d'une camionnette chargée de paniers d'osier spéciaux — infanterie n° 1 — pouvant contenir chacun six pigeons ficelés dans des corselets.

Bertold lui avait fait la leçon, tirée pour l'essentiel du *Manuel à l'usage des candidats au brevet colombophile militaire* du capitaine Castagnet. Il savait que le pigeon militaire de bonne race, capable de franchir sept cents à neuf cents kilomètres dans la journée, et de transmettre à sa descendance ses brillantes qualités physiques et intellectuelles, doit avoir la tête convexe, le bec robuste, un œil à la clignotante rapide, aux muscles ciliaires vifs et sensibles, au regard franc et dur chez le mâle, plus tendre chez la femelle, un cou bien plumé, une encolure puissante chez le mâle, plus ployante chez la femelle, une poitrine large, saillante à l'avant, des épaules fortes, des reins puissants et bien plumés, un sternum solide, arqué sur le devant et fuyant à l'arrière pour se rapprocher des reins et réduire le ventre au strict minimum, des ailes solidement attachées aux épaules et affectant déployées une forme légèrement incurvée, avec des plumes se recouvrant bien les unes les autres comme les ardoises d'un toit, un dos large et ferme s'achevant par un croupion abondamment fourni sur toutes ses faces de plumes fines et soyeuses, douze plumes caudales plutôt courtes que longues, renforcées à la base par de nombreuses petites plumes et consti-

tuant un gouvernail à la fois mobile, souple et fort, des cuisses
nerveuses, des pattes sèches, des ongles acérés et bien plantés
dans les doigts. Il avait aussi appris que les qualités requises du
colombophile sont la douceur, la patience, la prudence, la propreté, la réflexion, l'esprit d'observation, la fermeté et l'esprit
de discipline, et Bertold lui faisait citer de mémoire ces lignes
célèbres dans tous les colombiers militaires de France : « L'amour
passionné du pigeon est un talisman qui confère au sapeur la
plupart de ces vertus lorsqu'il pénètre au colombier. Le colombophile le plus turbulent et le plus emporté devient doux et
patient en présence de ses pigeons, le plus négligent entoure ses
oiseaux de soins de propreté qu'il néglige pour lui-même. »
    Dès lors on vit Tiffauges sillonner les champs et les bois,
pénétrer dans les cours de ferme, affronter les taureaux et les
molosses en liberté, réveiller les hameaux assoupis, frapper aux
portes des chaumières, sonner aux grilles des demeures de
maîtres, et toujours, une lettre à la main, il demandait à voir
et à toucher les pigeons qui lui avaient été signalés. Il s'était
habitué à les saisir et à les palper avec une facilité qui ne l'avait
pas surpris. Élevant doucement les deux mains au-dessus du
pigeon, il les abaissait sur lui progressivement. Puis il le saisis-
sait, la main gauche serrant l'arrière-train de l'oiseau, les
pattes allongées sous la queue entre l'index et le majeur, le pouce
joint à l'index maintenant les ailes croisées sur la queue, tandis
que sa main droite, placée au-dessous de la poitrine, soutenait
l'avant du pigeon, la tête face à droite. Quand il voulait se servir
de sa main droite, il appuyait le devant du pigeon contre sa
poitrine pour qu'il ne se déséquilibrât pas et ne cherchât pas à
glisser de la main gauche. Il connaissait par leur nom technique
toutes les couleurs possibles, bleu Vendôme à barres noires sur
l'aile, bleu plomb, roux brique, écaillé roux, meunier, argenté,
mosaïque, et il savait qu'à qualités égales il fallait toujours
choisir l'animal au plumage le plus sombre, parce que, moins
sensible, il est aussi habituellement le plus résistant. Il savait
distinguer les pigeons « ouverts » — dont les os du bassin sont
séparés par un intervalle d'un centimètre au moins — des

pigeons « soudés » — dont les os du bassin se touchent — et des pigeons « serrés » — dont les os du bassin sont près de se toucher. Les yeux fermés, il pouvait, d'une seule palpation, déterminer l'âge et le sexe, ainsi que la proximité de la dernière mue ou l'imminence de la prochaine.

Lorsqu'il rentrait le soir à Erstein avec ses cages, Bertold commentait longuement la qualité de ses acquisitions en leur passant à la patte gauche une bague métallique comportant un numéro de matricule, suivi d'un nombre formé par les deux derniers chiffres de l'année de la naissance et les initiales accolées A.F. (armée française). Puis les nouveaux venus étaient lotis dans les cages qui leur revenaient et où les attendait un savoureux mélange de graines.

*

Parce qu'il était d'une taille et d'une force hors du commun, Tiffauges pouvait se montrer avec ses camarades renfermé, peu liant, indifférent à leurs préoccupations quotidiennes. On aurait taxé tout autre de morgue, on se contentait de le considérer comme stupide, ou, dans les cas les plus favorables, comme un ours au fond sans malice. Il n'en avait cure, mesurant la distance infranchissable que sa vocation particulière créait entre ses camarades et lui. Cette guerre, cette « drôle de guerre » comme on disait à l'époque, dans laquelle ils avaient été jetés cul par-dessus tête, et où ils se regardaient les uns les autres avec un ahurissement hilare ou pleurnichard selon les circonstances, elle était sa chose, son affaire personnelle, bien qu'elle lui fît peur et le dépassât infiniment. Et il savait que les tribulations avaient à peine commencé, qu'il y aurait d'autres catastrophes, d'autres séismes historiques dont son destin était gros. Il n'était pas jusqu'à cette affectation à la section colombophile du régiment qui n'entrât, selon lui, dans un plan général le concernant, et ne contînt l'ébauche d'une vocation plus haute.

Car il s'était vite converti à la marotte du sous-lieutenant Bertold, et les pigeons formaient désormais la partie tendre et tiède de son existence. Ses vastes randonnées à travers la campagne alsacienne, qui n'avaient été d'abord que d'heureuses diversions à la monotone promiscuité de la section, étaient devenues rapidement des chasses passionnées, et les pigeons avaient cessé d'être des prétextes bienvenus d'évasion pour devenir des petits êtres chéris et convoités, ayant chacun une irremplaçable personnalité. C'était avec une impatience tremblante qu'il prenait chaque matin connaissance des lettres des propriétaires de pigeons atteints par l'ordre de réquisition et signalant leur colombier à l'autorité militaire, et lorsque, au terme d'une expédition, il était parvenu à une ferme isolée ou dans un domaine retranché derrière ses vieux murs, sa gorge se nouait d'émotion tandis que sa grande main se refermait sur les petits corps palpitants dont il savait qu'il emporterait ceux qui lui plairaient. Il s'était d'ailleurs convaincu que beaucoup de propriétaires de pigeons n'accomplissaient pas leur devoir patriotique, faisaient la sourde oreille, et omettaient d'écrire au P.C. d'Erstein non tant par négligence que par attachement jaloux à leurs oiseaux. Et c'était justement ceux-là qu'il brûlait de voir, de toucher et de posséder, parce qu'étant les plus aimés ils devaient être aussi les plus désirables.

Négligeant de plus en plus les offres spontanées qui lui parvenaient, il en vint bientôt à mener une enquête permanente auprès des commerçants et des gendarmes pour repérer le colombier clandestin, débordant de sujets admirables, mais défendu contre sa convoitise. Il prit également l'habitude d'avoir toujours un œil en l'air pour surprendre le passage d'un pigeon isolé, et tâcher de remonter grâce à lui jusqu'à un élevage secret.

C'est ainsi qu'un beau matin d'avril — le 19 exactement, cette date s'inscrivit dans sa mémoire — alors qu'il avait suivi le cours de l'Ill jusqu'à la sortie de Benfeld, il eut la sensation vague qu'un éclat argenté venait de sillonner le ciel au-dessus de sa tête, en direction d'un maigre rideau de pins. Il s'en approcha et entreprit de les examiner un par un, à l'aide d'une paire de jumelles dont il ne se départait jamais. Il n'eut pas à chercher longtemps, car le plumage argenté de l'oiseau tranchait vivement sur le sombre fouillis des branches. C'était une bête admirable, toute en ailes, avec une tête très petite, orgueilleusement posée sur un jabot de neige gonflé comme la proue d'un navire. Il picorait distraitement des pignes de l'année passée, sans conviction, comme pour meubler une brève halte. Puis il prit son élan, et fila à tire-d'aile par-dessus les toits d'un groupe de maisons. « S'il est en migration, pensa Tiffauges avec un serrement de cœur, je ne le reverrai jamais. »

Il revint immédiatement à Benfeld, et interrogea le vétérinaire que signalait une plaque sur sa porte. Non, il n'y avait pas de colombier digne de ce nom dans les environs. Toutefois, une veuve, Mme Unruh, dont il lui indiqua la maison, élevait quelques sujets assez bizarres dans une médiocre volière.

Mme Unruh — qui n'avait pas répondu à l'ordre de réquisition — fit à Tiffauges un accueil empreint de dédain et de méfiance. Certes elle avait quelques pigeons, mais c'était des exemplaires de races pures et rares, soigneusement sélectionnés par son mari. Le professeur Unruh, savant généticien, avait d'abord entretenu un élevage expérimental pour observer sur des générations successives la persistance ou l'effacement de certains caractères héréditaires. Puis il s'était pris au jeu, s'attachant en collectionneur aux sujets exceptionnels par leur beauté, la pureté de leur type ou même leur bizarrerie, et il était difficile de distinguer dans le colombier qu'il avait laissé après sa mort, survenue récemment, la part de la science et celle du plaisir. Sa veuve, également indifférente à l'une et à l'autre, continuait à entretenir ses derniers pigeons qu'elle considérait comme l'héritage vivant de son mari.

Elle parlait d'abondance, froidement, sans manifester d'empressement à faire entrer Tiffauges et à le conduire au colombier, et il fallut qu'il avançât résolument pour qu'elle consentît à le précéder.

C'était une demeure cossue qui aurait été banale si les murs n'avaient pas été peuplés de pigeons naturalisés de toutes tailles et teintes. Il y avait là des ramiers gris cendré, des colombins aux reflets mordorés, des rouquets des Landes, des bisets de roche, des paons trembleurs, des pattus-hirondelles, et même un cravaté chinois et un pigeon-tambour. Et chaque perchoir sur lequel l'oiseau se tenait figé dans l'attitude que lui avait assignée l'imagination du taxidermiste était accompagné d'une fiche généalogique et génétique. Ils traversèrent ainsi deux grandes pièces dont les murs couverts d'ailes déployées et hérissés de becs dardés contrastaient avec la rigueur bourgeoise des meubles, des suspensions et des tentures — deux univers évidemment, celui du professeur et celui de son épouse qui une vie durant s'étaient côtoyés sans se mêler, comme l'eau et l'huile se superposent dans un verre — et ils arrivèrent à une sorte de véranda qui s'ouvrait sur un minuscule jardinet, si petit qu'en le coiffant d'un cône en treillage, on avait pu le transformer tout entier en volière. Là, sur un arbuste squelettique, sur des baguettes de bambou, sur les planches d'entrée d'une rangée de boulins s'ébattait une faune vivante aussi étrange que l'autre, puisqu'on y reconnaissait un tumbler, un culbutant, un nègre, un carrier, un capucin, et même deux exemplaires de ces boulants juchés sur des pattes démesurées et la tête enfouie derrière un jabot monstrueusement enflé.

Tiffauges observait avec un certain malaise cette collection vaguement exotique, vaguement tératologique, lorsqu'il remarqua tassé contre une case un gros œuf de plumes rousses sans pattes ni tête apparentes, parfaitement ovale. Il s'en approcha avec curiosité, et tendit la main. Aussitôt l'œuf se dissocia et fit place à deux beaux pigeons couleur de feuilles mortes, parfaitement semblables. Étroitement soudés, pattes et tête rentrées, ils pouvaient former la masse pelucheuse ovoïde qui avait attiré l'attention de Tiffauges. Il les saisit tous deux à la fois et les examina en connaisseur, cherchant en vain un détail qui pût les distinguer l'un de l'autre. Lorsqu'il leva les yeux, il fut surpris de voir un sourire très doux illuminer le visage sévère de Mme Unruh.

— Je vois, monsieur, lui dit-elle, à la façon dont vous touchez ces oiseaux que vous êtes un vrai colombophile. Il faut de longues années d'intimité avec eux pour en arriver là. Et aussi une vraie vocation. Mon mari ne faisait pas mieux que vous. Quant à moi, qui l'assistais pourtant de mon mieux dans ses expériences, il désespérait de m'initier à cet art aimable et secret...

Tiffauges, un pigeon dans chaque main, les rapprochait et les séparait comme les deux morceaux du même objet simple et harmonieux qu'un choc accidentel aurait déchiqueté. Chaque fois que les frères rouquins entraient en contact, ils s'assemblaient en œuf par un réflexe automatique qui mettait toutes leurs parties en état d'engrenage. On aurait même dit qu'une force magnétique les attirait et les collait l'un à l'autre.

— Ces pigeons qui ont l'air tout ordinaires, expliqua Mme Unruh, sont en réalité les sujets les plus paradoxaux de la collection du professeur. Ce sont des jumeaux artificiels. Mon mari avait eu la curiosité de reproduire les expériences du maître japonais Morita. En introduisant dans l'œuf au contact du disque embryonnaire des menus fragments de tissu de grenouille ou de souris, on provoque une irritation cellulaire qui se manifeste par le développement tantôt de deux ou trois individus séparés, tantôt de monstres doubles. Nous avons eu ainsi des oiseaux à deux têtes. Ils n'ont pas vécu.

Avant de partir avec les deux jumeaux, Tiffauges interrogea Mme Unruh sur le pigeon argenté qu'il recherchait. Elle redevint aussitôt méfiante, s'esquiva dans des formules évasives qui éludaient l'oiseau rare, sans pourtant le nier tout à fait. Tiffauges était à la porte, et il allait prendre congé définitivement, quand un grand bruit d'ailes battantes attira vivement son attention vers un cognassier chétif qui végétait contre le mur de la maison. Le pigeon argenté venait de s'y poser, et, rengorgé, il roucoulait doucement en prenant des airs avantageux. On aurait dit qu'il était pleinement conscient de sa splendeur avec sa tête longue et fine aux grands yeux violets, coiffée de plumes blanches — un « mâcot » selon le jargon colombophilique — son corps fuselé dont on devinait la puissance musculaire aux attaches bosselées des ailes et, surtout, cette robe métallique, platinée qui paraissait ressortir davantage au règne minéral qu'au règne animal.

Tiffauges tendit vers lui la main — cette main qui n'effrayait pas les pigeons, il l'avait constaté sans surprise dès le début — et il saisit l'oiseau qui étala aussitôt sur son poignet les douze rectrices de sa queue en éventail, signe de soumission, hommage d'oiseau à oiseleur. C'est alors qu'il remarqua le visage crayeux et les lèvres tremblantes de Mme Unruh.

— Monsieur, articula-t-elle enfin avec difficulté, je ne peux vous empêcher d'emporter aussi cet oiseau. Mais il faut que vous sachiez qu'en enrichissant simplement d'une unité votre colombier militaire, vous me privez de ce que j'ai de plus cher au monde depuis la mort du professeur. Cet oiseau, mon mari avait voulu en faire la colombe symbolique de notre amour et de notre union. C'est beaucoup plus qu'un simple volatile, c'est...

Elle s'était interrompue en voyant Tiffauges déboucler imperturbablement la courroie retenant le couvercle du panier de voyage qu'il portait en bandoulière. Il y glissa l'oiseau d'argent, et la regarda au visage. Elle comprit alors que si le pigeon platiné était un symbole pour elle, il était bien davantage encore pour Tiffauges, et que toutes ses supplications se briseraient sur un impératif prédateur qui était ce qu'il y avait en lui de plus inflexible et de moins humain.

*

A mesure que les pigeons envahissaient sa vie, Tiffauges s'enfonçait dans une solitude de plus en plus farouche. Il n'avait jamais été bavard, il devint tout à fait taciturne. Il était toujours resté en marge des palabres et des jeux de ses compagnons, il disparut des journées entières sans qu'on s'inquiétât de lui. Pourtant le recrutement et les soins des pigeons lui auraient donné plus de loisirs que tout autre service s'il avait voulu en profiter. Mais toutes ses heures de liberté, il les passait soit sur les routes, poussé par l'appétit allègre de la proie inespérée, soit, plus heureusement encore, au fond de son colombier, dans une quiétude duveteuse et roucoulante, où il oubliait le monde extérieur et dont il sortait couvert de fientes et de plumes, avec un air de bonheur sur le visage. Sa sollicitude colombophilique trouva d'ailleurs un aliment de choix à la fin du mois d'avril, lorsqu'il ramassa dans la boue du chemin un pigeonneau à demi mort de faim et de froid, rejeton trop précoce et sans doute tombé du nid. Il le glissa gluant de terre mouillée entre sa chemise et sa peau, et entreprit de le sauver avec un dévouement sans défaillance.

Il lui avait fait une sorte de nid dans une case isolée et fermée, et, plusieurs fois par jour, il s'efforçait de le nourrir. Ce n'était pas une mince affaire, car si l'oiselet avalait avidement tout ce qu'on jetait dans le bec démesuré qu'il tendait ouvert à tout venant, il s'en fallait qu'il digérât avec aussi peu de discernement, et plus d'une fois, au début, Tiffauges dut soigner sa constipation au sulfate de soude, puis sa diarrhée en le mettant au riz exclusivement. Averti par un instinct confus mais infaillible, il finit par comprendre qu'il ne devait rien faire manger à son protégé qu'il n'eût lui-même longuement mâché, ensalivé et trituré de la langue, en manière de prédigestion buccale. Ainsi jour et nuit, avec une constance admirable, il réduisait des bolées de féveroles et de vesces — plus tard des boulettes de viande hachée — en une bouillie parfaitement homogène et à la température de la vie qu'il laissait filer de ses lèvres dans le bec du pigeonneau tendu vers lui grand ouvert.

L'oiseau grandit et put prendre sa place dans le colombier. Mais il demeura chétif et son plumage noir ne connut jamais le lustre de celui de ses compagnons. Pourtant Tiffauges le chérissait avec prédilection, croyant lire dans ses yeux le reflet d'une intelligence désabusée, approfondie par l'expérience précoce de la solitude et du malheur.

*

L'une des principales préoccupations du commandant Granet était l'humeur bouillante du colonel Puyjalon qu'il ne réussissait pas toujours à modérer. En vérité, Granet avait un secret dans sa vie qui ne perça qu'à la fin, et encore seulement aux yeux les plus attentifs. On s'était demandé au début pourquoi, à tout autre logement plus confortable et plus prestigieux, il avait préféré un modeste pavillon de briques situé à la sortie du bourg. Puis on avait oublié cette petite énigme demeurée sans réponse. Or cette réponse, elle se trouvait derrière la maison, sous la forme d'un rectangle de terre de mille mètres carrés environ que le commandant avait d'abord patiemment défriché de ses mains avant de le planter et de l'ensemencer. Granet avait la passion du jardinage, des plantes potagères singulièrement, et les heures les plus heureuses de sa vie, il les passait en fin de journée, la binette ou le sarcloir à la main.

Or le bouillant colonel Puyjalon ne rêvait, lui, que de vastes déplacements de masses manœuvrières. Il ne parlait que de « faire roquer des unités », déclarait à tout venant qu'il avait horreur des « situations stabilisées », et on se répéta avec admiration dans toutes les popotes du secteur la formule qu'il avait lancée à un capitaine avant de l'envoyer en mission à Strasbourg : « Je tiens à ce que les coordonnées de mon P.C. comportent toujours des paramètres variables. » Tous les projets, toutes les idées lancés en l'air par Puyjalon étaient soigneusement étouffés par Granet qui ne craignait rien tant que d'avoir à changer de secteur avant la récolte de ses carottes nouvelles et de ses petits pois.

Les événements qui se précipitèrent à partir du 10 mai exaspérèrent cet antagonisme. Puyjalon, convaincu que le groupe d'armée de l'Est, inutilement massé derrière la ligne Maginot, allait être appelé à voler au secours du général Georges bousculé au nord, entretenait tous ses hommes sur le pied d'un mouvement imminent. Granet laissait entendre au contraire qu'il avait des raisons de croire à une tentative de percée de von Leeb dont les unités stationnaient de l'autre côté du Rhin. La capitulation de l'armée belge le 28 mai, suivie des effondrements successifs qui aboutirent à l'entrée des troupes allemandes à Paris, annonça un encerclement par le sud, et fit craindre au

colonel que le Q.G. de Nancy, de plus en plus avare d'instructions, ne se repliât sans avertir Erstein. Il décida d'en avoir le
cœur net, et fréta une traction avant pour une brève mission
d'information. Il emmenait son fidèle chauffeur, Ernest, et deux
officiers d'état-major. Au dernier moment, craignant d'être coupé
d'Erstein, il décida de s'assurer une liaison colombophile de
secours. C'est ainsi que Tiffauges, portant un panier de quatre
pigeons, prit place à l'arrière de la voiture le 17 juin au matin.
Il avait choisi selon son cœur, pressentant qu'il ne reverrait
jamais le colombier d'Erstein, le petit noiraud, le grand argenté
et les deux jumeaux couleur de feuilles mortes.

Le soleil qui brillait dans un ciel sans nuages, les prairies
émaillées de fleurs, les arbres vermeils au feuillage murmurant,
tout semblait vouloir entourer le naufrage de la France d'un
décor triomphal et tendre. Recroquevillé sur son siège, son
panier posé sur ses genoux, Tiffauges se demandait, en caressant de la main gauche passée par la porte le ventre de ses
oiseaux qu'il reconnaissait sans les regarder, quel visage allait
prendre, une année jour pour jour après l'assassinat de Weidmann à Versailles, le châtiment prévu et mérité de la plèbe
veule et cruelle. La réponse lui fut donnée à Épinal vers laquelle
il avait fallu descendre, la route directe de Nancy étant inter-
dite, pour des raisons incompréhensibles, par des gendarmes
que les galons du colonel ne purent fléchir. La petite cité vos-
gienne, noyée sous une marée humaine qui charriait pêle-mêle
piétons, chevaux, cycles et voitures, paraissait en proie à un
cauchemar de fin du monde. Les pompes à essence étant à sec
et les magasins d'alimentation vides, tous les commerçants
avaient résolu de fermer leur boutique, et il était hors de question de se procurer quoi que ce fût. Toute cette foule haras-
sée et hargneuse descendait de Nancy, où on avait annoncé la
veille l'arrivée imminente des Allemands, et se dirigeait vers
Plombières dans un réflexe de fuite irraisonnée. Un char à bancs
s'était arrêté devant un bistrot fermé et plusieurs hommes las-
sés de tambouriner sur les volets de fer et d'appeler pour avoir
de l'eau entreprenaient de défoncer la porte en se servant de

guéridons comme massues ou comme béliers. Puyjalon avait fait mine d'intervenir, mais vivement pris à partie par la foule, il avait battu en retraite et ordonné au chauffeur de mettre le cap sur le nord, le long de la Moselle. Tiffauges était partagé entre l'épouvante et la jubilation, mais il avait surtout dans l'oreille le lazzi d'un voyou qui, ayant passé une tête hilare et échevelée par la fenêtre de la voiture, avait aperçu le panier à pigeons et avait crié : « Alors tes pigeons voyageurs ? I' voyagent ? »

On parcourut neuf kilomètres en deux heures, remontant le courant hétéroclite et dense des réfugiés. A Thaon, ce fut l'arrêt complet. Une femme hurlante luttait sur le sol avec un ennemi invisible, et ceux qui l'entouraient obstruaient le passage. On se murmurait qu'elle avait bu l'eau de la Moselle empoisonnée par la Cinquième Colonne, d'autres prononçaient le mot d'épilepsie, un paysan à moustaches de Gaulois affirmait qu'il s'agissait d'une simulatrice et qu'il n'était que de la corriger. Enfin un soubresaut releva ses jupes, et, entre ses cuisses écartelées, on vit pousser le crâne d'un enfant mort.

Le colonel exaspéré donna l'ordre de tourner à droite et de franchir la Moselle pour échapper à cette glu humaine. Le pont était intact, ce qui prouvait bien, dit-il, que les Allemands étaient encore loin. Après l'affreuse cohue de la nationale 57, la petite route départementale qui serpentait entre des champs de blé et d'orge adolescents plongea les voyageurs dans une atmosphère de calme et bucolique bonheur. On traversa à vive allure le village de Girmont, assoupi dans la touffeur de midi, puis des bois rafraîchissants et pleins de chants d'oiseaux. En haut d'une faible côte, la voiture déboucha au milieu de quelques maisons groupées autour d'une grosse auberge à l'enseigne de *La Fontaine cordiale* et, en effet, près d'un vaste porche à diligence une fontaine de cuivre jetait gaiement ses eaux dans une vasque de granit en forme de cœur. Le colonel ordonna de stopper et s'engouffra avec décision dans l'auberge. Il en ressortit presque aussitôt accompagné d'un gros homme blême qui devait être l'aubergiste et qui mimait à grands gestes l'impuissance et le dénuement.

— L'auberge est fermée, expliqua le colonel à ses compagnons. Il y a encore à boire, mais rien à manger. Je propose que Tiffauges et Ernest aillent acheter chez l'habitant ce qu'ils trouveront, pendant que je vais essayer de téléphoner à Erstein.

Lorsque Tiffauges revint à l'auberge trois quarts d'heure plus tard après avoir frappé à toutes les portes du village qui s'appelait Zincourt, il rapportait une boîte de petits pois, un kilo de pain et un quart de beurre qu'il avait payés le triple de leur valeur. Le colonel attablé dans la grande salle avec ses officiers devant plusieurs bouteilles de traminer était d'humeur joviale.

— Des petits pois! s'écria-t-il aussitôt. Tiffauges, vous ne pouviez pas mieux tomber. Avec les pigeons ce sera parfait !

Tiffauges ne comprit pas d'abord, puis il eut un sombre pressentiment en se dirigeant vers la cuisine. Le panier était posé sur la table. Il ne contenait plus qu'un pigeon. Des plumes rousses et argentées jonchaient le carrelage, et dans l'âtre, sur un feu vif de fagotins, trois petits corps nus, embrochés et ruisselants de graisse tournaient tristement.

— Ordre du colonel, expliqua Ernest. Il a voulu qu'on en laisse un à tout hasard. On ne sait jamais, il a dit. J'ai choisi le noir, c'est le plus maigre des quatre. Et comme Tiffauges abasourdi ne soufflait mot, ça ne fait rien, conclut-il, trois pigeons pour cinq personnes, c'est pas l'abondance!

Tiffauges déposa ses provisions en silence, puis, après un dernier regard au panier où le pigeon noir se tassait terrorisé, il regagna la salle commune et alla s'asseoir loin des officiers qui buvaient en vociférant. « Trois pigeons pour cinq? Certainement pas », pensa-t-il rageusement. Il y avait au moins un convive qui n'y toucherait pas, lui, Tiffauges, qui avait élevé avec amour ses bisets pour en faire des messagers fidèles, des porte-signes vivants et palpitants. Puis il lui vint une autre idée. N'était-il pas au contraire le seul qui devrait manger les petits corps assassinés? D'abord il mourait de faim, et il lisait dans cette sensation lancinante l'engagement, presque l'ordre, de procéder à ce festin solitaire et surabondant. Ce qui était ignoble, c'était cette ripaille en compagnie de soudards avinés. En revanche, l'ingestion dévote et silencieuse de la dépouille des trois petits soldats égorgés revêtirait un caractère presque religieux, et serait en tout cas le meilleur hommage qui pouvait leur être rendu. Tiffauges sentait grandir en lui une haine violente à l'égard de ce braillard de Puyjalon que les deux officiers d'état-major écoutaient avec une déférence servile. Quant à Ernest, c'était lui bien sûr pour ne pas courir le village en quête de ravitaillement qui avait suggéré au colonel de sacrifier les pigeons. Une fois de plus Tiffauges se retrouvait seul, confronté à des hommes grossiers qui le méprisaient parce qu'il était gauche et taciturne, mais en vérité il était le meilleur, le plus fort, le seul élu et innocent, et grâce au destin, il serait vainqueur de toute cette racaille en ribote.

Il en était là de sa rumination morose quand la porte de l'auberge s'ouvrit à la fois brutalement et silencieusement dans une grande explosion de soleil. L'aubergiste se rua vers la table du colonel.

— Alerte! Les Allemands! prononça-t-il à mi-voix, mais avec une telle intensité qu'il sembla avoir hurlé de toutes ses forces.

Les trois hommes se levèrent d'un bond et bouclèrent leur ceinturon. La tête effarée d'Ernest apparut dans la fente de la porte de la cuisine.

— Ils arrivent en motocyclette d'Hadigny, sauvez-vous! Mais pas en voiture, précisa l'aubergiste, ils vous mitrailleraient à vue. Filez à travers champs et essayez de gagner le bois des Fiefs. Je vais vous montrer.

Et il se glissa à nouveau dans le grand soleil de l'après-midi, suivi par Puyjalon, Ernest et les deux officiers.

Demeuré seul, Tiffauges se leva lentement. Il sourit et fit une aspiration profonde. La terre dont la trépidation n'avait pas cessé depuis le crachat du Quai des Orfèvres allait encore une fois basculer. Il se rappela la phrase célèbre de Puyjalon : « J'ai horreur des situations stabilisées! » Il était servi, le colonel! Il traversa la salle obscure et silencieuse en direction de la cuisine.

Dans le panier s'agitait l'ombre noire du dernier pigeon. Tiffauges le prit sous son bras. Il allait sortir quand il se ravisa et reposa le panier sur la table. Les trois pigeons dorés à point étaient sagement alignés sur la broche. Il étendit sur l'âtre une feuille de papier de boucherie et y fit glisser les trois rôtis. Puis il enfouit le tout dans sa musette. Il franchissait la porte, tenant le panier sous son bras, quand il se heurta à l'aubergiste.

— Vous êtes encore là! s'exclama le bonhomme. Et les Allemands qui entrent dans le village! Je ne veux pas qu'ils trouvent un soldat français chez moi. Il est temps encore de rejoindre vos amis. Je vais vous conduire.

Tiffauges le suivit avec indifférence. Ils traversèrent la route déserte. Le soleil paraissait avoir fait le vide dans tout le village. Seule la fontaine cordiforme jasait intarissablement. Les deux hommes se glissèrent entre des maisons que séparait une venelle caillouteuse, puis s'engagèrent dans un jardin potager. Tiffauges songea à Granet. Pour celui-là au moins la guerre avait eu un sens, concret, indiscutable, mais la débâcle allait le ramener au destin de tous les autres. Tandis que lui, Tiffauges...

Ils étaient arrivés à l'origine d'une sente qui s'enfonçait dans des taillis. L'aubergiste lui fit signe de s'y précipiter, et il le surveilla quelques instants avant de faire demi-tour. « Il va mettre son vin au frais pour accueillir les Allemands, pensa Tiffauges, pour celui-là c'est la débâcle qui a un sens. »

Il marcha deux ou trois kilomètres dans une direction qui lui paraissait être le sud, traversa une route goudronnée, franchit une petite rivière et trouva bientôt les premiers arbres de ce qui devait être le bois des Fiefs. C'est là qu'il vit Ernest surgir tout à coup d'un fossé où il devait faire le guet. Le colonel et les deux officiers étaient cachés à proximité dans une hutte de charbonnier, attendant des nouvelles. Ernest et Tiffauges les rejoignirent. Puyjalon exprima sa satisfaction en constatant que Tiffauges n'avait pas abandonné son panier à pigeons avec son dernier pensionnaire.

— C'est bien, mon petit, lui dit-il, dans les circonstances les plus dramatiques, tu n'as pas jeté ton arme, aussi modeste qu'elle soit. Je songerai à toi pour une citation. Et tiens, puisque nous avons encore la possibilité de communiquer avec Erstein, tu vas prendre en dictée un message que nous leur expédierons, si nous sommes faits prisonniers.

Docilement Tiffauges sortit du panier le crayon encre et le carnet de feuillets spéciaux en papier pelure destinés aux colombogrammes. Et tandis que le colonel arpentant la hutte et fouettant avec une badine ses leggins de cuir lui dictait une adresse pleine d'envolée destinée à tous les hommes de son secteur (« Mes enfants, votre colonel est tombé aux mains de l'ennemi après une résistance acharnée. Vous m'avez assez prouvé, lorsque vous étiez sous mon commandement, que vous aviez le cœur haut placé pour que je puisse vous faire confiance au milieu des malheurs qui accablent la patrie... »), Tiffauges écrivait un tout autre message destiné au sous-lieutenant Bertold : « Mon cher lieutenant. Nous sommes prisonniers. Le blanc et les deux roux ont été assassinés par le colonel. Le noir a fait une longue course par grosse chaleur. Il faut qu'il boive, mais seulement de l'eau tiède, et comme il est un peu faible, donnez-lui deux pilules d'huile de foie de morue par jour. La grosse meunière a encore fait des œufs blancs, c'est qu'elle ne se plaît qu'avec des femelles. Les six bleus Vendôme doivent être purgés. Faites-leur prendre à jabot vide deux pilules d'huile de ricin chacun. Je crois bien que l'écaillé clair va nous faire un callu à l'aile gauche. J'ai remarqué au point d'attache une légère bosse jaunâtre. Essayez d'un badigeon de teinture d'iode... » Il y en avait ainsi deux pages serrées où se donnait libre cours toute la tendre sollicitude de Tiffauges pour ses petits portesignes. Le colonel avait terminé depuis une grosse minute alors que Tiffauges écrivait encore fiévreusement. Enfin il signa et se hâta de mettre en place dans le tube porte-dépêche le colombogramme replié trois fois sur lui-même et roulé en cylindre avant que le colonel ne lui demandât de le relire. Le noiraud sortit de sa torpeur et manifesta de l'impatience à prendre son vol dès qu'il se sentit la patte gauche alourdie par le tube. Mais Tiffauges le replaça au fond du panier.

Le soleil commençait à décliner lorsque les cinq hommes furent faits prisonniers dans une clairière du bois des Fiefs à l'entrée de Girmont. Une patrouille commandée par un Feldwebel les entoura. Au commandement « Jetez vos armes! », trois revolvers tombèrent mollement sur la mousse. Tiffauges ouvrit la porte de son panier, en sortit le noiraud avec précaution et le jeta doucement vers les revolvers. L'oiseau donna un coup d'aile, et se posa sur le sol. Son petit œil rond se pencha vers la crosse d'une des armes, ses pattes sèches glissèrent sur l'acier bronzé du canon. Puis il s'accroupit et, prenant son vol, il passa bruyamment au-dessus de la tête des Allemands.

Tiffauges se baissa et posa le panier vide à ses pieds. Il allait se redresser lorsqu'il reçut un furieux coup de botte dans le derrière. La douleur irradia dans toute sa colonne vertébrale. Comme il se tenait les reins à deux mains en grimaçant, le colonel l'aida à reprendre son équilibre.

— C'est bien, mon petit, lui dit-il. Tu les as eus! Demain au plus tard mon message atteindra les gars d'Erstein. Tu souffres? Je te proposerai pour la médaille des blessés de guerre.

*

Dès le lendemain, Tiffauges fut séparé des trois officiers et se retrouva dans une cour d'usine à Strasbourg avec quelques centaines de compagnons de captivité. Il en connaissait au moins un, le chauffeur Ernest, mais il était peu enclin à frayer avec qui que ce fût, moins encore avec Ernest, le colombocide, qu'avec un autre. La première nuit, il avait mangé seul l'un des trois rôtis. Il s'était persuadé qu'il s'agissait du pigeon d'argent. Question de poids sans doute, mais aussi un certain goût non sans affinité avec l'odeur habituelle de l'oiseau vivant. Les deux autres rôtis lui permirent non seulement de ne pas souffrir de la faim qui tenaillait ses camarades, mais aussi de nourrir son âme en la faisant intimement communier avec les seules créatures qu'il eût aimées depuis six mois.

Les prisonniers presque totalement privés d'informations s'accrochaient aux rumeurs les plus incertaines. L'armistice ayant été signé entre la France et l'Allemagne, ils ne doutaient pas de leur prochaine libération. On attendait seulement que les moyens de transport fussent rétablis et que les réfugiés civils eussent regagné leurs lieux d'origine. Tiffauges ne partageait pas ces illusions, non par une lucidité supérieure, mais parce qu'il savait que sa vérité était à l'est, et que son retour à Paris au garage du Ballon aurait été une inconcevable dérision. Son destin personnel était trop solidement structuré depuis toujours pour qu'il pût envisager de pareils fourvoiements. Aussi, lorsque le 24 juin on les fit sortir par groupes de soixante et marcher en direction du pont de bateaux jeté sur le Rhin en remplacement du pont de Kehl, était-il porté par une joie grave et secrète en harmonie avec l'acte capital qu'il accomplissait. Parmi ses compagnons, les uns reconnaissant la fin de leurs rêves de libération prochaine s'enfermaient dans un désespoir silencieux, d'autres continuaient à nourrir leurs chimères de billevesées qu'ils se repassaient de groupe en groupe comme des pièces de fausse monnaie : on les envoyait en Allemagne pour assurer la moisson, après quoi ils seraient rendus à leurs foyers, ou encore on les acheminait vers un port fluviatile provisoire d'où ils seraient rapatriés par voie d'eau.

A la sortie de Strasbourg, le soleil était déjà haut dans le ciel et la soif se faisait sentir. Sortant des maisons riveraines, des jeunes filles offraient à boire aux prisonniers, lorsque les soldats allemands qui les surveillaient voulaient bien fermer les yeux. Pourtant le groupe de Tiffauges fut retardé par une altercation entre un vieil Alsacien qui avait installé sur son trottoir un seau et des verres, et un sous-officier allemand qui jugeait cette sollicitude inconvenante. A la faveur du léger désordre qui en résulta, une femme se jeta hors de chez elle et tira Tiffauges par le bras, l'entraînant dans sa maison et lui offrant, en mots hachés par la hâte, de le cacher et de lui fournir des vêtements civils. Aucun appel n'avait eu lieu au départ, la disparition d'un homme sur soixante se remarque difficilement. La tentative avait toutes les chances de réussir. Tiffauges jugea sévèrement l'ironie du sort qui le choisissait pour lui offrir cette chance unique d'évasion. Il accepta un verre de lait, remercia avec une émotion non feinte, et alla reprendre sa place dans le convoi. Peu après, le piétinement fatigué des hommes résonnait sur les planches du pont provisoire entre lesquelles on voyait les eaux du Rhin se chevaucher en vagues pressées.

— Nous entrons en Allemagne, prononça Tiffauges à l'adresse de son voisin, un petit brun aux sourcils charbonneux.

Malgré son parti pris de mutisme, il n'avait pu retenir ces quatre mots, tant la circonstance lui paraissait solennelle.

— Si je n'étais pas sûr d'être chez moi pour la Noël, je préférerais me ficher à l'eau, lui répondit le petit brun avec une crispation de la mâchoire.

Tiffauges débordait d'une joie d'autant plus brûlante qu'il avait la certitude de ne jamais revenir en France.

III

Hyperborée

Tout ce qui passe est promu à la dignité d'expression, tout ce qui se passe est promu à la dignité de signification. Tout est symbole ou parabole.

Paul Claudel.

Tiffauges se laissa glisser dans la captivité sans résistance, avec la foi robuste et optimiste du voyageur qui s'abandonne au repos de l'étape en sachant qu'il va s'éveiller quelques heures plus tard, en même temps que le soleil, lavé des fatigues de la veille, régénéré, prêt à un nouveau départ. Il avait laissé tomber derrière lui comme vêtements souillés, comme chausses éculées, comme peaux craquelées, Paris et la France, avec au premier plan Rachel, le Ballon et les Ambroise, et, au fond de l'horizon, Gournay-en-Bray, Beauvais et le collège Saint-Christophe. Personne n'avait autant que lui la conscience de son destin, un destin rectiligne, imperturbable, inflexible qui ordonnait à ses seules fins les événements mondiaux les plus grandioses. Mais cette conscience impliquait également une lucidité sans indulgence à l'égard de l'accidentel, de l'anecdotique, de toutes ces menues babioles auxquelles le commun des mortels s'attache et laisse des lambeaux de son cœur quand il faut partir. De son enfance piétinée, de son adolescence révoltée, de sa jeunesse ardente — longtemps dissimulée sous l'apparence la plus médiocre, mais ensuite démasquée et bafouée par la canaille — s'élevait comme un cri la condamnation d'un ordre injuste et criminel. Et le ciel avait répondu. La société sous laquelle Tiffauges avait souffert était balayée avec ses magistrats, ses généraux et ses prélats, ses codes, ses lois et ses décrets.

Il roulait maintenant vers le levant. On les avait entassés à

raison de soixante hommes par wagon dans un train asthma-
tique qui s'arrêtait et manœuvrait à tout propos. Quelques obs-
tinés, toujours accrochés à leurs chimères, se pressaient autour
d'un sergent du génie qui possédait une boussole, et ils prenaient argument de chaque courbe un peu accentuée de la voie,
ou même d'une marche arrière dans une gare, pour se persua-
der qu'on ne les entraînait pas vers le nord-est, mais vers le
sud peut-être, vers l'ouest, qui sait... Tiffauges savait bien, lui,
et il n'avait pas besoin de boussole pour cela, qu'on roulait vers
la lumière. *Ex Oriente Lux.* De quelle lumière s'agissait-il? Il
l'ignorait, mais il allait l'apprendre patiemment, jour après jour,
avec de longues périodes d'obscurité hivernale et secrètement
féconde, et des révélations d'une éblouissante soudaineté.

On les déchargea dans une petite ville industrielle qui s'appelait Schweinfurt. D'abord parqués dans des baraques d'isolement, on les soumit le lendemain aux opérations de désinfection et d'épouillage. D'être ainsi promenés nus, de cour en
baraquement, tondus, enduits de savon noir, douchés, puis expo-
sés dans la misère de leur anatomie, des heures durant, au
milieu d'un pré cerné de barbelés, certains pleurèrent d'humiliation. Tiffauges ne trouva rien à redire à ce traitement qui
prenait à ses yeux valeur de rite purificateur. Il s'amusa même
de la supériorité inattendue que lui conférait la nudité, car il
écrasait de sa stature et de ses muscles la silhouette chétive et
défectueuse de ses camarades, tout en sexe et en poils. Il souhaita
seulement pouvoir bientôt jeter aux orties l'uniforme qu'on lui
rendit, sortant rétréci et fumant encore de l'autoclave. Le jour
où il revêtirait une tenue d'une autre sorte, enfin accordée à sa
dignité véritable, alors oui il saurait — et tout le monde avec
lui — que les temps obscurs étaient révolus.

Le surlendemain le voyage reprit, toujours en direction du
nord-est. Ils traversèrent la Thuringe, la Saxe et le Brande-
bourg. Ils virent passer devant l'étroite lucarne de leur wagon
la Wartbourg d'Eisenach, les tours du château de Gotha, les
champs de fleurs d'Erfurt, la résidence de Weimar, les usines
Zeiss d'Iéna. A Leipzig ils purent descendre sur les quais, et

s'égailler dans une partie de la gare qui avait été bouclée à leur intention. L'arrêt devait durer plusieurs heures. On leur distribua la soupe dans la salle d'attente de troisième classe, puis ils cherchèrent à se regrouper par unités, par provinces, ou simplement par sympathie. Tiffauges serait resté seul, si le chauffeur Ernest n'était pas demeuré obstinément auprès de lui Cette fidélité ne le gênait pas mais elle le surprit, d'autant plus qu'il crut déceler chez Ernest une attitude déférente que ne justifiait en somme aucune différence de grade entre eux. Il le fit parler. Ernest était valet de chambre dans le civil, une profession devenue rare, qui revêtait aux yeux de Tiffauges un sombre prestige par ce qu'il y supposait de froide duplicité et d'obséquiosité calculée, recouvrant le disparate grinçant entre les milieux huppés où elle s'exerce et les hommes d'origine modeste qui l'exercent. Il avait au demeurant pardonné à Ernest sa responsabilité dans le sacrifice des pigeons auquel il avait reconnu, comme à presque tous les événements de sa vie, un caractère de fatalité qui le douait d'innocence et d'intelligibilité. Il finit par adopter cet homme qui paraissait l'avoir choisi comme maître.

Quand le train repartit au milieu de la nuit, les gardiens verrouillèrent les portes et les lucarnes des wagons. Ceux des hommes qui ne dormaient pas comprirent qu'on traversait Berlin aux arrêts et aux manœuvres qui hachèrent à nouveau la progression du train. Puis l'allure du convoi se régularisa, un rythme égal berça les corps entassés. On devait filer sur une plaine immense, interminable que seule la nuit rendait moins vertigineuse.

Le petit matin parut plus précoce et plus frais qu'à l'accoutumée. Les portes à glissière roulèrent avec des grondements sourds. Il y eut des ordres, des appels. Les hommes sautèrent hébétés hors des wagons, immédiatement saisis par une petite brise froide et coupante. Une assez vaste baraque en planches noircies au goudron dressait une silhouette qui paraissait presque imposante tant le paysage était plat. Des rafales faisaient vibrer un panneau de bois rectangulaire dressé sur deux poteaux où

on lisait en lettres gothiques noires sur fond blanc : MOORHOF.
A perte de vue, c'était tout alentour une succession d'étangs,
coupés de prairies qu'on devinait prêtes dès l'automne à se
métamorphoser en marécages. De loin en loin un bouquet de
sapins donnait l'échelle et rendait sensible l'immensité de l'horizon noyé de fumées innombrables qui couraient au ras des
joncs et des hautes herbes. Tiffauges qui ne connaissait en
dehors de Paris que des pays de coteaux ou des campagnes
bocagères fut saisi par la grandeur de cette terre. Parce que sa
vue s'étendait à l'infini de tous côtés, galopant parmi les brumes,
planant au-dessus des bruyères et des miroirs d'eau, il eut un
sentiment de liberté qu'il n'avait jamais connu auparavant. Il
sourit malgré lui de ce paradoxe en prenant la suite d'une file
de marcheurs accablés, poussés vers le nord par les coups de
gueule d'un Feldwebel.
    Ils découvrirent brusquement le camp à quelques centaines
de mètres de la route, alors que le village de Moorhof demeurait obstinément invisible. Ils devaient en faire sans cesse l'expérience : dans ce pays plat comme la main, apparemment
ouvert et sans secret, les maisons, les granges et même les miradors du camp devenaient invisibles pour peu qu'on s'éloignât,
comme bus par l'épaisseur de la terre et du tapis végétal. Il
s'agissait d'un camp de dimensions modestes, puisqu'il ne
comprenait que quatre doubles baraques de bois, juchées sur
de courts pilotis, couvertes de toile goudronnée, pouvant recevoir chacune deux cents hommes. L'effectif plein de huit cents
hommes qui ne fut atteint que quelques semaines plus tard
grâce à de nouveaux arrivages correspondait aux travaux à effectuer, mais il était défavorable aux prisonniers parce que trop
faible pour susciter une organisation complexe, des ressources
humaines riches, et la possibilité pour un solitaire de se dissimuler dans la foule. Les quatre baraques étaient cernées par
deux clôtures de barbelés dont l'intervalle était rempli par des
chevaux de frise entremêlés. L'espace ainsi délimité pouvait couvrir un demi-hectare. Quatre miradors en marquaient les angles.
    Les hommes qui pénétraient dans leur nouveau domaine ne

voyaient qu'inconfort dans la légèreté des baraques, hostilité dans l'enceinte, et vigilance haineuse dans les miradors. Tiffauges se trouva renforcé dans le sentiment de liberté et de disponibilité qui l'avait saisi en descendant du train. Tout semblait avoir été fait pour que la plaine fût sans cesse immédiatement présente aux habitants du camp. Il se souvenait de certaines grosses fermes picardes dont toutes les façades s'ouvraient à l'intérieur de la cour, et qui n'offraient que des murs aveugles à l'extérieur. Ici, c'était tout l'inverse. Les clôtures de fils de fer étaient des murs transparents. Les miradors semblaient inviter à fouiller l'horizon. A l'intérieur de la baraque qu'on lui assigna, il choisit une couchette supérieure, éloignée du poêle, mais d'où il pouvait en tournant la tête voir par une lucarne tout l'est de la plaine. Il s'y jeta aussitôt, épuisé par les jours désordonnés et les nuits chaotiques qu'il venait de traverser. Pour la première fois depuis que son arrestation à Neuilly l'avait déraciné, il se sentait arrivé quelque part, et une certaine sécurité lui était offerte. L'Europe était rejetée loin derrière lui du côté du couchant, en proie à un châtiment mérité. Mais surtout, il y avait l'appel formidable et doux de cet espace vierge, ce sol gris argenté, rehaussé sombrement par le mauve d'un revers de bruyère, peuplé par la seule silhouette grêle d'un bouleau, ces sables, ces tourbières, cette grande fuite vers l'est qui devait mener jusqu'en Sibérie, et qui l'aspirait comme un gouffre de lumière pâle. Au demeurant, il apprit par ceux qui l'avaient précédé au camp où se situait exactement Moorhof sur la carte de la Prusse-Orientale. Ce village de quatre cents âmes se trouvait à une douzaine de kilomètres d'Insterburg à l'ouest et de Gumbinnen à l'est, au bord d'un cours d'eau, l'Angerapp, qui confluait à Insterburg avec l'Inster pour former la Pregel.

Quant au travail qu'on attendait d'eux, les nouveaux venus, après un repos réglementaire de vingt-quatre heures, comprirent qu'ils allaient consommer jour après jour leurs épousailles avec cette terre noire et gorgée d'eau. Car il s'agissait d'une vaste entreprise de drainage des champs situés en bordure de l'Angerapp, accomplie avec des moyens matériels dont l'insuffisance était compensée par une main-d'œuvre surabondante et peu coûteuse. Chaque soir, on enfermait les prisonniers à sept heures dans les baraques après leur avoir confisqué leur pantalon et leurs chaussures — des galoches de bois plus précisément qu'on leur avait distribuées. Commençait alors pour chacun le long voyage imaginaire de la nuit, animée seulement par cinq lampes-tempête à pétrole. Si grande était leur fatigue qu'ils ne songeaient pas à s'ennuyer. Le matin, on les faisait sortir à six heures, et on leur distribuait un quart de *Waldtee*, tisane forestière d'une composition mystérieuse où le sapin, le bouleau, l'aulne et la feuille de mûre avaient leur part, plus le viatique de la journée composé d'une tranche de pain et d'une poignée de pommes de terre cuites à l'eau et, bien entendu, froides. Le soir une soupe claire, mais chaude cette fois, les accueillait.

Ils s'acheminaient à pied par groupes de dix, flanqués d'un surveillant allemand, vers la portion du réseau de drainage qui leur avait été assignée. Ils travaillaient à l'assainissement d'un secteur de cinq cents hectares environ dépendant pour la plus grande part d'une grosse ferme sise à quelque distance de Moorhof. Le drainage prévoyait un réseau de tranchées de deux mètres cinquante de profondeur, au fond desquelles était ménagée une manière de caniveau formé par trois dalles, deux verticales, la troisième horizontale, recouvrant en toiture les deux autres. Un lit de briques concassées, puis de la terre meuble fermaient la tranchée. Les drains se dirigeaient en pente insensible vers un canal collecteur qui se dégorgeait lui-même dans l'Angerapp. La grande majorité des hommes était employée à creuser les tranchées à la bêche. Lorsque la tranchée était achevée, deux hommes marchant chacun sur un bord, traînaient sur le fond un rabot destiné à l'égaliser. La construction des caniveaux était confiée à des ouvriers allemands, ainsi d'ailleurs que les mesures de niveau et le tracé des futurs canaux.

*

La promiscuité forcée de la baraque avait fini par fondre les individus disparates qui y étaient parqués en une manière de petite communauté unie et équilibrée où chacun avait sa place. Pour beaucoup, la nécessité de tout partager avec des camarades d'origines sociales, provinciales ou professionnelles totalement différentes, avait été une surprise, parfois enrichissante, parfois douloureuse. L'arrachement au milieu habituel, familial et géographique plongeait certains dans une hébétude qui traduisait une dangereuse régression morale et intellectuelle. Pour d'autres au contraire, c'était une libération qui permettait à leurs aspirations les plus impérieuses de s'épanouir. Il y en avait qui s'enfermaient dans une rumination silencieuse, mais si c'était souvent simple mutisme animal, ce silence pouvait être aussi gros de révoltes et de calculs. D'autres au contraire palabraient sans cesse, prenant à témoin tour à tour chacun de leurs compagnons de la fringale de projets et d'entreprises qui les enfiévrait. C'est ainsi qu'un petit commerçant en mercerie, Mimile, de Maubeuge, marié trop jeune à une épouse trop sage, exhalait sans désemparer sa double obsession : les femmes et l'argent. Il ne doutait pas que les deux choses fussent liées, et s'il échafaudait des combinaisons commerciales qui d'abord enfermées dans les limites du camp déborderaient ensuite sur toute la région, c'était dans l'idée de trouver une maîtresse allemande qui lui servirait de protectrice, de prête-nom, et par l'intermédiaire de laquelle il achèterait des biens, une maison, des terres peut-être.

— Tous les hommes de ce pays sont mobilisés, raisonnait-il inlassablement. Il n'y a plus ici que des femmes et des biens. Des femmes, des biens et nous ! Il faut tirer les conclusions pratiques de cette situation qui nous est imposée.

Mais le plus jeune de la baraque, Phiphi, de Pantin, qui fatiguait tout le monde de ses calembours et de ses grimaces, objectait que seule la femme française, la Parisienne, méritait qu'on y songe. Comment succomber aux charmes frustes et pesants des Gretchen à nattes et à bas de laine qu'ils avaient entrevues depuis leur entrée en Allemagne?

Mimile haussait les épaules et prenait à témoin Socrate, un agrégé de grec, qui observait cette société recluse et disparate à travers ses lunettes, en tirant placidement sur sa pipe. Socrate ne sortait de sa réserve que pour émettre des jugements en forme d'oracles qui commençaient souvent par des vérités de bon sens un peu plates pour tourner aussitôt — on ne savait comment — en paradoxes déconcertants.

— Tout dépend de la durée et de l'issue de la guerre, dit-il un jour. Si nous sommes libérés avant Noël, alors Phiphi a raison. Restons fidèles à notre terroir. Mais si, comme il est plus probable, l'Allemagne victorieuse cimente ses conquêtes avec les cadavres de plusieurs générations de jeunes hommes, alors opposons les avantages d'une défaite confortable aux honneurs d'une victoire meurtrière. Pendant que les derniers Allemands valides veilleront sur les confins du grand Reich millénaire, nous fertiliserons sa terre et ses femmes de notre sueur et de notre semence.

Ce genre de propos n'éveillait qu'une lueur de méfiance et de réprobation dans le petit œil paysan de Burgeron, un métayer berrichon à la moustache tombante, mais il déchaînait le rire hennissant de Victor, le Fou comme on l'appelait, qui avait fait merveille pendant la « drôle de guerre », et surtout pendant la débâcle. Caractériel, asocial et cyclothymique, Victor avait traîné dans tous les asiles psychiatriques de l'Ile-de-France avec de brèves périodes de liberté qui s'étaient régulièrement achevées par des extravagances justifiant un réinternement. Il était libre justement quand la guerre avait éclaté, et il s'était aussitôt porté volontaire dans l'infanterie. Là les extravagances avaient recommencé, mais comme elles avaient pris la forme d'audacieux coups de main dans les lignes ennemies, et d'actes héroïques pendant la retraite catastrophique de son régiment, Victor s'était couvert de citations et de décorations. Socrate avait commenté son cas en expliquant que, gravement inadapté à un monde paisible et ordonné, il se trouvait de plain-pied avec les désordres de la guerre, surtout quand elle tournait à la déroute.

Tiffauges demeurait à l'écart du petit groupe de sa baraque, malgré le truchement d'Ernest, empressé auprès de tout le monde. Pourtant, il n'était pas totalement étranger à ses camarades et, même, il observait chez les uns et les autres quelque chose qui lui ressemblait. Il voyait en chacun d'eux autant de solutions au problème de la captivité qui toutes s'apparentaient peu ou prou à sa propre solution — qu'il n'aurait pu définir encore clairement certes, mais dont il avait la certitude qu'elle était un absolu en marche. Les rêves d'appropriation charnelle et matérielle de Mimile, par exemple, trouvaient un écho en lui, et plus encore la folie de Victor, écrasé par l'ordre social, mais nageant comme poisson dans les eaux troubles et tumultueuses de la guerre.

Pourtant, on lui faisait grief de l'ardeur qu'il apportait au travail. Il défonçait le sol et creusait jusqu'à l'eau avec une vigueur que n'expliquait pas seulement sa force physique. Comment aurait-il fait comprendre à ses camarades qu'il attendait *quelque chose* de ce pays — un signe, un présage, il ne savait au juste — et qu'à fouiller ainsi la terre, il lui semblait hâter la délivrance d'un message à lui seul destiné?

D'ailleurs, il lui plaisait d'entrer ainsi de vive force dans le gras et l'intime d'un pays qu'il commençait à aimer. Il en avait eu la révélation, le jour où, grâce à la complaisance d'un des soldats de garde, il avait pu réaliser le désir qui l'avait pris dès son arrivée de faire l'escalade d'un des miradors du camp. C'était des tours en rondins de six mètres de haut surmontées d'une plate-forme couverte à laquelle on accédait par une échelle. Tiffauges n'accorda qu'un bref coup d'œil au camp dont l'ordonnance rigoureuse et les bâtiments neufs et géométriques contrastaient avec les silhouettes trop humaines et dépenaillées des prisonniers qui y divaguaient. Il se tourna vers la plaine, vers ce nord-est qui paraissait le but de sa grande migration, commencée il allait y avoir bientôt une année. Le pays était si plat que sa vue portait immensément loin malgré la médiocre hauteur de son observatoire. C'était une succession de champs de seigle mûr, presque blancs, coupés par la ligne sombre d'une forêt de sapins, d'étangs brillants comme des plaques d'acier qu'entouraient des plages de sable clair, de tourbières charbonneuses où éclataient les troncs argentés des bouleaux, de marécages où se reflétaient les nuages laiteux, entourés par la sombre toison d'une aulnaie, de champs de blé noir alternant avec des pièces de lin blanc. « Un pays noir et blanc, pensa Tiffauges. Peu de gris, peu de couleurs, une page blanche couverte de signes noirs. »

Tout à coup le soleil bouscula l'édifice nuageux qui encombrait le ciel et incendia les vapeurs qui montaient des marais et les fumées du village de Moorhof. L'une des vitres d'une maison lançait des éclairs avec l'insistance d'un phare émetteur de morse. Tiffauges découvrait enfin ce village avec ses maisons basses aux toits de bardeau groupées autour d'une grosse église, trapue, aux murs chaulés, et dont le clocher court et massif paraissait comporter sous une toiture aplatie une sorte de chemin de ronde. Derrière le village, on devinait un bas-fond aux reflets qui scintillaient à travers les hautes herbes, et plus loin encore, sur un talus morainique, un moulin à vent hollandais dressait sa silhouette délabrée et véhémente. Un vol de hérons traversa le ciel en ramant doucement des ailes, une cloche éparpilla dans le vent sa musique incohérente et endeuillée. Tiffauges avait le sentiment très vif qu'un lien d'appartenance l'unissait à cette terre. Pour commencer — et pour longtemps peut-être — il en était prisonnier, et il se devait de la servir de tout son corps, de tout son cœur. Mais ce ne serait qu'une période probatoire, des fiançailles en somme, et après, par une de ces inversions radicales qui articulaient sa vie, il en deviendrait le maître.

*

Toute cette terre noire et grasse qu'il remuait jour après jour y était peut-être pour quelque chose : depuis son arrivée au camp, et malgré la nourriture chiche et médiocre, il vivait dans une grande béatitude fécale. Chaque soir avant le second couvre-feu — définitif celui-là — il se rendait aux feuillées pour un temps aussi prolongé que possible qui était peut-être le meilleur moment de la journée et qui le ramenait fortement à ses années beauvaisiennes. Parenthèse de solitude, de calme et de recueillement dans l'acte défécatoire, accompli généreusement et sans effort excessif, par un glissement régulier de l'étron dans le fourreau lubrifié des muqueuses.

Pourtant les lieux se prêtaient mal au rite méditatif. C'était un simple fossé au bord duquel courait une étroite planche horizontale soutenue tous les deux mètres par un rondin, et qui assurait aux clients un perchoir inconfortable. Tiffauges se souvenait des critiques formulées par Nestor à l'encontre des défécations accomplies *à fond perdu*. Ici, la vidange opérée tous les dix jours environ apportait un correctif inattendu et non sans intérêt à cet inconvénient. Elle se faisait au moyen de petites bennes roulantes qu'un homme remplissait à l'aide d'un seau fixé au bout d'une perche, sorte de louche géante, tout à fait semblable à celles utilisées dans les cuisines du camp, ce qui donnait lieu à d'inusables plaisanteries. Tiffauges avait été sensible au fait que les wagonnets étaient ensuite vidés dans une douve de drainage qui fécondait indistinctement toute la plaine. Mais le respect humain l'avait retenu de se proposer plus souvent que de raison pour la corvée de vidange, et, plus tard, l'affaire de la *Latrinenwache* l'avait définitivement dégoûté des feuillées. On avait vite constaté en effet que les prisonniers négligeaient parfois de se rendre jusqu'à la fosse et, s'arrêtant au hasard de leur paresse ou de l'urgence de leur besoin, jalonnaient le chemin qui y menait de sentinelles traîtresses. Les Allemands avaient donc institué un système de garde assuré par un Français relayé toutes les quatre heures, et que signalait une plaque de tôle pendue en sautoir sur sa poitrine sur laquelle était tracé le mot infamant *Latrinenwache*. C'en était fait de la solitude et du recueillement nécessaires à l'acte fondamental, et Tiffauges en vint bientôt à n'user que de latrines volantes et personnelles, posées sur les lieux de son travail.

Sa réputation de travailleur acharné lui avait valu un fort relâchement de surveillance, et il n'était pas rare qu'il fût laissé à lui-même plusieurs heures durant au bout d'un fossé en creusement. Il avait tout loisir dès lors pour choisir le lieu propice où quelques coups de bêche et la mise en place de deux planchettes qui ne le quittaient pas édifiaient l'autel sur lequel il consommait son union intime et féconde avec la terre prussienne. Mais une découverte bouleversante devait plus tard donner un sens nouveau à ses heures de liberté. Peu s'en fallut, un jour qu'il participait à des opérations de tracé, qu'il ne fît une chute dans une tranchée de drainage asséchée que les hautes herbes dissimulaient parfaitement à la vue. Le point de départ de cette ruelle souterraine n'était qu'à une centaine de mètres de son chantier. Dès le lendemain, il s'y laissa glisser, et marcha droit devant lui, à la découverte. Le sol était ferme et plan. Au-dessus de sa tête les graminées en fleurs se rejoignaient pour former une toiture légère et mouvante que traversaient des flèches de soleil. Il leva une poule faisane qui désormais le précéda, piétant éperdument dans l'étroit boyau. Bientôt il lui sembla qu'il remontait une pente, et donc il devait se diriger vers un petit bois de sapins qui limitait les terres cultivées de Moorhof. Il marcha longtemps, toujours escorté de sa faisane que précédèrent ensuite deux perdrix et un gros lièvre roux. Puis les graminées se raréfièrent, il y eut quelques mètres sans qu'aucune végétation entamât la bande de ciel bleu que délimitaient les bords du fossé, enfin des lacis de ronces et d'aubépines annoncèrent un changement de terrain. Tout à coup la faisane prit son vol bruyamment. A quelques mètres une muraille de terre vive marquait la fin de la tranchée.

Tiffauges se hissa sur le sol. Le petit bois de sapins qui se réduisait à un assez mince rideau d'arbres était derrière lui. Il se trouvait en fait au seuil d'une forêt de bouleaux doucement vallonnée que parsemaient des taillis de bourdaine. Il lui semblait avoir été transporté dans un autre pays, sur une autre terre, sans doute parce qu'il avait échappé à l'atmosphère du camp, mais aussi grâce à l'étrangeté de la voie à demi souterraine qui l'avait mené jusque-là. Il suivit un sentier sablonneux qui serpentait à travers un tapis de bruyère, il dévala une combe, escalada un talus, et découvrit ce qu'il cherchait : au bord d'une lisière où les premiers colchiques mettaient des touches mauves, une hutte de rondins, posée sur un socle de pierre, porte close, fenêtre close, semblait de toute éternité attendre sa venue.

Il s'arrêta à la lisière du bois, ému, ébloui, et prononça un mot qui plongeait dans son plus lointain passé, et contenait des promesses de bonheur futur : « Le Canada ! » Oui, c'était au Canada qu'il se trouvait, c'était le Canada que ce bois de bouleaux, cette clairière et cette cabane recréaient en pleine Prusse-Orientale. Et il entendait à nouveau la voix sourde de Nestor, le visage enfoui dans un roman de London ou de Curwood, évoquer dans la puanteur chaude de l'étude les purs déserts neigeux et forestiers qui cernent la baie de Hudson et les Grands Lacs, du Caribou, de l'Esclave et de l'Ours.

Ce jour-là, Tiffauges fit simplement le tour de sa maison. Il constata que la porte était verrouillée par un loquet que bloquait un cadenas de laiton qu'il serait facile de crocheter. Il reprit le chemin de son tunnel d'herbes. Son absence de près de trois heures était passée inaperçue.

*

Les premières grandes pluies d'automne avaient commencé lorsque le lieutenant Teschemacher qui dirigeait l'administration s'avisant que Tiffauges était garagiste-mécanicien le promut chauffeur du *Magirus*-cinq tonnes attaché au camp. Il commença ainsi à sillonner le pays, d'abord flanqué d'un gardien, puis de plus en plus souvent seul ou en compagnie d'Ernest qui le relayait au volant. Il s'agissait généralement d'aller chercher le ravitaillement du camp, c'est-à-dire de charger dans des cours de ferme des sacs de pommes de terre, voire quelques quartiers de lard ou des saucisses longues et sèches bottelées par grosses, comme des fagotins. La pluie transformait les routes en fondrières, creusées d'ornières si profondes qu'il fallait craindre parfois que le camion ne touchât du ventre l'empierrement bombé qui les séparait. A partir de la fin d'octobre, les Français eurent la surprise de voir les routes régulièrement passées à la herse, opération répétée, en prévision des premiers gels, à l'intention des traîneaux. Parfois la pluie était si dense et si régulière que les travaux de drainage devaient être interrompus. Une pesante mélancolie s'abattait sur les hommes consignés au camp en partie inondé. Cependant Tiffauges progressait dans son Magirus, le visage collé au pare-brise que balayait vainement l'essuie-glace, et il lui semblait parfois, lentement balancé dans le lourd véhicule, noyé dans les éclaboussures et les vapeurs, se trouver sur un navire au milieu d'une mer déchaînée.

Les villages des environs lui devinrent familiers, et leurs noms qui sentaient tous la lande, le bois ou le marais — Angermoor, Florhof, Preussenwald, Hasenrode, Vierhufen, Grünheide — chantèrent bientôt en lui un refrain qu'illustraient les enseignes de leurs auberges, floraison pompeuse et dorée, surchargée de boucles et d'arabesques qui célébraient chacune un animal-totem Agneau Doré, Truite, Chevreuil, Bœuf d'Or ou Saumon. Il s'attardait parfois au fond des salles enfumées, hochait la tête sans comprendre quand un client l'entreprenait brusquement ayant reconnu en lui un prisonnier français, et il commençait à prendre goût aux âcres petits cigares à bout de paille qu'on lui offrait. Il eut l'occasion de pousser vers l'est jusqu'à Gumbinnen, gros bourg encore paysan, traversé par une rivière, la Pissa, dont le nom était un sujet de plaisanterie inépuisable. Chaque mercredi à l'ombre de l'Hôtel de Ville, aux pignons découpés en vastes marches d'escalier, se tenait une foire aux chevaux réputée qu'alimentaient les grands haras impériaux de Tra-kehnen, situés à une quinzaine de kilomètres. Un peu plus au sud commençait la Rominter Heide, immense réserve de futaies et de lacs, gorgée de gibier de poils et de plumes, paradis des plus beaux cerfs d'Europe. De plus en plus souvent mêlé aux civils, Tiffauges découvrait ainsi l'Allemagne, s'essayait à parler l'allemand, s'enfonçait peu à peu dans un monde nouveau dont il soupçonnait la richesse sans en posséder encore la clé.

Avec la mauvaise saison, les effectifs du camp avaient sensiblement fondu, l'*Arbeitseinsatz* envoyant les hommes isolément ou par petits groupes en commandos lointains qui ne conservaient qu'un lien administratif avec la direction. Les plus nombreux étaient distribués comme bûcherons dans les forêts d'alentour, mais beaucoup s'étaient également répartis selon leurs goûts ou leurs qualifications professionnelles dans des ateliers d'artisans, des carrières, des scieries ou des fermes d'élevage.

Chaque fois qu'il le pouvait Tiffauges se rendait au Canada. Il s'était persuadé que les gardes forestiers ayant été décimés par la mobilisation générale, il courait peu de risques d'être dérangé dans la hutte dont il avait forcé la porte et installé de son mieux la pièce unique. Il allumait un grand feu dans la cheminée, allait sacrifier sur l'autel défécatoire qu'il avait dressé sous un auvent, derrière la maison, et passait des heures en méditations rêveuses bénies par ce luxe inouï : la solitude. Sa seule occupation consista d'abord à rassembler des bûches qu'il empilait pour l'hiver sous la pente du toit. Pour parfaire l'image d'une vie de trappeur, il avait posé quelques lacets à lapins dans les coulées d'une fougeraie prochaine, sans aucun succès crut-il d'abord, mais il comprit ensuite grâce à quelques vestiges ensanglantés qu'un goupil ou un haret faisait la relevée avant lui.

Un jour que la pluie l'avait surpris, il s'attarda au-delà de toute prudence, bercé par les craquements de son feu et la rumeur de l'eau sur les planches du toit. Il s'endormit. Lorsqu'il se réveilla, la nuit était tombée, et la pluie continuait son grand murmure. Certainement l'appel avait eu lieu au camp, et le couvre-feu était sonné. Peut-être avait-il été porté évadé ? Il décida de s'en remettre à la fatalité et de passer la nuit dans sa maison. Il regagnerait le camp au petit jour. Il bourra la cheminée jusqu'au linteau et se dressa une couche de fortune avec la jubilation d'un écolier en vacances buissonnières. La joie le tint longtemps éveillé, le visage tourné vers l'âtre embrasé, petit théâtre incandescent où se déroulaient les fastes d'un opéra sans musique, plein de sourdes conspirations qui éclataient en lumineux cataclysmes. Il ne fut pas autrement étonné en rentrant au camp le lendemain matin de constater que son absence était passée inaperçue dans le va-et-vient des commandos. C'était une nouvelle étape dans l'étrange évolution libératrice qui se poursuivait au sein de sa captivité.

Il n'en allait pas de même pour ses camarades que la mauvaise saison achevait de démoraliser. Les gémissements des oiseaux migrateurs qui traversaient le ciel délavé, le sanglot ininterrompu de l'aigre bise dans les baraquements, cette terre funèbre où tout leur était hostile, et surtout cet hiver qui leur tombait sur les épaules en engloutissant leurs espoirs de libération, tout conspirait à désespérer cette poignée de petites gens, arrachés à l'heureux traintrain de leur vie quotidienne par une incompréhensible bourrasque. Seuls Socrate qui avait organisé une série de conférences sur l'histoire de la littérature, et Mimile qui prenait des airs mystérieux quand on le plaisantait sur ses relations avec la femme du menuisier chez qui il travaillait chaque jour, apportaient encore un écho de vie dans la baraque. Un soir Phiphi se montra si déchaîné que ses camarades le tarabustèrent pour lui faire avouer qu'il avait trouvé du vin. Il s'en défendit par un feu d'artifice d'à-peu-près où entraient pêle-mêle les noms des uns et des autres, ceux des rues et des bistrots de Pantin et les mots tudesques — grotesquement francisés — qu'il avait glanés depuis le début de sa captivité.

— Toi au moins, lui dit Mimile, l'hiver prussien te réussit! Ça fait plaisir à voir!

Le lendemain on le retrouva mort, pendu à un poteau de l'enceinte avec sa ceinture. Ce suicide jeta la panique dans le camp. Il parut soudain évident que personne n'en sortirait vivant ou sain d'esprit, que la maladie, le désespoir ou la folie choisiraient leurs victimes au cours des prochains mois. D'ailleurs les baraques — c'était clair! — n'étaient prévues que pour une année, et ce ne serait pas la libération qui les viderait!

186

Des projets d'évasions se tramaient. Victor avait chaque jour une idée nouvelle pour quitter clandestinement le camp, dont il entretenait tout le monde, y compris les sentinelles. D'autres faisaient des provisions de bouche, on tâchait de se procurer des marks en échangeant avec les gardiens ou les rares civils qu'on rencontrait des savonnettes ou des paquets de gris. On dessinait des cartes. Un jour, Ernest s'ouvrit à Tiffauges d'une idée qu'il avait avec un autre prisonnier d'utiliser le Magirus et l'*Ausweis* pour tenter de fuir. Avec un peu de chance, ils passeraient en Pologne où la surveillance devait être plus relâchée et où la population serait disposée en principe à les aider. Tiffauges se contenta de hausser les épaules. Plus tard il dut faire face aux avances de Mimile qui voyait dans les déplacements du camion une occasion inespérée de créer une sorte de réseau commercial hors du camp. Les pourcentages mirobolants qu'il proposa à Tiffauges n'ébranlèrent pas son indifférence, mais il eut un pincement d'angoisse en voyant s'élargir le fossé qui le séparait de ses compatriotes.

Un matin, on constata la disparition du Magirus avec Ernest et Bertet, un chef comptable grenoblois appartenant à la baraque voisine. Le camion fut retrouvé en panne d'essence le surlendemain à cent cinquante kilomètres au sud. Des sanctions frappèrent l'ensemble du camp, et dissipèrent la légère amélioration de traitement qui avait coïncidé quelques semaines auparavant avec la poignée de main de Montoire. On fit des paris sur les chances de réussite des deux fugitifs. Cette première évasion avait une valeur exemplaire. Son succès aurait nourri les espoirs de ceux-là mêmes qui n'auraient jamais le courage de l'imiter.

On ramena Ernest quatre jours plus tard, boueux, en loques, défiguré par les coups. Il convoyait une civière bâchée sur laquelle reposait le corps de Bertet. Après l'abandon de leur camion, les deux fugitifs avaient dû quitter les routes sillonnées par la Feldgendarmerie, et s'aventurer dans la lande. Ils s'étaient perdus dans des marécages où Bertet avait péri noyé. Ernest s'était finalement rendu lui-même à la Kommandantur d'un bourg. On le laissa une semaine au cachot — pour l'exemple — puis il fut envoyé au pénitencier militaire de Graudenz.

Il y eut une accalmie dans les averses et les tempêtes d'automne, et Tiffauges put reprendre le chemin de son tunnel d'herbes que les pluies avaient rendu impraticable. Régulièrement désormais, il s'offrait une nuit de « Canada », et c'était chaque fois une fête de solitude et de rêveries qu'alimentaient tous les bruits secrets de la forêt, frouement d'une dame blanche en chasse, chevrotement d'une hase en rut, tapements de pattes d'un lapin donnant l'alerte au goupil, et même parfois le brame lointain et triste d'une harde. Il avait enfin réussi à piéger des levreaux. Il les dépiautait et les faisait rôtir sur son feu avec la joie enfantine de mener la vraie vie d'un trappeur du Grand Nord. Les peaux tendues sur des petits cadres de branchages séchaient contre le manteau de la cheminée en répandant une odeur de fauve et de vieille couenne.

Une nuit il fut réveillé par des frôlements contre les murs de la maison. Quelqu'un marchait, semblait-il, en s'appuyant aux planches et même contre la porte. Plus effrayé qu'il ne voulut se l'avouer, il se tourna contre la cloison et se rendormit. Les jours suivants, il réfléchit à cette visite nocturne. Il était fatal que sa présence au Canada fût tôt ou tard découverte. La fumée montant de la cheminée de la petite maison signalait sa présence à tout le voisinage. Mais comment renoncer à faire du feu? Il se reprocha sa lâcheté. S'il devait avoir une nouvelle visite, mieux valait faire face, et tenter de traiter avec l'intrus que de risquer une dénonciation.

Plusieurs semaines passèrent dans le calme. L'automne se prolongeait et le temps hésitait, semblait-il, à basculer dans l'hiver. Une nuit cependant les pas lourds et les frôlements autour de la maison canadienne éveillèrent à nouveau Tiffauges. Il se leva et alla se placer contre la porte. Dehors le silence était revenu. Il fut troublé soudain par une espèce de râle qui glaça Tiffauges jusqu'aux moelles. Puis il y eut un raclement contre la porte. Tiffauges l'ouvrit brusquement, et recula en chancelant devant le monstre qui s'y encadra. L'animal tenait à la fois du cheval, du buffle et du cerf. Il fit un pas en avant, et fut aussitôt arrêté par ses bois énormes, terminés par des palettes dentelées qui heurtèrent les montants de la porte. Levant la tête, il poussa alors vers Tiffauges son gros mufle rond sous lequel l'ouverture triangulaire de la lèvre supérieure s'agitait délicatement, comme le bout d'une trompe d'éléphant. Tiffauges avait entendu parler des troupeaux d'élans qui hantent encore le nord de la Prusse-Orientale, mais il était stupéfait de la masse énorme de poils, de muscles et de bois qui menaçait d'envahir la maisonnette. La sollicitation de cette lèvre qui se tendait vers lui était si éloquente qu'il alla prendre un quignon de pain sur la table, et l'offrit à l'élan. L'animal le renifla bruyamment et l'engloutit. Puis la mâchoire inférieure parut se déboîter sur le côté, et une lente et consciencieuse mastication commença. L'élan devait être satisfait de cette offrande, car il recula et disparut dans la nuit, silhouette gauche et pesante dont la disgrâce et l'esseulement serraient le cœur.

Ainsi la faune de Prusse-Orientale venait de déléguer à Tiffauges son premier représentant, et il s'agissait d'une bête à demi fabuleuse, qui paraissait sortir des grandes forêts hercyniennes de la préhistoire. Il demeura éveillé jusqu'au petit jour, ramené par cette visite à l'étrange conviction qu'il avait toujours eue de posséder des origines immémoriales, une racine en quelque sorte qui plongeait au plus profond de la nuit des temps.

Désormais, chaque fois qu'il prenait le tunnel d'herbes pour gagner le Canada, il emportait quelques tronçons de rutabaga à l'intention de l'élan. Un jour que l'animal s'était présenté plus tardivement à la cabane, il eut le loisir de l'observer à la lumière de l'aube. Il était à la fois imposant et pitoyable, avec son garrot bosselé de deux mètres de haut, dominant la courte encolure, l'énorme tête aux oreilles d'âne et aux bois lourds et grossiers, et la croupe osseuse soutenue par de longues échasses maigres et défectueuses. Il entreprit de brouter des buissons de myrtilles, et dut écarter ridiculement les pattes de devant pour atteindre le sol, en raison de son encolure trop courte. Puis, la bouche tordue par la mastication, il releva son énorme tête. Tiffauges remarqua alors que deux taies blanches recouvraient ses petits yeux. L'élan du Canada était aveugle. Dès lors Tiffauges comprit ce comportement quémandeur, cette allure gauche, cette lenteur somnambulique, et, à cause de sa terrible myopie, il se sentit proche du géant ténébreux.

Un matin, un froid inhabituel le saisit. Par la fenêtre blanchie entrait une lumière d'une insolite crudité. Il éprouva quelques difficultés à ouvrir la porte que retenait un obstacle mouvant. Il recula ébloui. Les ténèbres noires et mouillées de la veille s'étaient métamorphosées en un paysage de neige et de glace qui étincelait au soleil dans un silence ouaté. La joie qui l'envahit ne s'expliquait pas seulement par l'inépuisable émerveillement que la blanche féerie suscitait toujours dans son cœur puéril. Il avait la certitude qu'un changement aussi éclatant de la terre prussienne annonçait nécessairement pour lui une nouvelle étape et des révélations décisives. Dès les premiers pas qu'il fit en enfonçant profondément dans la neige, il en trouva la confirmation — infime certes, mais significative — dans les traces d'oiseaux, de rongeurs et de petits carnassiers qui entrecroisaient leur délicate sténographie sur la grande page blanche ouverte à ses pieds.

Il reprit le volant du Magirus dont on avait enchaîné les pneus, et il s'avança en cliquetant et en patinant dans un paysage dont l'hiver accentuait désormais tous les caractères. Sa simplicité était poussée jusqu'à l'ellipse, ses noirs balafraient à l'encre de Chine la grande plaine immaculée, les maisons se fondaient dans la masse ouatée qu'elles soulevaient à peine, les gens eux-mêmes, encapuchonnés et bottés se confondaient les uns avec les autres.

Un jour qu'il avait fait monter à bord et ramené chez lui un cultivateur qui piétinait dans les congères du bord de la route, il fut invité à prendre un verre à la ferme. C'était la première fois qu'il entrait dans une maison d'habitation allemande, et la gêne qu'il en éprouva — une impression d'étouffement à la fois et d'effraction coupable d'un espace privé — lui fit mesurer à quel degré d'ensauvagement la guerre, la captivité et plus encore sans doute sa pente naturelle l'avaient fait parvenir. Un loup, un ours, fourvoyés dans une chambre à coucher auraient sans doute éprouvé cette angoisse.

On le fit asseoir près de la cheminée dont l'énorme hotte s'adornait d'une coquette dentelle de papier rose et s'égayait d'une débandade de souvenirs, photo de mariage, croix de fer sur lit de velours grenat, bouquet de lavande séché, bretzels enrubannés et couronne d'avent en branches de sapin piquée de quatre chandelles. Il eut droit au lard fleurant l'odeur de vieille suie du feu de tourbe, à l'anguille fumée, au pot de fromage liquide farci de grains d'anis, au Pumpernickel — pain de seigle pur, noir et compact comme une galette de bitume —, et au verre de Pillkaller, un alcool de grain, raide comme du jus de planche. Croyant faire plaisir à son hôte, le bonhomme rappelait ses souvenirs d'occupation à Douai en 1914, et concluait en maudissant la fatalité de la guerre. Puis les fusils rangés au râtelier dans une armoire vitrée furent l'occasion d'évoquer avec exaltation les grandes chasses dans les forêts de Johannisburg et de Rominten peuplées de dix-cors fabuleux, dans l'Elchwald au nord où défilaient lentement des hardes d'élans, gauches et hiératiques, aux bords des étangs où s'abattaient des vols de cygnes noirs.

L'alcool accentuait chez Tiffauges cette vision à distance, spéculative et détachée qu'il appelait par-devers lui son « œil fatidique », et qui était la mieux appropriée à la lecture des lignes du destin. Il était assis près d'une fenêtre double à petits carreaux, entre les deux châssis de laquelle rampaient des tiges de misère. L'un des petits carreaux encadrait exactement le bas du village de Wildhorst, ses maisons chaulées jusqu'aux fenêtres de l'étage, lambrissées ensuite jusqu'au toit, la mignonne église au clocher de bois, une boucle de chemin où il vit passer une vieille femme remorquant un bébé sur une luge, une fillette chassant du bout d'une badine un troupeau d'oies indignées, un traîneau de billes de sapins tiré par deux chevaux. Et tout cela, enfermé dans un carré de trente centimètres de côté, était si net, si bien dessiné, posé à une si juste place, qu'il lui semblait avoir vu toutes choses auparavant dans un flou incertain qu'une mise au point plus rigoureuse venait de corriger pour la première fois.

C'est ainsi que lui fut donnée la réponse à la question qu'il se posait depuis son passage du Rhin. Il savait maintenant ce qu'il était venu chercher si loin vers le nord-est : *sous la lumière hyperboréenne froide et pénétrante tous les symboles brillaient d'un éclat inégalé.* A l'opposé de la France, terre océanique, noyée de brumes, et aux lignes gommées par d'infinis dégradés, l'Allemagne continentale, plus dure et plus rudimentaire, était le pays du dessin appuyé, simplifié, stylisé, facilement lu et retenu. En France, tout se perdait en impressions, en gestes vagues, en totalités inachevées, dans des ciels brouillés, dans des infinis de tendresse. Le Français avait horreur de la fonction, de l'uniforme, de la place étroitement définie dans un organisme ou une hiérarchie. Le facteur français tenait à rappeler toujours par un certain débraillé qu'il était aussi père de famille, électeur, joueur de pétanque. Au lieu que le facteur allemand, engoncé dans son bel uniforme, coïncidait sans bavure avec son personnage. Et de même la ménagère allemande, l'écolier allemand, le ramoneur allemand, l'homme d'affaires allemand étaient plus ménagère, plus écolier, plus ramoneur, plus homme d'affaires que leurs homologues français. Et alors que la mauvaise pente française menait à la misère des teintes passées, des corps invertébrés, des relâchements douteux — à la promiscuité, à la saleté, à la lâcheté —, l'Allemagne était toujours menacée de devenir un théâtre de grimaces et de caricatures, comme le montrait son armée, bel échantillonnage de têtes de jeu de massacre, depuis le Feldwebel au front de bœuf jusqu'à l'officier monoclé et corseté. Mais pour Tiffauges dont le ciel clouté d'allégories et d'hiéroglyphes retentissait sans cesse de voix indistinctes et de cris énigmatiques, l'Allemagne se dévoilait comme une terre promise, comme le *pays des essences pures.* Il la voyait à travers les récits du fermier et telle que la circonscrivait le petit carreau de la fenêtre avec ses villages vernis comme des jouets, étiquetés d'enseignes totémiques, mis en page dans un paysage noir et blanc, avec ses forêts étagées en tuyaux d'orgue, avec ses hommes et ses femmes astiquant sans relâche les attributs de leurs fonctions, et surtout avec cette faune emblématique — chevaux de Trakehnen, cerfs de Rominten, élans de l'Elchwald, nuées d'oiseaux migrateurs couvrant la plaine de leurs ailes et de leurs appels — une faune héraldique dont la place était inscrite dans les armoiries de tous les Junker prussiens.

Tout cela lui était donné par le destin, comme lui avaient été donnés l'incendie de Saint-Christophe, la drôle de guerre et la débâcle. Mais depuis son passage du Rhin, les offrandes fatidiques avaient cessé de revêtir la forme de coups de boutoir dans les œuvres vives d'un ordre exécré, pour devenir pleines et positives. Déjà les pigeons d'Alsace avaient été un avant-goût — combien modeste et presque dérisoire, mais dont le souvenir lui demeurait doux — de la fortune à laquelle il était promis. Le Canada avait établi que la terre qui allait lui être donnée, pour neuve et vierge qu'elle fût, n'en entretenait pas moins la mémoire profonde et secrète de son enfance. Et voici qu'il avait la révélation que la Prusse-Orientale tout entière était une constellation d'allégories, et qu'il lui appartenait de se glisser en chacune d'elle, non seulement comme une clé dans une serrure, mais comme une flamme dans un lampion. Car il n'avait pas seulement vocation de déchiffrer les essences, mais aussi de les exalter, de porter toutes leurs vertus à incandescence. Il allait livrer cette terre à une interprétation tiffaugéenne, et en même temps, il l'élèverait à une puissance supérieure, encore jamais atteinte.

*

Les jours commencèrent à s'allonger, mais le froid resserra son étreinte. A moins d'entretenir sans relâche un feu d'enfer dans la cheminée de la maison forestière, les nuits canadiennes devenaient une épreuve assez rude, et Tiffauges les espaçait tout en appréciant leur pureté tonique après la moite promiscuité des baraques.Un matin que les étoiles rendues pelucheuses par le gel intense brillaient encore dans le ciel noir, il fut réveillé par un coup frappé à la porte. A moitié endormi encore, il se leva en maugréant, et alla quérir quelques ronds de rutabaga qu'il avait posés sur le bord de la cheminée. Il savait qu'il était inutile de faire la sourde oreille aux invites de l'élan dont l'insistance devenait inlassable dès lors qu'il avait senti une présence dans la maison. Il dut lutter un moment avec la porte que le gel avait bloquée et qui céda tout à coup, s'ouvrit toute grande et découvrit la haute silhouette d'un homme botté et en uniforme. Il y eut un instant de stupeur réciproque, puis l'inconnu entra d'autorité, referma la porte derrière lui, et se dirigea résolument vers la cheminée. Il prit un fagot de bois sec sur le bûcher, le jeta dans l'âtre et se tourna vers Tiffauges.

— Qu'est-ce que vous faites ici ? lui demanda-t-il.

Tiffauges avait remarqué du premier coup d'œil qu'il ne s'agissait pas d'un officier de la Wehrmacht. Son âge d'abord — il ne devait pas être éloigné de la soixantaine — son uniforme vert sombre aux revers écussonnés de bois de cerf, son fusil de chasse à triple canon, tout indiquait plutôt l'un de ces fonctionnaires des Eaux et Forêts — Förster, Revierforster, Forstmeister, Landforstmeister, etc. — qui, réduits en nombre par la mobilisation, s'efforçaient de protéger et d'entretenir ce paradis de poils et de plumes offert à toutes les dévastations du braconnage et de la guerre.

Il avait retiré sa casquette de skieur à oreillettes, et comme Tiffauges tardait à répondre, il insista.

— Prisonnier évadé ?

Alors le Français lui tendit ses mains ouvertes, et lui montrant les morceaux de rutabaga :

— Je nourris les élans aveugles ! dit-il.

L'inconnu ne parut pas autrement surpris de cette justification, et Tiffauges poursuivit.

— Je suis au camp de prisonniers de Moorhof. J'y retourne tout à l'heure. Sapeur-colombophile Abel Tiffauges, du 18e régiment de génie de Nancy, fait prisonnier le 17 juin dans les bois de Zincourt.

— Colombophile ? releva l'homme en vert avec une nuance

d'intérêt. C'était l'arme la plus noble, après la cavalerie bien sûr. Pauvres pigeons!

Il s'assit au coin du feu, et repoussa avec une bûche le fagot qui s'était enflammé brusquement et menaçait de basculer hors de l'âtre. Tiffauges, gêné par la langue allemande, ne pouvait discerner ce qu'il y avait peut-être d'ironique dans cet éloge nostalgique de la colombophilie. Il résolut de n'y voir qu'un lien de sympathie avec l'inconnu.

— D'après ce que vous dites, vous connaîtriez donc l'Unhold? reprit le forestier, et devant l'air d'incompréhension de Tiffauges, il expliqua. C'est le nom d'un élan aveugle qui craint sans doute la société de ses semblables où il se ferait vite enfourcher par les autres mâles. Tout le monde le connaît dans les bois où il hiverne, car il vient mendier à manger auprès des passants. Malheureusement, dès que le printemps s'annonce, il émigre de quelques kilomètres vers le sud, et il s'expose ainsi aux risques d'une région où il n'est pas encore connu. Un jour ou l'autre, on me l'abattra, conclut-il sombrement. D'autant plus qu'il n'est pas commode, vous l'avez peut-être remarqué. *Unhold*. Vous comprenez? Ça veut dire la brute, le malgracieux, mais aussi le sorcier, le diable. C'est qu'il fait peur avec ses yeux blancs et son insistance brutale!

— Le voilà, prononça Tiffauges.

En effet un raclement caractéristique contre le mur de la maison, puis contre la porte s'était mêlé au crépitement du feu. Lorsque Tiffauges ouvrit la porte, l'officier forestier, bien qu'il eût rencontré maintes fois l'Unhold, fut surpris de la masse noire et velue qui l'obstrua aussitôt. Tiffauges avait tendu vers le mufle frémissant quelques rondelles de rutabaga dans ses mains ouvertes et jointes en corbeille. L'élan les glana avec circonspection de ses petites lèvres pincées, aussi précises qu'un pouce et un index. Puis ils se parlèrent. Tiffauges passa ses ongles entre les deux longues oreilles étonnamment vives et expressives en expliquant à l'Unhold qu'il était beau et doux, fort et sans malice, et que le monde était méchant et perfide. Unhold répondait par un brame modulé, si profond qu'on aurait dit le rire d'un géant ventriloque, et les oreilles qui vibraient et battaient l'air manifestaient sans équivoque possible la joie et la confiance. Puis l'élan recula, et Tiffauges le suivit, comme pour lui faire escorte jusqu'au seuil de son domaine, et l'on entendit décroissant le clic-clac caractéristique de la démarche du grand fauve boréal qui s'éloignait. Lorsque Tiffauges revint dans la cabane, l'officier, le dos au feu, le regarda un moment en silence.

— Vous êtes un prisonnier français, peut-être pas évadé, mais pour le moins en rupture de camp, lui dit-il enfin. Vous avez pénétré avec effraction dans un abri forestier dont j'ai la responsabilité. Vous braconnez à en juger par ces peaux qui sèchent au-dessus de ma tête. Ce serait suffisant pour vous envoyer à Graudenz. Mais je crois que vous avez su gagner l'amitié de ce mauvais coucheur d'Unhold. Et puis un colombophile dans une forteresse pénitentiaire? Non, vraiment... (Il se leva.) Retournez au camp de Moorhof. Nous nous reverrons peut-être. Je suis l'Oberfortsmeister de la Rominter Heide.

Il assura sa casquette dont il rabattit les oreillettes, boutonna sa vareuse et sortit. Avant de s'éloigner, il s'arrêta encore et se tourna vers Tiffauges.

— Par ce froid, n'abusez pas du rutabaga! Je vais faire monter dans le fenil de la maison quelques balles de foin et un sac d'avoine. Ça retiendra peut-être l'Unhold de filer encore plus au sud.

*

Le printemps fut marqué pour Tiffauges par un incident qu'on oublia au camp dans les vingt-quatre heures, mais qui modifia l'image qu'il se faisait de lui-même et de son destin en Prusse-Orientale.

Les crocus commençaient à percer les dernières croûtes de neige et l'on entendait chaque nuit les appels des oies rieuses qui se rassemblaient dans les lagunes du Haff de Courlande en attendant que les souffles printaniers les poussent plus au nord.

Depuis quelques semaines, Tiffauges avait dû échanger son fidèle Magirus contre une vieille Opel à gazogène, les véhicules à essence devant être réservés désormais aux troupes combattantes. Que cette mesure annonçât une prochaine initiative militaire d'Hitler, comme le bruit en courait, Tiffauges s'en souciait peu, et il ne voyait dans ce changement qu'un lien de plus entre lui-même et la forêt prussienne dont le bois fournissait maintenant l'énergie de ses randonnées. Il pressentait également dans cette mesure indiscutablement restrictive et rétrograde, un premier pas dans le démantèlement et la régression de l'Allemagne qui mettrait ce pays vainqueur et orgueilleux à son niveau, à sa portée, et — qui sait peut-être un jour — à sa merci.

Les baraques ayant besoin après l'hiver de quelque réfection, on l'avait envoyé assez loin vers le nord chercher un chargement de planches dans les grandes scieries de l'Elchwald. Il y retrouva sans peine le paysage et l'atmosphère dont l'Unhold était l'incarnation la plus pure : sol plus sablonneux et plus mouvant si possible que tous ceux qu'il avait connus depuis son arrivée en Prusse-Orientale, dissolution générale de la terre dans l'eau et du ciel dans des horizons délavés, terrains si généralement inconsistants qu'on équipe les chevaux de sabots de bois à semelles débordantes, les chariots de roues larges comme des rouleaux compresseurs — les *Puffraeder* — et que chaque ferme possède bachots et chalands pour faire face aux inondations de printemps et d'automne.

Plus haut encore, c'était la ligne des dunes, inlassablement modelées et remodelées par le vent, qu'on s'efforçait de fixer en y semant de l'oyat, et au sommet desquelles on voyait parfois défiler la silhouette massive et archaïque d'une harde d'élans. Puis, c'était le Haff de Courlande, une lagune sans profondeur, de plus de seize cent kilomètres carrés, lentement comblée au cours des millénaires par les alluvions de la Memel, de la Deime, du Russ et de la Gilge. Ce grand lac salé aux eaux mourantes n'était séparé de la Baltique que par la Nehrung, une mince langue sablonneuse de quatre-vingt-dix-huit kilomètres de long et d'une largeur variant de quatre kilomètres à moins de cinq cents mètres. Tiffauges ne devait jamais accéder à ces confins extrêmes du pays hyperboréen. Il ne cessait d'en rêver, et notamment d'un village au nom ailé, Rossitten, situé au centre de la Nehrung, habité exclusivement par des ornithologues qui passaient leur vie à observer et à protéger les immenses nuées d'oiseaux migrateurs qui deux fois l'an les survolaient et se laissaient tomber sur eux, comme de vastes filets vivants de plumes.

Le retour de cette incursion dans les limites septentrionales de son royaume fut semé d'incidents. Le moteur à gazogène menaçait à chaque instant de succomber sous la charge de planches qui s'élevait jusque par-dessus la cabine du camion. Mais ce fut finalement la route qui eut raison de son entêtement essoufflé. A la sortie d'un petit bois, elle était couverte par un miroir d'eau superficiel sur lequel Tiffauges s'élança allégrement en soulevant de part et d'autre du véhicule deux grandes ailes liquides qui inondaient la landèche noircie par l'hiver. Mais il eut tout à coup l'impression que sa direction ne répondait plus, et, obéissant à un réflexe de peur, il donna un coup de frein. Le camion glissa sur une vingtaine de mètres, et s'arrêta en travers de la route. Quand Tiffauges voulut le relancer, les roues patinaient dans la boue et s'enfonçaient un peu plus à chaque effort du moteur. Il gagna à pied Gross-Skaisgirren, le prochain village, et demanda de l'aide à la mairie en exhibant son ordre de mission. La nuit tombait quand il revint au camion accompagné d'un ouvrier agricole menant deux chevaux. Mais les bêtes glissaient dans la boue liquide, et l'une d'elles tomba même sur les genoux au risque de se couronner. Il aurait fallu des cordes pour qu'elles pussent haler le camion en difficulté tout en restant elles-mêmes sur le bon terrain. Tiffauges dut se mettre à la disposition de la gendarmerie qui le fit dormir dans un réduit inconfortable. Le lendemain matin, le camion était tiré de son mauvais pas, mais le moteur refusait tout service. Il dut passer une nouvelle nuit dans le réduit des gendarmes, et repartit le surlendemain pour Moorhof où il arriva avec quarante-huit heures de retard.

Le lieutenant Teschemacher l'accueillit avec soulagement.

— On a sorti hier un cadavre des tourbières de Walkenau, lui dit-il. J'avais peur que ce soit toi, d'autant plus que la description qu'on m'en a donnée par téléphone correspond assez à ton signalement. Ce qui est surprenant, c'est qu'on n'a signalé aucune disparition ni au camp ni dans les villages du voisinage.

Tiffauges était trop attentif aux signes et aux rencontres pour laisser passer l'incident. On lui avait dit que le cadavre non identifié était déposé dans l'école de Walkenau, vidée par les vacances de Pâques. C'était à deux kilomètres du camp. Il s'y rendit à la première occasion.

*

— Vous noterez la délicatesse des mains et des pieds, la finesse du visage, ce profil d'oiseau de proie malgré la largeur du front, cette allure d'aristocrate qui s'accorde d'ailleurs à la richesse de cette chlamyde qu'on dirait tissée de fils d'or et aux objets dont le mort a été entouré pour qu'il s'en serve sans doute dans l'au-delà.

L'arrivée de Tiffauges interrompit l'exposé que le professeur Keil, de l'institut d'anthropologie et d'archéologie de Königsberg, faisait dans la salle de classe devant une demi-douzaine de personnes, dont le maire de Walkenau, un petit homme à lunettes qui devait être l'instituteur — c'était lui qui avait alerté l'institut de Königsberg —, le pasteur et quelques notables locaux. Devant eux, étendu sur une table, un cadavre à demi nu, couleur de tourbe, avec des plis de peaux qui le faisaient ressembler à un mannequin de cuir, achevait de donner au tableau l'aspect d'une leçon d'anatomie. Le visage émacié et spiritualisé était barré par un mince bandeau qui lui couvrait les yeux, et qui était si serré qu'il paraissait s'être incrusté à la racine du nez et dans la nuque. Une étoile de métal doré à six branches était fixée sur ce bandeau, entre les deux yeux.

De l'amphi du professeur, Tiffauges retint qu'il s'agissait

d'un de ces *hommes des tourbières* qu'on exhume périodiquement au Danemark et en Allemagne du Nord, et dont l'état de conservation, grâce à l'acidité du milieu, est si étonnant que les villageois croient aussitôt à un accident ou à un crime récents. Or ce sont des anciens Germains dont l'immersion rituelle dans les bas-fonds tourbeux remonte soit au Ier siècle de notre ère, soit au siècle antérieur. Malheureusement on sait fort peu de chose sur ces peuplades, et l'on est toujours obligé de revenir à leur sujet à ces *Mœurs des Germains* de Tacite, ouvrage de seconde main, très sujet à caution, souligna Keil. Puis il fit observer que la peau était en si bon état, malgré ses deux mille ans d'âge, que les gendarmes de la commune ne s'étaient pas fait faute de relever les empreintes digitales du mort pour tenter de l'identifier. Mieux, il avait lui-même procédé à l'autopsie. Il pouvait prouver par l'examen des poumons que l'homme était mort noyé — et d'ailleurs il ne présentait aucune blessure, ni trace de violence quelconque. Et pour ce qui suivait, le professeur, souriant, triomphant, prenait des airs mystérieux, regardait le mort d'avant notre ère avec des mines complices, comme s'il partageait avec lui un secret infiniment savoureux et impossible à deviner. Puis, après un silence calculé, il reprit solennellement en faisant un sort à chaque mot.

— Mesdames et messieurs (il n'y avait pas de dames parmi l'assistance), j'ai procédé personnellement à l'examen de l'estomac, de l'intestin grêle et du gros intestin de notre grand ancêtre. Ces viscères bien qu'aplatis étaient intacts, et renfermaient encore leur contenu. J'ai pu ainsi reconstituer *scientifiquement* — il pesa lourdement sur chaque syllabe du mot — le dernier repas de l'homme de Walkenau qui a été pris — je suis en mesure de le prouver — entre douze heures et vingt-quatre heures avant le décès. Ce repas se composait d'une bouillie où entrait essentiellement une variété de renouée, appelée vulgairement poivre d'eau, mêlée en proportions diverses à des ombellifères, des patiences, des liserons et des marguerites. Je ne crois sincèrement pas que ce brouet végétal constituait l'ordinaire des anciens Germains qui étaient chasseurs et pêcheurs. Je songerais plutôt à une collation rituelle, une sorte de communion anthume partagée avant le sacrifice suprême avec quelques fidèles.

« Quant à l'époque à laquelle remonte le mort, il est bien entendu impossible de la définir très précisément. Mais la monnaie d'or trouvée auprès du corps permet déjà de la situer au 1er siècle de notre ère puisqu'elle porte l'effigie de Tibère. Et c'est là qu'apparaît l'aspect le plus émouvant de notre découverte. Il n'est pas interdit de supposer que ce dernier repas d'un homme certainement considérable, d'un roi sans doute, pris avant une mort horrible, mais librement choisie, ait eu lieu en même temps — la même année, qui sait, le même jour, à la même heure! — que la Cène, cet ultime repas pascal qui réunit avant la Passion Jésus et ses disciples. Ainsi au moment même où la religion judéo-méditerranéenne prenait son essor au Proche-Orient, un rite analogue fondait ici même, peut-être, une religion parallèle, strictement nordique et même germanique. »

Il s'interrompit comme écrasé par l'émotion et l'importance de ses propres paroles. Puis il reprit sur un ton moins solennel.

— Qu'il me soit permis d'ajouter que notre ancêtre a été exhumé près d'ici, dans un petit bois d'aulnes, de la variété noire qui hante les marais. Et là je ne puis manquer de songer à Goethe, le plus grand poète de langue allemande, et à son œuvre la plus illustre et la plus mystérieuse à la fois, cette ballade du *Roi des Aulnes*. Elle chante à nos oreilles allemandes, elle berce nos cœurs allemands, c'est en vérité la quintessence de l'âme allemande. Alors je vous propose — et je proposerai à l'académie des Sciences de Berlin — que l'homme que voici entre dans les annales de la recherche archéologique sous le nom du *Roi des Aulnes*.

Puis il récita :

> *Qui chevauche si tard dans la nuit et le vent?*
> *C'est le père avec son enfant...* [2]

A ce moment, il fut interrompu par un ouvrier agricole qui entra en tempête, se précipita vers lui et lui parla à voix basse.

— Messieurs, prononça alors Keil, on m'avertit qu'un second corps vient d'être exhumé de la même tourbière que celui-ci. Je vous suggère de nous y rendre sur-le-champ pour accueillir ce nouveau messager de la nuit des temps.

On avait pris la précaution d'extraire toute la motte de tourbe dont le corps — sans doute recroquevillé sur lui-même — était prisonnier. Seule la tête — ou plus exactement le profil droit — apparaissait comme incrustée dans la masse boueuse et sans plus d'épaisseur qu'une effigie de médaille. Sa couleur se distinguait si peu de la tourbe qu'elle semblait simplement modelée en bas-relief dans la motte elle-même. C'était un petit visage émacié, puéril et triste auquel un bonnet formé de trois pièces de tissu grossièrement cousues donnait un air de prisonnier, de bagnard même. Les tourbiers avaient attendu l'arrivée du professeur pour attaquer le bloc de boue à la truelle. Ils dégagèrent d'abord toute la tête, puis les épaules qui paraissaient couvertes d'une sorte de cape en peau de mouton. Le vêtement entier émergea rapidement, mais il semblait vide. Quand on déposa les restes du « nouveau messager de la nuit des temps » sur l'herbe, et qu'on put déplier sa pèlerine de berger, ce fut pour constater en effet que le corps avait été entièrement résorbé : seule la tête, mystérieusement, avait traversé les millénaires.

— Ainsi, conclut Keil, nous ne saurons jamais s'il s'agit d'un homme, d'une femme ou d'un enfant. A en juger par les résultats de fouilles analogues, j'incline pour l'hypothèse d'une femme. Il n'est pas rare qu'un haut personnage ne descende dans le royaume des ombres qu'accompagné de son épouse, les anciens Germains étant strictement monogames, comme vous le savez. Ce sera une énigme de plus à mettre au compte du Roi des Aulnes. C'est comme ce bandeau qu'il porte sur les yeux avec cette étoile d'or : impossible d'en déchiffrer la signification dans l'état actuel de nos connaissances. Mais plus nous avançons dans le temps, plus le passé se rapproche de nous. Paradoxalement, nous en savons infiniment plus sur l'Antiquité aujourd'hui qu'il y a cent ans. Bientôt peut-être des lumières nouvelles nous éclaireront sur les rites des anciens Germains. Pourtant une part de mystère enveloppera toujours ce qu'il y a de plus sacré dans l'éternité tourbeuse du Roi des Aulnes.

Avant de regagner Moorhof, Tiffauges regarda longuement la petite tête de bagnard chétif et morose que le soleil caressait pour la première fois après tant de siècles de ténèbres boueuses. On aurait dit qu'il s'efforçait d'imprimer ses traits dans sa mémoire afin de pouvoir le reconnaître s'il venait à le rencontrer encore.

*

Dès l'automne 1940, les habitants de la petite ville de Rastenburg eurent la surprise de se voir interdit désormais l'accès de la forêt de Görlitz où avaient lieu traditionnellement les bals populaires, les concours de tir, les fêtes foraines et plus simplement les promenades familiales le dimanche après-midi. Le café Karlshof où l'on se retrouvait pour goûter avait été réquisitionné, vidé de son personnel, et abritait une section de S.S. Puis on avait vu affluer des équipes de l'Organisation *Todt*, les entreprises de construction *Wayss und Freitag* et *Dykerhof und Widmann*, et même les camions du pépiniériste-paysagiste *Seidenspinner* de Stuttgart. On avait élargi les routes, construit un aérodrome à proximité, et la voie ferrée Rastenburg-Angerburg avait été fermée au trafic civil. La presse expliqua officiellement qu'on prévoyait l'implantation d'une vaste filiale des *Chemische Werke Askania* dans l'ancien domaine de Görlitz, mais cette explication était sans proportion avec le luxe et le nombre des aménagements. Malgré le mystère qui entourait la « nouvelle ville », comme on l'appelait, on parlait d'une enceinte de fils de fer barbelés de trois mètres de large et de un mètre cinquante de haut, puis d'une zone de cinquante mètres de profondeur truffée de mines, le long de laquelle des gardes patrouillaient jour et nuit. Des batteries de D.C.A. et de mitrailleuses lourdes hérissaient les abords de deux autres périmètres de défense à l'intérieur desquels les visiteurs ne pénétraient qu'après une série de contrôles. La « ville » comprenait, outre une douzaine de villas individuelles, un centre de transmissions ultra-moderne, un parc automobile, un sauna, une chaufferie, un cinéma, des salles de réunion et de conférences, un « kasino » pour les officiers, et, surtout, au nord, un bunker souterrain luxueusement aménagé sous huit mètres de béton auquel menait un ascenseur.

Le 22 juin 1941, le jour même où l'opération Barberousse déchaînait l'enfer sur le territoire soviétique, Hitler s'installait dans sa nouvelle « brèche au loup » (Wolfsschanze) avec Bormann, son état-major et ses principaux collaborateurs. Aussitôt les grosses têtes du régime se fixaient aux alentours les plus proches, Himmler dans le Hegwald de Grossgarten, Ribbentrop à Steinort, Lammers, chef de la chancellerie, à Rosengarten, et Göring, trop heureux de cette occasion inespérée, dans son pavillon de chasse de Rominten.

Ce jour-là, deux cent vingt divisions allemandes appuyées par trente-deux mille avions et dix mille chars se ruaient sur la frontière russe, soutenues au nord par l'armée finlandaise, au sud par les armées hongroise et roumaine. Dès lors, la terre de la Prusse-Orientale ne cessa plus de trembler sous les chenilles des blindés, ni son ciel de vibrer sous le passage des escadrilles de bombardiers. C'était comme un tropisme situé très loin à l'est qui attirait puissamment à lui un gigantesque maelström d'hommes et d'armes, de chevaux et de véhicules. Un frisson d'espoir réveilla les camps de prisonniers. C'était le signe qu'il se passait quelque chose, et que peut-être leur sort allait changer. Pour Tiffauges au contraire, cette péripétie tout extérieure tomba dans une période d'attente et de maturation après les découvertes et les révélations qui avaient marqué l'hiver et le printemps. Les déplacements qu'il effectuait dans l'Opel gazogène et qui lui faisaient découvrir jour après jour l'Allemagne et les Allemands — et apprendre l'allemand — alternaient avec des séjours au camp qu'agrémentaient ses visites au Canada. Dès les premiers souffles printaniers, l'Unhold avait disparu, poursuivant sans doute sa mystérieuse migration vers le sud dont avait parlé l'Oberforstmeister de Rominten, comme si le temps qu'il devait passer au Canada était écoulé, et accomplie sa mission auprès de Tiffauges. Au demeurant, le message immémorial de l'Unhold n'avait fait que préparer celui, combien plus émouvant, du Roi des Aulnes, et de son petit bagnard, comme l'appelait Tiffauges par-devers lui.

Le 3 octobre Hitler annonça au monde dans un discours au Palais des Sports de Berlin le déclenchement de l'opération Typhon qui devait faire tomber Moscou et anéantir définitivement l'Armée rouge. Et de nouveau, le pays fut sillonné par un afflux d'hommes et de matériel, des hommes de plus en plus jeunes, un matériel de plus en plus perfectionné, jetés pêle-mêle dans l'immense fournaise de la bataille. Aussi quand les premiers oiseaux migrateurs commencèrent à passer très haut contre les nuages gris, en gémissant, Tiffauges pensait, la gorge serrée, à toute cette jeunesse fauchée dans sa fleur, et il lui semblait que c'était les âmes des tués qui fuyaient là-haut, esseulées, effrayées par le mystère de l'au-delà, pleurant cette terre familière et maternelle qu'ils avaient eu si peu le temps d'aimer.

Les premiers gels avaient blanchi la surface des marais quand il fut convoqué au bureau de la main-d'œuvre du camp, l'Arbeitseinsatz. Un homme grand, aux cheveux blancs, en uniforme vert sombre écussonné de bois de cerf, l'y attendait. Tiffauges reconnut l'Oberforstmeister qui l'avait surpris six mois plus tôt au Canada.

— J'ai besoin d'un aide qui sache entretenir les voitures et qui puisse me seconder pour tout à Rominten, lui dit-il. J'ai pensé à vous. La direction de votre camp a préparé votre feuille de route. Mais bien entendu, je ne veux pas d'un esclave. Je ne vous emmène qu'avec votre consentement.

Une heure après, Tiffauges avait fait de rapides adieux à ses camarades et au lieutenant Teschemacher, et prenait place à côté de l'Oberforstmeister dans une lourde Mercedes à essence.

Ils parcoururent une cinquantaine de kilomètres dans la direction du sud-est à travers une campagne figée par la guerre et par un hiver précoce. Il faisait jour encore quand ils parvinrent à la palissade de pieux qui défendait la Réserve de Rominten et qu'interrompait un portail de rondins, au fronton duquel était gravé en lettres gothiques : *Naturschutzgebiet Rominten Heide.*

IV

L'Ogre de Rominten

Il flairait à droite et à gauche, disant qu'il sentait la chair fraîche.

Charles Perrault.

Ils abandonnèrent la Mercedes officielle dans une maison de garde, et poursuivirent dans un cabriolet de chasse tiré par un alezan trakehnien. Ainsi évitait-on autant que possible de violer la pureté de la nature en introduisant des engins motorisés dans l'enceinte de Rominten. La nuit était tombée lorsqu'ils s'arrêtèrent devant la maison de fonction de l'Oberforstmeister, une villa à véranda couverte de vieilles tuiles dont les pignons étaient couronnés par des massacres de cerfs. Tiffauges dut dételer le cheval et le mener à l'écurie, tâche nouvelle pour lui dont il s'acquitta de son mieux, sous l'œil critique d'un vieux domestique qui était accouru en entendant rouler la voiture sur les pavés de la cour. Puis on lui assigna une petite chambre mansardée, et il partagea à la cuisine la soupe, le lard, le chou rouge et le pain noir du domestique et de sa femme.

Les semaines qui suivirent, il accompagna l'Oberforstmeister, à pied et en voiture à cheval, dans ses tournées d'inspection à l'intérieur de la Réserve. C'était le fils des domestiques qui assumait précédemment les fonctions de chauffeur-cocher-factotum, et Tiffauges ne devait ce changement dans sa vie qu'à l'ordre de mobilisation qui venait d'envoyer le jeune homme sur le front russe. Les parents lui firent d'abord mauvaise chère, mais leur hostilité se fatigua vite, et il se sentit glisser peu à peu dans la peau d'une manière de fils adoptif, traité avec d'autant plus de douceur qu'on craignait davantage pour la vie de l'autre.

Lorsque les grandes portes s'étaient refermées derrière lui et qu'il s'était enfoncé pour la première fois sous le dais fauve des frondaisons de Rominten, Tiffauges avait compris qu'il pénétrait à l'intérieur d'un cercle féerique sous la conduite d'un magicien subalterne, reconnu cependant par les esprits du lieu. Le premier qui l'accueillit fut un grand lynx doré, assis sur une souche qui le regarda passer en riant dans ses minces moustaches de prince asiatique et en agitant les pinceaux de poils clairs qui surmontaient ses oreilles. Il fut ensuite escorté par un couple de castors, par un sacre blanc, et par un gros chien gris aux yeux bridés et à l'échine fuyante dont il apprit qu'il s'agissait d'un de ces loups sibériens qui transmigrent par hordes entières à travers la plaine polonaise. Mais c'était la flore — tantôt maléfique, tantôt bénéfique — dont les attaches avec les êtres féeriques étaient les plus évidentes. L'Oberforstmeister lui montra les gros champignons aux chapeaux rouges à pois blancs sous lesquels dorment les elfes et les trolls, l'ellébore noir qui rend fou, mais qui se couvre le 24 décembre de roses de Noël, les trompettes de la mort dont les cornets putrescents quoique comestibles annoncent la proximité d'une charogne, la belladone qui tarit la sueur et dilate les pupilles, les bolets de Satan au pied cramoisi et tuméfié, et surtout ces petites cavernes échevelées de racines et de radicelles qui s'ouvrent au flanc des talus et marquent l'entrée de la demeure d'un de ces gnomes, apparemment chenus et décrépits, mais qui parlent avec une voix de tonnerre et arrêtent n'importe quel cheval en se jetant à sa tête.

Tiffauges attendait de l'Oberforstmeister une initiation fantastique. Il le ferait descendre dans des grottes où des nains arrachent des diamants à la roche, ou bien il le mènerait dans un château enfoui sous les ronces et les saxifrages où dormait une belle jeune fille nue dans un sarcophage de cristal, ou encore il lui apprendrait à broyer certaines plantes pour distiller un philtre de jouvence ou d'amour. En vérité, son âme crédule et puérile fut surprise — mais non pas déçue — par la révélation qui lui fut donnée du seigneur qui régnait sur ces bois et sur ces bêtes. Car s'il ne rencontra ni gnomes, ni princesse endormie, ni roi millénaire trônant dans le tronc creux d'un chêne, il fut bientôt conduit devant l'ogre de Rominten.

L'administration des vingt-cinq mille hectares de la Réserve de Rominten occupait plusieurs Forstmeister dont les villas se dissimulaient dans les sous-bois du Revier qui était placé sous leur garde. Mais les constructions les plus remarquables étaient le *Jagdhaus* de Guillaume II et le *Jägerhof* d'Hermann Göring, construits au centre de la Réserve, à deux kilomètres l'un de l'autre.

Le Jagdhaus impérial, apporté et monté de toutes pièces en 1891 par un architecte norvégien, était un surprenant petit château de bois, hérissé de clochetons, percé de galeries, uniformément badigeonné en rouge sombre, qui tenait à la fois de la pagode chinoise et du chalet suisse. Pour comble de bizarrerie, on avait voulu accentuer son cachet nordique en prolongeant les faîtages de la toiture par des proues de drakkars sculptées en têtes de dragons. Une chapelle Saint-Hubert et un cerf de bronze grandeur nature dû à Richard Friese, peintre et sculpteur animalier du Kaiser, complétaient, avec les communs de même style, la résidence impériale.

En 1936, le Feldmarschall Hermann Göring qui avait la haute main sur Rominten au double titre de président du gouvernement de Prusse et de grand veneur du Reich — Reichsjägermeister — avait fait construire à proximité son propre pavillon de chasse, le Jägerhof, qui sous son apparence de stricte rusticité écrasait par ses raffinements le faste naïf du Jagdhaus impérial. Un quadrilatère de bâtiments bas, couverts en chaume de joncs, entourait une cour intérieure, mi-patio, mi-cloître. Les pignons étaient marqués de l'antique sceau mazurique de la bonne fortune que soulignaient des bois de dix-cors. A l'intérieur, une cheminée monumentale de pierres morainiques polarisait l'espace d'une salle de séjour vaste comme une nef d'église, éclairée de hautes fenêtres à petits carreaux teintés et scellés dans le plomb, avec des luminaires en couronnes, et une charpente apparente qui ressemblait à la coque retournée d'un grand navire. Autour de cette salle de séjour et de veillée se distribuaient les chambres, toutes lambrissées, mais chacune dans une essence différente, de telle sorte qu'on les désignait comme la chambre de frêne, la chambre d'orme, la chambre de chêne, la chambre de mélèze, etc. Dans ce cadre forestier, le grand veneur du Reich avait déployé tout le faste sans lequel il n'était pas lui-même, et qu'on retrouvait dans son hôtel berlinois, à Karinhall dans la Schorfheide, dans son chalet de Berchtesgaden, et jusque dans *Asie,* son train blindé personnel, véritable palais sur rails. C'était un somptueux amoncellement de tapisseries, de tableaux de maîtres, de fourrures, de bibelots, de vaisselle, d'argenterie, de bijoux, tout le bric-à-brac d'un repaire de grand pirate auquel la guerre avait ouvert les nobles demeures et les musées d'Europe. L'installation d'Hitler et de son état-major dans la brèche au loup de Rastenburg à moins de quatre-vingt-dix kilomètres avait été pour Göring une occasion inespérée de concilier ses devoirs à l'égard du maître du IIIe Reich et ses plaisirs de chasseur de cerfs et de mangeur de venaison. Il tenait table ouverte à Rominten, traitant fastueusement les hauts dignitaires du régime et les hommes d'État alliés, auxquels il faisait l'honneur de laisser tirer un cerf. Ce cerf, il l'avait choisi auparavant, avec l'Oberforstmeister, en fonction de l'importance de l'invité, mais toujours dans une catégorie sensiblement inférieure à celle des proies royales qu'il se réservait.

★

L'une des premières tâches qui incombèrent à Tiffauges répondait aux doléances des cultivateurs dont les terres jouxtaient la lisière occidentale de Rominten et que des boutées de sangliers en provenance de la Réserve dévastaient avant la récolte. Aucune enceinte — si ce n'est un mur de pierre — ne résiste à la hure d'un vieux mâle décidé à frayer un passage à sa compagnie, et c'était sans illusion qu'on réparait consciencieusement les brèches ouvertes dans les grillages et les palissades. Il aurait fallu exterminer tous les cochons de la Réserve, solution à laquelle poussaient les forestiers qui craignaient pour leurs pépinières et leurs sentiers d'agrainage. Mais le grand veneur en avait décidé autrement. Il affectionnait trop la grosse bête, courageuse, joviale et gloutonne, absorbant indifféremment céréales, insectes et charognes, et qui le reposait par ses mœurs désordonnées et imprévisibles des habitudes pédantes et minutieuses des cerfs et des chevreuils, attachés à leurs coulées, gagnages et reposées. Il avait ordonné qu'on adoptât la solution inverse, celle qui consistait à rendre le fond oriental de Rominten si délectable aux sangliers qu'ils y demeurassent fixés. On avait imaginé pour cela de les nourrir avec des cadavres de chevaux d'équarrissage qu'on abattait à la place même où les cochons viendraient les dévorer.

Tiffauges ressentit comme une épreuve cruelle, mais sans doute chargée de signification — et donc bénéfique — ces opérations d'abattage où on lui imposait le rôle de tueur. Il fallait prendre livraison du cheval condamné dans un village ou un haras voisin — Trakehnen n'était qu'à une douzaine de kilomètres au nord — et se rendre en carriole, accompagné du propriétaire, sur les lieux du sacrifice. Souvent la pauvre haridelle était si fourbue — et si peu nourrie du jour où on l'avait condamnée — qu'on ne pouvait progresser qu'au petit pas. On avait même donné à Tiffauges une seringue et un flacon de stimulant pour surmonter passagèrement une éventuelle défaillance de la bête.

Il procédait à l'abattage d'un coup de fusil chargé de 7, tiré derrière l'oreille à cinquante centimètres de distance. L'animal s'écroulait, immédiatement foudroyé. Aussitôt le propriétaire lui arrachait ses fers, et le dépouillait quand le cuir en valait la peine. Tiffauges défaillait de dégoût en observant ces opérations grossières qui évoquaient quelque assassinat gigantesque, perpétré au coin d'un bois, d'autant plus qu'il avait vite détecté l'affinité profonde qui le liait au cheval, animal phorique par excellence, et qui conférait un trait suicidaire à ces tueries. Un jour, revenant sur le lieu du crime, il surprit toute une compagnie de cochons en train de se souiller avec une verve sauvage dans la charogne d'une jument qu'ils avaient ouverte et étalée sur toute la surface de la clairière où elle avait été laissée. Mais ce n'était rien encore. Il dut être témoin de l'assaut que donnait un vieux solitaire à un cadavre encore frais. Le sanglier avait attaqué le cheval par l'anus, et n'avait eu de cesse qu'il ne l'eût agrandi aux dimensions de sa hure à force de coups de boutoir et de défenses. Le cheval mort, défoncé, bousculé paraissait se débattre les quatre fers en l'air sous la poussée furieuse du solitaire. Et Tiffauges, blessé, sentait rejaillir sur lui quelque chose de cette indignité grotesque.

★

Le grand veneur, maréchal du Reich et général en chef de la Luftwaffe était annoncé au Jägerhof par un afflux de provisions et un vaste remue-ménage de serviteurs. Quand *Asie* s'arrêtait en gare de Tollmingkehnen, la Mercedes à fanions était avancée, et elle emportait en tempête le gros homme vers le féerique chalet où un feu d'enfer flambait dans la cheminée monumentale. Des maîtres d'hôtel en gants blancs disposaient des buissons de chandelles sur la longue table de monastère habillée de linge fin et étincelante de vaisselle orfévrée, les valets de chambre bassinaient le grand lit de soie et de fourrures du maître, tandis qu'aux cuisines le traditionnel marcassin fourré, rôti au charbon de bois, suait sa graisse dans la lèchefrite. L'Oberforstmeister était l'un des premiers convoqués par le grand veneur — dont la voix épaissie par une trace d'accent bavarois ne cessait de jordonner dans tout le Jägerhof. Le vieil homme, sanglé dans son meilleur uniforme, quittait ces entrevues la tête farcie et l'air égaré, et il se déchargeait de ses soucis sur Tiffauges qui l'attendait dans l'écurie avec l'alezan du cabriolet.

La première fois que Tiffauges eut l'occasion de voir le Reichsmarschall se situa au cœur de l'hiver, et eut pour prétexte un incident qui réjouit infiniment le maître de Rominten.

Tiffauges revenait de Goldap dans une carriole attelée de deux gros chevaux de labour avec un chargement de betteraves et de maïs destiné au nourrissage des cerfs. Tandis que les chevaux ahanaient bruyamment et faisaient sonner leurs fers cramponnés sur le sol gelé, Tiffauges, emmitouflé dans une pelisse de mouton, regardait défiler lentement au-dessus de sa tête l'entrelacs givré des branches nues. Il songeait que cette longue migration vers le levant, dans laquelle l'avait jeté l'affaire Martine et la guerre qu'elle avait provoquée, s'accompagnait d'un pèlerinage dans le passé, jalonné contemplativement par la survenue de l'Unhold et de l'homme des tourbières, et de façon plus pratique par l'abandon de la voiture à essence, puis à gazogène au profit du cheval. Il soupçonnait avec une angoisse voluptueuse que son voyage le mènerait plus loin, plus profond, dans des ténèbres plus vénérables, et qu'il rejoindrait peut-être finalement la nuit immémoriale du Roi des Aulnes.

C'est alors que se produisit une apparition qui l'ancra dans la conviction que ses pensées avaient le pouvoir redoutable de faire surgir des êtres réels à leur semblance. Sur la droite, trottant à vive allure au milieu des troncs ébranchés des grands sapins, accourait un troupeau de bêtes énormes, noires, velues comme des ours, bossues comme des bisons. Tiffauges reconnut des taureaux, sans doute, mais d'un type évidemment préhistorique, tels que les figurent les gravures rupestres néolithiques, des aurochs en somme, avec leurs cornes courtes comme des dagues et leur garrot bosselé par une crinière épaisse. Malheureusement il n'était pas seul à les avoir vus arriver. Brusquement arrachés à leur pas somnolent, les chevaux avaient pris un galop qui tournait rapidement à la charge furieuse, derrière laquelle la carriole faisait des bonds et chassait sur toute la largeur du chemin. Tiffauges hésitait à retenir ses bêtes dont il partageait l'épouvante, d'autant plus qu'un second troupeau d'aurochs menaçait de leur couper la retraite. Il compta une douzaine de têtes dans le premier groupe, une dizaine dans le second, soit environ vingt-deux au total, mais les plus éloignées, les moins rapides comprenaient visiblement une majorité de femelles et de veaux. Ils échappèrent de justesse au second troupeau qui se joignit au premier, formant une masse impressionnante, tumultueuse, qui écrasait tout sur son passage. Mais le premier tournant qui se présenta fut fatal à l'équipage emballé. La carriole déséquilibrée roula quelques mètres sur deux roues, puis se coucha à l'extérieur du tournant, traînée encore par les chevaux, tandis que Tiffauges boulait dans la neige. L'une des bêtes libérée par l'accident prit la fuite en traînant derrière elle des harnais brisés, l'autre, prisonnière encore de l'attelage, se débattait et ruait contre la caisse de la voiture. Tiffauges se hâta de la dégager et se hissa sur son dos avant qu'elle ne détalât à son tour. Lorsqu'il tourna la tête, il vit le troupeau d'aurochs sagement réunis autour de la carriole renversée qui se gavaient de betteraves et de maïs.

Le père des aurochs de Rominten se trouvait précisément au Jägerhof — dont il était un habitué — au moment où eut lieu cet incident. Il s'agissait du professeur docteur Lutz Heck, directeur du jardin zoologique de Berlin. C'est lui qui avait eu l'idée d'essayer, par un savant dosage de races de taureaux espagnols, camarguais et corses, amélioré par une sélection poursuivie sur plusieurs générations, de recréer l'aurochs primitif dont les derniers représentants s'étaient éteints au Moyen Age. Il pensait y être assez bien parvenu, et avait obtenu du grand veneur la permission de lâcher dans la Réserve de Rominten *Bos Primigenius Redivivus*, comme il avait baptisé avec une jubilation pédante sa recréation.

Depuis, le troupeau noir et massif semait la terreur dans la Réserve. On se racontait l'histoire d'une patrouille cycliste, prise à partie par un aurochs, qui avait dû chercher son salut dans les branches des arbres les plus proches. Le fauve avait passé sa rage sur les bicyclettes qui jonchaient la route. Il les avait piétinées, puis rassemblées en écheveau sur ses cornes, et s'en était allé, triomphalement couronné par ce trophée de tubes et de roues enchevêtrés.

Lorsque Göring apprit la mésaventure de Tiffauges, sa joie ne connut pas de bornes, et il le convoqua pour entendre son récit

de sa propre bouche. Tiffauges se présenta donc le lendemain
soir au Jägerhof, rasé de frais, habillé de vert et botté de noir,
grâce aux dépouilles d'un garde forestier qui avait à peu près sa
taille. On le fit longuement et magnifiquement dîner à la cuisine
en compagnie du personnel qui le considéra avec un respect
craintif, le grand veneur ayant jeté les yeux sur lui. Puis il fallut
attendre le bon plaisir des maîtres qui confabulaient autour de la
cheminée monumentale au milieu des cigares et des liqueurs.
Enfin on le fit venir.

Bien qu'ils fussent tous en uniformes, les convives qui entouraient le grand veneur étaient éclipsés par le rayonnement que
lui conféraient son volume et l'extravagance de sa mise. Ses
cent vingt-sept kilos débordaient d'un vaste fauteuil haute
époque dont le dossier chantourné et guilloché formait comme
une aura en queue de paon autour de sa tête et de ses épaules.
Il était vêtu d'une chemise blanche à jabot de dentelle et à manches
flottantes que recouvrait une sorte de chasuble en daim mauve
d'où sortait une lourde chaîne d'or au bout de laquelle se balançait une émeraude grosse comme un œuf de pigeon.

Cette exhibition eût été insupportable au Français, si la
langue allemande n'avait dressé entre ces hommes et lui un
écran translucide, mais non transparent, qui amortissait leur
grossièreté et lui permettait de s'adresser au deuxième personnage du Reich dans des termes et sur un ton qu'on n'aurait pas
tolérés de la part d'un Allemand.

Il fallut que Tiffauges précisât le lieu et l'heure de la rencontre, le nombre des aurochs, la direction d'où ils paraissaient
venir, la réaction des chevaux, sa propre attitude — et à chaque
nouveau détail, le grand veneur hurlait de rire en se tapant sur
les cuisses. Puis on le plaisanta sur ses lunettes, suggérant qu'à
travers ses verres grossissants il avait peut-être pris quelques
lapins pour des taureaux géants, et Tiffauges découvrit pour la
première fois l'une des marottes des maîtres du IIIe Reich,
cette haine de l'homme à lunettes, incarnant pour eux l'intelligence, l'étude, la spéculation, bref le Juif. Ensuite le professeur
docteur Lutz Heck, père de *Bos Primigenius Redivivus*, expliqua

que ses bêtes seraient dangereuses paradoxalement aussi longtemps qu'il resterait en elles des traces de domestication. Nées
en captivité, il leur faudrait des années pour craindre l'homme
et le fuir du plus loin qu'elles le repéreraient. Alors qu'aujour-
d'hui encore — mais moins toutefois qu'au début de leur nouvelle vie sauvage — elles ne comprenaient pas pourquoi on les
avait abandonnées dans une forêt glacée et peu nourrissante,
quand la région était truffée de gras pâturages et de fermes
cossues. Plus d'une fois d'ailleurs les aurochs avaient défoncé
des clôtures, forcé des portes d'étables et de fenils pour se régaler
de fourrage, non sans avoir sailli au passage quelque tendre
génisse. Il y avait du dépit, de l'amertume d'enfants abandonnés
dans leur agressivité à l'égard des hommes, concluait le professeur
Heck, l'incident survenu au Français en était la meilleure illustration.

*

Mais l'animal-roi de Rominten, c'était le cerf que l'on chassait
à l'affût et au rabat — seuls genres de chasse que permettait la
densité du bois — et qui faisait l'objet de la part du grand veneur
d'un culte à la fois amoureux, sacrificiel et alimentaire. Ce culte
avait d'ailleurs sa théologie dont l'élément ésotérique concernait l'identification et l'interprétation des bois de mue, et surtout
l'évaluation des « points » mérités par le massacre, faite par un
jury de veneurs officiels, huit jours au moins après la mort du
cerf, les bois ayant séché dans une pièce chauffée durant ce laps
de temps.

L'hiver tirait à sa fin, et l'essentiel du travail de Tiffauges
consistait à glaner, à travers futaies et taillis, les bois de mue
mis bas par les cerfs, quête d'autant plus importante en cette
période de l'année que les plus vieux sujets muent précisément
en février-mars, les plus jeunes attendant parfois jusqu'au
seuil de l'été pour perdre leurs dagues. La tâche était rendue
délicate par les deux ou trois jours qui séparent habituellement

la chute de chacun des bois du même cerf, de telle sorte que toute découverte d'un bois oblige à de longues recherches pour trouver l'autre bois, sans lequel il ne vaut rien. Malgré la conscience, puis la passion grandissante qu'il mettait à cette quête, Tiffauges n'aurait pu la mener à bien sans l'aide de deux griffons spécialisés qui faisaient merveille et qu'on avait amenés d'un district voisin en l'absence de Göring dont l'une des lubies était d'exécrer les chiens et de ne pas supporter leur présence. Plus surprenante encore était la science de l'Oberforstmeister qui identifiait sans hésitation les bois qu'on lui rapportait, comme étant la 4e tête de Théodore, la 7e du Sergent ou la 10e du vieux Poseidon. Les bois de mue allaient prendre place sur le panneau de leur cerf, au-dessus des têtes des années antérieures, selon une disposition pyramidale dont le sommet serait couronné en 11e ou 12e série par le massacre complet de l'animal tué.

L'arrivée du Reichsmarschall était prévue ce jour-là pour la fin de la matinée, et une compagnie de cornistes s'était rassemblée devant le Jägerhof pour lui donner l'aubade à sa descente de voiture. Tiffauges et l'Oberforstmeister avaient réuni sur une table les bois de mue ramassés depuis le dernier séjour du grand veneur. Ces têtes constituaient la chronique la plus rigoureuse et la plus intime de la vie de Rominten, et leur déchiffrement faisait l'objet de discussions passionnées entre les forestiers et le grand veneur. Elles permettaient notamment de suivre les étapes de l'épanouissement de tel ou tel *Hochkapitaler*, et de déterminer à coup sûr la saison où il faudrait l'abattre parce qu'ayant atteint son apogée, il commencerait fatalement l'année suivante à « ravaler ».

La Mercedes à fanions s'était engagée dans la grande allée qui menait au Jägerhof, et les cornistes, figés au garde-à-vous, avaient embouché leur instrument, quand on vit sauter un aide de camp qui devançant la voiture s'élança vers le groupe en criant :

— Pas de cors ! Le lion déteste !

La stupéfaction fut générale, et l'on se demanda un instant

si le « lion » n'était pas un nouveau surnom que l'« Homme de Fer » se serait fait attribuer, mais comment concevoir cette soudaine aversion à l'égard de sa musique préférée ?

L'imposant véhicule stoppa en souplesse, les quatre portes s'ouvrirent en même temps, et l'on vit glisser d'une porte arrière un long corps fauve, un lion, un vrai lion qui remorquait au bout d'une laisse le Reichsmarschall, hilare et empêtré, que son uniforme blanc faisait paraître rond comme une boule.

— Buby, Buby, Buby, chantonnait-il en traversant la cour, toujours entraîné par le grand félin que l'effarouchement écrasait au sol. Et ils disparurent dans la maison, précédés par le reflux épouvanté de tout le personnel.

On chercha fiévreusement une pièce où le lion pourrait trouver un abri provisoire, et ce fut finalement la propre salle de bains de Göring qui fut transformée en fauverie après qu'on eut répandu une brouette de sable dans le bac de la douche pour que Buby pût se soulager dans un terrain meuble, selon l'habitude de tous les félins. Puis le Reichsmarschall ressortit, se plaça face aux musiciens et écouta au garde-à-vous la sonnerie de bienvenue qu'on répétait pour lui depuis plusieurs semaines. Ensuite il remercia en levant son bâton bleu et or, et il s'engouffra dans ses appartements pour changer de tenue. Une heure plus tard, il conférait avec l'Oberforstmeister en manipulant les bois de mue dont dépendait le programme des chasses de l'été et de l'automne.

Le soir, Tiffauges eut l'occasion d'entrevoir un spectacle qui s'imprima dans son esprit avec les couleurs simples et criardes d'une image d'Épinal. Göring vêtu d'un coquet kimono bleu pâle était attablé devant un demi-sanglier dont il brandissait une cuisse, comme la massue d'Hercule. Le lion assis à ses côtés suivait passionnément l'évolution de la pièce de vénerie au-dessus de sa tête, et donnait des coups de gueule lents et sans conviction dans sa direction quand elle se rapprochait. Finalement, le grand veneur y mordit à pleines dents, et pendant quelques instants sa figure disparut derrière le monstrueux gigot. Puis, la bouche pleine, il le tendit au lion qui y planta ses crocs à son tour. Et ce fut un va-et-vient régulier de la pièce de vénerie entre les deux ogres qui se regardaient affectueusement en mastiquant des paquets de chair noire et musquée.

★

L'attribution des cerfs à abattre aux invités, en fonction de leur rang, constituait la pire des épreuves de l'Oberforstmeister, et provoquait souvent des orages dont il avait à supporter toute la violence. Le Feldmarschall von Brauchitsch fut l'occasion d'un de ses drames qui prenaient leur source dans la jalousie dont le grand veneur entourait les cerfs de la Réserve. Le chef suprême de la Wehrmacht était parti en pleine nuit, accompagné par le Forstmeister d'un district voisin qui avait relevé la voie d'un cerf dont le pied indiquait un dix-cors, très probablement le Raufbold. Le grand veneur sortit un peu plus tard avec l'Ober-forstmeister, et prit la direction des remises de deux Hochkapi-taler que leurs séries de bois de mue désignaient comme pro-chaines victimes. La nuit tombait quand il rentra au Jägerhof rapportant à l'arrière de la voiture un vieux dix-cors et son écuyer, un dix-cors jeunement, portant des têtes magnifique-ment paumées, celle du vieux dix-cors en chandelier, l'autre plus creuse, semblable à une main à trois doigts. Radieux, le grand veneur se retira dans ses appartements pour se préparer au dîner. Une heure plus tard, on entendait la voiture de Brau-chitsch qui rentrait à son tour avec sa chasse.

La coutume voulait qu'en pareille occurrence une « curée froide » fût célébrée à minuit dans la cour intérieure du Jägerhof, éclairée par des braseros de bûchettes résineuses. Après avoir gaiement ripaillé, les chasseurs se réunirent donc devant les corps des trois cerfs rangés selon l'usage par ordre de grandeur. A peine le grand veneur les aperçut-il, qu'il se pencha sur le plus grand, le Raufbold, dont la tête couronnée à vingt-deux pointes pesait au moins neuf kilos. Il caressa de la main les perlures qui couraient le long des bois, les pierrures des meules,

les sillons visibles le long des perches. Il éprouva du bout du doigt les pointes acérées des andouillers de massacre et des surandouillers, dont la blancheur ivoirine contrastait avec le brun brûlé des merrains. Quand il se releva, toute bonne humeur s'était effacée de sa face poupine, et une moue chagrine faisait saillir sa lèvre inférieure. — C'est exactement le type de cerf que j'aime à tirer, prononça-t-il.

Mais les douze cornistes s'étaient rangés en arc de cercle, et, sur un signal de l'Oberforstmeister, ils sonnèrent l'hallali. Ce fut lui qui, tête nue, donna lecture solennelle des noms des chasseurs et des cerfs sacrifiés. Il conclut par quelques mots de remerciement et d'adieu. Les cors reprirent alors leur chant brumeux et rauque pour saluer la fin de cette journée, et Tiffauges, dissimulé dans l'ombre du cloître de bois, cherchait en lui les souvenirs qu'éveillait cette musique sauvage et plaintive. Il se retrouvait dans le préau de Saint-Christophe à l'écoute d'une rumeur de mort profonde et désespérée, puis à Neuilly dans sa vieille hotchkiss s'acharnant à capter un certain cri qu'il avait entendu par hasard, qu'il n'avait jamais pu retrouver depuis, mais qui l'avait percé comme d'un coup de lance. Il y avait des harmoniques dans la sonnerie de ce soir qui avaient une affinité indiscutable avec lui, mais c'était une parenté indirecte, latérale et comme artificielle. Pourtant il eut ce soir-là la certitude obscure qu'il entendrait plus tard ce chant de mort à l'état pur, et que ce ne serait pas pour des cerfs qu'il monterait de la vieille terre prussienne.

— C'est exactement le type de cerf que j'aime à tirer, répétait Göring avec une insistance menaçante.

Et comme il se trouvait face à face avec l'Oberforstmeister, il le saisit par les revers de sa veste et lui siffla au visage :

— Vous faites tuer les plus beaux sujets aux invités, et moi je dois me contenter des bêtes de deuxième garniture !

— Mais, monsieur le grand veneur, balbutia l'Oberforstmeister d'une voix blanche, le Feldmarschall von Brauchitsch est le chef suprême de la Wehrmacht !

— Imbécile, lui répondit Göring avant de le lâcher et de lui tourner le dos, je vous parle de cerfs! Or, des cerfs, il y en a de deux sortes : les *Reichsjägermeisterhirsche*, les miens! Et les autres! Tâchez d'apprendre à ne plus les confondre!

*

L'un des plus nobles Reichsjägermeisterhirsche était à coup sûr le *Candélabre* dont l'Oberforstmeister tenait la chronique presque mois par mois, et qui promettait de devenir le roi des hardes de Rominten. Un soir que Göring, emmitouflé comme un ours, piétinait lourdement dans la neige molle pour relever des traces de loups qu'on lui avait signalées, le Candélabre surgit, comme une apparition, dans un entrelacs de rameaux givrés. Sombre statue d'ébène, il portait haut sur son encolure musculeuse un buisson de vingt-quatre andouillers distribués aussi régulièrement que les nervures d'un cristal de glace. Il était grand et droit comme un arbre, un arbre vivant et respirant, aux oreilles dardées, aux yeux clairs comme des miroirs, qui faisait face aux trois hommes. Les bajoues du grand veneur se mirent à trembler.

— Le plus beau coup de fusil de ma carrière, le plus beau massacre que j'aie jamais vu!

Il avait refermé son fusil qu'il portait cassé sur son avant-bras, et il l'élevait lentement vers son épaule. Alors avec une autorité qui stupéfia Tiffauges, l'Oberforstmeister se mit en travers de ce désir fiévreux.

— Monsieur le grand veneur, lui dit-il d'une voix assez forte pour faire fuir irrémédiablement la bête, le Candélabre est le plus beau reproducteur de Rominten. Laissez-lui encore une saison. Il est l'avenir de notre réserve!

— Mais vous rendez-vous compte des risques que je prendrais? fulmina Göring. Il pèse au moins quatre cents livres et doit avoir vingt livres de bois sur la tête! Il peut se faire éventrer par un simple daguet, plus rapide et plus ardent. Et savez-vous comment seront ses bois après la mue?

— Encore plus beaux, monsieur le maréchal. Encore plus nobles, trente années de conservation forestière me le disent. Quant à sa vie, j'en réponds sur la mienne. Il ne lui arrivera rien !

— Laissez-moi le tirer, insista Göring en l'écartant d'une bourrade.

Mais quand il épaula enfin, le Candélabre avait disparu. Pas un bruit, pas un mouvement de branches ne trahissait sa fuite. On aurait dit que la haute futaie l'avait résorbé, comme son émanation vivante. La colère du grand veneur aurait eu des suites imprévisibles, si l'Oberforstmeister, prévoyant l'orage et connaissant la parade, ne s'était hâté avant la tombée de la nuit de le conduire à quelques kilomètres de là, dans une combe peuplée par de hautes bruyères et un fourré de petits coudriers presque impénétrable. Le grand veneur grogna un peu quand il fallut ramper sur le ventre pour franchir un roncier barbelé d'épines noires sur un terrain en pente qui descendait dans une espèce de cirque. Mais il eut le souffle coupé lorsqu'un ancien chaudron de laie lui permit de s'agenouiller et d'examiner le fond du ravin à la jumelle. Ils étaient une bonne trentaine, remisés flanc à flanc à l'abri du talus abrupt, et leur haleine montait en brume légère dans l'air glacé. L'alerte fut donnée avant le premier coup de fusil par une vieille biche brehaigne qui paraissait mener la harde. Les trois hommes étaient à bon vent, et le coteau avait dû répercuter un bruit, car la bête trompée fonça droit sur eux. La première balle qui stoppa un daguet de deux ans ne ralentit pas la ruée des bêtes qu'on voyait distinctement bondir par-dessus son corps. Le grand veneur épaulait, tirait, la douille s'éjectait et tombait en tournoyant à ses pieds. Il regardait, visait, tirait encore, avec des rires et des gloussements heureux. Frappé en plein poitrail, le dix-cors qui suitait la biche se cabra, puis bondit en avant pour s'écrouler enfin devant toute la harde. Alors seulement les bêtes parurent comprendre que la retraite leur était coupée. Elles s'arrêtèrent, le chef dressé, les oreilles arrondies, puis, comme un nouveau coup de feu fauchait un hère hirsute et dégingandé, elles firent demi-tour, et se ruèrent vers le fond du cirque. La fusillade reprit tandis que le troupeau, dans un grêlement affolé de sabots, se lançait à l'assaut du talus gelé et escarpé. Un grand cerf emporté par le poids de ses bois formidables bascula en arrière en essayant de franchir un abrupt, et retomba sur une biche en lui brisant l'échine. Rendus furieux par la panique, trois jeunes mâles se battaient sauvagement, tantôt cabrés et dansant sur place, tantôt cédant à reculons sous une poussée véhémente avec des bramements qu'on entendait à plusieurs kilomètres. Finalement, ils entrelaçèrent leurs bois si durement qu'ils moururent en grappe, sans pouvoir se désunir.

Lorsque la tuerie cessa, onze cerfs et quatre biches brehaignes fumaient dans leur sang. Il était bon que les femelles devenues impropres à la reproduction fussent abattues, car entrant en chaleur les premières, elles épuisaient inutilement les mâles. Mais le grand veneur ne s'intéressait qu'aux cerfs, et c'était merveille de le voir courir pesamment de l'un à l'autre en brandissant son vouge de chasse. Il écartait les cuisses chaudes du grand corps palpitant, et y plongeait les deux mains. La droite sciait vivement, la gauche fouillait les bourses fendues et recueillait les daintiers qui ressemblaient à des œufs de chair vive d'un rose opalescent. C'est que le cerf abattu doit être émasculé sans retard, sinon la viande s'emmusque et devient impropre à la consommation, croit-on communément.

Tiffauges accueillit comme elle le méritait cette explication évidemment incongrue, surtout dans un domaine, la vénerie, où tout est chiffre et rite immémorial. Il se demandait une fois de plus quelle pouvait être la clé du cerf et le secret de sa place apparemment démesurée dans le bestiaire de la Prusse-Orientale, en observant l'énorme croupe blanche que Göring, penché sur l'animal royal qu'il allait déshonorer, dressait vers le ciel. Comme s'il voulait répondre sur-le-champ à cette question muette, le maréchal se redressa et fit signe à ses compagnons de venir le rejoindre. La bête qui gisait à ses pieds était une « tête bizarre » dont les bois présentaient une asymétrie d'une laideur pénible. Tandis que le bois droit était celui d'un dix-cors jeunement avec un merrain qui portait six andouillers, dont trois groupés en trident au sommet formaient une empaumure de belle venue, le gauche atrophié, mince et de matière friable était celui d'un daguet de deux ans, simple tige droite, terminée par une amorce de fourche. Derechef agenouillé auprès du grand corps fauve, Göring faisait constater à l'un de ses invités qu'aux bois asymétriques répondait un état défectueux des daintiers : l'animal possédait un testicule normal, l'autre était atrophié. Or c'était le droit qui fuyait sous les doigts et formait sous le cuir des bourses un renflement à peine visible. Demeuré à l'écart avec Tiffauges, l'Oberforstmeister lui expliqua qu'une blessure quelconque — plomb de fusil, fil de fer barbelé, coup de dague — ou une malformation congénitale d'un testicule se traduit fatalement par quelque faiblesse ou extravagance du bois *du côté opposé*. Ainsi, non seulement les bois des cerfs n'étaient rien d'autre en somme que la floraison libre et triomphale des testicules, mais, obéissant à l'inversion qui accompagne classiquement les symboles intensément chargés de signification, l'image exaltée qu'ils en donnaient était retournée, et comme reflétée dans un miroir.

Que les bois fussent aussi littéralement d'essence phallique donnait à la chasse et à l'art de la vénerie un sens d'une inquiétante profondeur. Forcer un cerf, le tuer, l'émasculer, manger sa chair, lui voler ses bois pour s'en glorifier comme d'un trophée, telle était donc la geste en cinq actes de l'ogre de Rominten, sacrificateur officiel de l'Ange Phallophore. Il en existait un sixième, plus fondamental encore, que Tiffauges devait découvrir quelques mois plus tard.

*

L'Oberforstmeister l'avait laissé entendre à Tiffauges dans un moment d'exaspération : Göring n'était pas un *très grand* connaisseur de gibier. Il aurait été facile de trouver en Allemagne une bonne centaine de chasseurs ou de forestiers qui possédaient l'art et l'instinct de la chasse à un degré indiscutablement supérieur. Toutefois, la justice l'obligeait à une concession d'importance. Il y avait un domaine non négligeable où le Reichsmarschall manifestait une science et un don incomparables, c'était dans la lecture des *laissées* du gibier. S'agissant de déchiffrer tous les messages inscrits dans les déjections des bêtes, le grand veneur faisait preuve d'une pénétration et d'une expérience dont on était en droit de se demander où et quand il avait pu les acquérir, et si elles ne provenaient pas simplement du fond même de sa nature ogresse.

Tiffauges eut l'occasion de voir s'exercer cette vocation coprologique du maître de Rominten, notamment un matin de printemps où il n'y avait rien qu'on pût tirer sans enfreindre grossièrement la déontologie de la chasse, mais où l'état du terrain permettait un relevé particulièrement clair des laissées. Göring qui ne demandait qu'à faire étalage de son savoir ne s'intéressa bientôt plus qu'aux signatures apposées par les bêtes aux pieds des arbres, sous les taillis et dans les coulées les plus fréquentées.

Il montra ainsi que les *fumées* des cerfs sont à un seul aiguillon, lourdes, semées de distance en distance, alors que celles des biches sont à deux aiguillons, glaireuses, très noires et inégales. Dures et sèches en hiver, les herbes fraîches et les jeunes pousses du printemps les attendrissent jusqu'à leur donner l'aspect de bouses molles et aplaties. Puis l'été augmente leur compacité, les transforme en cylindres dorés dont l'une des bases est concave, l'autre convexe. En septembre, les éléments se nouent en chapelets. Quand les biches mettent bas, leurs fumées sont fréquemment ensanglantées. Enfin il faut savoir que les matières du soir sont plus dures et plus sèches, préparées par les longues ruminations de la journée, que celles du matin. Le Reichsmarschall ne se faisait pas faute d'éprouver entre le pouce et l'index la consistance de ses trouvailles, et même de les approcher de son nez pour en apprécier l'âge, car leur odeur devient aigre avec le temps.

Mais les moquettes des chevreuils — moulées à un seul aiguillon en hiver, en été agglomérées en grappes comme celles des moutons —, les laissées des sangliers — en forme de quilles l'hiver, de bousards inconsistants l'été —, les repaires des lièvres — secs et pointus, épars et noirâtres pour le bouquin, grosses sphères luisantes pour la hase —, les miroirs des bécasses — disques blancs ivoirés avec un point vert olive en leur centre —, les fientes des faisans, accumulées sous les perchers, celles du coq de bruyère, déposées sur les souches des sapins, et même, les modestes crottes des lapins lui paraissaient également intéressantes et dignes de commentaires.

Tiffauges ne pouvait s'empêcher de songer à Nestor et à ses séances de défécation nocturnes et glosées, en voyant le gros homme, tout cliquetant de décorations, courir d'arbre en arbre, de buisson en buisson avec des exclamations joyeuses, comme un enfant le matin de Pâques glanant des œufs en chocolat dans son jardin. Et, bien qu'il fût accoutumé de longue date aux ajustements que le destin formait à son intention, il admira que les hasards de la guerre et de la captivité eussent fait de lui le serviteur et le secret élève du deuxième personnage du Reich, expert en phallologie et en coprologie.

*

L'été vit arriver un invité hors série, un civil, petit, nerveux, disert, dont le grand nez supportait des lunettes aux verres épais. C'était le professeur Otto Essig dont la récente thèse de doctorat sur *La Mécanique symbolique à travers l'histoire de l'ancienne et de la nouvelle Germanie* soutenue à l'université de Göttingen avait été remarquée par Alfred Rosenberg. Le philosophe officiel du régime avait obtenu pour son protégé cette invitation à laquelle Göring qui ne pouvait souffrir les intellectuels n'avait consenti qu'avec répugnance. Tiffauges n'eut qu'une fois l'occasion de le voir durant le bref séjour qu'il fit à Rominten — et de surcroît il ne comprenait pas la moitié de ce qu'il disait car il parlait vite et savamment —, et il le regretta, car ce personnage drolatique et d'une maladresse qui ne connaissait ni trêve, ni relâche, semblait n'aborder que des sujets qui lui tenaient à cœur.

C'est ainsi qu'il l'entendit un soir discuter des différentes formules de mensuration des bois de cerfs — formule Nadler, formule de Prague, formule allemande, formule de Madrid — qu'il appliquait aux bois qu'on lui soumettait et dont il comparait les mérites respectifs avec une agilité d'esprit confondante. Tiffauges nota que la formule Nadler, la plus simple et la plus classique, additionne quatorze notes attribuées successivement à

— la longueur moyenne des deux merrains (coefficient 0,5)
— la longueur moyenne des deux andouillers de massacre (c. 0,25)
— la moyenne de la circonférence des deux meules (c. 1)
— la circonférence du merrain droit à sa base (c. 1)
— la circonférence du merrain droit à son sommet (c. 1)
— la circonférence du merrain gauche à sa base (c. 1)
— la circonférence du merrain gauche à son sommet (c. 1)
— le nombre des andouillers (c. 1)
— le poids des bois (c. 2)
— l'envergure des bois (de 0 à 3 points)
— la couleur des bois (de 0 à 2 points)
— la beauté des perlures (de 0 à 2 points)
— la beauté des empaumures (de 0 à 10 points)
— l'état des pointes (de 0 à 2 points).

La formule de Prague fait intervenir en outre la longueur moyenne des 2 chevillures et la beauté des surandouillers (de 0 à 2 points). Quant à la formule allemande, elle ne tient pas compte de cette dernière note, mais elle ajoute au total une note d'ensemble de 0 à 3.

Connaissant désormais le sens phallophorique des bois de cerf, Tiffauges s'émerveillait de cette arithmétique qui apportait précision et subtilité dans un domaine aussi secret. Les chasseurs, ayant tiré chacun de leur gousset un mètre à ruban dont ils ne paraissaient pas se départir, échangeaient des bois de mue et des massacres en se lançant des chiffres à la tête, rappelaient les mensurations fantastiques de tel ou tel cerf fameux qui avait fait sensation au cours de l'exposition internationale annuelle de Budapest, le Flambeau par exemple qui totalisait deux cent dix points Nadler, ou Osiris qui avec ses deux cent quarante-trois points Nadler n'était dépassé que de peu — et d'ailleurs sur des données discutables — par les deux cent quarante-huit points cinquante-cinq d'un cerf tué en Slavonie, la tête la plus imposante jamais vue de mémoire de veneur.

Le professeur Essig profita d'un silence pendant lequel chacun reprenait son souffle pour tenter d'esquisser une philosophie du bois de cerf. Il souligna d'abord que dans les trois formules de mensuration en présence intervenaient des éléments d'appréciation purement qualitatifs, concernant notamment la couleur, la beauté des perlures ou celle de l'empaumure, et, dans la formule de Prague, la beauté des surandouillers (et non pas leur longueur). C'est, affirmait-il, la part de l'être irréductible aux chiffres, celle de la réalité concrète qu'aucune mensuration ne saurait appréhender. En se plaçant du point de vue même des bêtes, maintenant, on constate que la signification des bois dépasse leur usage comme armes de combat. En effet la ramure d'un Hochkapitaler jugée sous un point de vue purement pratique ne peut être que condamnée, comme encombrante et malaisée. Mais si son poids et son volume en font une arme peu efficace dans la pratique, il n'en reste pas moins vrai qu'un vieux dix-cors mis à mal par un daguet est rarissime. C'est bien plutôt des chevreuils que vient le danger, car la fougue d'un jeune brocard ne recule pas devant la masse d'un grand cerf, et ses broches peuvent lui infliger des blessures irréparables. Il en va tout autrement pour les jeunes cerfs, et là on touche à la fonction essentielle des ramures les plus nobles : on dirait qu'elles inspirent une sorte de respect aux daguets. Ainsi ce qu'elles font perdre au vieux cerf en efficacité offensive, elles le lui rendent au centuple en rayonnement spirituel. Et s'inclinant dans la direction de Göring, il esquissa un parallèle entre les bois d'un cerf et le bâton d'un maréchal qui serait une bien médiocre arme de combat, mais qui le rend physiquement intouchable par la dignité qu'il lui confère. Ainsi, conclut-il, alors que la virilité génitale honteusement tapie au creux le plus bas et le plus reculé du corps, tire la bête vers la terre, la ramure, son expression sublimée et érigée en plein ciel, l'enveloppe d'un rayonnement qui en impose même à l'ardeur aveugle des plus jeunes.

Le petit professeur avait mis lui-même de l'ardeur dans son exposé, et il n'avait pas été sensible à la froideur qui l'avait accueilli. Il ne connaissait pas encore la haine qu'excitait dans cette société toute manière de penser et de dire qui s'écartait du rase-mottes. On parla du poids des bêtes, et singulièrement du rapport existant entre le poids vivant d'une bête et son poids net, ou de boucherie, c'est-à-dire celui des morceaux vendus à l'étal. Essig avait son idée sur le sujet, et il s'empressa d'exposer une formule qu'il avait mise au point. Pour avoir le poids net en partant du poids vif, il suffisait, expliqua-t-il, de prendre les 4/7 du poids vif, d'y ajouter la moitié de ce même poids et de diviser cette somme par deux. Le quotient est le poids net. Göring se fit répéter la formule, puis sortit un stylomine en or et fit un rapide calcul sur une boîte de cigarettes.

— Ainsi, monsieur le professeur, conclut-il, moi qui pèse cent vingt-sept kilos vif, je ferais tout au plus soixante-huit kilos à l'étal. Je ne sais pas si je dois trouver cela humiliant ou réconfortant!

Et il éclata d'un rire bon enfant en se tapant sur les cuisses. Les invités l'imitèrent, mais il y avait dans leur rire une nuance de scandale et donc de réprobation à l'égard du petit professeur. Celui-ci en eut conscience, et voulut faire front de toute sa verve. On parlait « élans », et il crut à propos de rapporter une anecdote qui se situait en Suède où chaque année le roi Gustave V continuait à présider la grande chasse à l'élan, malgré ses quatre-vingt-deux ans. On avertissait discrètement les invités que Sa Majesté ayant la vue basse, il était prudent, si l'on se trouvait à sa proximité au cours de la battue, de crier du plus loin qu'on l'apercevait : « Je ne suis pas l'élan! » C'est bien ce que fit un invité de marque à la fin de la chasse, mais à sa grande horreur, il vit aussitôt le vieux monarque épauler et tirer dans sa direction. Blessé légèrement, emporté sur une civière, il eut la possibilité après l'hallali de s'en expliquer avec le roi. Celui-ci lui fit ses excuses. « Mais, sire, s'étonna le blessé, quand j'ai vu Votre Majesté, j'ai crié pourtant *Je ne suis pas l'élan!* Et il m'a semblé que c'est en m'entendant que Votre Majesté a tiré dans ma direction! » Le roi réfléchit un moment. Puis il lui expliqua : « Voyez-vous, mon ami, il faut m'excuser. Je n'ai plus l'oreille bien fine. Oui, je vous ai entendu crier. Mais j'ai compris *Je suis l'élan.* Alors naturellement, j'ai tiré! »

L'impair était catastrophique. Göring entretenait le culte de sa première femme, la Suédoise Karin, morte en 1931 et enterrée sous sa somptueuse demeure de Karinhall qui n'était en somme qu'un mausolée. Dès lors, tout ce qui touchait la Suède était sacré, et l'anecdote du petit professeur qui tournait en dérision Gustave V tomba dans un silence consterné. Le grand veneur se leva et gagna ses appartements sans un mot à Essig. Il ne devait pas le revoir, car il avait une conférence le lendemain à Rastenburg, et lorsqu'il prit la route, le professeur était depuis deux heures dans les taillis d'Erbershagen, à la limite orientale de la Réserve, avec un Forstmeister qui devait lui faire tirer un cerf, le plus vieux, le plus malade, la tête la plus bizarre de tout Rominten, avait recommandé Göring.

On ne put jamais éclaircir tout à fait les circonstances d'un incident qui fit ce matin-là l'effet d'un tremblement de terre sur la petite colonie forestière. La « tête bizarre » destinée au petit professeur, dont le Forstmeister avait fait le pied la veille, se trouva bien au rendez-vous où se rendirent les deux hommes en voiture de chasse, alors que l'aube commençait à peine à faire rosir le sommet des sapins. Elle se présenta même avec une bonne volonté touchante en bordure d'une petite clairière, dans la ligne de mire des chasseurs juchés à une trentaine de mètres à peine sur un mirador, construit à la lisière des arbres. Le Forstmeister, assez fier de lui et soulagé de voir sa mission si vite et si heureusement terminée, fit signe à son « client » qu'il pouvait tirer. Le professeur épaula et visa si longtemps que le Forstmeister commençait à craindre que la bête ne disparût dans le gaulis. Enfin le coup partit. Le cerf chuta avec violence, comme projeté au sol, mais il se releva avec une vivacité qui excluait toute atteinte grave. En effet les deux hommes purent constater que la charge de chevrotines n'avait eu pour effet que de pulvériser l'unique bois — au demeurant défectueux et fluet — que possédait l'animal. Déboisé, sans plus de dignité qu'un âne maigre, de surcroît à demi assommé encore par le choc, il demeurait sur place, ahuri, la tête tournée dans la direction du mirador.

— Vite monsieur le professeur, tirez-le avant qu'il ne s'enfuie! suppliait le Fortsmeister accablé de honte pour son client.

Ce fut alors une fusillade ininterrompue qui révolutionna tout le district. Des gerbes d'humus mêlées de feuilles mortes volaient, des branches sectionnées s'écroulaient, des troncs étalaient soudain des plaies écuissées. Seul le cerf-mulet paraissait échapper à la mitraille. Il s'engagea au petit trot sous les premiers arbustes de la lisière, et il avait disparu depuis plusieurs secondes que la fusillade continuait à faire rage. Le Forstmeister s'était levé et se secouait pour se réchauffer.

— Après tout ce bruit, dit-il lugubrement, c'est bien fini pour ce matin. Il n'y a plus qu'à rentrer bredouille. Ce soir, nous aurons droit au Rubbeljack, ajouta-t-il en souriant laborieusement pour tenter de masquer sa mauvaise humeur.

C'était une brimade de chasseurs très en faveur en Prusse-Orientale, qui consistait à faire boire à la victime, par le bout du canon d'un fusil — qui ne devait pas avoir été nettoyé — un mélange de schnaps et de poivre blanc versé à l'aide d'un entonnoir par la culasse.

Le Forstmeister piétinait avec impatience dans l'herbe mouillée en attendant le professeur qui s'attardait inexplicablement au sommet du mirador. Il se contenta de hausser les épaules quand il l'entendit s'écrier : « Je revois le cerf! Là-bas dans la trouée des hêtres! Il est au moins à cinq cents mètres! Je le tire à balle! »

Il y eut un dernier coup de feu. Puis un silence, et à nouveau la voix du professeur qui avait troqué son fusil contre une paire de jumelles.

— Venez donc voir, Forstmeister, je crois bien que je l'ai eu.

C'était de l'extravagance, mais le Forstmeister soupira et rejoignit poliment son invité sur le mirador. Effectivement, on distinguait à la jumelle le corps d'une bête couchée dans le couloir qui s'ouvrait à travers une hêtraie jusqu'à l'horizon. La distance était énorme et aurait dû mettre la bête hors de portée du plus fin tireur. Pourtant il y avait une tache, plus sombre à vrai dire que la robe fauve du cerf sur lequel le professeur avait vidé sa cartouchière.

Ils se rendirent à pied dans le bois de hêtres. Le cerf paraissait dormir, la tête sagement posée sur les pattes de devant, la ramure dressée en magnifique buisson d'ivoire sombre. Le corps puissant et ramassé semblait sculpté dans l'ébène. Il était encore tiède. La balle l'avait frappé en plein corsage.

Le Forstmeister se sentit défaillir. Du premier coup d'œil, il avait reconnu le Candélabre, le Hochkapitaler n° 1 de Rominten que tous les forestiers avaient mission impérative d'entourer de leurs soins et de leur protection. Et cet imbécile de Essig qui oubliait toute dignité et mimait autour de la dépouille vénérable une danse du scalp accompagnée de hululements! Pourtant la consigne était formelle : les invités du grand veneur étaient sacrés pour tout le personnel de la Réserve. Quel que fût son démérite, Essig ne devait pas soupçonner la gravité de son crime. On lui fit donc fête lorsqu'il rentra au Jägerhof exultant de fierté, une fête de sourires crispés et de *Weidmannsheil!* criés par des gorges étranglées que des flots de champagne ne parvinrent pas à desserrer.

— Voyez-vous, répétait-il à tout venant, la chevrotine n'est pas mon affaire. Je suis un tireur à balles!

Et il se désolait que le grand veneur fût justement absent, et ne pût se réjouir avec lui. Göring devait rentrer le lendemain soir, tard dans la nuit sans doute, mais tout le monde jura au petit professeur qu'on ne le reverrait pas avant une semaine. Toute la nuit, on travailla à lui préparer son trophée, et on l'expédia le lendemain matin, un peu surpris tout de même par tant de hâte, mais radieux, entourant de précautions amoureuses le massacre le plus lourd et le plus harmonieux — il faisait deux cent quarante points Nadler — de la chronique de Rominten.

Göring n'arriva qu'au milieu de la nuit. Le lendemain matin à dix heures, il était attablé devant un petit déjeuner où les terrines de lièvre, les confits d'oie sauvage, le marcassin mariné et la croustade de chevreuil équilibraient harmonieusement le saumon fumé, le hareng de la Baltique et la truite en gelée, quand l'Oberforstmeister se présenta en grand uniforme, le visage figé dans un chagrin virilement maîtrisé. Le spectacle du gros homme drapé dans une robe de chambre de brocart, ses petits pieds cambrés dans des pantoufles de loutre, trônant au milieu de cette débandade de victuailles, lui fit perdre un instant sa contenance.

— J'ai appris une bonne nouvelle ce matin, l'attaqua immédiatement Göring. Le petit professeur est parti hier. Vous l'avez joliment expédié. Il a tiré un cerf?

— Oui, monsieur le grand veneur.

— Une tête bizarre, un mulet fourbu, une vieille bique malade, comme je l'ai ordonné?

— Non, monsieur le grand veneur. Le professeur Otto Essig, de l'université de Göttingen, a tué le Candélabre.

Le bruit de la vaisselle, des plats et des verres balayés avec la nappe et les couverts, croulant et éclatant sur les dalles, fit accourir le maître d'hôtel. Göring, les yeux fermés, tenait tendues devant lui, comme un aveugle, ses deux mains boudinées, surchargées de gourmettes et de bagues.

— Joachim, murmura-t-il d'une voix blanche, vite, le cratère!

Le maître d'hôtel disparut en hâte, et revint en portant une vaste coupe d'onyx qu'il posa devant le Reichsmarschall. Elle était pleine de pierres précieuses et fines, et Göring y plongea avidement les mains. Puis, sans rouvrir les yeux, il pétrit lentement le mélange de grenats, d'opales, d'aigues-marines, de tourmalines, de jade et d'ambre dont on l'avait convaincu qu'il avait le pouvoir, en déchargeant l'électricité accumulée dans son corps, de calmer ses nerfs et de lui rendre sa sérénité. Toujours en proie à ses tentations de morphinomane, il affectionnait ce remède à ses angoisses qui avait l'avantage d'être inoffensif, et s'accordait à son amour du faste.

— Apportez-moi le massacre, ordonna-t-il.

— Le professeur l'a emporté hier. Il n'a pas voulu s'en séparer, balbutia l'Oberforstmeister.

Göring rouvrit les yeux, et l'observa avec une lueur de ruse dans le regard.

— Vous avez bien fait. Il valait mieux pour vous tous ici que je ne le voie pas. Le Candélabre! Le Roi des hardes de Rominten! Mais comment a-t-il pu, ce déchet d'humanité! explosa-t-il.

Alors l'Oberforstmeister dut raconter l'incroyable chasse du professeur Essig, la mitraillade du vieux cerf honteusement déboisé, le découragement du Forstmeister, et cette dernière balle, tirée au jugé, à une distance démesurée, et la présence inexplicable du Candélabre dans ce district oriental de la Réserve. Un pareil concours de circonstances, toutes improbables, ressemblait tant à un décret du destin que Göring se tut, accablé, sourdement inquiet, comme confronté soudain au mystère des choses.

*

Dès la fin de l'été 1942, il ne fut plus question parmi les gens de Rominten que de la grande chasse que projetait Erich Koch, le Gauleiter de Prusse-Orientale, sur les trois districts des lacs mazuriques que le grand veneur lui avait concédés à titre de chasse privée. Il s'agissait d'une battue au lièvre de très vaste envergure, puisqu'on prévoyait trois mille rabatteurs dont cinq cents à cheval. Tout l'état-major de Rastenburg et les grosses têtes locales seraient de la fête que terminerait le couronnement d'un roi de la chasse.

Un soir, l'Oberforstmeister revint de Trakehnen en menant au cul de sa charrette anglaise un hongre noir gigantesque, bosselé de muscles, chevelu et fessu comme une femme.

— C'est pour vous, expliqua-t-il à Tiffauges. Il y a longtemps que je voulais vous mettre en selle. La grande battue du Gauleiter est une bonne occasion. Mais quelle peine j'ai eue à vous trouver une bête à votre poids ! C'est un demi-sang de quatre ans épaissi par un apport ardennais, mais dont le chanfrein busqué et la robe d'ébène moirée se souviennent de ses origines barbes, malgré sa taille. Il doit peser ses mille deux cents livres et fait au moins un mètre quatre-vingts au garrot. Au fond, c'est le type du carrossier de la grande époque. Il ne risque pas de s'envoler, mais il pourrait en porter trois comme vous. Je l'ai essayé. Il ne dérobe pas sur l'obstacle, et ne craint ni les rivières ni les ronciers. Il est un peu dur de la bouche, mais au galop, c'est un char d'assaut.

Tiffauges prit possession de son cheval avec une émotion où les élans de son cœur solitaire se mêlaient au pressentiment des grandes choses qu'ils accompliraient ensemble. Chaque matin, il se rendait désormais à un kilomètre de là, chez le vieux Pressmar, un ancien maître d'équipage impérial, dont la propriété comprenait une assez vaste écurie, une forge et un manège couvert. C'était là qu'on avait installé son grand cheval. Sous la direction de Pressmar, heureux d'exercer la vocation pédagogique propre à tout homme de cheval, il apprenait à soigner sa bête et à la monter. La joie qu'il trouvait dans la proximité de ce grand corps naïf et chaud qu'il bouchonnait, étrillait et brossait, lui rappela d'abord les pigeons du Rhin et les heures de bonheur douillet qu'il avait passées dans le pigeonnier. Mais il comprit bientôt que cette réminiscence était superficielle, et reposait sur un malentendu. En vérité, frottant et lustrant la robe de sa monture, c'était les modestes satisfactions du cirage de ses brodequins et de ses bottes qu'il retrouvait, mais élevées à une puissance incomparable. Car si les pigeons du Rhin avaient été ses conquêtes, puis ses enfants chéris, c'était lui-même au fond qu'il pansait en consacrant tous ses soins à son cheval. Et ce fut pour lui une révélation que cette réconciliation avec lui-même, ce goût pour son propre corps, cette tendresse encore vague pour un homme appelé Abel Tiffauges qui lui venait à travers le hongre géant de Trakehnen. Un matin que le cheval était touché par un rayon de soleil tombant à contre-jour, il s'avisa que son poil d'un noir de jais présentait des moires bleutées en forme d'auréoles concentriques. Ce barbe était ainsi un *barbe bleu*, et le nom qu'il convenait de lui donner s'imposait de lui-même.

Les leçons d'équitation de Pressmar furent d'abord aussi simples qu'éprouvantes. Le cheval était sellé, mais privé d'étriers. Tiffauges devait se hisser en selle d'un coup de rein, et ensuite commençait dans le manège une séance de tape-cul à petit trot, seule capable, à condition qu'elle fût suffisamment prolongée, d'assurer une assiette correcte au cavalier novice, affirmait le maître d'équipage, mais dont le cavalier sortait courbatu, brisé et le périnée à vif.

Au début, Pressmar observait son élève sans désemparer, avec un air de blâme, et les rares observations qu'il émettait étaient dépourvues d'aménité. Le cavalier se penchait en avant, contracté, les pieds en arrière. Il allait chuter, et il ne l'aurait pas volé! Il fallait au contraire s'asseoir en arrière, les fesses rentrées, les pieds en avant, et corriger cette attitude par une voussure du dos et des épaules. Sans se laisser rebuter par ce traitement revêche, Tiffauges n'en considérait pas moins Pressmar comme un redoutable crustacé, muré à tout jamais dans un univers étroit et moribond dont il était de surcroît incapable d'exploiter les ressources. Il changea d'avis le jour où, enfermé avec lui dans la sellerie, il l'entendit exposer la *vérité* du cheval, et vit ce survivant d'un autre temps devenir soudain intelligent, s'animer, trouver pour s'exprimer des paroles justes et colorées. Posé sur un haut tabouret, ses maigres cuisses croisées l'une sur l'autre, la botte battant l'air, le monocle vissé dans l'œil, le maître d'équipage de Guillaume II commença par poser en principe que le cheval et le cavalier étant des êtres vivants, aucune logique, aucune méthode ne peuvent remplacer la secrète sympathie qui doit les unir, et qui suppose chez le cavalier cette vertu cardinale, *le tact équestre*.

Puis, après un silence destiné à donner toute leur valeur à

ces deux mots, il enchaîna par des considérations sur le dressage, que Tiffauges écouta passionnément, parce qu'elles tournaient autour du poids du cavalier et de sa répercussion sur l'équilibre du cheval, et avaient ainsi une portée phorique évidente.

— Le dressage, commença Pressmar, est une entreprise incomparablement plus belle et plus subtile qu'on ne croit communément. Le dressage consiste pour l'essentiel à restituer à l'animal son allure et son équilibre naturels, compromis par le poids du cavalier.

« Comparez en effet la dynamique du cheval et celle du cerf par exemple. Vous verrez que toute la force du cerf est dans ses épaules et dans son encolure. Au contraire, toute la force du cheval est dans sa croupe. Et les épaules du cheval sont fines et effacées, tandis que la croupe du cerf est maigre et fuyante. Il est vrai d'ailleurs que l'arme du cheval est la ruade qui part de la croupe, alors que celle du cerf est le coup d'andouiller qui part de l'encolure. Lorsqu'il se déplace, le cerf se tire en avant. C'est une traction avant. Le cheval à l'inverse se pousse de derrière avec sa croupe. En vérité, le cheval est une croupe avec des organes par-devant qui la complètent.

« Or que se passe-t-il quand un cavalier enfourche sa monture ? Regardez bien sa position : il est assis beaucoup plus près des épaules du cheval que de sa croupe. En fait les deux tiers de son poids sont portés par les épaules du cheval qui sont justement, comme je l'ai dit, faibles et légères. Les épaules ainsi surchargées se contractent, et leur raidissement gagne l'encolure, la tête, la bouche, cette bouche dont la douceur, la souplesse, la sensibilité font toute la valeur du cheval de selle. Le cavalier a entre les mains un animal déséquilibré et contracté qui n'obéit plus que grossièrement à ses aides.

« C'est alors qu'intervient le dressage. Il consiste à amener progressivement le cheval à reporter autant que possible le poids du cavalier sur sa croupe, afin de soulager les épaules. Et pour cela à s'asseoir davantage sur ses membres postérieurs, à les engager sous lui aussi loin que possible en avant, bref, pour employer une comparaison dont il ne faudrait pas abuser, à prendre modèle sur le kangourou dont tout le poids repose sur les membres inférieurs, tandis que les pattes de devant demeurent libres. Par divers exercices, le dressage s'efforce de faire oublier au cheval le poids parasitaire du cavalier, et de lui rendre son naturel en poussant l'artifice jusqu'à son point de perfection. Il justifie une anomalie en instaurant une organisation nouvelle où elle trouve sa place.

« Ainsi l'équitation qui est l'art de régir les forces musculaires du cheval consiste principalement à s'assurer la maîtrise de sa croupe où elles sont rassemblées. Les hanches doivent dévier sous la plus légère pression du talon, les masses fessières doivent avoir cette flexibilité moelleuse qui leur donne la diligence dont dépend tout le reste. »

Et le grand maître d'équipage, debout, cambré, le regard torve dirigé sur sa propre croupe — combien osseuse et effacée! —, ses jambes arquées serrant les flancs d'un cheval imaginaire, virevoltait dans la pièce, en fouettant le vide avec sa cravache.

Pour abstraites et subtiles qu'elles fussent, les considérations de Pressmar sur l'opposition du cerf et du cheval trouvaient une illustration dans les quêtes et les rabats que Tiffauges effectuaient désormais avec Barbe-Bleue. En l'absence de chiens — toujours proscrits par Göring — il semblait même que le cheval, ayant compris à la longue ce qu'on attendait de lui, flairait les voies et repérait les abattures des cerfs avec une ardeur de limier, comme si ces deux natures antagonistes devaient fatalement se combattre.

Un soir qu'il s'attardait dans l'ombre dorée de l'écurie où flottait l'odeur sucrée du purin, en regardant les croupes luisantes onduler de stalle en stalle, il vit la queue de Barbe-Bleue se dresser, légèrement de biais, en sa racine, découvrant l'anus, bien maronné, petit, saillant, dur, hermétiquement fermé et plissé en son centre, comme une bourse à coulants. Et aussitôt la bourse s'extériorisa, avec la vitesse d'un bouton de rose filmé en accéléré, se retourna comme un gant, déployant au-dehors une corolle rose et humide, du centre de laquelle il vit éclore des balles de crottin toutes neuves, admirablement moulées et vernissées, qui roulèrent une à une dans la paille sans se briser. Un tel degré de perfection dans l'acte défécatoire parut à Tiffauges la suprême justification des théories de Pressmar. Tout le cheval est dans sa croupe, certes, et celle-ci fait de lui le Génie de la Défécation, l'Ange Anal, et d'Oméga, la clé de son essence.

Il s'expliquait du même coup l'ancestrale fascination exercée par le cheval sur l'homme, et la prégnance du couple que forment le cavalier et sa monture. A la croupe géante et généreuse du cheval, le cavalier superpose, avec une insistance têtue, sa petite croupe stérile et flasque. Il espère vaguement que par une sorte de contagion quelque chose du rayonnement de l'Ange Anal viendra bénir ses propres déjections. Mais son espérance est déçue : elles demeurent irrégulières, capricieuses, tantôt arides, tantôt incontinentes et limoneuses, mais toujours nauséabondes. Seule une identification complète de l'arrière-main du cheval et de celle de l'homme permettrait à ce dernier de s'approprier les organes mêmes qui assurent la défécation chevaline. C'est le sens du *Centaure* qui nous montre l'homme charnellement fondu dans l'Ange Anal, la croupe du cavalier ne faisant plus qu'une avec celle de la bête, et moulant dans la joie ses pommes d'or parfumées.

Quant au rôle primordial du cheval dans la chasse au cerf, son sens devenait bien évident. C'était la persécution de l'Ange Phallophore par l'Ange Anal, le pourchas et la mise à mort d'Alpha par Oméga. Et Tiffauges s'émerveillait de retrouver une fois de plus à l'œuvre l'étonnante inversion qui dans ce jeu meurtrier faisait de la bête fuyarde et fessue un principe agressif et exterminateur, et dans le roi des forêts, à la virilité épanouie en buisson capital, une proie forcée, pleurant vainement sa merci.

*

Au mois de septembre, la grande offensive qui promettait d'investir et de faire tomber Stalingrad obligea Erich Koch à remettre sa chasse. Puis des gelées précoces mirent fin à un automne trop doux, et, avec les premières neiges, chacun put croire que la vie allait une fois encore s'assoupir dans le calme hivernal. C'est alors que la chasse fut fixée au début de décembre et que les préparatifs en furent repris. On dut les interrompre cependant, car Göring, principal invité de la fête, fut envoyé à cette date en Italie pour tenter d'insuffler une ardeur nouvelle à l'alliée chancelante. Finalement, la grande chasse au lièvre du Gauleiter Erich Koch eut lieu le 30 janvier.

Dès le 25, Tiffauges prit la route avec les premiers contingents des cinq cents rabatteurs montés. Le centre de ralliement était la petite ville d'Arys à une centaine de kilomètres au sud, au milieu des lacs mazuriques. Ils y arrivèrent en trois jours. On les avait munis de billets de logement chez les habitants ayant des écuries pour les chevaux. Tiffauges, habillé et chaussé de neuf, goûta la circonstance qui lui faisait réquisitionner une chambre chez le civil, comme en pays conquis. L'Allemand était-il toujours vainqueur, le Français était-il encore prisonnier? Il en doutait lorsqu'il faisait sonner ses bottes sur les trottoirs où des files de ménagères emmitouflées de hardes informes s'étiraient devant des magasins aux vitrines vides. On le servait à table avec respect, et il pérorait, entourant ses origines de mystères que son accent welsch et ses relations indiscutables avec l'Homme de Fer rendaient impénétrables.

Mais la véritable source de la force nouvelle et de la jeunesse conquérante qui bouillaient en lui, c'était Barbe-Bleue, ce frère géant qu'il sentait vivre entre ses cuisses, et qui le haussait au-dessus de la terre et des hommes. Parfois, au cours de la longue chevauchée qui l'avait amené jusqu'en Mazurie, pour reposer ses reins, il se laissait aller en arrière sur la croupe du cheval, et il regardait le ciel pur et pâle se balancer au-dessus de son visage, en sentant sous ses omoplates la houle musculeuse des fesses en travail. Ou au contraire, il se penchait en avant, entourant de ses bras l'encolure de Barbe-Bleue, et posait sa joue sur la crinière luisante et moirée. Alors qu'il traversait la place d'un village encombré par un marché, le cheval s'arrêta soudain au plus épais de la foule. Tiffauges se sentit soulevé par un arc-boutement de l'échine, et il entendit une cataracte crépiter sur le macadam. Éclaboussés par le purin, les gens s'écartaient précipitamment en riant ou en grommelant, et le Français, impassible, enveloppé par les vapeurs mielleuses qui montaient sous lui, avait l'impression enivrante que c'était lui — et personne d'autre — qui se soulageait superbement, à la face des manants de son royaume.

Le rôle qu'on lui assigna dans le déroulement de la chasse fut moins glorieux. Les rabatteurs à pied ratissaient les sous-bois et le terrain accidenté. On avait logiquement confié aux cavaliers la plaine et les guérets. Le territoire ainsi battu couvrait près de quatre cents hectares, et englobait plusieurs lacs. Il ne s'agissait pas d'un fermé — on n'utilisait ni panneaux, ni banderoles, ni filets — mais d'un « rond de lièvres », les rabatteurs et les chasseurs partant par deux — l'un à droite, l'autre à gauche, toutes les trois minutes, pour rallier un même point par deux voies différentes. Les hommes formaient ainsi un immense demi-cercle dont les extrémités se rapprochaient pour se refermer finalement en un anneau de plus en plus réduit. Sur un signal donné, les chasseurs — trop proches les uns des autres — cessèrent de tirer à l'intérieur du cercle, et ne tirèrent plus qu'au-dehors.

De toutes les tueries auxquelles Tiffauges avait assisté, ce fut la plus cruelle et la plus monotone. Les lièvres débusqués partaient comme des flèches, mais leur élan se brisait lorsqu'ils croisaient d'autres bêtes fuyant en sens inverse. Déconcertés, ils crochetaient en désordre, et la beauté de leur trajectoire naturelle avec ses gammes de hourvaris, de forlongés, de changes et de doubles voies se noyait dans une panique qu'augmentait la fusillade. La dernière image que Tiffauges emporta de cette journée fut celle d'un immense tapis de fourrure fauve et blanc, formé par les corps juxtaposés des douze cents lièvres du tableau de chasse. Seul au milieu de ce tendre cimetière, Göring — couronné roi de la chasse avec deux cents lièvres à son actif — prenait la pose devant son photographe officiel, le ventre bombé, le bâton de maréchal levé dans la main droite.

Le lendemain matin, toute la presse allemande, encadrée de noir, annonçait la capitulation à Stalingrad du maréchal von Paulus avec vingt-quatre généraux et les cent mille survivants de la VIᵉ armée.

★

Fort de sa feuille de route qui lui laissait une certaine latitude pour regagner Rominten, Tiffauges évita la voie directe par Lyck et Treuburg, et s'enfonça au nord à travers cette Mazurie qui est la région la plus austère et la plus chargée d'histoire de toute la Prusse-Orientale. Il semblait que sur cette lande désolée, crevée de fondrières où végétaient de maigres bouquets d'aulnes, soulevée çà et là par des blocs erratiques sous lesquels les Sudaviens — les derniers Slaves qui luttèrent contre la pénétration allemande — enterraient leurs morts, continuait à peser la malédiction des luttes qui la gorgèrent de sang pendant mille ans. Depuis l'ultime résistance du vieux Stardo contre les chevaliers teutoniques jusqu'aux victoires remportées par Hindenburg sur les soldats de Rennenkampf, en passant par la bataille de Tannenberg où Jagellon écrasa les Blancs-Manteaux et les Porte-Glaive, cette terre n'était qu'un vaste ossuaire hérissé de fortifications en ruine et d'étendards hachés par la mitraille.

Franchissant l'étroite langue de terre qui sépare le lac de Spirding du lac de Tirklo, il poursuivit jusqu'au village de Drosselwalde. Il était porté en avant par un pressentiment grave et joyeux qui lui donnait l'assurance qu'un but inconnu, mais d'une importance décisive pour lui, se trouvait au bout de ses pas. Depuis Stalingrad, le halètement sourd de la grande machine à faire l'histoire ébranlait à nouveau les profondeurs du sol. Tiffauges se sentait pris en main, orienté, commandé, et il obéissait avec un sombre bonheur. Il traversa un hameau au nom magnifiquement étrange — Schlangenfliess, Toison de Serpent —, et ce fut le choc.

Sur un tertre de blocaille morainique qui semblait gigantesque dans ce pays plat, Kaltenborn dressait sa silhouette massive et tabulaire. Venant de Schlangenfliess, Tiffauges ne voyait que la face sud de la forteresse, celle qui couronnait le promontoire bordé d'abrupts. L'enceinte épousait le profil du tertre, et s'achevait en proue de navire sur une énorme tour, haute construction de pierres rouillées, couronnée de machicoulis, qui offrait au vide l'arête d'un éperon de renforcement. Mais il distinguait derrière la muraille, flanquée à intervalles réguliers de lourds contreforts et cantonnée de tours en forte saillie, tout un fouillis de clochetons, guettes, cheminées, pignons, campaniles, terrasses, girouettes et faîtages, auquel une profusion d'étendards et d'oriflammes prêtait un air vif et triomphal. Il avait la certitude amère et exaltante que, tassée derrière ces hauts murs, se cachait une vie organisée d'autant plus intense qu'elle était plus recluse.

Il poussa son cheval dans le chemin qui montait en lacets vers le château. La façade nord qui lui apparut au sommet était précédée d'une vaste esplanade formant glacis où un vieil homme en casquette à pont balayait la neige. Les étroites embrasures qui perçaient régulièrement l'enceinte n'en égayaient pas la monotonie rébarbative, pas davantage que les deux tours rondes aux toits pointus et obtus qui écrasaient de leur masse l'entrée étranglée, défendue par des assommoirs. C'était une citadelle rude, sans grâce, aux teintes rougeâtres et noires, arme de guerre, conçue et construite par des hommes indifférents à la joie et à la beauté. Contrastant avec cet abord brutal et triste, l'intérieur confirmait cette vigueur juvénile et allègre que Tiffauges avait cru sentir palpiter derrière les vieilles murailles. Des toitures aux tuiles vernissées multicolores s'inclinaient sur des terrasses où luisaient des armes modernes; des faisceaux d'étendards rouges à croix gammées claquaient dans le vent du nord, où l'oreille cueillait par moments l'éclat d'une trompette ou l'écho d'une chanson.

Tiffauges échangea quelques mots avec le balayeur, puis il lui demanda de bien vouloir surveiller Barbe-Bleue qu'il attacha à un arbre, et, faute de pouvoir entrer, il entreprit de longer le pied des murailles, au moins jusqu'à l'éperon de la plus grosse tour qu'il avait vu d'en bas. Ce n'était pas une promenade facile, car si un étroit sentier serpentait le long de l'enceinte, il était fréquemment coupé par des avancées de roche ou de maçonnerie, et il fallait descendre à flanc de montagne et remonter, lorsque l'obstacle était contourné. Il n'aurait pu préciser ce qu'il voulait, si ce n'était qu'il attendait une approbation, une confirmation, une sanction, quelque chose enfin qui ressemblât à la signature du destin, et comme un poinçon authentiquant la vocation tiffaugéenne de Kaltenborn. Il trouva ce qu'il cherchait à la base même de l'éperon de la grosse tour, mais il dut pour y parvenir se couler dans un fourré de ronces, de sureau, de viorne et de saxifrage que des lianes de lierre tombant de la paroi de pierre rendaient plus impénétrable encore. Ce n'était pas assez. Parvenu au pied de l'arête vive de l'éperon, il fallut encore qu'il enlevât à pleines mains la neige molle qui s'y était accumulée. Mais peu à peu, la réponse de Kaltenborn émergea à ses yeux : en cet endroit, l'éperon était creusé comme par une niche, et la maçonnerie en surplomb prenait appui sur les épaules d'un Atlante de bronze. Tordu et grimaçant sous le poids qui l'accablait, le noir colosse était accroupi, les genoux remontés jusqu'à la barbe, la nuque ployée à angle droit, les bras levés et scellés dans la pierre. La facture était médiocre et sentait l'académisme grandiloquent du dernier Kaiser allemand. Nul doute que cette figure ait été ajoutée récemment sous la grosse tour qu'elle paraissait porter, et toute la forteresse avec elle. Mais son ensevelissement sous la végétation et sous la neige, et son exhumation par Tiffauges prouvaient assez aux yeux du Français que le titan n'avait été incrusté dans le flanc de Kaltenborn qu'à son intention.

Redescendu à Schlangenfliess, il s'attabla dans l'auberge du village, à l'enseigne des *Trois Épées*, où devant une cruche de bière il compléta, grâce à l'aubergiste, ce qu'il voulait savoir du château et de son propriétaire.

La fierté des grandes familles est-prussiennes, c'était de trouver leurs origines parmi les chevaliers teutoniques qui avaient reçu des mains de l'empereur Frédéric II et du pape Grégoire IX cette lointaine province païenne afin qu'ils la convertissent. L'entreprise généalogique à laquelle se consacrait pieusement chaque famille de Junker trouvait son piment dans le fait que les chevaliers teutoniques étant moines, et soumis comme tels au vœu de chasteté, ne pouvaient logiquement avoir de descendance. Mais les ambitions des comtes de Kaltenborn étaient plus hautes encore, puisqu'ils prétendaient remonter jusqu'aux chevaliers Porte-Glaive, plus anciens et plus audacieux conquérants que les Teutoniques. Communauté religieuse fondée en 1197 par Albert d'Apeldom, membre de l'université de Brême, les Porte-Glaive devinrent un ordre militaire par la volonté d'Albert de Buxhöwden, évêque de Riga, qui leur donna pour insignes deux épées de drap rouge posées sur le côté gauche de leur habit blanc. Les chevaliers du Christ des Deux Épées en Livonie — telle était leur appellation complète — conquirent, trente ans avant l'arrivée des Teutoniques en Prusse, la Livonie, la Courlande et l'Estonie. Mais affaiblis par une lutte sans relâche contre les Lituaniens et les Russes, ils députèrent vers les Teutoniques pour demander la fusion. Celle-ci fut ratifiée par le pape en 1236, et consacrée à Viterbe en présence du Grand Maître teutonique, Hermann von Salza. Bien qu'ils fussent demeurés un ordre militaire autonome et qu'ils eussent conservé un Landmeister pour la Livonie, les Porte-Glaive mêlèrent désormais leur destin à celui des Teutoniques, tout en entretenant en eux-mêmes la conscience secrète mais vigilante d'origines plus vénérables et plus glorieuses encore que les leurs. Les armoiries du château de Kaltenborn rappelaient dans leur simplicité classique cette histoire des deux ordres frères. Les comtes von Kaltenborn portaient en effet *d'argent à trois épées de gueule dressées en pal au chef de sable.* Les trois épées rouges sur fond blanc rappelaient les deux épées des Porte-Glaive auxquelles se joignait celle des Teutoniques. La bande noire qui barrait le haut du blason ajoutait au blanc et au rouge la troisième couleur du drapeau prussien. Quant aux trois épées — outre qu'elles fournissaient l'enseigne de la maison — fit observer l'aubergiste avantageusement, on les retrouvait plus grandes que nature, scellées, la pointe dressée vers le ciel, dans le garde-corps de la plus grande terrasse du château, celle qui sommait la tour de l'Atlante et qui s'ouvrait vers le levant. Le château lui-même — l'un des plus fiers de toute la Prusse-Orientale — paraissait au début du siècle voué à la démolition, malgré les efforts des comtes qui persistaient à l'habiter, et colmataient de leur mieux les brèches qu'ouvrait le temps dans les flancs du vieux vaisseau. Le salut vint de Guillaume II qui affectionnait cette région de grande chasse. Le Kaiser qui avait ordonné en 1900 la restauration du château du Haut-Königsbourg, près de Sélestat, comme un défi à l'ennemi héréditaire occidental, jugea qu'une autre forteresse digne de son règne devait constituer la borne orientale de son empire, face à l'envahisseur slave. Les travaux de restauration qui ne s'achevèrent que peu avant la guerre de 1914 furent jugés par les archéologues aussi excessifs que ceux qui avaient fait du Haut-Königsbourg une maquette géante, pimpante et flambant neuve, à cela près toutefois que l'architecture teutonique souffre moins des fantaisies des restaurateurs modernes, parce que les chevaliers errants qui la créèrent y fondirent leurs souvenirs de voyage et leurs rêves mystiques, et il n'est pas rare de voir coexister dans le même édifice des éléments sarrasins, vénitiens et allemands.

La forteresse toute neuve de Kaltenborn devait attirer l'attention d'un chef S.A., Joachim Haupt, qui s'était attaché dès 1933 à la création d'écoles paramilitaires, conçues sur le modèle du célèbre prytanée impérial de Plön, d'où sortirait l'élite du futur IIIe Reich. Les « Napola » — *nationalpolitische Erziehungsanstalten* — installées en général dans des châteaux ou des monastères réquisitionnés se multiplièrent d'année en année, malgré la disgrâce qu'entraîna pour Haupt la « nuit des longs couteaux » du 30 juin 1934, et la mise en sommeil des S.A. L'œuvre de Haupt fut reprise et poursuivie par un haut dignitaire S.S., l'Obergruppenführer August Heissmeyer, qui consacra la mainmise des hommes d'Himmler sur les quarante napolas existantes. La napola de Kaltenborn était placée théoriquement sous l'autorité du général comte von Kaltenborn, dernier représentant de la lignée, dont les appartements occupaient une aile du château. En réalité, c'était un vieil homme que son attachement à la tradition prussienne rendait peu réceptif aux séductions de l'ordre nouveau créé par le IIIe Reich — il persistait à douter que quoi que ce fût de bon pour la Prusse pût venir de la Bavière et de l'Autriche —, et que ses préoccupations orientées vers les recherches historiques et héraldiques détournaient d'exercer la direction effective de l'école. Au demeurant, si on avait concédé au général le titre de *Kommandeur* de la napola par déférence pour son passé et pour lui conserver une place dans son propre château, toute l'autorité revenait pratiquement au Sturmbannführer S.S. Stefan Raufeisen qui faisait peser sur les trente enseignants militaires, les cinquante hommes et sous-officiers, et les quatre cents enfants de Kaltenborn une discipline sans nuance.

*

De retour à Rominten, Tiffauges parla incidemment en présence de l'Oberforstmeister de la forteresse de Kaltenborn qui l'avait si profondément impressionné. Il apprit ainsi que le général comte von Kaltenborn se trouvait présent à la grande chasse du Gauleiter Koch, mais il ne put le retrouver dans ses souvenirs, malgré toutes les précisions que lui fournit l'Oberforstmeister. Il en fut affecté comme d'un malheur, et désormais, s'il accomplissait consciencieusement les tâches qui lui incombaient, son esprit et son cœur étaient ailleurs, ils flottaient du côté de la Mazurie, autour de ces hautes murailles dans lesquelles la vie prisonnière débordait et chantait.

Un printemps précoce d'une douceur enivrante attendrissait toute chose quand il se rendit en avril, comme chaque mois, à l'hôtel de ville de Goldap pour faire renouveler son *Ausweis*. Il se sentait bon et faible, comme l'herbe jeunette constellée de pâquerettes, comme les souffles tièdes qui caressaient les chatons des bouleaux et des noisetiers, et faisaient s'envoler des branches des sapins une poudre séminale couleur de safran. Il faillit pleurer d'attendrissement en voyant un moineau faire poudrette dans la poussière chaude de la route, et deux petits écoliers se bousculer avec des rires en entrechoquant leurs cartables fixés sur leur dos, comme des coquilles d'escargot. Le pépiement qui remplissait le ciel semblait se poursuivre dans le sévère édifice de la mairie, inhabituellement animé ce matin-là. Dès l'entrée, les patères de bronze du vestiaire tiraient l'œil par l'étalage de capelines, de mantelets, de fichus et de moufles aux couleurs vives qui les coiffaient, et que soulignait par terre une débandade de sabots, de galoches et de bottes de taille enfantine, comme si tous les petits Chaperons rouges des forêts de Prusse-Orientale s'étaient réunis en congrès à la mairie. Tiffauges monta le large escalier menant à la salle des mariages, tiré en avant par une odeur d'une exquise fraîcheur printanière où il y avait du poivre et de la semence. Il s'arrêta devant la porte pompeuse de chêne sculpté : c'était là. Il entendait comme un gazouillis de volière, et les tendres effluves l'enveloppaient avec insistance. Il appuya sur la lourde poignée de cuivre et entra.

Ce qu'il vit le fit chanceler de surprise, et l'obligea à s'appuyer de l'épaule au chambranle de la porte : tout un grouillis de petites filles entièrement nues égayait le chêne sombre dont l'immense salle était lambrissée. Certaines étaient efflanquées comme des chats écorchés, d'autres roses et dodues, comme des cochons de lait, il y en avait des grandes, montées en graine, des boulottes, rondes comme des poupons, et les chevelures tressées, nattées, roulées en macarons, ou au contraire libres et flottantes entre les fragiles omoplates, étaient tout ce qui habillait ces petits corps, impubères, lisses comme des savonnettes. Sa survenue était passée inaperçue, et il repoussa doucement la porte derrière lui, afin de restituer à l'atmosphère la densité que seule une claustration hermétique totale lui assurait. Il ferma à demi les yeux en gonflant ses poumons avidement de ce fumet savoureux qu'il suivait depuis le début de la matinée, mais qu'il captait ici dans sa pureté naissante, et, malgré lui, ses grandes mains ouvertes se tendaient en avant, comme pour cueillir, pour recueillir toute cette provende tiède et follette, le dernier don de la Prusse-Orientale.

— Vous n'avez rien à faire ici. Sortez immédiatement!

Serrée dans une blouse d'infirmière immaculée, une déesse Germania au visage sévère et régulier le fusillait du regard. Il recula, ouvrit la porte et amorça à regret un mouvement de retraite.

— Mais enfin, qui vous a fait entrer?

— C'est l'odeur, balbutia-t-il. Je ne savais pas que la chair de petite fille sent le muguet...

Le fonctionnaire qui tamponna son *Ausweis* lui donna l'explication de ce charmant rassemblement. Chaque année, le 19 avril, tous les enfants de dix ans passaient un conseil de révision avant d'être incorporés dans la Jeunesse hitlérienne.

— Les petits garçons, ajouta-t-il, c'est de l'autre côté de la place, au théâtre municipal.

— Mais pourquoi cette date du 19 avril? insista Tiffauges.

Le bonhomme le regarda avec incrédulité.

— Vous ne savez pas que le 20 c'est l'anniversaire de notre Führer? Chaque année la nation allemande lui offre en cadeau d'anniversaire toute une génération d'enfants! conclut-il avec exaltation en levant l'index vers le grand portrait polychromé d'Adolf Hitler qui fronçait le sourcil au-dessus de sa tête.

Lorsque Tiffauges reprit le chemin de Rominten, le grand veneur avec ses chasses et ses massacres, ses festins de venaison et sa science coprologique et phallologique était tombé à ses yeux au rang de petit ogre folklorique et fictif, échappé à quelque conte de grand-mère. Il était éclipsé par l'autre, l'ogre de Rastenburg, qui exigeait de ses sujets, pour son anniversaire, ce don exhaustif, cinq cent mille petites filles et cinq cent mille petits garçons de dix ans, en tenue sacrificielle, c'est-à-dire tout nus, avec lesquels il pétrissait sa chair à canon.

*

Depuis Stalingrad et le discours de Goebbels au Sportpalast invitant toute la population à s'engager fanatiquement dans la guerre totale, l'atmosphère s'était alourdie à Rominten. Les nouveaux appels sous les drapeaux avaient creusé des vides. On pensait de moins en moins aux plaisirs de la chasse et de la table, de plus en plus à cette grande mêlée qui rougeoyait à l'est, et dont on n'était plus sûr de demeurer à l'écart. Les bombardements aériens commençaient à inquiéter, et, le train blindé offrant une meilleure protection que le pavillon de chasse, dépourvu d'abri antiaérien, Göring espaçait ses visites à la Réserve.

Un jour l'Oberforstmeister fit savoir à Tiffauges que le personnel devant être réduit au strict minimum, il allait devoir le remettre à la disposition de l'Arbeitseinsatz de son Stammlager de Moorhof. Toutefois, s'il avait un souhait à formuler, la proximité du deuxième personnage du Reich pourrait sans doute aider à l'exaucer. Alors Tiffauges rappela la chasse de janvier à laquelle avait été convié le général comte von Kaltenborn, sa courte visite à la forteresse sur le chemin du retour, et il demanda s'il ne pourrait être affecté à la napola, comme chauffeur ou palefrenier. L'Oberforstmeister fut surpris d'entendre son factotum, toujours si taciturne et si docile, formuler des vœux aussi précis.

— Compte tenu des dernières réquisitions, lui dit-il, je serais surpris que la direction de la napola ne profite pas de cette occasion d'acquérir un travailleur recommandé par le Maréchal du Reich, et de surcroît non mobilisable! Je vais régler ça par téléphone.

Quinze jours plus tard, Tiffauges avait sa feuille de route pour Kaltenborn, et il quittait Rominten avec Barbe-Bleue, affecté lui aussi à la napola.

V

L'Ogre de Kaltenborn

Veux, fin jeune garçon, -tu venir avec moi?

Gœthe.

Groupés en désordre autour du château dont la masse rougeâtre masquait l'horizon, une quantité de bâtiments formaient comme une petite cité close et dense sur les quatre hectares que cernaient les remparts. L'une des deux tours qui flanquaient le portail servait de remise à outils, l'autre de logement au portier et à sa femme. Puis, distribués pêle-mêle le long d'une sorte de voie qui menait jusqu'à la cour d'honneur, se succédaient un manège couvert avec ses écuries, deux halles de gymnastique, l'infirmerie, un garage et un atelier pour le parc automobile, un hangar à bateaux, le pavillon de l'économat, quatre courts de tennis, deux villas d'habitation ayant chacune un petit jardin, un terrain de football, un terrain de basket-ball, une salle de théâtre et de cinéma où l'on pouvait dresser un ring de boxe, et un quadrilatère aménagé en parcours du combattant. Aux abords directs du château, il y avait enfin un chenil où onze dobermans saluaient par un concert de hurlements tout ce qui passait à proximité de leur cage, un blockhaus pour les armes et les munitions, un groupe électrogène et une prison. Et tous les murs parlaient et criaient en devises et en aphorismes, chantaient en drapeaux et oriflammes, comme si ce fût à eux seuls que fût dévolue la faculté de penser. *Loué soit ce qui endurcit* proclamait l'une des halles de gymnastique, et l'autre paraissait lui répondre par cette citation de Nietzsche : *Ne chasse pas le héros de ton cœur.* Gœthe et Hitler cohabitaient au-dessus de la porte de la salle des fêtes. Gœthe : *La honte n'est pas de tomber, mais de rester à terre.* Hitler : *On ne mendie pas son droit. On l'obtient de haute lutte.*

Les yeux assourdis par cette épigraphie péremptoire, Tiffauges fut peu sensible aux premières rencontres humaines que lui réserva la napola. Il fut reçu par un Untersturmführer-gratte-papier qui prit connaissance de son livret militaire et de sa feuille de route, et lui fit remplir un vaste questionnaire où il était autant question de ses grands-parents et de ses parents que de lui-même. Puis il le remit entre les mains d'un Unterscharführer qui lui montra la stalle qu'occuperait Barbe-Bleue, et la cham-brette qui lui était destinée. Pour y parvenir, ils traversèrent la salle d'armes du château, et par une suite d'escaliers de plus en plus étroits et de plus en plus raides, ils se hissèrent jusqu'à un couloir éclairé par de minuscules tabatières et sur lequel donnaient les portes des petites chambres réservées aux sous-officiers S.S. affectés au service de la napola.

— Comme vous êtes recommandé par le Reichsmarschall, le Kommandeur est prévenu de votre arrivée. Il vous convoquera. A moins qu'il n'oublie, ajouta-t-il avec un sourire indulgent. De toute façon, l'Alei vous attend.

L'Alei — Anstaltsleiter —, c'était le Sturmbannführer Stefan Raufeisen. Il avait le crâne oblong, le menton fuyant et les yeux rapprochés des Frisons allemands dont les théoriciens racistes contaient merveille. Quand le Français fut introduit dans le bureau directorial qu'il occupait au rez-de-chaussée du château, il s'attarda longuement dans le dossier où il était plongé, et ne consentit à lever vers lui sa tête de lévrier blond qu'après en avoir tourné la dernière page. Il le fixa en silence d'un air rusé, puis il laissa tomber trois phrases.

— Vous vous mettrez à la disposition du Hauptscharführer Jocham, chargé de l'intendance. Vous devez saluer tous les S.S. à partir du grade de Hauptsturmführer. Vous pouvez dis-poser.

A son propre étonnement, Tiffauges était peu curieux de découvrir les enfants qui étaient somme toute la raison d'être de tout ce déploiement d'édifices bavards peuplés d'hommes laconiques. Il les sentait indiscutablement dans la qualité de l'atmosphère de la citadelle qui paraissait se condenser çà et là sous la forme d'une paire de gants de boxe posée sur une chaise, d'un bonnet de police accroché à un poteau, d'un ballon de cuir oublié dans un caniveau ou d'une quantité de survêtements rouges jetés pêle-mêle sur le gazon verdoyant. C'est qu'il avait la conscience aiguë qu'une barrière s'interposait entre eux et lui, et qu'il faudrait attendre longtemps peut-être avant qu'elle ne tombât. Que cette barrière fût constituée d'abord par le personnel S.S. qui encadrait les élèves et assurait la marche de l'établissement, il le mesura assez péniblement dès les premiers jours en apprenant par cœur les grades du *Corps noir*, et les signes infimes qui permettaient de les discerner sur les uniformes identiquement macabres.

Il dut se souvenir ainsi que les écussons de col des simples S.S.-Mann ne comportaient aucun ornement, mais s'adornaient d'un galon pour le Sturmmann (soldat de 1re classe), de deux galons pour le Rottenführer (caporal), d'une étoile pour l'Unterscharführer (caporal-chef), d'un galon et une étoile pour le Scharführer (sergent), de deux étoiles pour l'Oberscharführer (sergent-chef), de deux étoiles et un galon pour l'Hauptscharführer (adjudant), de trois étoiles pour l'Untersturmführer (sous-lieutenant), de trois étoiles et un galon pour l'Obersturmführer (lieutenant), de trois étoiles et deux galons pour l'Hauptsturmführer (capitaine), de quatre étoiles pour le Sturmbannführer (commandant), de quatre étoiles et un galon pour l'Obersturmbannführer (lieutenant-colonel), d'une feuille de chêne pour le Standartenführer (colonel), de deux feuilles de chêne pour l'Oberführer (général), de deux feuilles de chêne et une étoile pour le Brigadeführer (général de brigade), de trois feuilles de chêne pour le Gruppenführer (général de division) et de trois feuilles de chêne et une étoile pour l'Obergruppenführer (général de corps d'armée). Seul le Reichsführer S.S. — Heinrich Himmler — portait des écussons à couronne de chêne entourant une feuille de chêne.

Moins diversifiées, les épaulettes n'en prêtaient que davantage à de regrettables confusions. Jusqu'au grade de Hauptsturmführer, elles étaient ornées d'un fil d'argent à six rangs. De Hauptsturmführer à Standartenführer, ces fils se triplaient et formaient une tresse simple. Enfin cette tresse devenait double à partir du grade de Standartenführer.

L'Hauptscharführer Jocham, responsable de l'intendance, était un gros homme rougeaud qui régnait sur un magasin débordant de sacs de légumes secs, de boîtes de bœuf, de jambons, de fromages de Hollande et de seaux de confiture, sans compter les piles de couvertures, les ballots de vêtements, et même les rouleaux de pansements, tout un bric-à-brac robuste et à l'odeur d'une indéchiffrable complexité qui par ces temps de pénurie paraissait opulent comme la caverne d'Ali Baba. Les deux seules voitures en état de marche étant réservées respectivement au Kommandeur et à l'Alei, Tiffauges se vit attribuer pour ses corvées de ravitaillement un char à quatre roues que tiraient deux chevaux, et auquel on pouvait adapter des ridelles, voire un jeu d'arceaux pour soutenir une bâche.

Il reprit le service qu'il connaissait depuis Moorhof, mais avec des moyens plus rustiques, et surtout en lui conférant un sens plus profond. Il n'oubliait jamais en effet que c'était pour subvenir aux besoins des enfants qu'il travaillait, et il ressentait ce rôle de pourvoyeur d'aliments, de *pater nutritor*, comme une très savoureuse inversion de sa vocation ogresse. Lorsqu'il déchargeait sa voiture dans les magasins pleins d'odeurs, aux fenêtres étroites et grillagées de l'intendance, il se plaisait à songer que les quartiers de lard, les sacs de farine et les mottes de beurre qu'il serrait dans ses bras ou balançait sur son épaule seraient bientôt métamorphosés par une alchimie secrète en chansons, mouvements, chair et excréments d'enfants. Son travail prenait ainsi le sens d'une phorie d'un genre *nouveau*, dérivée et indirecte, certes, mais nullement méprisable en attendant mieux.

Les élèves — qu'on appelait des *Jungmannen* — étaient au nombre de quatre cents répartis en quatre centuries, commandées chacune par un centurion (Hundertschaftführer) assisté d'un éducateur adulte, officier ou sous-officier S.S. Les centuries étaient divisées chacune en trois colonnes (Züge) d'une trentaine de Jungmannen, les colonnes elles-mêmes se subdivisaient en groupes (Gruppen) d'une dizaine d'unités chacun. La colonne était placée sous le commandement d'un *Zugführer*, le groupe sous celle d'un *Gruppenführer*. Chaque groupe possédait sa table au réfectoire et son dortoir.

« Désormais, avait dit Hitler dans son discours au Reichsparteitag de 1935, le jeune Allemand s'élèvera progressivement d'école en école. On le prendra en main tout enfant pour ne plus le lâcher jusqu'à l'âge de la retraite. Personne ne pourra dire qu'il y a eu une période de sa vie où il a été laissé à lui-même [3]. » Provisoirement pourtant — par manque de personnel qualifié — l'enfant de moins de dix ans n'était pas encadré. Mais dès cet âge, les petites filles entraient dans le *Jungmädelbund*, les petits garçons dans le *Jungvolk*. A quatorze ans, ils étaient incorporés respectivement dans le *Bund Deutscher Mädel* (B.D.M.) et la *Hitler Jugend* (H.J.). Ils y restaient jusqu'à dix-huit ans, pour passer ensuite dans le Service du Travail (Arbeitsdienst), puis dans la Wehrmacht.

Les Jungmannen des napolas suivaient une filière plus continue, et donc plus contraignante encore. Incorporés à l'âge de douze ans, ils quittaient l'école à dix-huit ans après avoir acquis d'une part une formation scolaire traditionnelle, d'autre part une formation militaire intense axée, selon leur choix, sur l'armée de terre, la Luftwaffe, la Marine ou les Waffen-S.S. C'est à ces derniers qu'allait la faveur de plus de la moitié des Jungmannen [4]. Le recrutement se faisait selon deux voies, les candidatures spontanées et la prospection des écoles communales. Les candidatures auraient certes suffi à remplir les napolas dont le chiffre ne dépassa pas la quarantaine, mais les enfants auraient été alors issus en grande majorité de milieux bourgeois — fils de militaires de carrière et de fonctionnaires du parti —, et la philosophie populiste du Reich exigeait une plus vaste ouverture aux couches profondes de la société. Il fallait pouvoir produire des statistiques attestant une proportion convenable de fils d'artisans, d'ouvriers et de paysans. A cette fin, les instituteurs ruraux étaient invités à présenter à une commission itinérante les enfants leur paraissant répondre aux normes de candidature. Rassemblés dans des centres, ils étaient alors soumis à une sélection raciale et physique sévère — les porteurs de lunettes étaient *a priori* exclus —, puis à des tests physiques et intellectuels. En fait, la qualité primordiale sur laquelle revenaient inlassablement les instructions de recrutement, c'était le *Draufgängertum* : il fallait que l'enfant fût avant tout un *fonceur*, ou, en d'autres termes, qu'il ne manifestât qu'un instinct de conservation aussi atrophié que possible. A défaut de Draufgängertum, certaines des épreuves auxquelles les candidats avaient à faire face prenaient à leurs yeux une signification franchement suicidaire : se jeter à l'eau d'une hauteur de dix mètres — qu'ils sachent nager ou non —, franchir des obstacles masquant un piège invisible — fossé, cheval de frise, mare etc. — se laisser tomber du deuxième étage d'une maison dans une couverture tendue par des aînés, ou encore, accroupis dans un trou individuel creusé en quelques secondes, passer sous une ligne de chars fonçant, chenille contre chenille. La sélection était assez sévère pour que le niveau intellectuel fût lui-même très supérieur à la moyenne, mais la guerre avait considérablement compromis l'enseignement non militaire des napolas. Les appels sous les drapeaux ne cessaient d'éclaircir le corps des enseignants — à l'origine tous officiers S.S. —, et Tiffauges fut témoin peu après son arrivée d'un changement qui consacra la fin de l'enseignement scientifique et littéraire à Kaltenborn, le remplacement de tous les officiers enseignants par des maîtres civils. La bonne volonté et la compétence de ces instituteurs et professeurs retraités, requis d'urgence pour pallier ce départ en masse, ne pouvaient compenser leur manque de prestige aux yeux des élèves dans cette citadelle hérissée d'armes et de devises meurtrières. Ces hommes d'un certain âge, dispensateurs de disciplines que l'urgence de la guerre faisait paraître dérisoires — il y avait parmi eux un professeur de grec et un professeur de latin — disgraciés par leurs vêtements civils, incapables d'adopter le rythme trépidant de la napola, étaient chahutés, hués, découragés. Ils disparurent les uns après les autres, sauf un séminariste de théologie protestante du Stift de Königsberg, l'élève-pasteur Schneiderhan, imperméable aux pires avanies, qui s'acharna et finit par s'assurer une place reconnue dans cette cage d'enfants-fauves.

La journée commençait à six heures quarante-cinq par des sonneries électriques grelottant furieusement dans les couloirs des petits dortoirs. Aussitôt, c'était une galopade de survêtements rouges dans les escaliers et dans la grande cour, où avait lieu une mise en train matinale. Cependant, la salle de douche où les centuries se succédaient de cinq minutes en cinq minutes fumait comme une cuisine de sorcières. A huit heures, tout le monde était réuni en uniforme sur le glacis pour le salut aux couleurs (Flaggenparade). Puis les rangs étaient rompus, et les élèves se ruaient dans le réfectoire où les attendait un ersatz de café et deux tranches de pain sec. Ensuite commençait le savant carrousel qui distribuait les centuries dans les classes pour des cours ou des heures d'études, sur les terrains de sport, dans les salles de gymnastique, ou aux divers points de la campagne et des lacs environnants où avaient lieu l'entraînement à cheval, à l'aviron ou au maniement d'armes, dans les stands de tir et dans les ateliers d'entretien du matériel.

Tiffauges observait le fonctionnement de la lourde machine. Parce que la discipline était de fer et les élèves triés sur le volet, elle tournait à plein régime, sans grincement, au son des trompettes, des fifres, des tambours et surtout des piétinements de bottes. Mais ce qui frappait le plus Tiffauges, c'était les chants énergiques, proférés par des voix dures et limpides qui éclataient à tout moment et semblaient se répondre d'un point à l'autre de la citadelle ou des alentours immédiats. Il se demandait s'il arriverait jamais à trouver sa place dans ce moulin à enfants où les corps et les cœurs étaient affutés au service d'une même cause. La perfection même de ses rouages et la terrible énergie qui y passait l'en auraient toujours exclu, mais il savait qu'aucune organisation n'est à l'abri d'un grain de sable, et qu'au demeurant le destin travaillait pour lui.

Aussi longtemps qu'il fut ainsi maintenu par la force des choses en marge de la vie drue et battante de la napola, il trouva un point d'attache auprès de la *Heimmutter*, Frau Emilie Netta, qui habitait l'une des maisonnettes de la citadelle, et avait la haute main sur l'infirmerie. Veuve de guerre depuis 1940, elle avait trois fils dont les deux aînés se battaient sur le front russe, tandis que le plus jeune était Jungmann à la napola. Une tradition propre à Kaltenborn plus encore que ses fonctions voulait qu'on trouvât toujours accès auprès d'elle, soit à l'infirmerie, soit dans sa maison, sans avoir à justifier d'une permission ou même d'un motif spécial. Elle était là pour tous, et sa porte était toujours ouverte. Tiffauges trouva vite le chemin de sa petite cuisine briquée et surchauffée, fleurant la cire et le chou rouge. Il allait s'asseoir dans son coin et demeurait longtemps, immobile et silencieux, écoutant couler le temps au rythme de l'horloge à poids et du mijotement de la marmite sur la cuisinière. Parfois un enfant entrait en tempête, exposait son problème avec véhémence — une indigestion, un vêtement déchiré, une lettre urgente à rédiger, une punition injuste et malencontreuse — et repartait muni de sa solution. Frau Netta, seule femme de la citadelle, y jouissait d'une autorité qui s'étendait bien au-delà du petit peuple des Jungmannen. Les sous-officiers et les officiers respectaient ses décisions, et tout le monde était convaincu que l'Alei lui-même ne l'aurait pas heurtée de front. Jamais en tout cas l'intendant Jocham ne s'avisa de faire grief au Français du temps qu'il passait chez elle.

Il en vint nécessairement à se demander quelle pouvait être la place d'une femme — et de cette femme singulièrement — dans cette cité tout entière axée sur la guerre, et dont l'esprit, promulgué de toute part, était de nature à faire surir le lait de la tendresse humaine. Comme son mari, Emilie Netta était d'origine slave. Sa petite taille et ses cheveux foncés, qu'elle emprisonnait habituellement dans un foulard aux couleurs vives, qui auraient dû la desservir dans un haut lieu raciste, ne contribuaient qu'à la singulariser, preuve supplémentaire de la place privilégiée qu'elle occupait à Kaltenborn. Jamais ses propos ne permirent à Tiffauges de savoir si elle adhérait à l'idéologie de la napola. Mais toute sa conduite indiquait qu'elle lui appartenait corps et âme. Pourtant par sa connaissance apparemment innée des plantes et des animaux, des lacs et des forêts — qui faisait d'elle la patronne irremplaçable de la cueillette des baies et du ramassage des champignons —, par l'instinct de soigneuse et de guérisseuse qu'elle manifestait à l'infirmerie, elle semblait enracinée au plus concret de la vie. Tiffauges dut attendre, pour commencer à comprendre, le jour où parvint la nouvelle de la disparition d'un fils Netta, lors de la reprise de Kharkov par les armées du général Koniev. La mauvaise fortune voulut qu'il fût auprès d'elle quand elle lut la lettre funèbre, débordante d'espoirs fallacieux et d'honneurs dérisoires. Elle ne manifesta aucune émotion. Simplement ses gestes devinrent un peu plus lents, son regard un peu plus fixe. Et comme elle s'était avisée de l'insistance avec laquelle Tiffauges l'observait, elle finit par murmurer d'une voix sans timbre, comme une prière apprise par cœur :

— La vie et la mort, c'est la même chose. Celui qui hait ou craint la mort, hait ou craint la vie. Parce qu'elle est fontaine inépuisable de vie, la nature n'est qu'un grand cimetière, un égorgeoir de tous les instants. Franzi est sans doute mort à cette heure. Ou bien il va mourir dans un camp de prisonniers. Il ne faut pas être triste. La femme qui porte l'enfant doit aussi porter son deuil.

Elle fut interrompue par la ruée d'un groupe de Jungmannen qui l'entourèrent en parlant tous en même temps, et, sans trahir sa douleur, elle accomplit les gestes et prononça les paroles qu'on attendait d'elle.

*

Dans l'aile droite du château, au premier étage, trois pièces constituaient le domaine du Sturmbannführer Professor Doktor Otto Blättchen, détaché en mission par la société Ahnenerbe. Avec sa barbiche noire effilée, ses grands yeux de velours au-dessus desquels ses sourcils dessinés à l'encre de Chine se tordaient comme des serpents, son crâne bistre, ce Méphisto en blouse blanche incarnait avec une rare pureté la variété des S.S. de laboratoire. Sa carrière avait connu une soudaine ascension lorsque, un an auparavant, le professeur August Hirt, titulaire de la chaire d'anatomie de la faculté de Strasbourg, lui avait confié, dans le cadre de l'Ahnenerbe, une mission particulière-ment délicate. On venait de s'aviser en haut lieu que si les Juifs et les bolcheviks constituaient les sources de tout le mal existant, il serait intéressant de rechercher leur origine commune dans une race judéo-bolchevique dont les caractères restaient à définir. C'est ainsi que Blättchen avait été envoyé en mission dans les camps de prisonniers russes du Reich afin d'y rassem-bler des sujets qui fussent à la fois israélites et commissaires du peuple, tâche paradoxale, puisque la Wehrmacht avait l'instruc-tion formelle d'abattre sur place tout commissaire du peuple soviétique capturé.

Pendant tout un hiver, on n'avait plus entendu parler d'Otto Blättchen, mais à la veille de Pâques, les dirigeants de l'Ahne-nerbe avaient réceptionné avec émerveillement cent cinquante bocaux de verre numérotés de un à cent cinquante et étiquetés *Homo Judaeus Bolchevicus*. Dans chacun d'eux, une tête humaine en parfait état de conservation flottait dans un bain d'aldéhyde formique [5].

Ce succès lui avait valu — outre ses étoiles de Sturmbann-führer — la réputation d'excellent spécialiste des territoires de l'Est — Prusse-Orientale, Pologne et U.R.S.S. occupée — et l'Ahnenerbe l'avait affecté en mission permanente à Kalten-born où il présidait — ou croyait présider — à la sélection des candidats. Car Tiffauges avait vite constaté qu'il existait un antagonisme déclaré entre Blättchen et l'Alei. Raufeisen considérait le raciologue comme un diafoirus nébuleux et parasitaire, Blättchen traitait l'Alei en soudard inculte et aviné, mais comme ils possédaient le même grade dans la hiérarchie S.S., force leur était de se tolérer. Toutefois l'Alei avait l'avantage de disposer de tout le personnel de la napola, alors que Blättchen, isolé dans sa tour, en était réduit à quêter l'aide qu'on voulait bien lui accorder à temps perdu. C'est ainsi qu'il découvrit rapidement les ressources qu'il pouvait attendre du prisonnier français, et qu'il chercha à se l'attacher aussi souvent que le permettait le service de l'intendance. Tiffauges devint à la longue familier des trois pièces affectées au *Centre raciologique de Kaltenborn*, la petite chambre de Blättchen, le bureau, et surtout le grand laboratoire laqué blanc qui donnait sur la terrasse de la tour occidentale, agrémentée, on ne savait au juste pourquoi, d'un bassin de faux marbre où le professeur entretenait avec amour une centaine de poissons rouges.

— *Carassius auratus*, appelé aussi *Cyprinopsis auratus*, prononça-t-il le doigt levé, la première fois que Tiffauges s'avança jusque-là. Le chef-d'œuvre de la biologie créatrice chinoise. Voyez-vous, Tiffauges, ces petits êtres sont là pour me rappeler que si les barbares asiatiques ont su par voie de sélection et de croisement produire le poisson d'or, il nous incombe de fabriquer l'homme sans égal qui dominera le monde, *Homo Aureus*, et tout ce que vous me verrez faire ici reviendra toujours finalement à chercher dans les enfants qu'on m'amène la paillette d'or qui justifie l'acte sélectif et reproductif.

Car le grand moment, pour Blättchen, c'était toujours l'arrivée à Kaltenborn d'une fournée de nouvelles recrues qu'il attendait avec une impatience gourmande. Peu après son inscription, chaque enfant lui était livré pour l'établissement de sa fiche raciologique. Aussitôt le Sturmbannführer Professor Doktor, assisté désormais par Tiffauges, déployait sa panoplie de compas d'épaisseur, de spiromètres, d'échelles chromatiques, de réactifs colorés et de microscopes, et il se mettait en devoir de peser, mesurer, toiser, étalonner, étiqueter et classer le sujet. Aux cent vingt données classiques du *Lehrbuch der Anthropologie* de R. Martin, il ne s'était pas fait faute d'ajouter une gamme de caractères de son invention dont il était assez faraud.

Tiffauges apprit ainsi que sous l'angle des cheveux, l'humanité est lissotriche, kymotriche ou oulotriche, qu'il existe trois types principaux de dermatoglyphes — ou empreintes digitales — : en tourbillon, en crosse, ou en arc, qu'on peut être brachyskélique ou macroskélique, selon qu'on a des jambes courtes ou longues par rapport au buste, chamæcéphale ou hypsicéphale selon la hauteur plus ou moins grande de la tête, tapeinocéphale ou acrocéphale selon sa largeur variable, leptorhinien ou chamærhinien selon la finesse ou l'épaisseur du nez. Mais c'était en évoquant ce qu'il appelait avec émotion et respect le *spectre sanguin* de la race que Blättchen accédait au lyrisme. Les quatre groupes sanguins — A, B, AB et O — découverts par Landsteiner, auxquels se superposaient les deux Rhésus — positif et négatif — lui ouvraient les portes d'une combinatoire aux subtilités infinies. Et toutes ces données, ces mesures, ces moyennes ne s'enlisaient pas dans une objectivité amorphe de traîne-savates. Elles étaient dynamisées par un vigoureux manichéisme qui faisait d'elles autant d'expressions du bien ou du mal. C'est ainsi que, mesurant l'indice céphalique horizontal, Blättchen ne se contentait pas de distinguer les têtes rondes, ou brachycéphales, des têtes ovales, ou dolichocéphales. Il expliquait à Tiffauges que l'intelligence, l'énergie, l'intuition sont l'apanage des dolichocéphales, et que tout le malheur de la France, c'était d'avoir été gouvernée par des têtes rondes, comme Édouard Herriot, Albert Lebrun ou Édouard Daladier, encore que le souci de la vérité l'obligeât à reconnaître les exceptions à cette règle que constituaient le bon Pierre Laval — tête on ne peut plus ronde — et le mauvais Léon Blum — dont la dolichocéphalie ne faisait pas de doute [6].

Il n'était donc pas étonnant que les tables anthropologiques de Blättchen comportassent un certain nombre de caractères maudits qui constituaient autant de tares rédhibitoires. Telle par exemple la « tache mongolique », sorte d'envie bleuâtre, située dans la région sacrée, plus visible chez l'enfant que chez l'adulte.

Fréquente dans les races jaune et noire, elle n'apparaît que sporadiquement chez les Blancs, et constituait aux yeux des théoriciens racistes une marque infamante, et comme l'empreinte du diable. De même le nez en six des Sémites, le pied préhensile des Indiens, l'occiput effacé des groupes dinariques et arméniens dont l'arrière de la tête prolonge verticalement la ligne de la nuque, les empreintes digitales en arc — caractéristiques des races pygmées —, l'agglutinogène B du sang, plus fréquent chez les peuples nomades, gitans ou israélites.

Toutes ces données chiffrées, propres à entrer dans des formules algébriques, n'empêchaient pas Blättchen de faire la part de l'intuition immédiate, instinctive, presque toujours infaillible bien qu'impossible à justifier par preuve ou démonstration. Son œil noir scrutait la démarche des enfants, l'expression de leur visage, leur allure générale, et en tirait des conclusions toujours péremptoires. Mais son triomphe, c'était son flair raciologique, car il professait que chaque race a son odeur, et il se faisait fort d'identifier les yeux fermés un Noir, un Jaune, un Sémite ou un Nordique aux crapoates alcalins et aux acides gras volatils que sécrètent leurs glandes sudoripares et sébacées.

Tiffauges l'écoutait en prenant note des chiffres qu'il lui lançait, il l'observait en maniant avec lui le dynamomètre ou le compas de Broca, il enregistrait, il réfléchissait. Certes le S.S. lui inspirait la plus vive répulsion. Mais déjà la napola — dont la discipline, les uniformes et les chants forcenés heurtaient ses goûts et ses convictions d'anarchiste — l'obligeait à toutes les concessions parce qu'elle se révélait bien évidemment comme une machine à soumettre et à exalter tout ensemble la chair fraîche et innocente. Cette soumission, cette exaltation, l'érudition maniaque de Blättchen — toujours à la limite du sadisme et du crime — les portait à leur comble, et la parenté qu'elle avait avec la phallologie du grand veneur ou les théories équestres de Pressmar contribuait également à réduire le Français à la patience et au silence. La cohérence de son évolution, et, surtout, le bond en avant qu'il avait accompli en passant des cerfs et des chevaux aux enfants lui prouvaient assez qu'il marchait dans la voie de sa vocation. Restait à être plus fort que la circonstance et à trouver le moyen de s'approprier le domaine de Blättchen pour le gauchir à sa manière, de même qu'il avait su tirer de Rominten des fruits imprévus et purement tiffaugéens. Car, partageant momentanément les travaux de Blättchen, il était convaincu que le docteur S.S. n'était qu'une figure éphémère, destinée tôt ou tard à s'effacer pour lui céder la place.

C'est dans cet esprit que jouissant pour la première fois depuis le début de la guerre de quelques loisirs et d'un certain confort, il se procura un cahier d'écolier et reprit la rédaction de ses *Écrits sinistres*.

*

E. S.   Ce matin à Johannisburg pour une livraison de matelas. Je ne sais pourquoi, grande parade militaire sur l'Adolf-Hitlerstrasse. Foule. La moitié de cette foule en uniforme — c'est-à-dire uniformisée, homogénéisée, confondue sous le même drap, le même cuir, le même acier— s'avance « au pas » — c'est-à-dire au même pas, tel un mille-pattes géant déroulant ses anneaux feldgrau sur la chaussée. Cette foule-là est très avancée dans la métamorphose qui fait de plusieurs millions d'Allemands un seul grand être somnambule et irrésistible, la Wehrmacht. Les individus enveloppés dans le grand être — comme un banc de sardines dans l'estomac de la baleine — sont déjà agglutinés, englués, en voie de dissolution.

Le phénomène n'est encore qu'à l'état naissant dans l'autre moitié de la foule, celle des civils dont l'écume irrégulière et multicolore s'accumule en désordre sur les trottoirs et sous les arbres. Pourtant le suc digestif du gros serpent vert parvient en effluves puissants jusqu'aux petits êtres provisoirement libres encore. Cette musique triste et obsédante, le piétinement sourd des légions en marche, les travées régulièrement soulevées par la même houle, les étendards à croix gammées qui se caressent soyeusement sous la brise — tout ce rituel d'envoûtement agit en profondeur sur leur système nerveux, et paralyse leur libre arbitre. Une douceur mortelle les prend aux tripes, mouille leur regard, les immobilise par une fascination exquise et vénéneuse qui s'appelle : le patriotisme. *Ein Volk, ein Reich, ein Führer.*

Mais le bloc monolithique du Reich est déjà largement fissuré, et la surprise qui m'attendait sur le chemin du retour m'en a fourni une illustration presque comique. C'était à Seegutten, un village de poupée, posé au bord du lac de Spirding. J'avais à y prendre six sacs de pommes de terre chez un cultivateur. Mais voilà le bonhomme qui fait des difficultés et exige que mon bon de réquisition soit visé à la mairie. Bien. La mairie, un petit bâtiment neuf dans le style néo-classique d'aujourd'hui. Je mets mon attelage au licol, et je longe le mur en direction du perron. C'est alors que j'entends par la porte ouverte une voix qui ne m'est pas inconnue et qui jargonne dans un allemand épouvantable avec une autorité tranchante. Je m'arrête pour écouter.

— D'accord, les trains partent quand ils peuvent, il n'y a plus d'essence nulle part, et le car à gazogène est en panne, fulmine la voix. Mais tout ça, c'était facile à prévoir ! Vous autres soldats du front, vous vous imaginez toujours que nous vivons tous comme des coqs en pâte à l'arrière ! Mais nous aussi nous sommes bombardés, désorganisés, affamés ! Alors tu voudrais maintenant que je justifie ton retard ! Autrement dit que je prenne sur moi de mettre une rallonge de vingt-quatre heures à ta permission. Ce n'est pas dans les pouvoirs d'un maire, mon garçon !

A ces éclats rageurs répondaient de loin en loin des défenses timides balbutiées par une voix à l'accent juvénile et paysan, et qui relançaient de plus belle l'indignation du préposé-maire.

En montant les marches du perron, je savais à qui j'allais avoir à faire, et je savourais l'énorme farce que le destin m'avait préparée après la parade de Johannisburg.

— Tiffauges! Ça par exemple!

Victor, le fou du stalag de Moorhof, m'a serré dans ses bras avec effusion, puis il a congédié d'une tape sur l'épaule le jeune permissionnaire en feldgrau qui s'est hâté de disparaître. Ensuite, il m'a entraîné dans un bureau, vers un fauteuil. A ses questions, j'ai répondu d'abord par un récit un peu circonstancié de mon séjour à Rominten. Mais je l'ai abrégé bientôt en constatant que sous son expression tendue, affûtée par deux yeux vrillants et un sourire figé en rictus, Victor ne prêtait pas la moindre attention à mes propos. Même le nom de Göring — à l'effet habituellement magique — ne parvenait pas à percer la surdité de ce masque faussement attentif. D'ailleurs qu'importe? C'était son histoire à lui qui m'intéressait.

Victor a été successivement bûcheron dans l'Altheider Forst, pêcheur au bord du Meuer See, valet d'écurie au haras de Frauenfliess, enfin scieur de long à Seegutten. Ici pêcherie et scierie sont inséparables, car un vaste atelier de menuiserie est exclusivement affecté à la fabrique de caisses à poissons à partir de croûtes de troncs. De Seegutten, on expédie chaque jour une moyenne de cinq cents kilos d'anguilles, de perches, de brochets et surtout de harengs d'eau douce à demi fumés. Soudain lyrique, Victor se jette sur moi et me broie les mains.

— Ah le bois, mon vieux, le bois, il n'y a que ça tu vois!

Et il m'apprend que l'entreprise ne possédait pas moins de deux alternatives Kirchner ayant jusqu'à quatorze lames, cinq scies circulaires, une tronçonneuse à balancier, une parqueteuse et un atelier d'affutage. Puis il me raconte des histoires de pêches fabuleuses, pêches au filet, avec deux, trois, quatre, et jusqu'à cinq bateaux ayant rapporté en une journée treize tonnes de poisson! Quant à lui,

Victor, s'il est devenu un seigneur, le vrai maître de See-gutten, c'est au bois et au poisson qu'il le doit.

Au bois : chaque soir dans la baraque commune, il bravait les rires et les remarques désobligeantes en consacrant tous ses soins à un chef-d'œuvre de marqueterie : la maquette rigoureusement fidèle du mausolée d'Hindenburg à Tannenberg. Victor profita-t-il d'un hasard, d'une bonne information ou eut-il une prémonition ? Le général Oskar von Hindenburg, fils du maréchal, retiré à Königsberg, devait passer un jour à Seegutten. Victor obtint l'autorisation de lui offrir sa maquette et, du même coup, il devint un autre homme.

Au poisson : l'hiver précédent, il pêchait sur la glace, une glace rendue peu sûre par un coup de dégel. Il fut ainsi le seul témoin adulte d'un accident qui faillit coûter la vie à la petite Erika — onze ans — la propre fille du patron, venue patiner avec des camarades, contre toute prudence. La glace pourrie avait cédé sous le poids de l'enfant, et Victor, parce qu'il se trouvait là et avait une corde sous la main, avait pu la sauver.

Sa fortune était faite. Le patron en faisait son bras droit, et comme il était maire de Seegutten, Victor devenait secrétaire de la mairie. Dès lors, selon un processus classique, son indépendance et ses pouvoirs ne cessèrent de grandir à mesure que les hommes de la commune partaient au front et que les conditions de vie s'aggravaient. C'était lui maintenant qui distribuait les cartes d'alimentation, enregistrait les naissances, et à l'occasion — je venais d'en être témoin — tançait les permissionnaires en faute. Et il éclatait de son rire de dément en évoquant toutes ces merveilles !

A mesure qu'il parlait, j'étais envahi par un double malaise. Cette réussite insolente, c'est celle précisément que j'ambitionne depuis mon arrivée en Allemagne, et son spectacle m'emplissait d'un sentiment d'amère jalousie. Mais surtout il m'était pénible de constater que

c'était à sa folie même que Victor la devait, et je me rap-
pelais une fois de plus le diagnostic que Socrate avait
porté sur Victor et qui m'avait si vivement impressionné :
un déséquilibré auquel un pays bouleversé par la guerre
et par la défaite offre le seul terrain qui convienne à son
plein épanouissement. Ne suis-je pas finalement un autre
Victor, et mon seul espoir n'est-il pas que les coups du
destin placent Kaltenborn au niveau et à la merci de la
folie qui m'est propre?

★

Que ce fût pour protester contre les uniformes S.S. qu'il
jugeait fantaisistes ou contre le rôle effacé auquel on le réduisait
dans la napola, le général comte Herbert von Kaltenborn apparaissait le plus souvent enveloppé dans une cape de loden gris et
coiffé d'un feutre tyrolien. Il est vrai qu'il n'avait jamais une
allure plus militaire que lorsqu'il affectait de se mettre en civil.
Il semblait grand, bien qu'il fût en réalité d'une taille inférieure
à la moyenne, et son visage carré, simplifié par une moustache à
la François-Joseph, avait un air de compréhension affable sans
rapport avec les idées dures et limitées sur lesquelles il vivait.
La première fois qu'il l'avait vu, Tiffauges pansait les chevaux
contre le mur de l'écurie. Le comte l'avait interpellé dans sa
langue et avait échangé quelques phrases avec lui, visiblement
heureux de cette occasion d'exhiber sa connaissance du français.
Puis il l'avait apparemment oublié, jusqu'à un certain jour de
septembre où Tiffauges devait aller avec sa carriole jusqu'à
Lötzen prendre livraison d'une demi-génisse chez un boucher.
A Lötzen, il avait trouvé la boutique fermée, mise sous scellés.
Le boucher avait été arrêté, lui dit-on, pour une affaire de marché
noir. Grâce à ses déplacements, Tiffauges assistait ainsi de
semaine en semaine à la dégradation du pays, miné par une guerre
désastreuse. Longtemps les bombardements que subissait seule
l'Allemagne occidentale avaient fait de la Prusse-Orientale une
région privilégiée où l'organisation K.L.V. (Kinderlandverschi-

ckung) envoyait par trains entiers les enfants des grandes villes dévastées. Mais depuis le printemps, une menace plus grave que celle des bombardiers se précisait à l'est, et la Prusse-Orientale se sentait devenir, lentement mais inexorablement, la terre maudite du Reich. Malgré l'interdiction promulguée par le Gauleiter de toute évacuation et de tous préparatifs de départ, les gens les plus fortunés, les plus mobiles refluaient vers l'ouest, et comme on ne pouvait tout emporter, un trafic intense avait commencé entre ceux qui jouaient le pire et ceux qui persistaient à espérer. La police réagissait de façon aveugle et désordonnée, au gré des dénonciations, des rumeurs ou des campagnes de presse; les prisons se remplissaient; les grands ténors de la N.S.D.A.P. tonnaient en chaire, mais rien ne pouvait contrarier le courant de désarroi qu'alimentaient la chute de Mussolini et la capitulation de l'Italie à l'ouest, le reflux de la Wehrmacht en Ukraine à l'est, et surtout ces mosaïques de petits pavés noirs qui couvraient chaque jour les pages de nécrologie militaire des quotidiens.

Pourtant jamais la campagne mazurique n'avait été aussi radieuse qu'en cet été finissant. Considérant sa mission comme terminée, Tiffauges avait repris le chemin de Kaltenborn en musardant le long des rives des lacs de Löwentin, de Woynowo et de Martinshagen. L'eau était si limpide que les oiseaux pêcheurs qui sillonnaient l'air et les poissons d'argent qui planaient sur les fonds noirs paraissaient brasser le même élément. Les barques amarrées aux pontons étaient suspendues dans le vide, comme des ballons captifs. L'immense bourdonnement des abeilles pillant un champ de colza en fleur, le ronronnement paisible d'une batteuse dans une cour de ferme, le tintement d'une enclume de forgeron, et jusqu'au martèlement d'un pivert sur un tronc de mélèze formaient un cortège allègre et paisible qui le suivait, l'entourait et le précédait. Cette gloire n'était pas en contradiction avec l'atmosphère empoisonnée qu'il avait trouvée à Lötzen. Il lui paraissait logique, alors que se précisait la ruine de l'Allemagne, que la nature lui préparât une apothéose de vainqueur.

C'est dans ces dispositions triomphales qu'il aperçut, à quelques kilomètres de la citadelle, l'antique limousine noire du Kommandeur arrêtée sur le bord de la route. Elle était en panne, et le vieil homme y attendait, plus immobile qu'une souche, le retour de son chauffeur-ordonnance parti chercher du secours. Tiffauges l'invita respectueusement à prendre place à côté de lui sur le siège de la carriole, et il le ramena au château. Il ne se souvenait pas des quelques mots qu'il avait pu prononcer en réponse aux rares questions du Kommandeur pendant le bref trajet. Aussi fut-il surpris, lorsque, quelques jours plus tard, le général le convoqua à son bureau, et, après avoir réglé une question insignifiante, il lui demanda :

— En remontant au château, l'autre jour, je vous ai interrogé sur l'impression générale que vous faisait la Prusse. Vous m'avez répondu : un pays noir et blanc. Qu'est-ce que vous entendiez par là?

— Les sapins, les bouleaux, les sables, les tourbières, énuméra Tiffauges en hésitant.

Le général le prit par le bras et l'entraîna devant un mur couvert d'armes et d'étendards.

— La terre prussienne est noire et blanche, c'est bien vu, lui dit-il. Aussi les couleurs de la Prusse-Orientale sont-elles le noir et le blanc, allusion évidente aux chevaliers teutoniques et à leur manteau blanc écartelé de noir. Mais n'oubliez pas les Porte-Glaive sans lesquels la Prusse serait demeurée froide et stérile.

— Oui, mon général, acquiesça Tiffauges, ils ont été le sel de cette terre!

Et il avait récité d'une traite la leçon de l'aubergiste, Albert d'Apeldom, Albert de Buxhöwden, l'empire du bout du monde réunissant sous les deux glaives de pourpre la Livonie, la Courlande et l'Estonie, puis Gothard Kettler, la fusion avec les Teutoniques d'Hermann von Salza qui devait cimenter la grandeur de la Prusse-Orientale.

Le Kommandeur était ravi.

— C'est pourquoi, avait-il conclu, au noir et au blanc des

Teutoniques, il ne faut pas manquer d'ajouter le rouge des Porte-Glaive. Il symbolise tout ce qu'il y a de vivant dans ces sables et ces tourbières dont vous parliez.

Tiffauges se souvint en effet qu'après lui avoir fait subir la terre noire et la neige de Moorhof, la Prusse n'avait cessé de lui déléguer un cortège de créatures palpitantes et chaudes, l'Unhold du Canada, les oiseaux migrateurs, les cerfs de Rominten, Barbe-Bleue qui n'était qu'un autre lui-même, les petites filles de Goldap, et finalement les Jungmannen de Kaltenborn, ce bloc de rangs serrés, vibrant et dru qu'il entendait chanter d'une seule voix pure et métallique, et marteler d'un seul pas la cour fermée située au pied de la tour.

Le Kommandeur lui fit traverser la chapelle par laquelle on accédait à la terrasse, et ils s'arrêtèrent devant les épées de bronze qui coupaient par trois fois de leurs lames formidables l'horizon calme et moutonnant de forêts et de lacs.

— Ces épées portent chacune le nom d'un de mes ancêtres, expliqua-t-il. Voici au centre Hermann von Kaltenborn auquel la Sainte Vierge est apparue, à la veille de la bataille où il devait périr, pour lui annoncer que sa place était prête au paradis des chevaliers. A l'ouest se trouve Wiprecht von Kaltenborn, véritable athlète du Christ, qui baptisa de sa main dix mille Prussiens en un seul jour. A l'est enfin, l'épée Veit von Kaltenborn, mon père qui commanda ici même en août 1914 sous le maréchal von Hindenburg, et libéra ses propres terres de l'envahisseur slave.

Et il caressait de la main avec un respect affectueux le métal verdi des lames surhumaines. De la cour fermée montaient en vagues agressives les voix unanimes des Jungmannen :

Qu'ils tremblent, les os vermoulus du vieux monde!
Le combat commence. Nous avons brisé la peur. La victoire nous
attend!
Nous marcherons, marcherons, marcherons, et tout volera en éclats
sous nos pas!
Aujourd'hui l'Allemagne est à nous, demain le monde entier [7] *!*

*

E. S.   Moi si intolérant, si vite enflammé d'indignation quand
j'étais en France, toujours maudissant et fulminant, je
m'interroge parfois sur ma patience et ma docilité depuis
que je foule le sol allemand. C'est que je me trouve ici
constamment confronté à une *réalité signifiante* presque
toujours claire et distincte, ou alors quand elle devient
difficile à lire, c'est qu'elle s'approfondit et gagne en
richesse ce qu'elle perd en évidence. La France me heurtait sans cesse par des manifestations blasphématoires
élémentaires qui surgissaient dans un désert inexpressif.
Ce n'est pas que tout ce qui se passe ici aille dans le
sens du bien et du juste, tant s'en faut! Mais la matière
qui m'est offerte est si fine et si grave à la fois que je
n'ai ni le temps ni la force de me fâcher quand elle me
heurte un peu rudement.

Ce Blättchen, par exemple, fait tout pour m'échauffer
la bile avec la plus odieuse insistance. L'une de ses
marottes est la transformation des noms géographiques
et patronymiques d'origine étrangère — ici polonaise ou
lituanienne — en noms sonnant bien leur pure germa-
nicité. Il détecte avec un flair maniaque la source impure
des dénominations géographiques aux apparences les
plus bénignes, et il n'a de cesse qu'il n'ait écrit à son
Reichsführer pour lui dénoncer le scandale, et lui proposer un choix de noms de remplacement plus eupho-
niques — à son oreille du moins. Et ne voilà-t-il pas
qu'entraîné par cette manie, il s'en prend maintenant à
mon propre nom! Mais là, il ne s'agit plus selon lui de
remplacer du polonais ou du lituanien par de l'allemand.
Il s'est persuadé que Tiffauges n'est qu'une altération
de *Tiefauge*, et cache par conséquent une origine teu-
tonne lointaine, mais d'autant plus vénérable. Il ne m'appelle donc plus que Herr Tiefauge, ou, dans ses moments
d'euphorie, il m'anoblit, et je deviens Herr *von* Tiefauge.

— Ce qui prouve, me dit-il, la pureté de votre sang, c'est que vous êtes encore porteur au plus haut point du signe particulier qui valut ce nom à votre ancêtre patronymique : *Tiefauge*, c'est l'œil profond, l'œil enfoncé dans l'orbite. Et quand on vous voit, Herr von Tiefauge, on comprend si bien ce nom qu'on se demande s'il ne s'agirait pas d'un sobriquet!

Mais l'autre jour, il est allé plus loin encore, et peu s'en est fallu que je n'explose. Tout allait mal, le jeune garçon que nous examinions n'avait que des caractères *ostisch* — petit, et sans doute destiné à le rester à en juger par sa musculature puissante et nouée, hyperbrachycéphale (88,8), chamæprosope, de teint mat, de groupe sanguin AB — et Blättchen s'indignait du manque de discernement des sélecteurs. Je me trompais sans cesse dans mes mesures, et finalement, j'ai cassé un flacon de réactif Rhésus. Alors Blättchen m'a insulté. Oh discrètement! Il a simplement ajouté une lettre à mon nom.

— Faites donc attention, Herr Triefauge! a-t-il dit.

Et je connais assez l'allemand pour savoir que *Triefauge*, ça veut dire œil malade, larmoyant, chassieux exactement! Ma terrible myopie et mes épaisses lunettes sans lesquelles je ne vois plus rien m'ont rendu susceptible à ce genre d'injure. Je me suis approché du Professor Doktor au point de le toucher, j'ai avancé mon visage vers le sien, et j'ai retiré lentement mes lunettes. Et mes yeux habituellement plissés et réduits à des fentes derrière leurs épais hublots, se sont ouverts tout grands, ils ont rempli leurs orbites au point de saillir au-dehors, et ils ont fixé le Professor Doktor avec une insistance hébétée de basilic.

Je ne sais comment m'est venue l'idée de cette grimace. C'était la première fois que je l'essayais, mais le résultat a été si bon que j'y reviendrai. Blättchen a pâli, reculé, balbutié une excuse, et il n'a plus rien dit jusqu'à la fin de l'examen de l'enfant.

*

Tiffauges avait toujours pensé que la valeur fatidique de chacune des étapes de son cheminement ne serait pleinement attestée que si, tout en étant dépassée et transcendée, elle se trouvait en même temps conservée dans l'étape suivante. Il était donc anxieux que les acquisitions qu'il avait faites à Rominten trouvassent leur accomplissement à Kaltenborn. Il fut exaucé dès le mois d'octobre quand les difficultés du ravitaillement devinrent telles qu'il fallut songer à des recours extrêmes. L'Alei qui s'était absenté plusieurs jours expliqua à son retour qu'il avait conféré à Königsberg avec le Gauleiter. Erich Koch lui avait promis des armes et des munitions, afin que Kaltenborn pût assurer l'entraînement militaire des Jungmannen, une batterie de D.C.A. pour faire face aux attaques aériennes de plus en plus nombreuses, enfin il lui avait donné l'autorisation avec effet immédiat de capturer du gibier dans tout le Revier de Johannisburg pour améliorer l'ordinaire de la napola. La responsabilité de ces battues incomberait à Abel Tiffauges, décida l'Alei, à son double titre de préposé au ravitaillement et d'ancien valet de chasse du Reichsjägermeister. Toutefois le Gauleiter avait précisé qu'il ne concédait pas un droit de chasse à proprement parler, et que l'usage des armes à feu était exclu. Il faudrait donc forcer le gibier, et le servir à l'arme blanche, ou plus simplement le piéger. C'était donner d'une main et reprendre de l'autre. Tiffauges s'accommoda néanmoins de cette restriction en demandant la disposition d'une centurie avec laquelle il organisa dès lors de fructueux piégeages au lacet dans les garennes et les rabouillères du Sostroszner Bruch. De son côté, Frau Netta — elle aussi accompagnée par une centurie — dirigeait le ramassage des champignons de la forêt de Drosselwald. Le temps sec et frais dominé par des vents d'est de cet automne, s'il défavorisait il est vrai les expéditions de Frau Netta, profitait à celles de Tiffauges. Les gelées matinales furent précoces cette année-là, et la première neige s'installa pour ne plus disparaître dès les premiers jours de novembre.

E. S.   Ce matin, après un grand coup de soleil, la nuit est brusquement tombée sur la plaine. A l'ouest, un gros nuage d'une noirceur insolite, métallique roulait lentement vers nous. Passage de cette angoisse cosmique, de ce frisson atavique qui m'est si familier, mais pour une fois il déborde de moi et gagne les gens, les bêtes, toutes choses. Et tout à coup l'air s'est animé de mille et mille flocons blancs, voltigeant gaiement en tous sens. Inversion spectaculaire du noir au blanc, en accord avec ce paysage sans nuances. Ainsi le nuage de plomb n'était qu'un sac de plumes! Quel est le cosmologue grec qui a parlé de « la secrète noirceur de la neige »?

*

Le soir de Noël fut marqué par une tempête de noroît qui semblait vouloir effacer le souvenir d'une année dans l'ensemble calme et ensoleillée. A midi un couvercle de nuages uniformément cuivré pesait sur le ciel d'un horizon à l'autre. A une altitude immense, on voyait passer, criant de peur, des oiseaux de mer emportés par un souffle panique. La plaine endormie parut soudain s'animer et lutter contre l'étreinte d'un cauchemar. La neige qui s'était déposée en silence dans des nuits calmes et douces se souleva et s'avança sur le pays comme une muraille de blanches ténèbres. Sur la surface des lacs gelés, les bourrasques chassaient des rameaux arrachés, des souches, des troncs et même des rochers. Parce qu'elle couronnait un promontoire, la citadelle devint l'*instrument* de la tempête, une harpe éolienne géante qui chantait de tous ses vestibules, coursives, lanternes, campaniles et flèches. Les girouettes gémissaient avec des voix humaines, les portes giflaient les murs à toute volée, des meutes de loups invisibles galopaient en hurlant dans les couloirs.

Cependant la cérémonie du *Julfest* réunissait tous les Jungmannen dans la salle d'armes autour d'un arbre de Noël scintillant de mille feux. Il ne s'agissait pas de célébrer la naissance du Christ, mais celle de l'Enfant Solaire, resurgi de ses cendres en ce solstice d'hiver. Parce que la trajectoire du soleil avait atteint son niveau le plus bas, et le jour sa durée la plus brève, la mort de l'astre-dieu était déplorée comme une fatalité cosmique menaçante. Des chants funèbres accordés à la misère de la terre et à l'inhospitalité du ciel célébraient les vertus du luminaire défunt, et le suppliaient de revenir parmi les hommes. Et cette complainte était exaucée, puisque désormais chaque jour allait regagner sur la nuit un temps d'abord imperceptible, mais bientôt d'une triomphale évidence.

L'Alei lut ensuite à haute voix les vœux envoyés à Kaltenborn par les quarante autres napolas dispersées sur tout le territoire du Reich, Plön, Köslin, Ilfeld, Stuhm, Neuzelle, Putbus, Hegne, Rufach, Annaberg, Ploschkowitz... et à chaque nom cité, un enfant se détachait du demi-cercle de ses camarades, et allait ajouter une bougie au grand sapin. Puis il y eut un silence traversé par les mugissements de la tempête, et l'Alei cria tout à coup, comme saisi par une soudaine inspiration :

— Le paradis repose à l'ombre des épées !

Enfin d'une voix calme, il expliqua que chaque type d'homme se réalise par un outil privilégié qui est aussi un symbole. Il y a ainsi les gens de plume dont l'écriture est la fonction naturelle, les paysans qui se retrouvent dans le soc de leur charrue, les architectes dont l'équerre est l'emblème, les forgerons qui voient dans une enclume l'image de leur vocation. Les Jungmannen de Kaltenborn eux étaient doublement voués à l'épée, comme jeunes guerriers du Reich, d'abord, et par la vertu du blason du château ensuite. Tout ce qui ne relevait pas de l'épée devait leur être étranger. Tout autre recours que celui de l'épée était lâche et traître. Ils devaient avoir sans cesse présent à l'esprit l'épisode du nœud gordien de la vie du grand Alexandre. Sur l'acropole de Gordium, en Phrygie, s'élevait le temple de Jupiter où était conservé le char du premier roi du pays. Selon un oracle vénérable, l'Asie appartiendrait à celui qui saurait dénouer le lien par lequel le joug était assujetti au timon, et dont les deux extrémités paraissaient invisibles. Désireux de s'assurer l'empire de l'Asie et impatienté par la difficulté de l'épreuve, Alexandre avait séparé d'un coup d'épée les deux pièces du char. Ainsi chaque problème pouvait recevoir deux solutions : la solution longue, lente et lâche, et la solution de l'épée, foudroyante et instantanée. Les Jungmannen se devaient à l'exemple d'Alexandre de tirer l'épée chaque fois qu'un nœud s'opposait à leurs desseins.

Pendant qu'il parlait, les coups de bélier de la tempête ne cessaient d'ébranler les murailles et de faire vaciller les petites flammes du sapin. Elles s'éteignirent toutes ensemble, et une obscurité tonnante couvrit les enfants, lorsque la haute fenêtre de la salle d'armes vola en éclats sous la poussée d'une bourrasque de fin du monde. Une seule étoile crevait, comme un œil jaune, l'épaisseur des ténèbres mugissantes du côté de l'Orient.

*

E. S.   Il m'a fallu du temps pour sauter en marche dans ce grand carrousel pavoisé, criard et bariolé qui entraîne une foule d'enfants et une poignée d'adultes. Maintenant que j'y suis, je comprends mieux à quels ressorts il obéit. Visiblement, la trajectoire du temps est ici — non pas rectiligne — mais *circulaire*. On vit non dans l'histoire, mais dans le calendrier. C'est donc le règne sans partage de l'éternel retour — en quoi l'image du carrousel est pleinement justifiée. L'hitlérisme est réfractaire à toute idée de progrès, de création, de découverte et d'invention d'un avenir vierge. Sa vertu n'est pas de rupture, mais de restauration : culte de la race, des ancêtres, du sang, des morts, de la terre...

Dans ce calendrier dont les saints et les fêtes relèvent d'un martyrologe particulier, le 24 janvier est pour l'éternité le jour de l'an de disgrâce 1931 où mourut le jeune

Herbert Norkus, saint patron, en raison de son âge, de toutes les organisations de jeunes.

Une fois de plus, on projette à l'intention des Jung-mannen — qui protestent avec vigueur parce qu'ils l'ont déjà vu — le film *Hitlerjunge Quex* tiré du roman de Schenzinger qui s'inspira lui-même du destin de Norkus. Je suis surpris du choix de l'interprète. C'est un enfant beaucoup plus jeune que le vrai Norkus, fragile, un peu fille, un peu blanc de poulet, et promis d'entrée de jeu au glaive du sacrificateur. A l'opposé, les jeunes socialistes qui auront sa peau apparaissent comme des petites brutes précoces, habillés en hommes, et dont les attributs sont le tabac, l'alcool et les femmes. Avec cet agneau pascal tendre et pur, nous voici bien loin du garçon « coriace comme du cuir, efflanqué comme un lévrier et dur comme de l'acier Krupp » célébré par Hitler. Je trouve remar-quable que le metteur en scène du film soit arrivé dix ans avant moi à cette vision — si contraire à la vérité officielle — d'une enfance allemande, non pas éclatante de vigueur et d'appétit conquérant, mais vouée de tout temps à un massacre d'innocents.

Après le film, c'est la veillée funèbre. Inlassablement les tambours rythment l'appel lugubre du *Corps noir* : deux coups longs frappés par les majors de droite, trois coups brefs par les majors de gauche, auxquels la masse répond par cinq coups brefs, trois coups brefs, deux coups brefs. Tam-tam funèbre et obsédant qui mime la danse massive du destin en marche. Cette litanie est soudain brisée par le hurlement des trompettes. Silence. Une voix adolescente clame dans la nuit. Une autre voix lui répond. Puis une troisième s'élève.

— Ce soir, nous célébrons la mémoire de notre cama-rade Herbert Norkus!

— Nous ne veillons pas autour d'un froid sarcophage. Nous nous serrons autour d'un camarade sacrifié en disant :

— Il en fut un qui osa avant nous, ce que nous tentons

aujourd'hui. Sa bouche est muette, mais son exemple est vivant!

— Beaucoup tombent autour de nous, mais beaucoup naissent en même temps. Le monde est vaste qui embrasse les vivants et les morts. Mais les hauts faits des aînés revivent dans le combat de ceux qui les imitent.

— Il avait quinze ans. Les socialistes l'ont poignardé le 24 janvier 1931 à Berlin, dans le quartier de Beusselkietz. Herbert Norkus ne faisait que son devoir de Hitlerjunge, mais c'est ce qui lui a valu la haine de nos ennemis. Son cadavre restera éternellement comme une barrière entre les marxistes et nous!

Ils chantent maintenant *Un peuple jeune se lève pour monter à l'assaut*... Les voix nettes comme des cristaux de glace montent dans l'air froid, tandis que l'oriflamme à svastika se tord autour de son mât, comme une pieuvre brûlée par le faisceau étroit d'un projecteur.

*

Stefan Raufeisen

Je suis né à Emden, dans l'Ostfriesland, en 1904. C'était une petite ville cossue, de type hollandais, moitié commerçante, moitié portuaire grâce à deux canaux qui la relient, l'un à l'Ems, l'autre à Dortmund. Mon père y tenait une boucherie dans un quartier populaire, et comme les pauvres ne mangent pas de viande, nous étions pauvres nous aussi. Il avait un frère, l'oncle Siegfried, boucher également, mais à Kiel, Schleswig-Hollstein, et dans le quartier de l'amirauté. Siegfried étant mort en 1910, nous avons aussitôt émigré pour lui succéder.

J'étais trop jeune pour percevoir clairement la différence d'atmosphère entre la petite ville assoupie et proprette des rivages de la mer du Nord, et l'air vibrant de révoltes et de luttes du port amiral de la Baltique, mais le fait est que j'ai grandi dans un climat de chaude politique. Parce qu'il avait décidé que l'avenir de l'Allemagne était sur l'eau, le Kaiser avait fait de Kiel sa ville d'élection. Il y venait pour de fréquents séjours, mais sa présence prenait un éclat particulier pendant notre grande semaine, la *Kieler Woche*, à la fin du mois de juin, lorsqu'il présidait en personne les régates internationales.

En 1914, mon père fut mobilisé à bord d'un croiseur sous-marin. Il disparut avec son *U-Boot* en 1917. Conformément à une logique cruelle, rarement démentie par l'Histoire, c'est de Kiel que devait venir le coup le plus dur pour le trône du Kaiser. La mutinerie des équipages de la marine de guerre en novembre 1918 sonna le glas du IIe Reich. Juste retour des choses au demeurant : l'armistice et la paix qui supprimaient la flotte de guerre et chassait le pavillon allemand de toutes les mers du globe, condamnaient à une mort brutale Kiel, ses chantiers et ses docks. La boucherie familiale elle aussi se mourait. Je n'en avais cure. J'avais quinze ans. A défaut de cochons, je faisais mes saucisses avec les chevaux de la défunte cavalerie impériale, mais j'avais la tête ailleurs. La fleur bleue des *Oiseaux migrateurs* (Wandervögel) m'avait touché le cœur...

Le mouvement des *Wandervögel*, c'était d'abord l'acte par lequel la jeune génération se désolidarisait de ses aînés. Cette guerre perdue, cette misère, ce chômage, cette agitation politique, nous n'en voulions pas. Nous jetions à la figure de nos père l'héritage sordide qu'ils tentaient de nous faire assumer. Nous refusions pêle-mêle leur morale d'expiation, leurs épouses corsetées, leurs appartements étouffants, capitonnés de tentures, de portières et de poufs à glands, leurs usines fumantes, leur argent. Par petits groupes chantants et enlacés, dépenaillés, coiffés de feutres défoncés mais fleuris, ayant pour tout bagage une guitare sur l'épaule, nous avions découvert la grande et pure forêt allemande avec ses sources et ses nymphes. Efflanqués, crasseux et lyriques, nous couchions dans les fenils et les crèches, et nous vivions d'amour et d'eau claire. Ce qui nous unissait par-dessus tout, c'était notre appartenance à une même génération. Nous entretenions comme une franc-maçonnerie de la jeunesse. Certes nous avions des maîtres. Ils s'appelaient Karl

Fischer, Hermann Hoffmann, Hans Blüher, Tusk. Ils écrivaient pour nous des récits et des chansons dans des petites revues. Mais nous nous entendions trop bien à demi-mot pour avoir besoin d'une doctrine. Nous ne les avons jamais vus à Kiel.

C'est alors que se produisit le miracle des *gueux*. Nous, écoliers errants, nous avions la soudaine révélation avec cette *Ligue des gueux* (Bund der Geusen) qui nous ressemblaient comme des frères, mais qui relevaient de l'idéologie nazie, que nos idéaux et notre manière de vivre n'étaient pas forcément voués à demeurer en marge d'une société forte de son organisation et de son inertie. Les gueux, c'était des Wandervögel doués d'une force révolutionnaire qui menaçait directement l'édifice social.

Les rêves étaient finis. Commençait la lutte dans la rue. Du coup, ma boucherie prenait un sens : je devins le responsable politique de la corporation. On collait des affiches, on souillait les maisons des mal-pensants, on empêcha la projection à Kiel du film antimilitariste *A l'Ouest rien de nouveau*. La municipalité réagissait en frappant indistinctement nazis et sozis [8]. Un jour le port de l'uniforme de la Jeunesse hitlérienne fut interdit. Alors tous les garçons bouchers de mon groupe défilèrent dans les rues en tenue de travail, et les bourgeois se montraient épouvantés les grands couteaux passés dans la ceinture des grossiers tabliers blancs maculés de sang. Les sozis avaient une formation de fifres qui leur tenait lieu de signal de ralliement. Nous avons eu les nôtres, et après nombre d'affrontements, le fifre est devenu nazi.

Mais rien jamais ne surpassa la journée du 1er octobre 1932. Baldur von Schirach avait décidé que ce jour-là serait tenu à Potsdam le premier congrès de la jeunesse nazie (Reichsjugendtag der N.S.D.A.P.). Le parti avait loué trente-huit tentes géantes pouvant abriter au total mille participants. Ils furent plus de cent mille filles et garçons qui affluèrent de toutes les provinces du Reich. Ils arrivaient par trains entiers, à pied, à bicyclette, sur des camions où des grappes de corps se hérissaient de drapeaux déployés. Désordre inouï! Grandiose mêlée de l'amitié! Le ravitaillement était nul. La fatigue, surhumaine. Nous vivions tous sur nos nerfs, ivres de chants, de cris, de marches et de contremarches. Oui, la marche! Elle était devenue notre mythe, notre opium! Marschieren, marschieren, marschieren! Symbole de progrès, de conquête et aussi de rassemblements, de congrès, elle faisait de nos jambes devenues dures, sèches et poussiéreuses comme des roues, comme des bielles, l'organe politique principal de nos personnes!

Soixante mille garçons étaient parqués sur la Schützenwiese, cinquante mille filles dans le stade. Sept heures durant, nous avons défilé devant la tribune officielle. Mais nous, les jeunes de Kiel, nous étions les plus beaux, les plus sauvages. Nous avions retroussé nos manches et rabattu nos chaussettes, car nous étions fiers de nos muscles de bronze. Nous avions dépassé la tribune dans un tonnerre acidulé de fifres, quand un aide de camp du Führer courut nous rejoindre.

— Le Führer m'envoie vous demander qui vous êtes!

— Dis-lui que nous sommes pour le servir et pour mourir les Hitler-Jungen de Kiel [9]!

Quelle joie, quel appétit de sacrifice dans cette réponse!

Quatre mois plus tard, Adolf Hitler devenait chancelier du Reich.

*

E. S.   Ce matin Blättchen m'a tendu une lettre circulaire provenant de l'*inspection générale des napolas* et concernant le choix des Jungmannen parmi les candidats. « Lors des sélections, y était-il dit notamment, il sera tenu compte du retard dans leur évolution que présentent normalement les enfants de races daliques (fälisch) ou nordiques, du point de vue aussi bien physique que psychologique. Les sélecteurs ne doivent pas se laisser abuser par l'aspect assoupi et l'intelligence peu éveillée qui paraîtra désavantager ces sujets en comparaison des jeunes est-baltiques et alpins (westisch) du même âge.

En réalité, une intelligence rapide et un sens de la repartie qui fait mouche (« en voilà un qui n'a pas sa langue dans sa poche! ») sont souvent les stigmates d'une précocité incompatible avec la pureté de la race allemande. Presque toujours un examen approfondi mettra en évidence des caractéristiques anthropologiques allant dans le même sens [10]. »

— Voyez-vous, Herr von Tiefauge, enchaîna-t-il, on ne saurait trop louer l'auteur de cette note pour sa pénétration et son courage. Avez-vous remarqué que chaque peuple se réclame au premier chef de la vertu dont il est en fait le plus dépourvu? La courtoisie bien française, par exemple, que recouvre-t-elle dans la réalité, sinon une goujaterie invétérée qui se manifeste en toute occasion, et singulièrement à l'endroit des femmes? Le sens de l'honneur que revendiquent si ombrageusement les Espagnols est démenti par la propension irrésistible des races ibériques à la trahison et à la corruption. Quant à l'honnêteté suisse — les consuls helvétiques consacrent le plus clair de leur temps à essayer de tirer de prison leurs compatriotes frauduleux —, le flegme des Anglais — ah! la haine rageuse et aveugle de ces gens! —, la propreté hollandaise — ô puanteur des cantonnements néerlandais! —, la gaieté italienne... allez voir sur place, vous en jugerez par vous-même! L'Allemagne n'échappe pas à cette règle. Depuis que vous êtes ici, on a dû vous rebattre les oreilles avec notre rationalité, notre sens de l'organisation et de l'efficacité. La vérité, Herr von Tiefauge, c'est que l'âme allemande est un chaos ténébreux! Ce n'est pas le manque de précocité qui fait l'enfant nordique éteint et obtus. Aucune maturité ne le fera jamais accéder à la luminosité méditerranéenne. La raison est l'invention des Grecs anciens, peuple mille fois abâtardi d'alpins dinariques fortement balkanisés, avec des apports levantins et égyptiens, bref un mélange indéchiffrable de toute la lie eurafricaine. *La pureté est opaque*, Herr von Tiefauge, voilà la vérité qu'il faut avoir le courage de regarder en face ! L'enfant nordique a toutes les apparences de la nigauderie, mais c'est parce qu'il est en prise directe sur le jaillissement profond des énergies vitales. Il sommeille à l'écoute de la rumeur viscérale qui monte de l'*Urgrund* de son être, et qui lui dicte sa conduite. Personne n'a comme l'Allemand le sens des sources noires qui élaborent secrètement le suc radical des choses. Cet *Urinstinkt* fait de lui la plupart du temps une brute assoupie, capable des pires aberrations, mais parfois aussi il en émane des créations incomparables !

*

E. S.   Malgré les grands progrès que je fais en allemand, il est clair que j'y suis venu trop tard, et que je ne parlerai jamais cette langue comme le français. Je ne le regrette pas trop. La distance — même devenue infime— entre ma pensée et ma parole, quand je pense, parle ou rêve en allemand, présente des avantages indiscutables. D'abord, la langue, ainsi légèrement opaque, crée une sorte de mur entre mes interlocuteurs et moi, et me donne une assurance inattendue et fort bénéfique. Il y a des choses que je n'arriverais pas à dire en français — des duretés, des aveux —, et qui s'échappent de mes lèvres sans difficulté, travesties dans l'âpre parler germain. Ceci s'ajoutant à la simplification qu'impose forcément à tout ce que je dis ma connaissance imparfaite de l'allemand fait de moi un homme beaucoup plus fruste, direct et brutal que le Tiffauges francophone. Métamorphose infiniment appréciable... pour moi du moins.

L'allemand ignore les liaisons. Les mots et même les syllabes se juxtaposent comme des cailloux, sans mêler leurs limites. Au lieu qu'une certaine fluidité noie la phrase française dans une continuité plaisante, mais qui menace de tourner à l'inconsistance. Parce que l'allemand se compose de pièces solides, comme celles d'un jeu de construction, il se prête à la construction indéfinie de mots composés qui demeurent parfaitement déchiffrables, alors qu'en français les mêmes créations se résoudraient vite en une bouillie informe. Il en résulte que précipitée et impérieuse, la phrase allemande devient aussitôt rocailleuse et aboyante. Des statues ou des robots s'en accommoderaient. Nous autres, créatures muqueuses et tièdes, nous préférons le doux parler d'Ile-de-France.

Ce qui est tout à fait aberrant, c'est le sexe attribué par les mots allemands aux choses, et même aux gens. L'introduction d'un genre neutre était un perfectionnement intéressant, à condition d'en user avec discernement. Au lieu de quoi, on voit se déchaîner une volonté maligne de travestissement général. La lune devient un être masculin, et le soleil un être féminin. La mort devient mâle, la vie neutre. La chaise est elle aussi masculinisée, ce qui est fou; en revanche le chat est féminisé, ce qui répond à l'évidence même. Mais le paradoxe est à son comble avec la *neutralisation* de la femme elle-même à laquelle la langue allemande se livre avec acharnement (Weib, Mädel, Mädchen, Fräulein, Frauenzimmer).

*

Les Jungmannen les plus âgés avaient dix-sept et dix-huit ans. La présence à côté d'authentiques enfants de ces adolescents et de ces jeunes hommes choquait Tiffauges dans son exigence catégorique de fraîcheur. Elle répandait dans le réfectoire, les dortoirs et tout l'établissement un fumet de virilité et de soldatesque qui le dégoûtait et dressait une barrière déplorable entre Kaltenborn et lui. Un obstacle s'opposant aussi précisément à sa vocation était condamné à tomber à plus ou moins brève échéance. Les armes promises par le Gauleiter auraient permis l'instruction sur place des classes appelées sous les drapeaux. C'était l'espoir de l'Alei qui rêvait de disposer à Kaltenborn même d'un corps de jeunes soldats armés et entraînés. Mais leur livraison tardait malgré ses démarches répétées. Le 1er mars, l'inévitable se produisit. Les deux centuries supérieures — de seize et dix-sept ans — étaient supprimées par un ordre d'incorporation immédiate. Les aînés entraient dans la Wehrmacht, les plus jeunes dans un camp de formation accélérée (Wehrertüchtigungslager). Dix sous-officiers S.S. désignés pour les encadrer quitteraient également la napola.

*

E. S.   Les grands qu'on envoie la semaine prochaine à l'égorgeoir font leur mise en train sur le glacis. Ils sont bottés, culottés, mais torses nus dans l'air piquant du petit matin. Stefan qui veut allier l'exercice de force au mouvement d'ensemble a imaginé de les faire jongler avec des poutres. Chaque poutre longue d'une dizaine de mètres est portée à bout de bras par une section de douze hommes. Chaque section lève et abaisse sa poutre, la fait passer d'une épaule sur l'autre, la lance en l'air, d'abord verticalement, ensuite vers la droite, et c'est la section voisine de droite qui doit la recevoir. En cas de fausse manœuvre, il y aurait sans doute çà et là un crâne défoncé, une oreille fauchée ou une épaule fracturée, mais ce risque n'est certainement pas fait pour déplaire à notre direction.

Tous ces gaillards ont entre quinze et dix-huit ans, et la trace du rasoir se voit sur la plupart des mentons et des joues. Mais il faut reconnaître honnêtement que ces torses sont tous d'une émouvante tendresse que souligne la grossièreté de la ceinture, du pantalon et des bottes. Pas un poil sur ces poitrines blanches, et même la plupart des aisselles sont également glabres. Quelques chaînes avec une médaille ajoutent une note enfantine autour de ces cous laiteux, qui appellent davantage les baisers de maman que les coups de sabre du cosaque.

Un bras de vingt ans peut être l'équivalent charnel d'une jambe de douze ans, mais il ne faut pas s'y laisser prendre. Au-dessous de la ceinture, finie la pureté enfantine, il n'y a plus que noirceur et virilité cynique...

*

Peu après cette saignée qui restituait à Kaltenborn sa « pureté enfantine », mais diminuait de la moitié ses effectifs et désorganisait son encadrement, Stefan réunit un conseil de guerre auquel assista Tiffauges, caché derrière Blättchen, les S.S. et les enseignants civils subsistants. Le départ des sous-officiers serait pallié par une plus grande participation des élèves à la vie matérielle de l'établissement, expliqua-t-il. Des équipes se relaieraient aux cuisines, à la buanderie, aux écuries et on établirait un roulement pour assurer les corvées de bois et de ravitaillement. Plus grave était le problème du recrutement de nouveaux élèves. Kaltenborn devait conserver sa place de napola de première catégorie par le nombre de ses pensionnaires, et ne devait pas se laisser détourner de sa mission par les difficultés issues de la guerre. Certes le principe voulait qu'il y eût dans chaque napola des enfants provenant de toutes les provinces du Reich et qu'on évitât un recrutement par trop local. Mais la situation dictait des solutions d'urgence. L'Alei demandait donc à tous les responsables présents de prospecter eux-mêmes la région afin de trouver des jeunes garçons dignes de combler les vides creusés par l'envoi sous les drapeaux de deux centuries. Il se chargerait avec le Professor Doktor Blättchen de faire subir un examen aux candidats ainsi recrutés.

Tiffauges se souciait peu de la catégorie et de la mission de la napola. Mais s'il avait salué l'élimination des éléments les plus âgés, les moins frais et donc les moins propres à exciter sa tendresse, il était sensible à une indiscutable *détente* de l'atmosphère de Kaltenborn qui avait perdu sa belle richesse sonnante et dense. Il souhaitait donc ardemment que l'établissement refît le plein de ses effectifs, tout en n'attendant rien de bon de l'appel de l'Alei. En vérité, il avait compris que cet appel s'adressait à lui par-dessus la tête de ces hommes profanes et inconscients —, seul peut-être Blättchen était-il quelque peu initié, mais combien vicieusement et de façon perverse! — et que le temps viendrait à coup sûr où le destin ayant balayé la canaille remettrait entre ses mains les clés du royaume pour lequel il était né.

*

E. S.   Il fallait s'y attendre : le départ des dix sous-officiers et la participation des enfants au fonctionnement matériel de la napola a jeté un trouble irrémédiable dans la belle mécanique dont nous étions tous prisonniers. A part quelques points de repère qui surnagent — les appels, saluts aux couleurs et autres cérémonies — l'emploi du temps si bien coordonné de la napola est disloqué et la discipline battue en brèche. Pour moi cette libération est inséparable du printemps que les fauvettes saluent à gorge folle et qui fait glousser d'invisibles ruisseaux sous la neige croûteuse. L'année ne commence pas le 1er janvier, elle commence le 21 mars. Par quelle aberration a-t-on pu détacher ainsi le calendrier humain de la grande horloge cosmique qui règle la ronde des saisons?

Je ne sais bien sûr pas où va me mener l'année qui commence. Mais ce Blättchen — qui sent le crime à plein nez — me fait entrevoir l'éventualité d'une immense et déchirante révélation : qui sait si tout, absolument tout ce qui ici répond — ou paraît répondre — à mes faims et à mes aspirations, n'est pas en vérité leur *inversion maligne?*

Ce matin il a écrit au tableau noir :

$$vivant = hérédité + milieu.$$

Puis il a posé cette autre équation sous la première :

$$être = temps + espace.$$

Enfin il a entouré *milieu* et *espace* d'un cercle qu'il a intitulé *bolchevisme. Hérédité* et *temps* à leur tour isolés ont été placés sous la rubrique *hitlérisme.*

— Voilà, a-t-il commenté, les termes du grand débat du xxe siècle. Les communistes nient le patrimoine héréditaire de l'être vivant. Tout, selon eux, doit être mis sur le compte de l'éducation. Si un cochon n'est pas un lévrier, c'est une injustice sociale, c'est la faute à l'éleveur. Ah, ah, ah! Et d'invoquer la parole de saint Pavlov! Le Juif Freud, selon lequel tout est déterminé dans notre vie par les heurs et malheurs de nos toutes premières années, va dans le même sens avec davantage de subtilité. C'est une philosophie de bâtards, de nomades, sans tradition ni race, de citadins cosmopolites sans racines. L'hitlérisme âprement enraciné dans la vieille terre allemande, doctrine d'agriculteurs et de sédentaires, renverse les termes de cette thèse. Pour nous, tout est dans le bagage héréditaire, transmis de génération en génération selon des lois connues et inflexibles. Le mauvais sang n'est ni améliorable ni éducable, le seul traitement dont il est justiciable est une destruction pure et simple.

« Notez que la philosophie aristocratique de l'Ancien Régime préformait nos idées. Pour l'aristocrate, on est « né », ou on n'est pas « né », et aucun mérite ne fera jamais oublier la roture du roturier. Et plus la lignée est ancienne, plus elle a de valeur. Je reconnais volontiers dans des hommes comme le général comte von Kaltenborn les précurseurs de notre racisme. Mais ils n'ont pas su évoluer. La biologie doit prendre la relève du Gotha. Les titres nobiliaires doivent céder la place aux chromosomes. Le *spectre sanguin*, Tiefauge, le spectre sanguin, voilà le dieu qui nous hante! Aux vieilles armoiries de l'ancienne noblesse, nous avons substitué les viscères gorgés de sang, pulpeux et palpitants qui sont ce que nous avons de plus intime et de plus vital! C'est aussi pourquoi nous ne devons pas craindre de verser le sang. Comprenez-vous : *Blut und Boden*. Les deux se tiennent. Le sang vient de la terre, et y retourne. La terre doit être arrosée de sang, elle l'appelle, elle le veut. Il la bénit et la féconde! »

Mais moi, en entendant ce discours insensé, je me souvenais que j'étais de la race d'Abel, le nomade, le sans-racine, et que Jéhovah avait dit à Caïn : « Le sang de ton frère crie de la terre jusqu'à moi. Maintenant tu seras maudit de la terre qui a ouvert sa bouche pour recevoir de ta main le sang de ton frère. »

★

Dès la tombée de la nuit, tous les Jungmannen se rassemblent sur le glacis en formation serrée, laissant place à un carré ouvert du côté de la forteresse. Là, un podium bas, flanqué de torchères et d'oriflammes sert d'autel au rite invocatoire qui va être célébré. D'un côté, les jeunes tambours, la haute caisse des lansquenets, flammée noir et blanc, posée sur la jambe gauche, de l'autre les jeunes trompettes, la corolle de cuivre de leur instrument appuyé sur la hanche, attendent en silence.

Brusque et stridente clameur des trompettes. Grondement des tambours montant dans la nuit par vagues successives, menaçantes et orageuses, puis s'évanouissant, comme perdues dans le lointain.

Une histoire de trahison et de mort est évoquée en versets accusateurs par des voix solitaires et véhémentes.

— Et voici que les fanfares font silence, et les hommes en colonnes infinies se recueillent pieusement, et les drapeaux s'abaissent lentement pour saluer les ombres de ceux qui moururent pour la patrie.

— A cette heure, nous évoquons la mémoire du premier soldat du Reich, Albert Leo Schlageter.

— Schlageter était issu d'une longue lignée de paysans de Schönau, au sud de la Forêt-Noire. C'est là que repose sa dépouille. Engagé volontaire et plusieurs fois blessé pendant la guerre, il fait partie des corps francs de la Baltique et des gardes-frontières de haute Silésie après le Diktat de Versailles.

— Mais à l'ouest, l'orage éclate et la foudre frappe ce combattant exemplaire. Violant le droit et la paix, les troupes françaises envahissent la Ruhr. La résistance flambe de tous côtés. Schlageter se bat en première ligne. Avec ses compagnons, il paralyse par des actions hardies les lignes de communication et de renfort de l'ennemi.

— Par traîtrise, il tombe aux mains des Français!

— Nous les jeunes qui aimons l'Allemagne, nous avons inscrit un mot sur notre drapeau, *Combat!* Et il faudra que brûle tout ce qui est lâche et veule! Du sang et de la terre émane notre droit. La flamme claire consumera les tièdes! Brisons tout ce qui est pourri et vermoulu! Libérons la patrie de l'esclavage! Forgeons la nation allemande! Nous les jeunes qui aimons l'Allemagne, nous avons inscrit un mot sur notre drapeau, *Combat!*

— Schlageter n'eut pas un instant d'hésitation quand retentit l'appel de son peuple en détresse. Lieutenant sur le front, chef de batterie des provinces baltes, champion de la cause nationale-socialiste, chef de la résistance dans la Ruhr — toujours prêt au sacrifice suprême.

> *Vois-tu à l'est l'aurore rougeoyer?*
> *C'est le soleil de la liberté qui se lève.*
> *Nous serrons les coudes, à la vie et à la mort.*
> *Pourquoi douter encore? Cessons nos disputes,*

C'est du sang allemand qui coule dans nos veines.
Peuple aux armes, peuple aux armes [11] !

— Schlageter comparut devant un tribunal militaire pour avoir tenté de faire sauter le pont de l'Haarbach, à Kalkum, entre Düsseldorf et Duisbourg. Après l'occupation de la Ruhr, le 11 janvier, les envahisseurs avaient réquisitionné tous les trains, principalement pour assurer le transport du charbon volé. Schlageter résolut d'empêcher ce pillage en s'attaquant aux voies ferrées. Le 26 février, le général de l'armée française de la Ruhr avait décrété la peine de mort contre les saboteurs. Schlageter fut condamné à être fusillé.

— Une escorte puissante l'entraîne à l'aube du 26 mai 1923 dans une carrière de la lande de Golzheim où se dresse aujourd'hui la croix qui porte son nom. On lui lie les mains derrière le dos. On le frappe pour l'obliger à s'agenouiller. Mais quand il reste seul face aux gueules des fusils, le *Jamais* d'un Andreas Hofer retentit dans son esprit. Il veut mourir debout, comme il a combattu. Il se redresse. La salve de mort éclate dans le silence de l'aube. Une dernière fois le corps se cabre avec violence, puis il tombe face contre terre.

— Ci-gît foudroyé sur les pierres celui qui fut semblable à nous. Le soleil s'est éteint, et le chagrin nous brise devant la dépouille de tous nos espoirs. Seigneur, tes voies sont obscures ! Celui-là était un brave. Nos drapeaux s'enveloppent de crêpe, mais lui, couvert de hauts faits, a rejoint ses aïeux. Nous sommes solidaires de ce mort. Sa volonté est la nôtre, et nôtre son destin. Si nous l'avons perdu, il demeure immortel pour la patrie, et du fond de sa tombe, sa voix dit : je suis !

*

Le racolage des enfants par les cadres de Kaltenborn n'aboutit qu'à des résultats misérables. Ces hommes surmenés, décimés par les rappels sous les drapeaux qui les faisaient vivre dans le provisoire, dépourvus de toute vocation phorique, se souciaient peu d'acquérir de nouvelles recrues pour une institution qu'ils quitteraient à plus ou moins brève échéance, et dont ils s'annonçaient entre eux la prochaine dissolution. Raufeisen, soutenu par une foi fanatique, maudissait cette carence, tandis que Blättchen déplorait la médiocrité anthropologique des rares sujets qu'on lui amenait.

Ce jour-là, Tiffauges revenait de Nikolaïken où il était allé faire ferrer de neuf Barbe-Bleue. Le printemps un peu tardif de cette année éclatait avec une si tendre allégresse qu'il ne doutait pas que quelque événement heureux se préparât pour lui. Le hongre, fier de ses ferrures étincelantes, les faisait claquer sur les silex du chemin, et Tiffauges songeait, avec cette nostalgie qui nimbait de charme morbide les épisodes les plus tristes et les plus cruels de sa vie passée, aux brodequins ferrés et fulminants de Pelsenaire. Il songeait également par association à la belle bicyclette Alcyon de Nestor qu'il ne pouvait encore évoquer sans une bouffée d'orgueil, quand, parvenu au bord du lac de Lucknain, à une heure de Kaltenborn, il aperçut justement six bicyclettes appuyées sous les arbres de la rive. C'était de ces lourdes machines allemandes aux guidons relevés en cornes de vache, avec un frein sur pédale et, fixée au cadre, une antique pompe à poignée de bois. A travers les branches des arbres lui parvenaient des scintillements de miroir d'eau avec des appels, des rires, des clapotis.

Il mit pied à terre, lâcha Barbe-Bleue dans un petit pré fleuri, et, deux minutes plus tard, il s'incorporait d'un bond aux eaux limpides et fraîches traversées d'éclairs et de remous vivants. Il avait calculé son élan pour émerger au milieu des enfants. On le salua avec des cris et des rires. Ils venaient de Marienburg, à trois cents kilomètres de là, et profitaient des vacances de la Pentecôte pour sillonner à bicyclette les forêts et les lacs de Mazurie. Tiffauges leur parla de Kaltenborn, de la citadelle avec ses salles de gymnastique, ses stands de tir, ses chevaux, ses bateaux, ses armes, de la vie exaltante que les Jungmannen y menaient, et il les invita à dîner et à passer la nuit avec des centaines de camarades de leur âge.

Lorsque Raufeisen entendit le nom de Marienburg, il tressaillit de joie et de fierté. C'était la capitale historique et spirituelle des chevaliers teutoniques, et son château admirablement conservé était à coup sûr le plus orgueilleux chef-d'œuvre architectural de la Prusse-Orientale. C'était là, dans la grande salle des chevaliers que chaque année, le 19 avril, Baldur von Schirach prononçait au micro à l'intention de tous les jeunes Allemands de dix ans la formule qui les liait à tout jamais au Führer. Blättchen ne pouvait retenir des exclamations d'enthousiasme en examinant les nouveaux venus. Jamais il ne lui avait été donné de voir de près des échantillons aussi purs de la variété Borreby-est-baltique dont Hindenburg demeurait le spécimen le plus illustre. Il y eut un échange de coups de téléphone et de lettres avec les familles des jeunes garçons et les autorités de leur ville. Ils ne devaient jamais revoir Marienburg.

A la suite de ce coup de filet magistral, l'Alei convoqua Tiffauges. Il admit qu'il avait jusque-là sous-estimé les mérites du Français. Tiffauges venait de prouver qu'il était capable de rapporter à Kaltenborn mieux que des fromages et des sacs de fèves. L'Alei ne pouvait certes lui donner aucun pouvoir officiel, mais il le chargeait de battre toute la région à la recherche de jeunes recrues dignes de la napola. Il avertirait par circulaire les Kreisleitungen de Johannisburg, Lyck, Lötzen, Sensburg et Ortelsburg, d'autres plus lointaines s'il le fallait. Tiffauges n'aurait de comptes à rendre qu'à l'Alei qui le jugerait sur les résultats.

Blättchen n'eut pas le temps de féliciter son assistant de cette promotion. Depuis peu, on parlait d'une vaste entreprise connue sous le nom de code d'*Opération Fenaison* [12] et due à l'initiative du Reichsführer S.S. en personne. Il s'agissait de sélectionner et de déporter en Allemagne, dans des villages spéciaux aménagés à cet effet, quarante mille à cinquante mille enfants blancs-ruthéniens ayant entre dix et quatorze ans, et provenant des régions occupées par le Groupe d'Armée du Centre. Une fois de plus, Alfred Rosenberg, ministre des Territoires occupés de l'Est, opposait la plus obtuse incompréhension aux promoteurs de cette opération purement S.S., objectant que des enfants aussi jeunes seraient pour le Reich plus une charge qu'un apport positif de main-d'œuvre, et suggérant qu'on s'en tînt à des garçons ayant entre quinze et dix-sept ans. En vain, les émissaires d'Himmler lui avaient-ils patiemment expliqué qu'il s'agissait non d'un grossier transfert de travailleurs manuels, mais d'une transfusion accomplie dans les profondeurs biologiques des deux communautés et destinée à affaiblir de façon décisive les forces vives du voisin slave. Il avait fallu se résoudre à agir en dehors de l'Ostministerium.

On s'était alors souvenu d'Otto Blättchen et de ses brillants états de service dans l'affaire des cent cinquante têtes judéo-bolcheviques. Nul doute que sa connaissance des confins russo-polonais ne fasse merveille en la circonstance.

Le 16 juin, il faisait ses adieux au Kommandeur et à l'Alei, et, ayant rassemblé ses poissons rouges — *Cyprinopsis auratus* — dans des bidons scellés, il disparaissait en pestant contre la faible quantité de bagages que la médiocre Opel qu'on lui avait envoyée lui permettait d'emporter. Le surlendemain, Tiffauges s'installait avec l'assentiment de l'Alei dans les trois pièces du *Centre raciologique*.

Lorsqu'il se retrouva maître des lieux, seul dans le « laboratoire » au milieu du bric-à-brac anthropométrique abandonné par le professeur docteur Sturmbannführer, il fut pris d'un fou rire nerveux, où se mêlaient un sentiment de triomphe et un pincement d'angoisse en face de ce nouveau tour du destin.

*

E. S.   Ce soir les colonnes se sont dispersées en silence dans l'obscurité tiède et parfumée pour allumer les feux de solstice sur la Seehöhe, sur les rives du lac de Spirding, de l'autre côté du lac Tirklo, tous lieux d'où l'on pouvait voir les feux des autres colonnes, et être vu par elles.

Secrète tristesse de cette fête du soleil. Le jeune été, à peine son avènement est-il célébré que déjà il décroît, non certes visiblement et de façon patente, mais par un grignotement quotidien d'une ou deux minutes. Ainsi l'enfant, au zénith de sa plus belle santé, est-il déjà porteur de tous les germes de la décrépitude. Et à l'inverse, Noël, aux antipodes de l'année, célèbre le joyeux mystère de la renaissance d'Adonis au plus noir et au plus humide de l'hiver.

Les Jungmannen entourent le bûcher selon un carré ouvert du côté où le vent chassera fumées et flammèches. Le plus petit se détache et marche vers le bûcher. Il a à la main une bluette palpitante et légère comme un papillon de lumière, si fantasque que nous craignons tous qu'elle ne s'éteigne avant que le petit boutefeu n'ait accompli son office. Elle disparaît en effet lorsque l'enfant s'agenouille au pied de l'édifice de troncs résineux dont débordent des fagots de ramée. Il recule d'un bond quand la flamme s'élance avec un crépitement rageur. Les voix limpides montent dans les ténèbres bousculées par de brusques reflets :

Le peuple va au peuple, comme la flamme va à la flamme!
Monte jusqu'au ciel, embrasement sacré,
Bondis d'arbre en arbre en mugissant!

Les rangs se défont et chacun s'approche du foyer pour y allumer la torche qu'il porte. Puis le carré se reforme, composé désormais de flammes dansantes.

On voit s'allumer dans le lointain ténébreux les feux des autres colonnes que salue un fragile récitant :

Regardez briller le seuil qui nous délivrera de la nuit.
Au-delà pointe déjà l'aurore d'un temps radieux. Les
portes de l'avenir sont ouvertes à ceux dont le cœur
brûle d'amour pour la patrie. Regardez ces points lumi-
neux qui font vivre la terre encore obscure. L'antique
et tragique Mazurie répond à notre appel et brûle de

mille feux fraternels. Ils anticipent et suscitent le jour le plus lumineux de l'année.

Trois Jungmannen portant chacun une couronne de chêne s'avancent vers le foyer :

— *Je sacrifie cette couronne à la mémoire des morts de la guerre.*
— *Je dépose cette couronne sur le front de la révolution nationale-socialiste.*
— *Je dédie cette couronne aux sacrifices futurs que la jeunesse allemande consentira dans l'enthousiasme à la patrie.*

Le chœur unanime de tous les autres leur répond :

— *Nous sommes le feu et le bûcher. Nous sommes la flamme et l'étincelle. Nous sommes la lumière et la chaleur qui font reculer l'obscur, le froid et l'humide.*

Tandis que l'édifice des troncs embrasés s'effondre dans un torrent de flammèches, le carré s'anime. Les Jungmannen défilent en cercle, et chacun à tour de rôle s'élance et saute à travers les flammes.

Cette fois, nulle besoin d'interprétation, ni d'aucune grille de déchiffrement. Cette cérémonie qui mêle si obstinément l'avenir et la mort, et qui précipite l'un après l'autre les enfants dans un brasier, c'est bien l'évocation en clair et l'invocation diabolique du massacre des innocents vers lequel nous marchons en chantant.

Je serais surpris que Kaltenborn eût le temps de célébrer un autre solstice d'été.

*

Tiffauges sur son grand cheval noir hanta dès lors la Mazurie depuis les hauts de Königshöhe à l'ouest jusqu'aux marais de Lyck à l'est, poussant des pointes au sud jusqu'à la frontière polonaise. Muni de lettres d'introduction aux armes de Kaltenborn, il s'annonçait dans les mairies, prospectait les écoles communales, s'entretenait avec les instituteurs, examinait les enfants, et sa tournée s'achevait par une visite aux parents qu'un mélange de promesses éclatantes et de menaces voilées manquait rarement de convertir à l'idée d'une incorporation de leur fils dans la napola. Puis il rentrait à bride abattue à Kaltenborn, et faisait son rapport à Raufeisen qui entérinait ses décisions et les rendait exécutoires. Mais il lui arrivait de se heurter à des résistances plus ou moins déclarées, toujours difficiles à vaincre dans ce pays assombri par la défaite — et bien entendu, c'était souvent les enfants auxquels pour une raison ou pour une autre il attachait le plus de prix qui s'avéraient le gibier le plus farouche.

C'est ainsi qu'il avait repéré au bout du lac Beldahn qui s'avance comme une longue, étroite et tortueuse langue verte à l'intérieur des sables de Johannisburg, un couple de jumeaux dont les parents vivaient misérablement dans une cabane de pêcheurs. Il avait toujours été fasciné par la gémellité qui lui paraissait recéler un pouvoir vital à une profondeur où la chair dicte sa loi à l'âme et l'asservit à ses caprices. Caprice de la nature qui livrait de gré ou de force à un être tous les secrets de l'intimité d'un autre être en faisant de lui son *alter ego*. A cela s'ajoutait que Haïo et Haro étaient roux comme des renardeaux, blancs comme du lait et piolés comme s'ils avaient été roulés dans le son. Il avait aussitôt songé en les voyant un jour cueillir des roseaux au bord du lac à la troublante théorie dont l'avait entretenu Blättchen — pour la réfuter avec un mépris rageur — selon laquelle il n'y a que deux races humaines, la rousse qui se singularise en profondeur jusqu'au niveau de la cellule, et l'ensemble blond-brun qui n'est qu'un dosage infiniment nuancé du même pigment.

Contre toute attente, l'acquisition des jumeaux s'était heurtée à une résistance passive presque insurmontable de la part des parents. Après avoir longtemps feint de ne pas comprendre l'allemand — ils parlaient entre eux un dialecte slave —, ils avaient opposé aux explications de Tiffauges une incompréhension de débiles mentaux, répétant inlassablement qu'à douze ans les enfants étaient trop jeunes pour être soldats. Vainement Tiffauges avait fait le tour des villages des environs. Dans toutes les mairies, peu soucieux de s'embarquer dans cette affaire peu claire, on avait nié que cette région du lac fût du ressort de la commune. Il fallut que Raufeisen, éperonné par le Français, fît intervenir la Kreisleitung de Johannisburg, et ce fut finalement le maire en personne qui amena les deux enfants à Kaltenborn.

*

E. S.   Un coup de téléphone m'a averti que les jumeaux étaient définitivement acquis. Une voiture de la Kommandantur de Johannisburg les amène à Kaltenborn. Ils seront là dans une heure.

Aussitôt une fébrilité que je connais bien s'est emparée de moi. Il s'agit d'un tremblement tétanique dont toute ma carcasse retentit, et dont ma mâchoire est le moteur principal. Je lutte autant que je peux contre cette trémulation trismique qui fait mes dents s'entrechoquer et des petits jets de salive fuser à l'intérieur de ma bouche. Je lutte par instinct, mais bientôt je m'abandonne à ce qui n'est qu'un trop grand bonheur anticipé. Je me demande même si cette attente d'une proie encore totalement absente, mais promise sans déception possible, n'est pas ce que la vie m'apportera jamais de meilleur.

Les voici. La pesante Mercedes du Kreisleiter tourne dans la cour et s'arrête devant la porte. Les bessons sortent l'un après l'autre, si semblables qu'on dirait que le même enfant par deux fois se courbe et saute sur les pavés. Mais ils sont bien tous deux là, côte à côte, semblablement sanglés dans la culotte de velours noir et la chemise brune barrée d'un baudrier de l'uniforme H.J. qui souligne lourdement leur rousseur et leur blancheur.

Je m'interroge depuis plusieurs semaines sur l'attrait qu'exerce si puissamment sur moi, non tant ces deux enfants particuliers que le phénomène de la gémellité en général. Ce n'est sans doute qu'une application privilégiée de la règle en vertu de laquelle les quelque quatre cents petits hommes de Kaltenborn forment ensemble une masse collégiale d'une densité incomparablement supérieure à celle qui résulte de la simple somme de leurs personnalités. C'est que justement ces personnalités multiples et contradictoires s'annulent en grande partie, et il ne reste que la foule nue et massive. La personnalité qui est esprit pénètre la chair, la rend poreuse, légère, respirante, comme le levain spiritualise la pâte. Qu'elle s'efface, et aussitôt le lingot charnel retrouve sa pureté native et son poids brut.

Les jumeaux vont plus loin dans ce processus de déspiritualisation de la chair. Il ne s'agit plus d'un tumulte contradictoire où les âmes se neutraliseraient. En vérité, ces deux corps n'ont qu'un seul concept pour s'habiller intelligemment, pour se pénétrer d'esprit. Ils s'épanouissent donc avec une tranquille indécence, étalant leur carnation crémeuse, leur duvet rose, leur pulpe musculaire ou adipeuse dans une nudité animale *insurpassable*. Car la nudité n'est pas un état, mais une quantité, et comme telle infinie en droit, limitée en fait.

L'examen des jumeaux entrepris immédiatement au laboratoire a confirmé ces vues. Haïo et Haro sont du type lymphatique, respiratoire, lent, assez gras. Crânes brachycéphales (90,5), faces larges aux pommettes saillantes, oreilles de faune, nez épatés, dents écartées, yeux verts un peu bridés. En somme visages un peu *mufles*, à la fois assoupis et rusés, exprimant une intelligence modeste, dominée par une vie instinctive intense. Corps puissamment posés dont l'équilibre paraît imperturbable. Épaules arrondies, pectoraux trop mollement dessinés, visiblement plus adipeux que musculaires. L'échancrure thoracique largement ouverte forme un plein cintre auquel répond l'ogive des aines et du sillon sus-pubien, scellé à son sommet inférieur d'une fleur de lys renversée, le sexe. Entre ces deux arcs symétriques, les trois plans des abdominaux sont étonnamment bien écrits pour un corps par ailleurs si enveloppé. Sous la nuque large, un dos charnu, modelé en pleine pâte, blanc et ovale comme une miche, est divisé en deux par la vallée vertébrale qui se perd dans le resserrement des lombes. Les reins fortement ensellés préparent la saillie exorbitante des fesses. Mains aux doigts courts, carrés, aux paumes musclées. Jambes lourdes, aux chevilles épaisses, dont les genoux aux rotules larges et plates se placent volontiers en hyperextension, attitude qui exalte la masse charnue de la cuisse, déséquilibrée, posée en surplomb au-dessus du pied.

Sur la peau très blanche, les taches de rousseur forment des semis, des traînées, des coulées, et même au niveau des bras et de la nuque des plaques déchiquetées comme des cartes géographiques. Un réseau de veinules violacées, régulier comme les mailles d'un filet, habille la face interne des cuisses.

...

E. S.   L'examen hâtif des jumeaux effectué au moment de leur arrivée avec l'impatience de la prise de possession ne m'avait pas révélé le fin du fin, la merveille des merveilles qui m'a sauté aux yeux ce matin dans un éblouissement de bonheur.

Je m'attardais à un jeu assez vain qui consistait à rechercher avec acharnement la différence — fût-elle infime — permettant de ne plus les confondre. A dire vrai, cette différence existe, et au bout de quelques jours de vie commune, je distinguais du premier coup d'œil

Haro de Haïo. Mais cette reconnaissance se fonde moins sur quelque signe distinctif précis que sur l'allure générale de l'enfant, ses gestes, sa manière d'être. Il y a chez Haro un allant, un élan, une netteté dans ses mouvements qu'on ne retrouve pas dans le tempo plus alenti, et comme méditatif de Haïo. On devine que dans le couple, c'est Haro qui prend les initiatives, et au besoin le commandement, mais Haïo sait toujours opposer à ce frère trop proche et trop vif les défenses du rêve et de l'atermoiement.

Quant au signe distinctif précis, anthropométrique, définissable en peu de mots, je l'ai trouvé, mais à un niveau incomparablement plus fin, plus abstrait, plus spirituel que celui auquel je m'égarais. J'avais noté depuis longtemps que si l'on divise un enfant en deux moitiés selon un plan vertical passant notamment par l'arête du nez, la moitié gauche et la moitié droite, pour semblables qu'elles soient en gros, n'en présentent pas moins d'innombrables petites divergences. On dirait que l'enfant est formé de deux moitiés conçues sur le même modèle, mais répondant à des inspirations différentes — la gauche tournée vers le passé, la réflexion, l'émotion; la droite vers l'avenir, l'action, l'agression — et accolées au dernier stade de la création. Au pôle opposé du corps, le *raphé*, cette petite saillie de la peau, ambrée et chagrinée, qui court sur la crête du périnée et le mitan des bourses depuis le bord antérieur de l'anus jusqu'au bout du prépuce, suggère lui aussi, à sa façon fruste et brutale, que le garçon est formé de deux valves tardivement soudées, comme un coquillage ou comme un baigneur de celluloïd.

Or voici la merveille qui marquera ce jour d'une pierre blanche : il est indiscutable que la moitié gauche de Haro correspond à la moitié droite de Haïo, de même que sa moitié droite reproduit exactement la moitié gauche de son frère. Ce sont des *jumeaux-miroirs* superposables face à face, et non face à dos comme les autres. J'ai toujours porté le plus grand intérêt aux opérations d'inversion, de permutation, de superposition, dont la photographie notamment m'avait fourni une illustration privilégiée, mais dans le domaine de l'imaginaire. Voici que je retrouve inscrit en pleine chair d'enfant ce thème qui n'a cessé de me hanter !

Je les avais fait asseoir côte à côte, et je les observais avec le sentiment d'un secret à percer que me donne toujours, il est vrai, la présence d'un visage ou d'un corps, mais cette fois sans la certitude désolante que le masque ne répondrait que par un durcissement à mon insistance, avec le soupçon au contraire que j'allais trouver. C'est alors que j'ai remarqué qu'une boucle de cheveux qui se tordait dans le sens des aiguilles d'une montre sur le front de Haïo tournait en sens inverse sur le front de Haro. Cette première et faible lueur m'a presque aussitôt fait voir qu'une cicatrice — qui était en vérité une manière de grain de beauté — se retrouvait identiquement sur la joue droite de Haro, sur la joue gauche de Haïo. Mais parmi les découvertes qui ont afflué dès lors en faisceau, c'était évidemment le dessin de leurs taches de rousseur qui devait être le plus révélateur.

J'ai téléphoné à l'institut d'anthropologie de Königsberg auquel j'avais eu recours précédemment sous Blättchen. Je leur ai fait part de ma trouvaille On m'a confirmé aussitôt l'existence de jumeaux-miroirs, phénomène assez rare, dû, pense-t-on, à une séparation qui aurait lieu, non pas *ab initio*, mais à un stade assez tardif, alors que l'embryon a commencé à se différencier. On viendra voir mes bessons à l'occasion d'une tournée dans notre région.

*

C'est dans le courant du mois de juillet que les Jungmannen reçurent en cadeau le joujou magnifique qu'on leur promettait depuis de longs mois : une batterie de D.C.A. comprenant quatre mitrailleuses lourdes jumelées, quatre pièces légères de 2 centimètres à tir rapide — deux cents à trois cents coups à la minute —, une pièce de 3,7, et surtout trois canons de 10,5 pour le tir à longue portée. On leur livra en outre un détecteur d'écoute (Horchgerät), mais il faudrait attendre encore pour toucher la batterie de projecteurs qui compléterait cette panoplie anti-aérienne. La Flak fut camouflée dans un bois de pins, sur une éminence dominant le village de Drosselwalde, à 2 kilomètres de la citadelle, d'où elle pouvait en cas de besoin prendre sous son feu la route d'Arys qu'emprunterait un éventuel envahisseur venant de l'est. Elle était servie à tour de rôle sous la direction de deux officiers instructeurs par quatre colonnes prises dans des centuries différentes.

Dès lors, les tirs d'entraînement se succédèrent, peuplant le ciel de flocons blancs, rappelant sans cesse par leur fracas triomphal la proximité de la guerre, et l'on entendait parfois des éclats d'obus crépiter sur les toitures du château. Tiffauges montait régulièrement leur ravitaillement aux colonnes en service. Il trouvait les garçons éparpillés sous les pins, se dorant au soleil en culottes de sport, ou au contraire casqués, assourdis par des oreillettes de feutre, affairés autour des pièces d'artillerie hurlantes et tonnantes. Jamais on ne s'était autant amusé, mais on déplorait que pas un avion ennemi n'apparût dans le ciel pour jouer le rôle de cible vivante.

E. S.   Pour scandaleuse qu'elle puisse paraître au premier abord, l'affinité profonde qui unit la guerre et l'enfant ne peut être niée. Le spectacle des Jungmannen servant et nourrissant dans une ivresse heureuse les monstrueuses idoles d'acier et de feu qui érigent leurs gueules monumentales au milieu des arbres est la preuve irréfutable de cette affinité. Au demeurant, l'enfant exige impérieusement des jouets qui sont fusils, épées, canons et chars, ou soldats de plomb et panoplies de tueurs. On dira qu'il ne fait qu'imiter ses aînés, mais je me demande justement si ce n'est pas l'inverse qui est vrai, car en somme l'adulte fait moins souvent la guerre qu'il ne va à l'atelier ou au bureau. Je me demande si la guerre n'éclate pas dans le seul but de permettre à l'adulte de *faire l'enfant*, de régresser avec soulagement jusqu'à l'âge des panoplies et des soldats de plomb. Lassé de ses charges de chef de bureau, d'époux et de père de famille, l'adulte mobilisé se démet de toutes ses fonctions et qualités, et, libre et insouciant désormais, il s'amuse avec des camarades de son âge à manœuvrer des canons, des chars et des avions qui ne sont que la *copie agrandie* des joujoux de son enfance.

Le drame, c'est que cette régression est manquée. L'adulte reprend les jouets de l'enfant, mais il n'a plus l'instinct de jeu et d'affabulation qui leur donnait leur sens originel. Entre ses mains grossières, ils prennent les proportions monstrueuses d'autant de tumeurs malignes, dévoreuses de chair et de sang. Le *sérieux* meurtrier de l'adulte a pris la place de la *gravité* ludique de l'enfant dont il est le singe, c'est-à-dire l'image inversée.

Si maintenant on donne à l'enfant ces jouets hypertrophiés conçus par une imagination morbide et réalisés par une activité déréglée, que va-t-il se passer? Il se passe, ce dont les hauts de Drosselwalde — et avec eux la napola de Kaltenborn, et tout le Reich — nous donnent le spectacle : la phorie qui définit l'idéal de la relation entre adulte et enfant s'instaure monstrueusement entre l'enfant et le jouet adulte. Le jouet n'est plus *porté* par l'enfant — traîné, poussé, culbuté, roulé, comme le veut sa vocation d'objet fictif, livré aux petites mains destructrices de l'enfant. C'est l'enfant qui est porté par le jouet — englouti dans le char, enfermé dans l'habitacle de l'avion, prisonnier de la tourelle pivotante des mitrailleuses couplées.

Je touche ici pour la première fois à un phénomène sans doute capital, et qui est le *bouleversement de la phorie par l'inversion maligne*. Il était logique en somme que ces deux figures de ma mécanique symbolique viennent tôt ou tard à interférer. La nouvelle figure qui résulte de cette conjonction est donc une sorte de *paraphorie*, je dis bien *une sorte* de paraphorie, car il est clair qu'il doit y avoir d'autres variétés de ce phénomène de déviation.

Une nouvelle pièce vient de s'ajouter à mon système. Je n'en saisis pas encore tous les aspects. Il faut que je la voie fonctionner et se révéler dans des contextes différents pour en mesurer l'importance.

*

La deuxième semaine de juillet fut marquée par un orage d'une rare violence qui creva sur la région et faillit avoir des suites tragiques pour Kaltenborn. Ce jour-là en effet la chaleur lourde d'un été chargé d'électricité avait amené l'Alei à organiser un jeu naval sur le lac de Spirding. Cent petits voiliers occupés chacun par quatre Jungmannen croisaient d'une rive à l'autre à la recherche des messages dispersés dans des bouteilles numérotées qui flottaient sur plusieurs kilomètres carrés. Il fallait glaner le plus de bouteilles possible, puis reconstituer le texte chiffré du message à travers les fragments qu'elles contenaient. C'était merveille de voir les esquifs blancs, poussés à vive allure par les rafales brûlantes qui balayaient le plan d'eau avec une violence croissante, s'éviter adroitement, cependant qu'un enfant se penchait à mi-corps hors de la coque pour cueillir au passage une bouteille porte-signe. Vers cinq heures pourtant le ciel noircit tout à coup, et une bourrasque creusa les eaux du lac. L'Alei donna aussitôt le signal du retour au ponton. A part quatre voiliers qui chavirèrent sans dommage, les bateaux se pressèrent à l'amarrage, cependant qu'une averse diluvienne chassait tout le monde dans les hangars. C'est alors qu'on s'aperçut qu'un voilier de la 3ᵉ centurie manquait à l'appel. La visibilité était presque nulle dans ce crépuscule plombé où des rideaux de pluie s'entrecroisaient rageusement. L'Alei fit téléphoner aux principaux villages riverains et entreprit de ratisser le lac méthodiquement avec la vedette. Ce fut en vain, et le jour se leva le lendemain sur un lac rendu à son calme habituel, mais désert.

Tiffauges eut alors l'idée de fouiller les rives inhabitées avec les onze dobermans. Les molosses, habitués à la présence et à l'odeur des enfants, se mirent en quête dans un concert d'abois joyeux et discordants, suivis à grand-peine par Tiffauges sur Barbe-Bleue. Ce furent les chiens qui retrouvèrent finalement les quatre garçons, saufs mais transis, dans l'embouchure rocheuse d'un ruisseau où leur voilier s'était écrasé.

Tiffauges profita des fruits de cette expérience. Puisque les chiens connaissaient et pouvaient retrouver des Jungmannen, peut-être leur instinct s'étendait-il à tout jeune garçon ayant l'âge et les qualités requises pour entrer dans la napola. Il s'en assura en emmenant la meute dans ses tournées de recrutement. A l'entrée d'un village les chiens se dispersaient parmi les maisons et les jardinets, et lorsqu'ils tombaient en arrêt, donnant de la voix, devant une porte, en face d'une grille ou sous un arbre, il était bien rare que quelqu'un d'intéressant ne fût pas signalé ainsi à l'attention du recruteur. D'ailleurs Tiffauges emportait son long fouet de chasse et garnissait ses poches de lambeaux de viande fraîche, et il affinait le dressage des bêtes en punissant leurs bévues et en récompensant leurs bonnes trouvailles. Cet apport imprévu était d'autant plus précieux que la belle saison et les rappels des instituteurs sous les drapeaux avaient vidé les écoles et dispersé les enfants, et qu'un homme seul ne pouvait avoir l'œil et le nez partout. Le danger, c'était le spectacle brutal et coloré qu'offraient aux populations ces molosses noirs et hurlants, et ce cavalier au visage basané sur son grand cheval couleur de nuit. L'effet d'intimidation pouvait être parfois bénéfique, mais il y avait lieu de redouter des réactions meurtrières, comme le prouva l'attentat du 20 juillet.

La semaine avait été exceptionnellement fructueuse, et Tiffauges s'en revenait du village d'Erlenau où il avait obtenu que tous les garçons de la commune nés en 1931 fussent présentés à l'Alei. Il traversait au petit pas un semis de baliveau, quand un sifflement retentit à deux doigts de son oreille, tandis que le tronc d'un jeune bouleau devant lequel il passait bascula, tranché net par une invisible faux. Une seconde après lui parvenait la détonation de départ. Barbe-Bleue avait fait un écart qui avait failli jeter son cavalier à terre. Il songea d'abord à se lancer avec ses chiens dans la direction d'où était parti le coup de feu, mais c'était s'exposer à une seconde balle, tirée cette fois de plus près, et d'ailleurs que ferait-il s'il se trouvait face à face avec le coupable? Il piqua des deux, et rentra à Kaltenborn, en se promettant de ne pas souffler mot de l'attentat dont il avait été l'objet.

Il mettait pied à terre dans la cour, quand l'Alei lui fit signe par la fenêtre de son bureau. Il lui tendit une feuille de papier de mauvaise qualité sur laquelle un texte était reproduit grossièrement à la machine à polycopier.

Cet avertissement s'adresse à toutes les mères habitant les régions de Gehlenburg, Sensburg, Lötzen et Lyck!

PRENEZ GARDE A L'OGRE DE KALTENBORN !

Il convoite vos enfants. Il parcourt nos régions et vole les enfants. Si vous avez des enfants, pensez toujours à l'Ogre, car lui pense toujours à eux! Ne les laissez pas s'éloigner seuls. Apprenez-leur à fuir et à se cacher s'ils voient un géant monté sur un cheval bleu, accompagné d'une meute noire. S'il vient à vous, résistez à ses menaces, soyez sourdes à ses promesses. Une seule certitude doit guider votre conduite de mères : si l'Ogre emporte votre enfant, vous ne le reverrez JAMAIS !

Peu avant son départ, Blättchen avait dit presque distraitement à Tiffauges : « On m'a parlé d'un fils de charbonniers de la forêt de Nikolaïken. Il a les cheveux blancs comme neige, les yeux violets et un indice céphalique horizontal qui doit avoisiner les 70. Vous devriez aller y faire un tour. Il s'appelle Lothar Wüstenroth. Ses parents n'ont jamais répondu à mes convocations. » Tiffauges se trouvait pour la première fois dans cette région, la plus déshéritée du canton et de surcroît d'un accès difficile. Il avait fallu franchir un bras lacustre sur un radeau de fortune que manœuvrait un goitreux hilare et apparemment sourd. Après mille dérobades, Barbe-Bleue avait fini par s'y jeter d'un bond désespéré qui avait failli l'emporter au-delà du frêle assemblage de rondins. Puis le goitreux avait lancé un petit moteur pétaradant dont les salves se répercutaient sur les rives du lac. Le cheval, roulant des yeux exorbités, ne cessa pendant la brève traversée de marteler frénétiquement les rondins de ses sabots antérieurs. Tiffauges se souvint des paroles de Blättchen en voyant des hommes tout noirs s'affairer dans les clairières autour de meules à charbon de bois si nombreuses qu'elles faisaient songer à une sorte de village nain. Il en aborda plusieurs en prononçant le nom de Wüstenroth. Les hommes mimèrent l'ignorance et l'impuissance jusqu'à ce que l'un d'eux lui indiquât un lieu-dit Bärenwinkel à cinq ou six kilomètres à l'est.

Tiffauges poussa son cheval dans de vastes coupes semées de rares baliveaux qui débouchaient sur des landes violettes et des sablières, où Barbe-Bleue, enfonçant jusqu'aux paturons, piochait à grands coups de reins. Puis ce fut de nouveau la forêt charbonnière avec ses meules, ses essarts et ses vastes clairières où la lumière blessait les yeux habitués à l'ombre verte des halliers et des taillis. Il s'approcha d'un groupe d'hommes réunis par le moussage d'une meule. Le premier qui prit garde à sa survenue était un enfant, à en juger du moins par sa taille, car il était vêtu des mêmes toiles de sacs nouées en sayon sur le pantalon. Tiffauges allait l'interroger, mais il retint sa question devenue tout à coup inutile. L'enfant avait levé vers lui son visage barbouillé de suie : deux yeux couleur d'anémone trouaient de lumière mauve son masque noir.

— Lothar Wüstenroth, prononça Tiffauges sur un ton où se mêlait l'interrogation et la constatation.

L'enfant ne manifesta pas de surprise, sinon peut-être que les anémones gagnèrent encore sur le masque noir. Mais il arracha lentement le bonnet de laine qui le coiffait, découvrant un casque de cheveux plats, d'une blancheur platinée.

Tiffauges s'attendait à des négociations laborieuses et incertaines. Son expérience lui avait appris que le recrutement des Jungmannen était d'autant plus difficile que le milieu social choisi était plus modeste. Alors que la grande bourgeoisie se pressait aux portes des napolas pour y faire admettre ses rejetons, la prospection des familles ouvrières et paysannes — les plus prisées par la Direction de la jeunesse — se heurtait à une méfiance peureuse et hostile. Or à sa grande surprise, le couple Wüstenroth se montra immédiatement d'accord pour tout ce qu'il leur proposa. Leur consentement était si précipité qu'il finit par se demander s'ils avaient bien compris ce dont il s'agissait. Pour éviter tout malentendu, il les emmena à la mairie de Warnold — la commune la plus proche — où le secrétaire leur traduisit l'exposé de Tiffauges, et en consigna l'essentiel noir sur blanc.

En revenant à Bärenwinkel, Tiffauges était soulevé par des légions de chérubins entonnant un hymne d'action de grâces, car il avait été convenu, au dernier moment, qu'il emporterait Lothar le soir même à Kaltenborn, et il se voyait déjà galopant dans la lumière triomphale du couchant, en serrant sous son grand manteau l'enfant aux yeux mauves et aux cheveux blancs. Il dut cependant renoncer à ce tableau, car Lothar avait quitté le village charbonnier pendant son absence. Les hommes l'avaient vu s'éloigner en direction de Warnold, et avaient cru qu'il partait rejoindre ses parents et l'étranger après avoir fait un brin de toilette. Il demeura introuvable jusqu'à l'heure tardive où

Tiffauges se résigna à reprendre le chemin de Kaltenborn, les bras vides et le cœur pantelant de tristesse et de colère.

Il avait été convenu que la mairie de Warnold demeurerait en contact avec les Wüstenroth, et avertirait Kaltenborn du retour de Lothar. Tiffauges lui fit donc sa place à la napola, prévoyant la centurie où il serait incorporé, sa table au réfectoire, son lit au dortoir, commençant à rassembler son trousseau, ses couverts et même la dague qui lui serait remise solennellement. Mais les jours passèrent, et aux appels téléphoniques lancés à Warnold ne répondaient que des promesses vagues, des silences évasifs. Au lieu de se désespérer ou d'oublier, Tiffauges se fortifia dans une attente confiante. Moins qu'aucun autre événement de sa vie, la disparition de Lothar ne pouvait être le fait du hasard. La déception avait été aussi vive et aussi fatidique que si, sous ses yeux, une main géante eût crevé le plafond des nuages et fût venue cueillir à sa barbe l'enfant aux yeux mauves. Si Lothar lui avait échappé ce jour-là, c'était que son entrée à Kaltenborn revêtait trop d'importance pour que le destin ne l'entourât pas de circonstances fabuleuses.

Ces circonstances, il fallut attendre la fin du mois d'août pour qu'elles fussent réunies. Ce jour-là une centurie avait traversé le lac pour mener dans la forêt de Johannisburg une manière de chasse à courre qui s'achevait par un retour triomphal des petits voiliers alourdis de cerfs et de chevreuils dont les encolures ployées par-dessus bord laissaient les bois frôler la surface de l'eau. Flanqués à l'est par Tiffauges, Barbe-Bleue et les chiens, les enfants battaient les taillis et les ronciers pour pousser vers la rive du lac tout gibier de plume ou de poil qui voudrait bien lever. Ils n'avaient pas d'armes à feu, mais seulement leurs dagues et des gourdins, plus tout un attirail de lassos et de filets. Le nombre et l'agilité des participants suppléaient la méthode et l'expérience, et l'abondance extraordinaire du gibier qui n'était plus chassé depuis des années expliquait que ces battues joyeusement improvisées ne fussent presque jamais infructueuses. Pourtant, ce matin-là, les sous-bois étaient calmes et silencieux, et l'absence de petit gibier semblait trahir la proximité de quelque grosse bête remisée dans les fourrés ou les gaulis. La battue se prolongea une heure sans rien qui l'égayât, puis elle s'anima enfin par l'envol bruyant et saccadé d'un grand coq de bruyère branché sur un hêtre. Démonté par un coup de bûche qui l'avait atteint de plein fouet, il piéta à toute vitesse vers un roncier où il allait se couler quand l'un des dobermans l'acheva d'un coup de gueule. C'était une bête superbe, grosse comme un dindon, que l'on accrocha à une perche portée par deux enfants.

On approchait de la rive du lac où la battue devait normalement s'achever quand tout le monde fut immobilisé par un crépitement précipité de petits sabots sur les cailloux d'une sente. Tiffauges imposa silence aux chiens et fut un instant distrait par l'attitude de Barbe-Bleue qui paraissait figé dans un arrêt passionné, les oreilles pointées en avant, le souffle court, le muscle frémissant. Puis ce fut le déboulé, rapide comme un éclair fauve, d'un dix-cors suité de deux biches. Les lassos sifflèrent, et quelques enfants se lancèrent vainement à la poursuite des trois bêtes. Très rapidement, ils furent distancés par Tiffauges, et leurs appels se perdirent dans le lointain. Courbé sur l'encolure de Barbe-Bleue, il fonçait en avant, guidé par la bahulée des chiens qu'il avait déjà perdus de vue.

Les premières heures eurent la beauté gratuite d'un jeu. La harde filait droit devant elle, franchissant en souplesse les talus et les layons, suivie de près par les chiens, groupés comme les doigts de la main, qui sonnaient la fanfare de leur onze gorges chaudes. Tiffauges laissait les rênes molles à Barbe-Bleue qui de toute sa masse défonçait les épiniers, broussait dans les oseraies, broyait les fougeraies et les bruyères, bourrait furieusement des quatre fers quand se présentait l'obstacle d'un fossé, d'un tronc mort ou d'une haie. Parfois le cavalier baissait la tête en fermant les yeux pour n'être pas giflé par les aiguilles d'un sapin ou assommé par la branche basse d'un chêne. Du grand corps brûlant et écumant dont il épousait le rythme rayonnait une vie si ardente et si proche qu'elle emportait irrésistiblement son adhésion confiante et aveugle.

Il rejoignit la meute au bord d'un bras lacustre que le dix-cors traversait à la nage, portant haut ses bois, comme un chandelier flottant. Les deux biches avaient disparu, et Tiffauges admira que la meute ne se fût pas laissé distraire par les voies divergentes de ces bêtes secondaires. Le cerf se hissait ruisselant sur l'autre rive quand les chiens se ruèrent à leur tour d'un seul élan dans les eaux basses, suivis par Barbe-Bleue qui put traverser à gué. Et la traque reprit, signalée par la hurlée des forceurs noirs aux yeux sanglants qui filaient flanc à flanc dans la futaie de plus en plus clairsemée. Tiffauges les perdit de vue à nouveau lorsqu'ils s'enfoncèrent dans un taillis de noisetiers après avoir traversé une succession de labours. Il y eut encore des boqueteaux et des genêtières que les chiens battirent à grand récri, des landes violettes, des régions sablonneuses trouées de garennes, et tout à coup Tiffauges comprit que la courre avait cessé, et que l'animal forcé faisait face, car s'il entendait toujours les voix de la meute, elles avaient, semblait-il, changé de registre et de timbre, plus sonores sans doute, mais aussi plus graves et plus discordantes. Ce n'était plus la fanfare unanime accompagnant l'effort de la poursuite, c'était le chant de mort qui prélude à la curée.

Il pressa Barbe-Bleue qui avait pris le trot, comme s'il avait compris que les chiens s'étaient arrêtés. Au détour de la corne d'un bois, il découvrit une vaste étendue de jachères à l'horizon desquelles se dressait la silhouette tourmentée d'un hêtre pourpre. Il rejoignit au petit galop la meute qui entourait le pied de l'arbre, et aboyait inexplicablement en direction de ses grosses branches. Un enfant aux yeux mauves était accroupi dans la fourche de l'arbre, et se tenait des deux mains aux rameaux.

— J'ai peur des chiens, cria-t-il à Tiffauges du plus loin qu'il put se faire entendre. Rappelez-les!

L'aurait-il voulu que Tiffauges n'aurait pu éloigner les onze molosses qui menaient un train d'enfer à ses pieds. Il poussa Barbe-Bleue contre le tronc de l'arbre, et entreprit de se mettre debout sur sa croupe. Le hongre, comme s'il eût mesuré la valeur du rite phorique qui allait s'accomplir, se figea dans une immobilité de statue, malgré le harcèlement des chiens qui jaillissaient autour de lui comme des flots noirs. Lothar toujours rencogné dans l'arbre s'efforçait de repousser à coups de pieds l'approche de Tiffauges. Enfin le chasseur parvint à le saisir par une jambe, et l'attira à lui. Au moment où l'enfant bascula dans ses bras, sa joie était si véhémente qu'il ne sentit pas les dents de sa jeune proie s'enfoncer dans sa main jusqu'au sang.

*

E. S.   Le cheval n'est pas seulement l'animal-totem de la Défécation, et la bête phorique par excellence. L'Ange Anal peut devenir en outre instrument d'enlèvement, de rapt, et — le cavalier portant phoriquement sa proie dans ses bras — s'élever au niveau d'une *superphorie*. Mieux encore : le rapt peut intervenir alors même que la superphorie est d'ores et déjà acquise, par exemple si un être surhumain arrache au cavalier l'enfant qu'il emporte, comme dans le poème *Le Roi des Aulnes*. Cette ballade de Goethe, où l'on voit un père fuyant à cheval dans la lande en serrant sous son manteau son enfant que le Roi des Aulnes s'efforce de séduire, et finalement enlève de vive force, c'est la charte même de la phorie qu'elle élève à la troisième puissance. C'est le mythe latin de Christophe-Albuquerque porté à un paroxysme d'incandescence par la magie hyperboréenne. A la chasse à courre — par laquelle l'Ange Anal traque et réduit aux abois l'Ange Phallophore — mon génie particulier ajoute la métamorphose du cerf en enfant, et le rite superphorique qui s'ensuit. Ce rebondissement ouvre une page nouvelle aux jeux des essences, et il trouvera son achèvement à Kaltenborn.

*

Raufeisen se demanda longtemps ce que le Kommandeur voulait de Tiffauges lorsqu'il le convoquait d'urgence et le retenait au château, parfois des heures durant. Sa dignité lui interdisait d'interroger le Français, son sens de la hiérarchie ne lui permettait pas de demander des explications au général. La vérité, c'est que depuis leur rencontre au bord de la route et leur retour dans la carriole, le vieil aristocrate avait découvert, dans l'univers surchargé de signes et de figures symboliques de Tiffauges, un champ d'investigation assez proche de ses propres préoccupations, et assez nouveau en même temps pour l'intéresser. Sévèrement isolé dans ses appartements, tenu à l'écart des jours, des travaux et des fêtes de la napola, il appréciait sa présence déférente et attentive, et la résonance de certains de ses propos qui faisait oublier qu'il fût français, sans grade et roturier. Car Tiffauges, pour la première fois de sa vie, s'était départi du secret absolu qu'il avait toujours fait sur ses angoisses, ses joies et ses découvertes. Sans doute mesurait-il les confidences qu'il faisait au Kommandeur — il ne lui avait rien révélé de sa race ogresse, ni de la complicité qui l'unissait au destin — mais, dans l'espoir d'en apprendre davantage, il lui avait parlé de l'inversion — maligne et bénigne —, de la saturation, de la phorie et des héros qui l'incarnaient.

Au cours de ces entretiens, le Kommandeur évoquait ses souvenirs, son enfance et sa jeunesse au prytanée militaire de Plön où il avait été élevé en même temps que les fils du Kaiser, la vie de garnison à Königsberg, étouffante même pour un Junker grandi dans le sérail, au point qu'il avait saisi avec empressement l'occasion de s'évader que lui avait donnée la guerre des Boxers. Lieutenant frais émoulu de Potsdam, il avait fait partie du corps expéditionnaire international commandé par le Feldmarschall von Waldersee qui avait vengé l'assassinat du ministre d'Allemagne Ketteler, et délivré les légations étrangères prisonnières à Pékin. Il s'était jeté dans la guerre de 1914 avec une fougue que son âge n'expliquait plus, mais

que les premiers succès de l'offensive allemande parurent justifier. Mais lorsqu'on en vint à démonter les régiments de cavalerie et à mêler les cuirassiers aux fantassins dans la boue des
tranchées, il comprit que quelque chose d'essentiel venait de se
briser dans l'ordre des choses, son ressort le plus souple, le
plus subtil, le plus brillant. Les déceptions, puis la défaite qui
suivirent, avaient été les suites fatales de cette faute initiale.

Plus tard, il avait assisté à l'abdication du Kaiser et à l'agitation socialiste avec le détachement d'un homme vieilli préma-
turément par la disparition d'un monde dont il se sentait solidaire. Depuis, la science héraldique s'interposait comme un
écran translucide entre la réalité et lui.

— Tout est dans les symboles, affirmait-il, et j'ai compris
qu'on enterrait définitivement la grandeur de mon pays lorsqu'en
1919 l'assemblée nationale, réunie au théâtre municipal de
Weimar — Weimar! Dans un théâtre! La chienlit intégrale! —
écarta le glorieux étendard impérial noir-blanc-rouge directement issu de l'Ordre des chevaliers teutoniques, pour faire
du drapeau noir-rouge et or à bandes horizontales, qu'on avait
vu s'épanouir comme une fleur vénéneuse sur les barricades de
1848, le nouvel emblème de la nation. C'était ouvrir officiellement une ère de honte et de décadence. Qui pèche par les
symboles sera puni par eux! Tiffauges, vous êtes un lecteur de
signes, je l'ai bien vu, et d'ailleurs vous me l'avez prouvé. Vous
avez cru découvrir dans l'Allemagne le pays des essences pures
où tout ce qui passe est symbole, tout ce qui se passe parabole.
Et vous avez raison. D'ailleurs, un homme marqué par le destin
est voué fatalement à finir en Allemagne, comme le papillon
qui tournoie dans la nuit finit toujours par trouver la source
de lumière qui l'enivre et le tue. Mais il vous reste beaucoup à
apprendre. Jusqu'ici vous avez découvert des signes sur les
choses, comme les lettres et les chiffres qu'on lit sur une borne.
Ce n'est que la forme faible de l'existence symbolique. Mais
n'allez pas croire que les signes soient toujours d'inoffensives
et faibles abstractions. Les signes sont forts, Tiffauges, ce sont
eux qui vous ont amené ici. Les signes sont irritables. Le *symbole*

bafoué devient *diabole*. Centre de lumière et de concorde, il se fait puissance de ténèbres et de déchirement. Votre vocation vous a fait découvrir la phorie, l'inversion maligne et la saturation. Il vous reste à connaître le comble de cette mécanique des symboles, *l'union de ces trois figures en une seule qui est synonyme d'apocalypse*. Car il y a un moment effrayant où le signe n'accepte plus d'être porté par une créature, comme un étendard est porté par un soldat. Il acquiert son autonomie, il échappe à la chose symbolisée, et, ce qui est redoutable, *il la prend lui-même en charge*. Alors malheur à elle! Rappelez-vous la Passion de Jésus. De longues heures, Jésus a porté sa croix. Puis c'est sa croix qui l'a porté. Alors le voile du temple s'est déchiré et le soleil s'est éteint. Lorsque le symbole dévore la chose symbolisée, lorsque le crucifère devient crucifié, lorsqu'une inversion maligne bouleverse la phorie, la fin des temps est proche. Parce qu'alors, le symbole n'étant plus lesté par rien devient maître du ciel. Il prolifère, envahit tout, se brise en mille significations qui ne signifient plus rien du tout. Avez-vous lu l'Apocalypse de saint Jean? On y voit des scènes terribles et grandioses qui embrasent le ciel, des animaux fantastiques, des étoiles, des glaives, des couronnes, des constellations, un formidable désordre d'archanges, de sceptres, de trônes et de soleils. Et tout cela est symbole, tout cela est chiffre, indiscutablement. Mais ne cherchez pas à comprendre, c'est-à-dire à trouver pour chaque signe la chose à laquelle il renvoie. Car ces symboles sont diaboles : ils ne symbolisent plus rien. Et de leur saturation naît la fin du monde.

Il se tut et fit quelques pas vers la fenêtre où l'on apercevait la hampe d'un drapeau que le vent nocturne caressait avec un bruissement soyeux.

— Vous me voyez ici dans mon propre château hérissé de bannières et d'oriflammes à croix gammées, reprit-il. En 1933, j'ai eu, je l'avoue, un moment d'espoir quand le nouveau chancelier a jeté aux orties les trois couleurs de Weimar pour restaurer celles de l'empire bismarckien. Mais quand j'ai vu ce qu'il en faisait — ce drapeau rouge centré d'un grand disque blanc où s'inscrit en noir la croix gammée, j'ai soupçonné le pire. Car cette araignée en perte d'équilibre, tournoyant sur elle-même et menaçant de ses pattes crochues tout ce qui fait obstacle à son mouvement, c'était bien l'antithèse flagrante de la croix de Malte rayonnante de sérénité et d'apaisement! Le comble a été atteint lorsque le IIIᵉ Reich poursuivant la restauration des insignes traditionnels voulut rétablir dans sa gloire l'aigle des armes de Prusse. Vous savez, bien entendu, qu'en termes de blason la droite s'appelle gauche, et la gauche droite?

Tiffauges acquiesça. Il entendait cette règle héraldique pour la première fois, mais elle était si conforme à l'interversion droite-gauche qu'il retrouvait régulièrement quand les symboles menaient le jeu qu'elle lui parut aussitôt familière.

— On donne de ce renversement une explication pratique, sans doute inventée après coup. C'est, dit-on, qu'un écu doit se lire, non du point de vue d'un spectateur qui lui fait face, mais du point de vue du chevalier qui le porte à son bras gauche. Toujours est-il que l'aigle prussienne à la tête tournée *à dextre*, comme il se doit en saine tradition héraldique. Eh bien, regardez l'aigle du IIIᵉ Reich qui porte dans ses serres une couronne de feuilles de chênes où s'inscrit la croix gammée : elle a la tête tournée *à senestre*. C'est une aigle *contournée*, véritable aberration, réservée aux branches bâtardes ou déchues des familles nobles. Bien entendu, aucun dignitaire du Parti ne peut justifier cette monstruosité. On fait discrètement allusion à une simple bévue du dessinateur du ministère de la Propagande. Aujourd'hui, Goebbels a trouvé enfin une explication : l'aigle du IIIᵉ Reich regarde vers l'est, du côté de l'U.R.S.S. qu'elle menace et attaque. La vérité est autre, monsieur Tiffauges.

Et il s'approcha tout près du Français pour lui apprendre d'une voix basse et sifflante le secret effrayant qu'il partagerait désormais avec lui.

— La vérité, c'est que dès son origine, le IIIᵉ Reich est le produit des symboles eux-mêmes qui mènent souverainement le jeu. Personne n'a compris l'avertissement pourtant éloquent de l'inflation de 1923, cette nuée de billets de banque démonétisés, de symboles monétaires ne symbolisant plus rien qui s'abattit sur tout le pays avec la rage destructrice d'un nuage de sauterelles. Or notez que c'est précisément cette même année où le dollar vaut 4,2 billions de marks qu'Hitler et Ludendorff, escortés par une poignée de partisans, marchent sur la place de l'Odéon à Munich pour renverser le gouvernement de la Bavière. Vous connaissez la suite : la fusillade qui fauche seize membres de l'escorte hitlérienne, Göring grièvement blessé, Hitler lui-même, entraîné dans sa chute par Scheubner-Richter mortellement atteint, qui se démet l'épaule. Et ensuite les treize mois de captivité du Führer dans la forteresse de Landsberg où il écrit *Mein Kampf*. Mais tout cela est accessoire. Dans tout ce qui touche désormais à l'Allemagne, l'homme est accessoire. Ce qui compte seul dans cette journée du 9 novembre 1923 à Munich, c'est un drapeau, c'est le drapeau à croix gammée des comploteurs tombé au milieu des seize cadavres dans une mare de sang qui le souille et qui le consacre. Désormais ce drapeau de sang — *die Blutfahne* — va devenir la relique la plus sacrée du parti nazi. Depuis 1933, il est exhibé chaque année par deux fois. D'abord le 9 novembre lorsque la marche sur la Feldherrnhalle de Munich est reconstituée, comme le jeu de la Passion au Moyen Age, mais surtout en septembre, lors du Reichsparteitag de Nuremberg qui marque le sommet du rituel nazi. Alors la Blutfahne, tel un géniteur fécondant une suite indéfinie de femelles, est mise en contact avec les nouveaux étendards qui aspirent à cet ensemencement. J'ai vu cette scène, monsieur Tiffauges, j'affirme que le geste du Führer accomplissant le rite nuptial des emblèmes est celui-là même du reproducteur guidant de sa main la verge du taureau dans les voies vaginales de la vache. Et l'on voit défiler des armées entières, dont chaque homme est un porte-drapeau, et qui ne sont que des *armées de drapeaux*, une vaste mer, houleuse et creusée par le vent, d'étendards, d'enseignes, de bannières, d'emblèmes et d'oriflammes. La nuit, les torchères achèvent cette apothéose, car leur lumière embrase les hampes, les étamines et les figures de bronze qui les couronnent, et noient dans les ténèbres de la terre la masse humaine, vouée à une fin obscure. Enfin lorsque le Führer s'avance sur l'autel monumental pour officier, cent cinquante projecteurs de D.C.A. flambent d'un seul coup, et édifient au-dessus de la Zeppelinwiese une cathédrale de lumière dont les piliers de huit mille mètres de haut attestent la portée sidérale du mystère célébré.

« Vous aimez la Prusse, monsieur Tiffauges, parce que sous la lumière hyperboréenne, dites-vous, les signes brillent d'un éclat incomparable. Mais vous ne voyez pas encore où mène cette prolifération redoutable de symboles. Dans le ciel saturé de figures se prépare un orage qui aura la violence d'une apocalypse, et qui nous engloutira tous ! »

*

E. S. Cette nuit vers trois heures, alerte générale. J'assiste pour la première fois à ce que les enfants appellent une « mascarade », et qui est l'une des brimades les plus révoltantes accouchées par une cervelle de sous-officier prussien. En réalité, Raufeisen se rend compte que la discipline tombe en floches à Kaltenborn et que le contrôle de la napola lui échappe. Et il réagit rageusement par des coups violents assenés de loin en loin.

Les enfants ont l'ordre de se rassembler en formations dans la cour, en tenue de campagne, dans un délai de trois minutes. Les punitions pleuvent sur les retardataires. Puis, après l'inspection, pleuvent à nouveau sur ceux dont la tenue laisse à désirer. Ils sont au garde-à-vous depuis un quart d'heure quand un nouveau commandement retentit. Dans deux minutes, tout le monde doit se retrouver à la même place, cette fois en uniforme de Jungvolk. Galopade dans les escaliers. Ruée dans les dortoirs. Bousculade autour des armoires. Pluie de punitions sur ceux qui ouvrent la bouche, puis sur les retardataires, puis sur ceux qu'un détail non réglementaire signale à l'attention de l'Alei. Nouveau quart d'heure d'immobilité. Rompez. Dans deux minutes, tout le monde ici en tenue de sortie. Puis en survêtement de gymnastique. Puis en uniforme de parade. Les dents serrées, ils s'acharnent tous à n'être que des petits robots, mais j'en vois qui pleurent d'exaspération.

J'aurais pu rester dans mon lit. En vérité, je ne pouvais pas manquer cette parade vestimentaire. J'observe passionnément comment leur personnalité s'accommode de cette succession de tenues différentes dont ils me donnent le spectacle malgré eux. Leur personnalité ne transparaît pas à travers les vêtements, comme une voix traverse un mur plus ou moins distinctement selon son épaisseur. Non, c'est chaque fois une nouvelle version de leur personnalité qui est proposée, tout à fait nouvelle et d'un effet imprévisible, mais aussi complète que la précédente, et que la nudité. C'est comme un poème qui traduit dans telle langue, puis dans telle autre, ne perdrait rien de sa magie, mais se parerait chaque fois de charmes nouveaux et surprenants.

Les vêtements sont autant de clés du corps humain, au niveau le plus trivial. A ce degré d'indistinction, clé et grille se confondent plus ou moins. Clés parce que *portés* par le corps, les vêtements s'apparentent en vérité à la grille parce qu'ils couvrent le corps parfois entièrement, comme une traduction *in extenso*, voire comme un commentaire prolixe plus vaste que le texte commenté. Mais il s'agit justement d'un commentaire prosaïque, bavard et frivole, sans portée emblématique.

Le vêtement plus encore que clé ou grille est instrument de *cadrage* du corps. Le visage est *cadré* — et donc commenté, interprété — par le couvre-chef en haut, par le col en bas. Les bras deviennent autres selon que la manche est plus ou moins longue, plus ou moins collante ou flottante, ou tout à fait absente. Collante, la manche courte épouse le contour du bras, fait ressortir le modelé du biceps, la saillie pulpeuse du triceps, accuse la rondeur charnue de l'épaule, mais sans complaisance, sans invitation au contact. Flottante, elle efface la rondeur du bras, le fait paraître plus grêle, mais elle appelle dans son ampleur accueillante l'étreinte qui en prendra possession et remontera au besoin jusqu'à l'épaule. La culotte courte et la chaussette cadrent le genou et l'interprètent différemment selon que la première descend plus bas, que la seconde monte plus haut. Un genou étroitement cadré par une culotte un peu longue et une chaussette un peu haute se trouve réduit à sa dure et sèche fonction de tête de bielle. Il exprime la rigueur, l'efficacité et l'indifférence à la chair. En l'absence de chaussette haute, ou si celle-ci tire-bouchonne sur la chaussure, la tendresse du mollet prend toute sa valeur et vient contrarier la prétention du genou à l'austérité. L'image évoque nettement l'échec d'une discipline imposée du dehors à un être insouciant et charmant qui s'en défend, sans même y songer, par l'usage que son corps fait spontanément des vêtements qu'on lui donne. Plus harmonieuse est la composition d'une chaussette très haute, s'arrêtant au ras du genou, ou même le couvrant en partie, et d'une culotte très courte, découvrant largement la cuisse. Alors c'est la cuisse qui est cadrée et exaltée, et le genou n'apparaît plus que comme son appui effacé. C'est la formule royale, celle qui unit la rigueur du vêtement et la célébration lyrique de la chair, l'ordre respecté et l'éloge de la partie de la jambe la plus pleine, la plus douce, et la plus invitante. Avec un instinct très sûr, c'est la formule qu'on a le plus souvent appliquée dans les diverses tenues des petits hommes, et notamment dans l'uniforme du Jungvolk et dans la tenue de sport. Mais la chaussette haute faut trop souvent à sa fonction. Trop courte, mal tirée ou roulée, elle dénude excessivement la jambe et la prive de toute interprétation. Il n'y a plus alors d'espoir que dans la chaussure qui doit être assez *cabocharde* pour rattraper *in extremis* tout l'édifice en débandade, assez têtue et goguenarde pour lui fournir le socle puissant qui lui manque.

*

E. S.   Lothar Wüstenroth. Né le 19 décembre 1932, au lieu-dit Bärenwinkel. Taille : 148 cm. Poids : 35 kg. Périmètre thoracique : 77 cm. Indice céphalique horizontal : 72.

Fin et vibrant comme un arc, sa minceur donne une valeur extraordinaire à son modelé musculaire dont la plénitude surprend. Échancrure thoracique en forme d'ogive largement ouverte. Voilà un caractère auquel Blättchen n'avait pas songé, et pourtant toute l'architecture du torse en dépend. Chez les sujets les moins favorisés, on dirait que le thorax est fermé par le rapprochement des côtes qui se rejoindraient sur le devant. Dans la banalité des cas, l'échancrure est triangulaire, et forme un V renversé. Les branches du V peuvent s'incurver, mais le profil est d'autant plus harmonieux qu'on se rapproche davantage du plein cintre. Plus encore que de la hauteur du front ou du dessin de la bouche, c'est de cette ouverture du thorax que dépend le degré d'*inspiration* de tout l'être. Ici, je ne joue pas sur les mots. Il est logique qu'à ce niveau, le sens propre et le sens figuré se confondent, tout de même qu'on ne doit jamais perdre de vue qu'*esprit* vient de *spiritus* dont le premier sens est *souffle, vent*.

Visage bref, comme stylisé, masque osseux que trouent la bouche mince, le nez à peine ébauché et les flaques mauves des yeux, et qu'amenuise le lourd casque de cheveux de platine, arrondi par le *Topfschnitt* (coupe au bol) en usage ici. Nul besoin de l'attirail anthropométrique de Blättchen pour dégager, grâce à ce chef exemplaire, la règle d'or de la beauté humaine. Cette beauté tient dans *l'importance du crâne par rapport au visage.* Toute la supériorité esthétique de l'enfant sur l'adulte est là. Le crâne a atteint chez l'enfant sa grosseur définitive; il ne grandira presque plus. Au contraire, le visage doublera au moins de surface, et ainsi s'évanouira la beauté. Car dans cette importance grandissante du visage par rapport au crâne, la tête se rapproche du type animal. En effet, la proportion crâne-visage est inversée chez l'animal : une tête de chien, de cheval est tout visage — je veux dire tout front, orbites, nez, bouche — le crâne étant réduit à presque rien. Je note également que les hommes et les femmes dont on admire communément la beauté ont conservé quelque chose de cette proportion — ou disproportion — enfantine entre le crâne et la face. Sur la ligne qui va de l'animal à l'homme, l'enfant se situe ainsi au-delà de l'adulte et doit être considéré comme suprahumain, surhumain. Et d'ailleurs n'est-ce pas la même conclusion qui s'impose touchant l'intelligence? Si on définit l'intelligence comme la faculté d'apprendre des choses *nouvelles*, de trouver des solutions à des problèmes se présentant pour la première fois, qui donc est plus intelligent que l'enfant? Quel adulte serait capable, s'il ne l'avait pas fait dans son enfance, d'apprendre à écrire, et plus encore d'apprendre à parler *ex nihilo*, sans partir d'une langue déjà acquise?

Cependant que j'achève ces notes, il attend docilement, en station hanchée, posé sur sa jambe gauche, vivante et fragile colonne, la cuisse droite, molle et inerte, faisant opposition. Sexe piriforme : le gland et les testicules sont réunis en trois masses à peu près égales par un réseau de plis qui convergent vers l'étroit pédoncule soudé au pubis.

Je lève la tête, et il me sourit.

Les enfants sont réunis dans la salle des chevaliers du château, transformée ce soir en un vaste et obscur amphithéâtre, bruissant de murmures et de rires étouffés. Un podium bas est éclairé par quatre torchères qui font bouger les voûtes dont les nervures retombent en faisceau sur les piliers. Comme à l'accoutumée, si tout a été réglé à l'avance, le secret a été bien gardé, et c'est dans un silence ébahi qu'on voit soudain le Kommandeur apparaître en grand uniforme de général sur le podium. Sa vie en retrait dans l'ombre de la napola, ses vêtements civils sans apparence, le mystère qui enveloppe cet homme dont personne cependant — même les enfants les plus jeunes — n'ignore que son prestige et ses titres éclipsent la gloriole macabre des S.S., tout contribue à donner à son intervention de ce soir un relief extraordinaire. Il parle, et le silence se fige plus encore, parce que sa voix est sourde, à peine perceptible. On dirait que la foule des enfants, noyés dans la pénombre, se penche vers lui pour l'entendre. Mais peu à peu le ton monte, le timbre s'affermit, les hautes figures qu'il invoque envahissent les lieux.

— Jungmannen, dit-il, on va procéder cette nuit à une cérémonie qui est le point culminant de votre jeune carrière. Trois d'entre vous vont se voir conférer le *Seitengewehr*. Haïo, Haro et Lothar vous porterez désormais au côté gauche le glaive dont la double invocation *Sang et Honneur* dominera votre vie et votre mort. Nulle part ailleurs cette cérémonie ne trouve un écho aussi grave que sous ces voûtes qui furent édifiées par mon ancêtre Hermann, comte von Kaltenborn, chevalier du Christ des Deux Épées en Livonie, prieur de l'ordre des Porte-Glaive, électeur de Pomérellie et archiatre de Riga. Il est votre patron et votre maître pour autant que vous êtes ou deviendrez ce soir des petits Porte-Glaive. Aussi faut-il que vous sachiez qui il était et comment il vivait, afin que vous puissiez en toute situation répondre à cette question : *que ferait le grand Hermann à ma place ?*

« Comme tous les chevaliers de son temps, Hermann von Kaltenborn a d'abord forgé son cœur au terrible soleil de l'Orient. Il a connu toutes les souffrances et aussi toutes les joies des grandes croisades. Mais il ne se contentait pas — comme la plupart de ses compagnons — de pourfendre les infidèles. Moine hospitalier, il savait soigner les malades et les blessés, et il rapporta dans nos régions des vulnéraires et des électuaires secrets que lui avaient communiqués des mages du Levant et qui le rendirent célèbre à la cour épiscopale de Riga. Au début du XIIIe siècle, il prend part à toutes les batailles qui assurent aux Porte-Glaive la maîtrise des confins hyperboréens, depuis les rivages de la Baltique jusqu'aux bords de la Narva et du lac Peipus. Les Porte-Glaive n'étaient qu'une poignée, quelques centaines, ni plus ni moins que vous, Jungmannen, réunis dans cette salle. Mais c'était des géants! Ils ne possédaient rien, ni richesse, ni femme, ni même une volonté propre ayant prononcé les vœux de pauvreté, de chasteté et d'obéissance. Ils dormaient en armes, leur épée posée près d'eux, qui était leur seule épouse en somme, car telle était la rigueur de la règle qu'ils ne pouvaient embrasser leur mère, ni leur sœur. Deux jours de la semaine, ils se nourrissaient de lait et d'œufs, et ils jeûnaient le vendredi. Ils ne pouvaient avoir de secret pour leurs chefs, ni recevoir aucun message qui ne leur fût communiqué. Lorsqu'ils partaient en guerre sur des chevaux gros comme des éléphants, leurs cuirasses et leurs armes étaient si formidables que chacun d'eux ressemblait à une forteresse ambulante. Mais sous la cotte de mailles, leurs épaules et leur dos saignaient secrètement, parce qu'ils s'appliquaient mutuellement la discipline avant de combattre...

« A leur tête marchait le plus grand d'entre eux, Hermann von Kaltenborn, et le rayonnement de sa sainteté était si puissant que les chênes millénaires de la forêt païenne s'agenouillaient sur son passage. Hermann préférait l'hiver à toute autre saison plus aimable, parce que la rigueur du froid symbolise celle de la morale, parce que le dépouillement des forêts rappelle celui d'une vie sainte, parce que la pureté du ciel nettoyé par la bise évoque celle de l'âme décharnée par la foi. Et aussi pour les terres durcies, les marais solidifiés et les lacs gelés qui favorisaient la progression de ses charrois et de son artillerie. « De tous les arbres, il préférait le sapin, parce qu'il est dru et droit, vert et vernissé, étagé régulièrement comme un édifice de justice, parce qu'il est en un mot le plus allemand des arbres. »

Le Kommandeur parle longtemps ainsi, brassant le passé, le présent et l'avenir, comparant le glaive enfantin que les Jungmannen portent sur la hanche gauche aux épées titanesques qui menacent le ciel sur le garde-corps de la grande terrasse, la guerre menée par les Panzerdivisionen contre l'U.R.S.S. aux luttes des chevaliers allemands contre les Slaves, les deux batailles de Tannenberg, celle de 1410 qui marqua la fin des Teutoniques et des Porte-Glaive succombant sous le nombre des Polonais et des Lituaniens, et la glorieuse revanche de 1914 qui consacra l'écrasement des Russes de Samsonov par les Allemands de Hindenburg. Il évoque enfin, pour les opposer, l'attitude de la France et celle de l'Allemagne à l'égard de leurs moines-chevaliers respectifs, retour de Terre sainte : au moment même où les Teutoniques édifiaient Marienburg, symbole de leurs droits sur la province que leur empereur et leur pape leur avaient donnée, les Templiers français, accablés de calomnies, montaient sur les bûchers de Philippe le Bel. Aussi, tandis que l'esprit des chevaliers allemands continuait à vivre sur cette terre et dans ces murs, la France n'avait pas fini d'expier le crime du Roi faussaire. Mais pas une fois, note Tiffauges, le Kommandeur ne fait allusion à l'Atlante enseveli qui porte la forteresse sur ses épaules.

Après cette allocution, tous les Jungmannen se lèvent et chantent le poème de K. Hofmann :

> *Déployez les étendards gorgés de sang*
> *Faites jaillir la flamme jusqu'au ciel* [13]

et les vieilles voûtes vibrent sous l'assaut des voix métalliques. Puis la centurie à laquelle appartiennent les trois novices se rassemble sur le glacis pour la veillée solennelle.

Ce n'est pas une petite affaire, car il s'agit de demeurer éveillé jusqu'au lever du soleil, rangés en un demi-cercle ouvert du côté de l'Orient. Au moment où le globe de feu surgirait derrière les hauts de Nickelsberg, les Jungmannen entonneraient un hymne héliophanique. Puis le centurion rappellerait aux trois catéchumènes la fidélité absolue à laquelle ils s'engagent envers le Führer en devenant ses Porte-Glaive, et il les adjurerait de sortir du rang et de s'éloigner s'ils ne se sentent pas la force de mourir, sans poser de questions, pour le IIIe Reich. Enfin, il leur remettrait solennellement leur arme dans la gloire des premiers rayons.

*

Peut-être cette cérémonie qui les avait réunis y était-elle pour quelque chose : Haïo et Haro devinrent inséparables de Lothar. Où qu'il allât, quoi qu'il fît, Lothar le nerveux, le démonstratif, l'infatigable était flanqué des deux jumeaux, calmes, taciturnes et volontiers musards. Au début, les Jungmannen avaient réagi contre ce triangle qui allait à l'encontre des règles de conduite implicites de toute communauté. Mais les trois nouveaux avaient opposé aux allusions et aux moqueries un front d'indifférence si imperturbable que les attaques s'étaient découragées, et le trio était devenu un fait indiscuté.

Tiffauges qui les observait avec prédilection avait facilement relevé que les jumeaux *servaient* l'enfant aux cheveux blancs avec un dévouement tacite et instinctif. Sans hâte, mais sans hésitation, avec une sorte de prescience infaillible, ils formaient toujours et partout, à eux deux, le cadre idéal où Lothar venait s'inscrire et se conforter. Lors des rassemblements, pour le salut aux couleurs ou l'appel, pendant les exercices de voltige à cheval, d'athlétisme aux agrès, ou de tir au Mauser-HJ réduit à six millimètres, Haïo et Haro étaient toujours là les premiers, et Lothar, léger, bouillant et hâtif, trouvait sa place entre eux.

Un matin gris et brumeux, l'Alei faisait évoluer les enfants sur le quadrilatère du combattant. Les survêtements rouges se détachaient vivement dans la lumière pâle sur le sable blanc. Tiffauges s'arrêta devant le trio qui faisait la pyramide, Lothar dressé sur les mains, soutenu à droite par Haïo, à gauche par Haro. Tous les Jungmannen formaient ainsi des groupes de trois, mais ils paraissaient défectueux et hétéroclites en comparaison de la figure composée par l'enfant aux cheveux blancs flanqué des jumeaux-miroirs, si bien équilibrée, si justement posée, si rigoureusement symétrique.

— Ah, ces trois-là, je les avais déjà repérés! Quoi qu'ils fassent, ils sont toujours unis, comme les épées de Kaltenborn.

Tiffauges n'avait pas entendu le Kommandeur qui s'approchait en s'appuyant sur sa canne ferrée. Il se retourna pour le saluer.

— Oui, poursuivit le Kommandeur, ils sont si bien ajustés qu'on les dirait échappés à quelque bonne et antique armoirie!

Au signal de l'Alei, le garçon du centre de chaque groupe sauta sur ses pieds, et se figea avec les autres au garde-à-vous.

— Ce fond blanc, ces silhouettes rouges, ça ne vous rappelle rien, Tiffauges? reprit le vieil homme, suivant son idée. Que diriez-vous si je vous faisais chevalier attaché à ma maison avec un blason rappelant le mien, selon l'usage, par exemple d'*argent à trois pages de gueule dressés en pal?* Ah, ah, ah! D'ailleurs, c'est bien vous, je crois, qui avez recruté ces garçons?

La plaisanterie allait si loin dans le sens même des préoccupations du Français qu'il s'approcha lentement du Kommandeur d'un air interrogatif, sans songer que son attitude pouvait être interprétée comme une menace.

— Vous noterez, poursuivit le vieil homme imperturbable, que si l'héraldique fait appel aux plantes et surtout aux animaux, elle use rarement de la figure humaine. Pourquoi? Je me suis posé la question. Certes les armoiries de Prusse comportent un écu soutenu par deux sauvages, leur massue posée à terre. On rencontre aussi parfois une tête de Maure, ou bien ce sont des êtres fantastiques, mi-humains, mi-animaux, centaures, sphinx, sirènes ou harpies. Mais d'homme, de femme, d'enfant, point que je sache, ou bien rarement.

Il avait fait demi-tour et marchait lentement vers le château en choisissant les endroits où il posait le pied. Il s'arrêta soudain.

— Tenez, il me vient une idée. Ne pensez-vous pas que l'inscription d'un être vivant dans un blason soit implicitement associée à une idée de *sacrifice* ? En somme, si nous remontons aux origines, l'animal-totem est un animal possédé, tué, mangé, et c'est ainsi d'ailleurs qu'il communique ses vertus au porteur de l'emblème. Au demeurant, l'emblème humain le plus connu, le plus sacré, qu'est-ce que c'est, je vous prie ? Le Christ en croix ! Symbole par excellence de l'holocauste suprême ! Alors, évoquer dans ses armes le sacrifice rituel d'un aigle ou d'un lion, ou le meurtre d'un monstre comme le dragon ou le minotaure, ou encore la maîtrise d'un esclave noir ou d'un sauvage, c'est dans l'ordre. Mais un guerrier, une femme, un enfant surtout ! Voyez un peu, mon pauvre Tiffauges, avec mes *trois pages de gueule dressés en pal* j'allais vous donner les armes d'un ogre ! Ah, ah, ah !

*

E. S.   Revenant d'Ebenrode avec Barbe-Bleue, je rejoins un enfant à bicyclette. Je retiens Barbe-Bleue, et je reste au petit trot pour ne pas le doubler. Que se passe-t-il ? La bicyclette est un objet qui a hauteur et longueur, mais pas d'épaisseur. Le corps qui s'y inscrit est réduit du même coup à un profilé où toutes ses lignes sont exaltées. Il est clarifié, épuré, ramené à une épure. C'est un bas-relief, c'est une médaille. Il n'y a qu'une jambe dont un miroir nous donne à voir la face interne. Le pied ne touche pas le sol. Il est entraîné dans un mouvement circulaire parfait auquel participent le mollet, le genou, la cuisse longue, et qui vient mourir dans les émouvantes oscillations de la petite croupe sur la selle. Les muscles jouent visiblement, et selon un cycle monotone, comme ils le feraient sur une planche anatomique animée. Le buste d'une immobilité totale évoque par ses épaules remontées jusqu'aux oreilles une attitude de mépris ou de peur.

Arrivé à l'entrée du village d'Ohldorf, mon petit cycliste s'arrête, hisse sa machine sur sa béquille et s'éloigne. Le charme est rompu. La troisième dimension a repris possession de lui. Les mouvements irréguliers de la marche brouillent ses lignes. Cet enfant qui m'avait paru admirable au point que je forgeais déjà des desseins à son endroit, en descendant de bicyclette est tombé au niveau de l'ordinaire. Non méprisable, certes, mais sans mériter d'entreprise particulière.

Que s'est-il passé? La bicyclette qui n'a aucune vertu sur la personne des adultes agit sur le corps d'un enfant comme une grille de déchiffrement : elle isole son essence et amorce son élucidation. Cela illustre doublement certains propos assez obscurs du Kommandeur. D'abord parce que l'expérience de la bicyclette met en évidence la *vocation héraldique* de l'enfant, vocation redoutable si elle implique un achèvement sacrificiel. Ensuite parce que je comprends mieux maintenant la différence entre la *clé* qui ne nous livre qu'un sens particulier de l'essence, et la *grille* qui en prend totalement possession, et l'offre illuminée à notre intuition. Différence d'ordre phorique, puisque la clé est portée par son essence — comme la serrure porte sa clé —, tandis que c'est la grille qui porte son essence, comme les barreaux de fer incandescents portent le corps du martyr. Reste à comprendre maintenant le passage de la clé à la grille que le Kommandeur a défini comme l'inversion maligne opérant le passage du crucifère au crucifié.

Le bonhomme en sait à coup sûr beaucoup plus qu'il ne m'en a dit. Il ne tient qu'à moi de profiter de la familiarité qu'il m'autorise pour lui faire vider son sac à la première occasion.

Tiffauges n'eut pas le loisir d'interroger le Kommandeur. Depuis l'attentat du 20 juillet, une vague d'arrestations et d'exécutions sans précédent déferlait sur toute l'Allemagne et singulièrement sur la Prusse-Orientale où il avait eu lieu. La terreur policière frappait avec une rage aveugle non seulement les conjurés, mais leur famille, leurs amis et jusqu'à leurs relations les plus lointaines. Dans les rapports de la Gestapo revenaient sans cesse les plus grands noms de l'aristocratie prussienne, Yorck, Moltke, Wiltzleben, Schulenburg, Schwerin, Stülpnagel, Dohna, Lehndorff...

Un matin une voiture au pavillon masqué s'arrêta devant la porte du château. Deux hommes en civil en descendirent. Ils eurent une entrevue secrète avec le général comte von Kaltenborn. Puis ils repartirent, mais seulement pour quitter la citadelle, et attendre sur le glacis. Une heure plus tard, il pouvait être onze heures, les enfants qui se trouvaient là eurent la surprise de voir leur Kommandeur sortir en grand uniforme. Il marchait d'un pas rapide, mécanique, les yeux fixés devant lui. Il parcourut toute l'allée centrale sans répondre aux saluts, et s'engouffra dans la voiture aux rideaux tirés qui l'attendait, et qui disparut dans la direction de Schlangenfliess.

Le départ du seul homme à qui il eût accordé sa confiance atteignit profondément Tiffauges. Les spéculations du Kommandeur, l'atmosphère de grandeur surannée qu'il répandait autour de lui, l'effort de lucidité et de réflexion auquel il conviait le Français avaient contribué à l'élever au-dessus de ses appétits. Le vieil homme disparu, Tiffauges s'abandonna à son instinct de puissance avec parfois des raffinements extravagants dont ses *Écrits sinistres* portent témoignage. Au demeurant, la dégradation de la situation lui assurait une liberté croissante. Le 26 septembre, la proclamation par Hitler de la levée en masse (Volkssturm) mobilisant les femmes, les enfants et les vieillards pour tenter de conjurer la défaite, marqua une nouvelle étape de son ascension. Raufeisen, qui avait pris son parti du départ du Kommandeur, se voyait retirer ses officiers, ses sous-officiers, ses hommes et ses collaborateurs civils les uns après les autres. Il enrageait de n'avoir sous ses ordres que ce qu'il appelait un « jardin d'enfants ». Du moins voulait-il que les Jungmannen fussent entraînés et armés pour l'ultime épreuve. Il faisait de fréquents voyages à Königsberg et parlait d'une démarche à Possessern, siège de l'état-major d'Himmler, laissant alors carte blanche au Français pour assurer tant bien que mal la vie quotidienne de la napola.

*

E. S.   Depuis trois jours, dans une salle du sous-sol, le coiffeur d'Ebenrode et son apprenti dévastent les crinières des petits hommes à l'aide de tondeuses électriques géantes que j'aurais crues réservées au seul usage des chevaux. Il faut dire qu'on ne les avait pas vus depuis cinq mois, et les enfants devaient écarter de la main un rideau de cheveux pour voir et même pour manger. J'étais certes pour quelque chose dans cette négligence, car je n'envisageais pas sans serrement de cœur la brutalité de cette tonte générale. Et puis, je me suis résigné à l'inéluctable, et voici que je découvre tout le parti que j'en puis tirer.

Je note d'abord que la chevelure peut certes être belle par elle-même, mais que dans sa relation avec le visage elle a toujours un rôle *négatif* : elle affaiblit l'expression, amortit les traits, donne un coup de gomme à toute la face. Par suite, elle est bénéfique aux visages laids, moins laids assurément surmontés d'une abondante chevelure que livrés nus aux regards. Et comme la laideur est la règle générale, la chevelure est généralement préférable à la calvitie. Mais un très beau visage a tout à gagner à ne pas subir l'étouffement chevelu. Les enfants qui remontent du sous-sol en s'amusant à se donner des claques sur leurs nuques rasées m'ont stupéfié par l'évidence presque violente de la beauté de leur visage. Beauté nue, dépouillée, sans flou, sculpturale où il y a de l'épée et du masque de marbre. Et quand le rire le réchauffe et l'anime, comme il parle bien, comme il est communicatif!

Ce que voyant, je suis descendu assister à la métamorphose. J'ai longtemps observé la tondeuse ouvrant des tranchées blêmes dans la masse des cheveux depuis la nuque jusqu'au front. Le cuir chevelu dévoile alors ses secrets, ses irrégularités, ses cicatrices, et surtout l'ordre d'implantation des cheveux. Ceux-ci croulant en paquets soyeux sur les épaules de l'enfant couvraient le sol d'une moisson odorante que le coiffeur, l'opération terminée, repoussait sans égard à coups de balai dans le fond de la pièce. J'ai aussitôt donné des ordres pour que tout cet or fauve soit conservé. On en emplira autant de sacs qu'il en faudra. J'ignore encore ce que j'en ferai.

*

E. S.   Observant la tonte des enfants, j'ai remarqué que, la plupart du temps, les cheveux semblent disposés en spirale à partir d'un centre situé exactement au sommet de l'occiput. Partant de ce point, ils décrivent un tourbillon centrifuge qui gagne l'ensemble du crâne. L' « épi » est formé par les cheveux du centre de la spirale, les seuls qui ne sont pas entraînés dans la révolution.

Je me suis souvenu alors du pelage du cerf rapporté la semaine dernière par les Jungmannen, et exposé sur une table du réfectoire. On voyait nettement dans la lumière frisante diverses zones de poils orientées dans des sens différents. Il y avait ce même phénomène de tourbillons, soit centrifuges, soit centripètes, selon que les poils divergeaient à partir du centre ou convergeaient vers lui. Ailleurs, on observait de grandes nappes qui se délimitaient, tantôt en se heurtant le long d'une crête où les poils s'affrontaient, tantôt en se fuyant, séparées alors par une raie dénudée. Je me suis souvenu également de certains propos du Dr Blättchen, selon lesquels l'homme a autant de poils que l'ours ou le chien, mais — sauf en certaines régions du corps — petits, incolores, tellement qu'on ne les voit qu'à la loupe. Il m'a paru dès lors intéressant d'étudier la carte pileuse des enfants, et de comparer plusieurs formules entre elles.

J'ai donc choisi les trois sujets qui m'ont paru les plus duveteux, les plus pailletés d'or et d'argent sous un rayon de soleil tombant à contre-jour. A tour de rôle, je les ai convoqués au laboratoire et je les ai examinés à la loupe, centimètre par centimètre en les plaçant entre la fenêtre et moi.

Résultats intéressants, mais qui ne diffèrent pas d'un individu à l'autre. Une fois de plus, le Jungmann s'est révélé une espèce beaucoup plus homogène et indifférenciée qu'on ne pourrait le croire.

Les poils de tout le corps sont disposés en nappes spiralées qui se répartissent en deux catégories selon leur orientation : tourbillons divergents à l'angle interne de l'œil, au creux de l'aisselle, au pli de l'aine, à l'angle interne de la fesse, au dos du pied et de la main, et bien entendu à l'occiput; tourbillons convergents au contraire sous l'angle de la mâchoire, sur l'olécrâne, à l'ombilic, à la racine du sexe. Sur les flancs court une raie qui joint le tourbillon de l'aisselle à celui de l'aine, et le long de laquelle les poils divergent. Au contraire, en avant et en arrière du torse, le long de la colonne vertébrale et du sternum, on voit les poils converger et se heurter pour former un épi médian allongé.

Dans la plupart des cas, cette géographie ne se détecte que lentement et à la loupe, sous un éclairage approprié.

Mais on peut en avoir une connaissance immédiate
— et combien plus touchante! — en passant rapidement les lèvres sur la peau. La nappe duveteuse révèle
son orientation en répondant à l'effleurement par une
caresse plus drue ou plus soyeuse.

*

E. S. J'ai assez pleuré sur mes mains énormes et gauches
pour leur rendre justice quand elles le méritent. C'est à
tort sans doute que je rêvais de doigts déliés et furtifs
comme ceux d'un prestidigitateur, habiles à se glisser
dans l'échancrure d'une chemisette ou d'une culotte
courte. Mes grosses mains, si elles sont absolument
impropres à ce genre de frôlement n'en ont pas moins
leur habileté à elles. Déjà en un rien de temps, elles
avaient appris à manipuler les pigeons du Rhin avec
une prestesse consommée. Si évidente était leur vocation
oiselière que le pigeon — même inconnu — n'avait pas
un réflexe de fuite quand elles se tendaient vers lui.

Quant aux enfants, c'est tout simplement admirable
comme je sais les prendre! Quiconque me verrait manier
un petit homme n'y trouverait que brutalité et désinvolture. Lui ne s'y trompe pas. Dès le premier contact,
il comprend que sous cette apparente rudesse se cache
un énorme et tendre savoir-faire. Avec eux, mes gestes
les plus bourrus sont secrètement capitonnés de douceur.
Ma destinée surnaturelle m'a doué d'une connaissance
infuse du poids de l'enfant, de l'équilibre de son corps,
de ses centres de gravité, de toutes ses articulations et
flexions, frémissements de muscles et dureté mouvante
d'os. La chatte emporte sans précaution le chaton par la
peau du cou. Comme un paquet. Mais le petit chat ron-
ronne de plaisir, car ces apparentes bourrades recouvrent
une entente intime et maternelle.

340

Mon premier geste avec un enfant inconnu, c'est de lui poser la main sur la nuque, un peu plus bas que la nuque. Frêle ou musculeuse, frisée ou rase, cambrée ou ployante, cette racine essentielle est la clé à la fois de la tête et du corps. Elle me dit incontinent quelle résistance ou quels abandons je peux attendre. Le geste n'engage à rien et peut être rétracté sans bavures. Mais il peut aussi s'épanouir tout naturellement, prendre possession du dos, gagner les épaules, descendre jusqu'aux lombes, point d'équilibre pour le soulèvement de terre, l'enlèvement, le port.

Mes mains sont faites pour porter, justement, pour soulever, pour emporter. Des deux positions classiques — supination et pronation — seule la supination leur convient. C'est même leur position habituelle, paumes ouvertes vers le ciel, doigts joints et tendus à plat. La pronation me donne un malaise qui se précise en crampe musculaire. Des mains phoriques, quoi! Et pas seulement des mains, mais tout un corps, à commencer par ma taille démesurée, mon dos de portefaix, ma force herculéenne, toutes choses auxquelles répond le corps léger et petit des enfants. Ma grandeur et leur petitesse, ce sont deux pièces parfaitement ajustées par la nature. Tout cela prévu, voulu, agencé de toute éternité, et donc vénérable, adorable.

*

E. S.   Il fallait que quelque rituel manifestât le dénombrement entier, l'exhaustion du genre dont la citadelle doit être le haut lieu. C'est le seul but des appels auxquels je préside lorsque l'Alei est absent, et qui ont lieu le soir dans la cour fermée. Je les ai ordonnés selon ma double exigence de rigueur et d'aléa.

Les enfants jouent librement dans la cour que domine

la terrasse aux trois épées. Moi, j'attends, recueilli, dans la chapelle dont les vitraux font chatoyer les derniers rayons du couchant. Je me laisse bercer par cette symphonie de cris, d'appels et d'exclamations qui monte vers moi comme un encens sonore, et qui, par-delà mes expériences de Neuilly, me transporte jusqu'au collège Saint-Christophe. Il est vrai que les voix est-prussiennes ont une raucité, un tranchant que n'avaient pas les françaises, mais j'y retrouve justement cette pureté d'essence qui est ce que l'Allemagne me réservait, et ma raison d'être ici.

Le moment venu, je m'avance à travers la terrasse, saisi par l'engrenage du cérémonial. Lorsque ma silhouette apparaît entre Hermann et Wiprecht, le tumulte tombe d'un seul coup, et les rangs se forment quand je pose ma main à la pointe d'Hermann. Les quatre cents enfants se disposent en quarante files de dix, formant une masse rectangulaire, tout juste contenue dans les limites de la cour et d'une extrême compacité. Il faut les mois de « drill » impitoyable auquel ils ont été soumis pour qu'ils sachent se former ainsi en un clin d'œil, selon un ordre si impeccable que je soupçonnerais volontiers qu'ils prennent repère sur les dalles de la cour, si je ne voyais les quatre cents visages tournés vers moi sans défaillance, et refléter quatre cents fois le regard dont je les embrasse tous. Alors, d'un geste de la main, je brise le silence édifié magistralement par la discipline de mes petits soldats, et je fais éclater l'hymne de Prusse-Orientale :

> *Le poing serré sur la lance, les rênes de nos étalons dans l'autre main, nous chevauchons vers l'est, enfants d'Occident, pour achever l'œuvre teutonique.*
>
> *La tempête hurle, la pluie nous fouette, les chevaux ruisselants bronchent. Nous chevauchons toujours, comme jadis chevaliers et paysans, vers la terre où est notre foi.*

Nous galopons dans la poussière, nous passons comme l'éclair, le regard fixé vers l'est, vers les tours de Kaltenborn qui veillent sans défaillance sur l'horizon. Nous avons forgé à neuf le soc et l'épée que la rouille avait mordus. L'épée dans la main, le soc dans la terre, demain le soleil se lève pour nous [14].

Les voix impubères jaillissent vers moi, métalliques et coupantes. Elles me percent d'une joie douloureuse, et mon cœur se serre, car il y a du sang et de la mort dans cet élan irrésistible. Ensuite, c'est la belle et longue litanie de l'appel. Dans ce rite qui ne fait retentir que des prénoms et des lieux d'origine, j'ai voulu introduire un élément de nouveauté chaque fois renouvelée, en laissant au hasard le mariage de l'appel et de la réponse. Car les places de la formation rectangulaire ne sont pas fixées à l'avance, et chacune est occupée chaque soir par un Jungmann différent. Or l'appel est ainsi réglé : le premier à gauche du dernier rang appelle le prénom et le lieu d'origine de son voisin de droite. Celui-ci répond *Présent!* et énonce le prénom et le lieu d'origine de son voisin de droite, et ainsi de suite jusqu'au dernier à droite du premier rang — dont la réponse marque la fin de l'opération.

Il va de soi qu'un appel ainsi réglé ne remplit pas la fonction habituelle de ce genre d'exercice qui est de faire ressortir les absences. Mais précisément, c'est l'inverse que j'en attends, c'est la démonstration pleine, entière, circulaire, de quatre cents individualités enfermées entre des murs étroits et absolument disponibles. Il n'est pas de plus douce musique pour moi que ces prénoms évocateurs, criés par des voix toujours nouvelles et sur lesquelles se posera à son tour le prénom qui lui revient. Ottmar aus Johannisburg, Ulrich aus Dirntal, Armin aus Königsberg, Iring aus Marienburg, Wolfram aus Preussisch Eylau, Jürgen aus Tilsit, Gero aus Labiau, Lothar aus Bärenwinkel, Gerhard aus Hohensalzburg,

Adalbert aus Heimfelden, Holger aus Nordenburg, Ortwin aus Hohenstein... Je dois me faire violence pour interrompre ce recensement de mes richesses, qui associe le poids d'un corps et l'odeur d'un coin de terre prussienne. L'appel est suivi d'une minute de silence. Puis d'un seul mouvement, les quatre cents enfants font demi-tour pour faire face, comme moi, au levant, et je ne vois plus d'eux qu'un champ d'épis et d'éteules dorés, ces cheveux dont j'ai d'ores et déjà pris possession, et dont il faudra bien que j'invente le mode de célébration idoine. Et à nouveau, le chœur unanime édifie sa pyramide sonore, dure et brillante. Ils chantent la grande plaine orientale qui aspire leurs âmes :

Dressez les étendards dans le vent d'est,
Car le vent d'est les gonfle et les enlève.
Et que le départ soit sonné, et que notre sang en
*   entende le signal,*
La terre nous répondra qui a visage allemand. Parce
*   que beaucoup l'ont fécondée de leur sang, elle ne peut*
*   rester muette.*
Dressez les étendards dans le vent d'est et qu'ils
*   claquent pour de nouveaux départs!*
Soyons forts, à qui bâtit à l'est, aucune épreuve n'est
*   épargnée.*
Dressez les étendards dans le vent d'est, car le vent
*   d'est les fait plus vastes...* [15]

*

E. S.   Je me suis arrêté ce matin à Birkenmühle où l'on m'avait signalé une certaine Frau Dorn, cardeuse de sa profession, mais qui posséderait un métier à tisser sur lequel elle confectionne des pièces d'étoffe pour peu qu'on lui apporte la laine. La guerre ravale la vie économique à un niveau si primitif que désormais seul celui qui élève des moutons pourra prétendre se vêtir! A défaut de moutons, j'ai mes petits hommes. L'idée m'est venue de me faire faire une cape ou une manière de vareuse de leurs cheveux. Ce serait en somme ma toison d'or, une chlamyde d'amour et d'apparat à la fois, satisfaisant ma passion en dedans et manifestant mon pouvoir au-dehors. Je ris de pitié en pensant aux amoureux transis qui portent sur leur cœur dans un médaillon une mèche de cheveux de leur bien-aimée!

Frau Dorn, un grand cheval de femme, toute en jambes, en bras et en nez a manifesté la plus grande méfiance en voyant s'arrêter devant chez elle un cavalier à l'uniforme indéfinissable. Elle s'est enfermée dans un silence hostile pendant que je lui parlais de son activité de tisserande. Sans doute est-ce en effet une activité répréhensible, puisqu'il y a beau temps ici que tout ce qui n'est pas obligatoire est interdit! Pour lui faire entendre sur quel plan j'entendais placer l'entretien, j'ai alors sorti de dessous ma capote un paquet en étoffe. Dans sa cuisine, j'en ai tiré un cuissot de chevreuil. Elle a paru quelque peu rassurée. Puis j'ai fait bâiller le sac que je traînais derrière moi depuis le début, et je lui ai montré des cheveux des enfants. Je lui ai expliqué que je disposais de cheveux en grande quantité, et que j'entendais qu'elle les tissât. Sa réaction a été violente et incompréhensible. Elle a été prise d'un tremblement soudain, et elle a fui à reculons, en répétant « Non, non, non », avec des gestes des mains pour repousser à la fois le cuissot, le sac de cheveux et moi-même. Finalement elle s'est éclipsée par une petite porte de derrière, et j'ai entendu le bruit décroissant d'une galopade dans les jardins potagers.

Je me demande pourquoi elle a été effrayée à ce point en voyant mon sac de cheveux? Je suis ressorti bredouille, avec mon cuissot et ma toison d'or en puissance, dont j'ai bien peur qu'elle demeure longtemps encore en cet état !

*

E. S.   J'ai fait bourrer un matelas, un édredon et un oreiller avec tous les cheveux de la grande tonte. Cette sotte de Frau Netta qui parlait de les lessiver auparavant ! Nuit extraordinaire passée au creux de cette laine plus tendre, mais non moins musquée que de l'agneline brute ! Bien entendu, je n'ai pas dormi une seconde. L'odeur de suint d'enfants m'est vite montée à la tête, et m'a jeté dans une ébriété heureuse. Joie, pleurs, pleurs de joie ! Vers deux heures de la nuit, je n'ai plus supporté ces absurdes enveloppes d'étoffe. J'ai éventré matelas, édredon et oreiller, et je les ai vidés dans le bassin à poissons de Blättchen, à sec depuis son départ, qui a du même coup trouvé sa raison d'être. Puis je me suis enfoui au cœur de ce nid d'un genre nouveau, comme jadis dans mon pigeonnier plein de duvets. Ils étaient tous là, mes adulés, et je les reconnaissais l'un après l'autre en serrant contre mon visage des poignées de cheveux. J'ai reconnu Hinnerk à son odeur de foin coupé, et Armin aux reflets bleutés de ses mèches, et Ortwil à un blond cendré qui n'est qu'à lui, et Iring parce que ses boucles sont d'une finesse impalpable, — des boucles d'angelot, oui — et Haro à l'odeur ferrugineuse de son crin doré et dur comme du cuivre, et Baldur, et Lothar, et tous les autres. Puis je les ai mêlés, brassés, pétris pour les serrer massivement dans mes bras. Alors j'ai été secoué de sanglots convulsifs, et je me suis demandé — et je me demande encore — si ma raison n'a pas commencé à craquer dans cet excès d'émotion.

Je suis semblable à un alcoolique profond, invétéré, atavique, qui n'aurait jamais connu d'autre boisson qu'un petit cidre doux et baptisé, et auquel on ferait boire tout à coup, sans limite, un tord-boyaux de 70º.

Après cette nuit blanche, je me suis levé ce matin avec des rugissements.

*

E. S.   Ils emplissaient la cour fermée de leurs chassés-croisés vigoureux et de leurs cris. Brève et brutale bousculade : un petit est projeté sur moi, et je le cueille au vol par un réflexe phorique. Mes deux grandes mains enserrent cette tête ronde et drue où seuls deux yeux noisette s'agitent, jetant à droite et à gauche des regards de fuite. Je me penche sur ce miroir d'âme clair et profond comme un lac. Je suis un busard planant immensément haut, mais qui se sent, pris de vertige, basculer au-dessus d'un miroir d'eau. La bouche s'entrouvre, fraîche comme un coquillage.

C'est alors que je remarque sur les lèvres ourlées des coupures linéaires au fond rouge vif que séparent des îlots bosselés de peau sèche.

— Tu as mal aux lèvres?

— Oui, monsieur.

— Tes camarades aussi?

— Je ne sais pas.

— Va voir!

Libre, mais éberlué par mon ordre bizarre, il disparaît dans la foule, comme un poisson lâché dans un vivier. Mais une minute plus tard, il revient, remorquant un Jungmann si semblable à lui que ce doit être son frère. Celui-là, sa bouche n'est qu'une plaie crevée, crevassée, et certaines gerçures sécrètent même un suintement séreux.

Le soir même, je me suis procuré chez l'apothicaire d'Arys un petit pot d'huile d'amande douce et de beurre de cacao mêlés. Après le dîner, le grand réfectoire devient le théâtre d'une étrange et émouvante liturgie. Les enfants font procession devant moi, et je les oins... Chacun d'eux s'arrête et me tend sa bouche. Ma main gauche s'élève, l'index et le majeur unis, dans un geste bénisseur et royal. Bientôt d'ailleurs, elle ne bouge même plus, ma Sinistre, ma Géniale, mon Épiscopale, ma Consignataire de vérités apocalyptiques : ce sont eux qui s'inclinent vers elle, cueillant au passage un peu de saint chrême, en viatique nocturne, comme des suppliants baisent la statue miraculeuse d'un saint patron. Et il ne manque même pas — oh rares! juste ce qu'il en faut! — quelques hérésiarques qui rejettent la tête en arrière ou la détournent dans un mouvement de refus.

Admirable ambiguïté de la phorie qui veut qu'on possède et maîtrise dans la mesure où l'on sert et s'abnie!

*

E. S. Je me suis avisé que la salle de douche pouvait être une occasion privilégiée de créer cette *densité d'atmosphère* qui m'est toujours apparue comme le pôle opposé et complémentaire de la phorie. C'est une grande pièce d'environ douze mètres sur vingt que précède un vestiaire. Le sol dallé est creusé de rigoles d'évacuation, le plafond se hérisse d'une floraison de soixante pommes dont le débit est commandé du vestiaire et qu'alimente un réservoir de cinq mille litres à chaudière incorporée. Un mélangeur permet d'alterner l'eau froide et l'eau chaude, ou de les doser dans le même flux.

Les enfants étaient envoyés à la douche par centurie. Afin d'économiser l'eau chaude, ils iront désormais tous en bloc. Dans un esprit de camaraderie virile, un officier ou un sous-officier partageait leurs ablutions. Moi seul les accompagnerai dorénavant.

Le bois ayant remplacé le charbon, il faut alimenter le

feu toute la nuit pour porter l'eau à 40°. Je suis descendu par cinq fois pour recharger la chaudière, obsédé par le souvenir de Nestor dont la mort par asphyxie dans la chaufferie de Saint-Christophe hantait cette veillée ardente. Il était convenu qu'à huit heures, avant le Frühstück, les enfants seraient envoyés à la douche. J'étais couché nu sous un jet brûlant, suffocant et aveuglé déjà, quand la musique de leurs voix claires mêlée aux tapotements de leurs pieds nus sur la pierre a empli l'escalier. Brouhaha heureux, bousculades de corps et rires sous la bruine furieuse crachée par les pommes, remous de vapeur ardente qui noie toutes choses dans des ténèbres laiteuses. Les corps s'y dissolvent et en émergent brusquement, comme un rêve fugitif, pour s'y fondre de nouveau. Tous ces enfants bouillent dans un chaudron géant avant d'être mangés, mais je m'y suis jeté par amour, et je cuis avec eux. Mainte et mainte fois piétiné, broyé par le poids des corps mouillés croulant sur moi, j'ai retrouvé une vieille connaissance dont j'avais perdu le souvenir depuis des années, depuis la déclaration de la guerre exactement, l'*angélique*. Mais une angélique cuite à l'étuvée, et affectée du coup d'un *changement de signe :* ce n'est plus l'oppression qui me précipitait dans un abîme d'angoisse, c'est une assomption glorieuse sur des tourbillons de nuées immaculées qui serait d'une inspiration fade, vaguement sulpicienne, n'étaient les chocs sourds et véhéments de mon cœur dilaté contre mes côtes, ce tam-tam dramatique qui rythme les fastes de mon apothéose. Je songe à la résurrection de la chair que nous promet la religion, mais d'une chair transfigurée, au plus haut degré de sa fraîcheur et de sa jeunesse. Et je déploie toute ma peau brune et souillée d'adulte, je tends mon visage bistre et buriné à ces jets de vapeur bouillants, j'enfouis ma figure noire et ravinée dans cette fleur de farine, je l'offre à ces houppettes de chair vive pour la guérir de sa disgrâce !

*

E. S. Les nuits commençant à fraîchir, et le manque de charbon ne permettant plus de faire fonctionner le chauffage central, il a fallu renoncer aux petits dortoirs de huit lits, et installer en dortoir général, chauffé par des poêles de fonte, la grande salle des chevaliers. Les enfants ont accueilli avec enthousiasme un changement dont ils attendent la possibilité de vastes chahuts. Quant à moi, j'y vois l'occasion de confronter ma solitude attentive et angoissée à cette grande communion nocturne, pleine de soupirs, de rêves, de terreurs et d'abandons.

Les enfants ont pris sur eux de serrer les petits lits les uns contre les autres, formant ainsi comme un plancher surélevé, une chaussée blanche et matelassée que je me suis plu à parcourir pieds nus dans tous les sens. C'est plus en somme un *hypnodrome* qu'un dortoir au sens traditionnel du terme.

. . . .

L'hypnodrome a fait merveille. Le grandiose chahut espéré par les enfants a déroulé ses fastes. C'était superbe! Une chevauchée éperdue à tort et à travers la grande plaine élastique, pavée de petits lits blancs. Tournoiements d'édredons et d'oreillers fauchant des grappes de combattants qui croulaient en hurlant de joie, poursuites sauvages qui s'achevaient sous les sommiers, assauts furieux menés contre une forteresse molle de matelas entassés, et tout cela dans une touffeur de serre, saturée de chaleur animale, derrière les épais rideaux qui oblitéraient toutes les fenêtres.

Moi, je suivais les opérations, tassé dans une encoignure où j'avais réussi à me faire oublier. Je savais que les enfants avaient creusé tout le jour des fossés antichars et qu'ils brûlaient leurs dernières forces. Déjà quelques-uns s'étaient endormis à l'endroit même où ils s'étaient tapis en embuscade. Le tonus commençait à baisser quand j'ai mis fin au sabbat en éteignant d'un seul coup les soixante-quinze projecteurs qui éclairaient la salle. Aussitôt soixante-quinze veilleuses ont créé cette atmosphère bleutée et tremblante des dortoirs, plus anesthésiante que la nuit. Le tumulte est tombé très vite, malgré quelques enragés qui poursuivaient des combats d'arrière-garde. C'est alors que j'ai senti mes paupières qui s'alourdissaient. Je n'avais certes pas prévu, moi le nocturne, l'insomniaque, le noctambule, que je serais l'un des premiers endormis, accroupi au bord d'un lit, le dos calé par un coin de mur, et c'est peut-être la surprise la meilleure et la plus instructive de la soirée. Si je dors habituellement si mal, c'est peut-être parce que je suis fait pour coucher toujours avec quatre cents enfants.

Mais il devait sans doute y avoir quelqu'un en moi qui pensait que je n'étais pas là seulement pour dormir, car je me suis réveillé tout à coup au cœur de la nuit, et, il faut le préciser, frais comme l'œil. Tous ces corps jonchant dans toutes les positions le grand plateau lunaire étaient d'une étrangeté saisissante. Il y avait des groupes serrés, comme par la peur, des étreintes fraternelles, des rangs entiers qu'on aurait dit couchés par la même décharge de mitraille, mais les plus pathétiques étaient les isolés, ceux qui avaient rampé dans un coin pour y mourir seuls, comme des bêtes, ou au contraire dont le dernier souffle avait suspendu un inutile effort pour se joindre à des compagnons.

Après le joyeux tumulte de la soirée, ce spectacle de massacre m'a cruellement rappelé un certain tour de mon destin, toujours menaçant, et qui s'appelle : l'inversion maligne. Les avertissements que m'a prodigués le Kommandeur étaient toujours indirects et emblématiques. La leçon de ce soir est d'une évidence effrayante. Toutes les essences que j'ai dévoilées et portées à incandescence peuvent demain, ce soir même, *changer de signe* et brûler d'un feu d'autant plus infernal que je les aurai plus magnifiquement exaltées.

Mais la tristesse que me donnaient ces pressentiments était si haute et si majestueuse qu'elle se mariait sans peine à la joie grave que j'éprouvais en me penchant sur mes dormeurs. J'allais de l'un à l'autre, ailé de tendresse et foulant à peine l'hypnodrome; je notais l'attitude particulière de chacun, parfois je retournais un dormeur pour voir son visage, comme on retourne un galet sur une plage pour découvrir sa face humide et secrète. Plus loin, je soulevai sans le désunir le couple des jumeaux enlacés dont les têtes roulèrent doucement en gémissant sur mes épaules. Mes grandes poupées moites et souples, je n'oublierai pas la qualité particulière de leur *poids mort!* Mes mains, mes bras, mes reins, chacun de mes muscles en ont appris à jamais la gravité spécifique à nulle autre comparable...

*

E. S.   Réfléchissant plus tard sur les enseignements de cette nuit mémorable, j'ai constaté que les innombrables positions des enfants dans leur sommeil pouvaient se ramener à trois grands types.

Il y a d'abord la position *dorsale* qui fait de l'enfant un petit gisant, pieusement disposé, la face vers le ciel, les pieds joints et qui, il faut en convenir, évoque plutôt la mort que le repos. A cette position dorsale s'oppose la position *latérale*, les genoux remontés vers le ventre, tout le corps ramassé en forme d'œuf. C'est la posture fœtale, la plus fréquente des trois, et elle comporte comme telle un rappel des temps antérieurs à la naissance. A l'inverse de ces postures qui miment l'une l'audelà, l'autre l'en deçà de la vie, la position *ventrale* est seule pleinement consacrée au présent terrestre. Elle seule confère de l'importance — mais alors primordiale — au *fond* sur lequel repose le dormeur. Ce fond — qui est idéalement notre sol tellurique — le dormeur s'y écrase à la fois pour le posséder et pour lui demander sa protection. C'est la posture de l'amant tellurique qui féconde la terre de sa semence de chair, et c'est elle aussi qu'on enseigne aux jeunes recrues pour éviter les balles et les éclats d'obus. Dans le sommeil ventral, la tête est posée latéralement, sur une joue ou sur l'autre, ou plutôt sur une oreille ou sur l'autre, comme pour ausculter le sol. Notons enfin à l'intention de Blättchen que cette position est, semble-t-il, la mieux appropriée au repos des crânes longs, et l'on peut même se demander si l'habitude de coucher les bébés sur le ventre en leur plaçant ainsi la tête sur la tempe ne contribue pas — compte tenu de la malléabilité de leurs os crâniens — à fabriquer des dolichocéphales.

*

E. S.   Hier, je regardais mon Barbe-Bleue, sans bride ni selle, retenu par un simple licol à un anneau du mur. Ainsi dépouillé de tout harnachement, l'animal se laisse aller, la tête basse, l'oreille muletière, l'échine creuse, relâché, avachi, efflanqué, fourbu. Mais il suffira qu'on le coiffe d'une têtière, qu'on lui passe la muserolle, qu'on lui jette une selle sur le râble pour qu'il se rassemble, piaffant et fringant, dresse la tête, l'œil fixe et l'oreille dardée... Ainsi moi, triste et emprunté, encombré de ma taille et de ma force, les jambes flaches et les bras ballants, je ne suis moi-même, regonflé et flambard que harnaché par le corps d'un enfant, sanglé par ses jambes, sellé par son torse, colleté par ses bras, couronné par son rire.

E. S.   A l'opposé des fesses des adultes, paquets de viande morte, réserves adipeuses, tristes comme les bosses du chameau, les fesses des enfants vivantes, frémissantes, toujours en éveil, parfois haves et creusées, l'instant d'après souriantes et naïvement optimistes, expressives comme des visages.

*

E.S.   Il est six heures, et déjà les premiers rayons du soleil enflamment les tuiles vernies des tours orientales. Sous sa caresse, les quatre cents pénis de l'hypnodrome s'émeuvent, dressent leur petite tête aveugle, rêvant d'une floraison possible, d'un avènement à la lumière, à la couleur, au parfum, au *buisson capital* de l'ange phallophore. Mais cet émoi matinal passé, ils retomberont dans leur torpeur, voués à l'ombre, à l'abnégation, condamnés à être jetés dans les oubliettes génitales, et à ne s'animer qu'au service obscur de la perpétuation de l'espèce. A moins que... la phorie peut-être? Qui sait si tel n'est pas le sens de la grande récompense de saint Christophe : pour avoir porté sur ses épaules l'enfant-Dieu, sa perche soudain fleurie et chargée de fruits?

*

E.S.   Le miel que sécrète le fond de leurs oreilles, aussi doré que celui des abeilles, est au goût d'une amertume quintessenciée qui rebuterait tout autre que moi.

L'Astrophore

Au milieu de la nuit, l'Éternel frappa tous les premiers-nés dans le pays d'Égypte.

Exode, XII, 29.

Les derniers combats de l'année 1944 eurent pour enjeu en Prusse-Orientale la ville de Goldap, à une centaine de kilomètres au nord-est de Kaltenborn. Conquise maison par maison, le 22 octobre, par les troupes du 3ᵉ Front de Russie blanche commandées par le général Tcherniakovski, elle devait être reprise le 3 novembre par une contre-offensive du 29ᵉ Panzerkorps du général Decker. Jusqu'à la nouvelle offensive soviétique qui devait être déclenchée le 13 janvier 1945, une accalmie permit à la population de mesurer le danger qui la menaçait et d'apprécier la valeur des assurances prodiguées par le gouvernement nazi. Envisager l'éventualité d'une invasion de la Prusse-Orientale par l'armée rouge, c'était se rendre coupable d'un acte criminel de défaitisme et de trahison. Le long cortège des réfugiés de l'Est que les Soviétiques poussaient devant eux — paysans blancs-russiens d'abord, puis lituaniens, population du territoire de Memel, et enfin les premiers Allemands de Prusse-Orientale — ne devait en aucun cas être considéré par les civils allemands comme un avertissement. Sur les places des villages et dans les jardins publics des villes, on voyait se balancer au bout d'une corde des citoyens convaincus d'avoir fait des préparatifs de départ. Aussi l'armée rouge surprit-elle en plein ahurissement la population civile des régions abandonnées par la Wehrmacht. Des soldats soviétiques rapportèrent qu'en entrant dans des fermes, ils avaient trouvé toutes les bêtes à l'écurie ou à l'étable, le feu ronflant dans la cheminée, une soupe en train de mijoter sur la cuisinière. Sur les routes étroites et rares du pays, dans le froid polaire du cœur de l'hiver, une cohue sauvage mêlait les réfugiés de toutes nationalités fuyant vers l'ouest aux convois de la Wehrmacht montant vers le front ou regagnant ses arrières.

Bien qu'il demeurât en grande part étranger aux événements extérieurs, Tiffauges eut deux fois l'occasion d'être témoin de ce lamentable exode. Ce fut d'abord peu avant la Noël 1944 sur la route d'Arys à Lyck. Alors qu'une colonne militaire poursuivait son lent cheminement vers Lyck, le convoi des réfugiés allant en sens inverse semblait paralysé par le froid. Un bouchon avait dû se former du côté d'Arys, et l'on aurait dit que les charrois se dissolvaient sous l'effet de l'immobilité, parce que les hommes profitaient de la halte pour vérifier les harnais des chevaux et l'arrimage des ballots, tandis que les enfants s'égaillaient sur les talus et dans les boqueteaux avoisinant la route. Tiffauges remonta les files au petit galop en direction d'Arys, et rencontra au bout de quinze cents mètres l'origine du barrage, que lui signala d'assez loin un groupe de civils et de militaires affairés autour de deux voitures enchevêtrées. Un attelage militaire dérapant sur une courte pente glacée avait heurté si malencontreusement un chariot de paysan que le timon du chariot s'était enfoncé comme un épieu dans le poitrail d'un des chevaux militaires. La bête qui agonisait était tombée sur les genoux, soutenue à droite par le cheval voisin, à gauche par celui du chariot — et tous deux ruaient et se cabraient pour sortir de l'imbroglio.

Tiffauges avait été profondément impressionné par le spectacle de l'exode. Il pensait à celui des Français en juin 1940 qui paraissait en comparaison un embarquement pour Cythère — et il se répétait la prière de l'Écriture sainte *Priez pour que votre fuite n'ait pas lieu en hiver*. L'image du cheval empalé par le poitrail s'imprima ineffaçablement en lui, car il ne manqua pas d'y soupçonner un symbole — hélas indéchiffrable — ou, mieux encore, une figure héraldique inconnue, mais non sans affinité avec les armes de Kaltenborn. Ce qu'il vit en revanche, lorsque la colonne des réfugiés put de nouveau s'ébranler, était dépourvu de toute aura symbolique et ressortissait à l'horreur la plus nue : un cadavre humain incorporé à la chaussée gelée, mille et mille fois écrasé, aplati, broyé par les chenilles des chars, les pneus des camions, les roues des charrettes ou simplement le martèlement des bottes, tellement qu'il n'avait pas plus d'épaisseur qu'un tapis, un tapis qu'on aurait grossièrement découpé selon une silhouette humaine, et où l'on distinguait vaguement un profil, un œil et des mèches de cheveux.

Quelques jours plus tard, il devait faire sur la route de Lötzen à Rhein une rencontre qui le bouleversa plus intimement encore. Il les avait vus venir de loin, tous ces prisonniers, la tête enveloppée dans un cache-col et coiffée d'un calot militaire, les pieds emmaillotés dans des chiffons de laine ou du papier journal ficelés en bottes, traînant derrière eux au bout d'une corde leurs valises de tôle ou de carton-pâte, transformées en luges par l'adjonction de petits patins de bois. Ils étaient des centaines, un millier peut-être, nullement absorbés et muets comme les autres réfugiés, mais bavardant et plaisantant au contraire, et balançant sur leur hanche des musettes gonflées de provisions. Dès leur survenue, Tiffauges sut à quoi s'en tenir, mais la première phrase en français qu'il entendit ne le blessa pas moins comme une écharde. Il ouvrit la bouche pour les saluer, les interroger, mais une oppression qui ressemblait à de la honte lui nouait la gorge. Il se souvenait tout à coup, avec une nostalgie qui le surprenait, du chauffeur Ernest, de Mimile le Maubeugeois, de Phiphi de Pantin, de Socrate, et surtout du fou Victor. Rien ne l'empêchait en somme de se joindre à ces hommes qui marchaient gaiement en direction de la France et qui s'apprêtaient à couvrir près de deux mille kilomètres de terres labourées par la guerre, en plein hiver, avec des bottes de chiffons et de papier... Il baissa les yeux sur ses propres bottes, ses belles bottes noires et souples de seigneur de Kaltenborn, qu'il avait le matin même cirées et lustrées de ses mains. Les prisonniers défilaient devant lui maintenant, et ils baissaient la voix, le prenant pour un Allemand, sauf un petit noiraud qui ressemblait à Phiphi, et qui lui lança au passage :

— Fritz kaput! Sovietski partout, überall!

Cette gouaille parisienne surgissant déjà dans ce fugitif contact avec les siens rappela soudain à Tiffauges la distance infranchissable qui l'avait toujours séparé — lourd, taciturne et mélancolique — du gentil peuple de ses camarades. Il fit faire demi-tour à Barbe-Bleue qui manifestait son impatience en encensant bruyamment, et reprit la route de Kaltenborn. Il eut bientôt oublié cette rencontre, car il appartenait désormais à cette Prusse qui croulait autour de lui, mais il fut hanté jusqu'à son arrivée au château par l'image du Roi des Aulnes, immergé dans les marécages, protégé, par une lourde nappe de limon, de toutes les atteintes, celle des hommes et celles du temps.

*

E. S.   Ce matin à Gumbinnen. Devant l'échoppe du cordonnier, une file d'attente de femmes et de vieillards, chacun avec un morceau de vieux pneu à la main. Dans l'atelier, on se déchausse et on attend que le cordonnier ait cloué le caoutchouc usé en guise de semelle neuve aux chaussures agonisantes...

A mesure que croît ma puissance, j'assiste dans l'angoisse et le ravissement au démantèlement concomitant de la nation allemande. Les petits enfants ont été évacués vers l'arrière. Les grands sont appelés à devenir auxiliaires de D.C.A. (Flakhelfer), par suite les écoles ferment les unes après les autres. Seuls les bureaux de poste des chefs-lieux de canton (Kreisorte) fonctionnent encore, et l'envoi d'une lettre ou d'un paquet oblige à parcourir des kilomètres. Dans les mairies un vieillard tient lieu de maire, d'adjoint et de secrétaire, et il n'effectue plus que les opérations les plus indispensables parmi lesquelles — à côté des distributions de cartes d'alimentation et de l'annonce aux familles de la mort d'un des leurs au champ d'honneur — le Gauleiter a exigé qu'on comprenne les mariages. Le grand Reich croulant veut cependant assurer sa descendance dans la légalité. Il n'y a plus un seul médecin à cent kilomètres à la ronde.

On entend parfois les gens se plaindre que la vie se complique. La vérité, c'est qu'elle se simplifie, mais, plus simple, elle devient d'autant plus dure, plus âpre.

Les circuits — administratifs, commerciaux et autres — de la vie moderne étaient autant de petits ressorts qui amortissaient les frottements entre les hommes et les choses. De plus en plus la population est confrontée à la réalité brute.

Parce qu'il s'effondre, ce pays me touche de plus en plus près. Je le vois tomber nu à mes pieds, faible, rendu, réduit à la plus extrême indigence. On dirait que, basculant, il exhibe ses fondements, toujours enfouis auparavant, mais soudain déchaussés, étalés au jour. C'est comme un insecte culbuté qui rame dans l'air de ses six pattes autour de son ventre blanc et mou, tourné vers le ciel, soudain dépossédé de la proximité obscure et protectrice du sol. On croit sentir l'odeur de terre humide et de pourriture vivante qui imprègne le ventre blême de la nation bouleversée. Ci-gît le grand corps sans défense de la Prusse, toujours vivant et chaud, mais étalant ses parties molles et vulnérables sous mes bottes. Il n'en fallait pas moins pour soumettre ce pays et ses enfants aux exigences de mon impérieuse tendresse.

*

Raufeisen disparut huit jours. Il revint un soir à la tête d'un convoi de camions de la Werhmacht qui déchargèrent dans la cour du château trois mille Panzerfaust, et mille deux cents mines antichars. Les Panzerfaust, petits lance-roquettes individuels extraordinairement efficaces, malgré leur légèreté et leur simplicité, avaient fait leur apparition à point nommé, comme l'arme idéale des francs-tireurs isolés contre les blindés de l'envahisseur. Le projectile à charge creuse, lorsqu'il explosait sur un blindage, projetait un jet de gaz brûlant et un noyau de métal en fusion à la vitesse de plusieurs milliers de mètres à la seconde et à la température de plusieurs milliers de degrés. Par le trou du blindage percé, du métal liquide fusait à l'intérieur du char, blessait ou tuait l'équipage, et enflammait les vapeurs de graisse et d'essence en suspension dans l'habitacle. Mais le Panzerfaust n'avait qu'une portée limitée à quatre-vingts mètres, et les instructeurs insistaient sur la nécessité de laisser approcher la cible aussi près que le courage du tireur le permettait. Quinze mètres, telle était la distance idéale, répétaient-ils, mais c'était aussi la distance héroïque, follement téméraire qui exigeait face au char lourd un sang-froid proche de l'inconscience.

Aussi Raufeisen s'employait-il, au cours des séances théoriques qui avaient lieu dans une salle du château où l'on avait dressé un tableau noir, à apprivoiser le monstre blindé dans l'esprit des enfants.

— Le char est sourd et à moitié aveugle, affirmait-il en martelant ses mots. Vous l'entendez, il n'entend rien. Le bruit du moteur empêche même l'équipage enfermé de distinguer la nature et l'origine des coups : armes automatiques, artillerie, aviation.

« Il voit mal. Les organes de visée sont limités par des angles morts considérables, qui englobent notamment son voisinage immédiat. Les secousses de la progression rendent l'observation encore plus précaire. De nuit, il est forcé de marcher tourelleau et volets ouverts.

« Le char ne peut pas tirer partout en même temps, ni dans son voisinage immédiat. Les angles morts s'ajoutant aux trente secondes au moins que demande la tourelle pour accomplir un tour complet doivent permettre à un fantassin résolu d'agir sans risque. L'angle mort du canon varie entre sept et vingt mètres, et celui des armes automatiques entre cinq et neuf mètres selon le type du char. Enfin il est impossible au char d'effectuer des tirs précis en plein mouvement. Pour tirer au canon avec précision, il faut qu'il s'arrête, donnant ainsi l'alerte au voltigeur. »

Puis il énumérait les six points vulnérables du char sur lesquels le tireur doit concentrer ses coups, et qui sont le train de roulement, le plancher, le système d'aération, le moteur, la gorge de la tourelle et les organes de visée.

À mesure qu'il parlait, les enfants voyaient s'animer une bête fabuleuse, d'une force redoutable, mais lente, bruyante, maladroite, myope et sourde, et ils la comparaient au gibier rouge et noir qu'ils avaient l'habitude de chasser. Gibier certes plus dangereux que les cerfs, mais plus facile à approcher et à abattre, une sorte de sanglier supérieur, en somme, rien de plus. Et ils riaient de plaisir en imaginant les bonnes parties de chasse qui se préparaient.

Le tir réel au Panzerfaust qui se déroulait dans la lande d'Eichendorf, sur des cibles constituées par des murettes de briques affectant grossièrement la forme de chars, les rappela à une réalité plus rude. L'explosion de départ, le jet de flammes qui fusait dans la nuque du tireur, le hululement de la roquette ricochant dans la neige lorsqu'elle n'explosait pas parce qu'elle avait percuté le sol sous un angle trop fermé, le coup d'arrivée, ce dard de feu qui éparpillait les briques des murettes comme des confettis — les enfants comprirent vite qu'on venait de leur donner un jouet infernal et qu'un âge nouveau commençait pour eux. Le premier accident eut lieu d'ailleurs le surlende-main, et coûta la vie à l'un des Jungmannen, Hellmut von Bibersee.

Selon le principe du canon sans recul, la charge de départ se répartit en deux pressions égales, l'une vers l'avant, lançant le projectile, l'autre vers l'arrière qui doit se perdre dans l'atmos-phère. Le danger principal pour le tireur et les servants réside dans cette langue de feu, vomie par le tube, du côté où l'on pense n'avoir rien à redouter. Si elle rencontre un obstacle trop proche, elle rejaillit en éclaboussures meurtrières sur le tireur. Mais c'est surtout un servant se trouvant placé derrière le tireur qui est exposé aux plus grands risques, car la flamme est mortelle jusqu'à une distance de trois mètres.

Lorsque Tiffauges apprit qu'Hellmut avait été totalement décapité par la flamme arrière d'un Panzerfaust, et que sa dépouille reposait sur un brancard dans la chapelle du château, il se rendit immédiatement à son chevet, où il demeura seul une partie de la nuit.

*

E. S.   Je n'ai pu me détacher avant les premières lueurs du
jour de l'observation de ce corps maigre et comme dessiné à l'encre de Chine sur le drap blanc où il était posé,
structure osseuse chargée çà et là de masses musculaires
qui saillaient en ronde bosse, comme des boules de gui
dans les branches dénudées d'un arbre. Cette image
bizarre fait-elle assez sentir qu'il n'y avait plus rien
d'humain dans cette dépouille décapitée? Plus rien
d'humain, je veux dire plus rien qui la rattache aux
affairements des adultes. Hellmut von Bibersee n'était
plus Hellmut, et ne venait de nulle part. C'était l'essence
de l'être tombée du ciel comme un aérolithe, et appelée
à se fondre dans la terre. La mort donnait à sa chair
une plénitude qu'elle n'avait jamais connue à l'état vif.
Les tendons, les nerfs, les viscères, les vaisseaux, toute
cette machinerie secrète qui la réchauffe et qui l'irrigue
avait fondu en une masse homogène et dure qui n'était
plus que forme et poids. Même la cage thoracique
soulevée comme par une inspiration profonde, et le
tendre vallonnement de la tunique abdominale sonnaient
le plein et excluaient absolument toute suggestion de
pantèlement. C'était bien entendu autour de la notion
de poids — de poids mort — que devait cheminer ma
méditation, et l'acte phorique devait en être le couronnement.

J'ai toujours soupçonné la tête de n'être qu'un petit
ballon gonflé d'esprit (spiritus, vent) qui soulève le
corps, le tient en position verticale, et lui retire du même
coup la plus grande partie de son poids. Par la tête, le
corps est spiritualisé, désincarné, éludé. Décapité au
contraire, il tombe sur le sol, soudain rendu à une incarnation formidable, doué d'une pesanteur inouïe. La
gémellité, qui s'accompagne d'une partition de l'esprit
et d'un alourdissement proportionné de la chair, m'avait

fourni une version *relative* de ce phénomène que la mort restitue dans son *absolu*. De là ces volumes qui paraissent avoir gagné un surcroît de plénitude, malgré l'inertie de ce corps flaccide privé de tous ses ressorts.

J'ai soulevé le petit gisant dans mes bras, en fixant les yeux sur l'horrible plaie qui couvre l'emplacement du cou. Aussitôt malgré ma force, et bien que je m'y attendisse, j'ai chancelé sous la charge. J'affirme solennellement que ce corps sans tête pesait le triple ou le quadruple de son poids vif.

Quant à l'extase phorique, elle m'a emporté dans un ciel noir qu'ébranlait de seconde en seconde la pulsation des canons de l'Apocalypse.

*

E. S. Au cœur de la nuit. Ils sont tous là, rassemblés sur l'hypnodrome, réduits à la plus totale soumission. Que faire? Gros papillon de nuit, pelucheux et gauche, je volette lourdement de l'un à l'autre, ne sachant pas comment épancher mon désir, cette soif plaintive qui concerne aussi le cœur. Le phalère nocturne vole, ailé d'amour, vers l'ampoule électrique. Et, parvenu tout contre, au comble de la proximité de la chose irrésistiblement attirante, il ne sait que faire. Il ne sait qu'en faire. En effet que ferait donc un papillon d'une ampoule électrique?

En vérité, je ne cesse de repousser un soupçon qui m'obsède avec tant d'insistance que je vais le laisser s'inscrire sur ce feuillet dans le secret de cette nuit. Se pourrait-il que ma veillée auprès de la dépouille d'Hellmut m'eût donné à tout jamais le goût d'une chair plus grave, plus marmoréenne que celle qui ronflote et s'ébroue gentiment sur l'hypnodrome?

*

E. S.   L'une des plus lourdes fatalités qui pèsent sur moi —
mais ne faudrait-il pas dire plutôt : l'une des plus lumi-
neuses bénédictions qui planent sur ma tête? — c'est
que je ne puis formuler une question ou un vœu sans que
tôt ou tard le destin ne se charge de lui donner une
réponse. Et cette réponse me surprend presque toujours
par sa force, bien que je sois rompu de longue date à ce
genre de coup.

Que faire de ces enfants enfermés par moi dans le
vase clos de Kaltenborn? Je sais maintenant pourquoi le
pouvoir absolu du tyran finit toujours par le rendre
absolument fou. C'est parce qu'il ne sait qu'en faire.
Rien de plus cruel que ce déséquilibre entre un pouvoir-
faire infini et un savoir-faire limité. A moins que le
destin ne fasse éclater les limites d'une imagination
indigente, et ne viole une volonté vacillante.

Je connais depuis hier le mode d'emploi atroce et
magnifique de mes enfants.

Raufeisen ne relâche pas son effort pour que Kaltenborn réponde aux instructions de résistance à outrance
réitérées par le Führer. La mort d'Hellmut n'a pas
ralenti les exercices de tir au Panzerfaust. Une centurie
sur deux travaille également par roulement à l'établissement de barrages de mines antichars. Il s'agit de *Teller-
minen* à plateau, relativement peu dangereuses à manipuler, car elles n'explosent que sous un poids de quarante kilos minimum. En revanche, elles pèsent chacune
quinze kilos, et mettent à rude épreuve la force et l'endu-
rance des Jungmannen qui les transportent des camions
aux emplacements choisis, les « passages obligés » d'une
éventuelle percée des chars ennemis. On y dispose les
mines en quinconce sur une profondeur de deux cents
à trois cents mètres, de telle sorte que trois mines barrent
deux mètres de front.

J'avais conduit sans inquiétude l'un des camions militaires, que la Wehrmacht nous prête pour quelques jours encore, chargé de cinq cents mines lourdes, de quoi faire sauter toute une ville. Deux chargements avaient été précédemment dispersés, et seuls une vingtaine de garçons m'attendaient. Le règlement veut que chaque homme emporte une mine — et une seule — et qu'il progresse seul à une distance de quarante mètres au moins des porteurs les plus proches. Je présidai à la distribution, après quoi, j'emboîtai le pas au dernier porteur, à la fois par désœuvrement, curiosité et amitié.

C'était Arnim, d'Ulm, dans le Wurtemberg. Un de ces petits paysans souabes, courts et râblés, à la tête ronde et au crâne dur que rachètent dans l'esprit des sélecteurs S.S. des yeux vert clair et un poil doré. Des Auvergnats blonds, en somme, d'autant plus que le Souabe a dans le reste de l'Allemagne la réputation d'être avare, rancunier, terre à terre et sale. Mais j'aimais bien cet Arnim pour sa force, accumulée principalement dans ses jambes, visiblement trop robustes pour son poids et qui — contre leur apparence de lourdeur — lui donnaient une démarche légère, presque bondissante, comme si elles s'amusaient à chaque pas d'être si faiblement lestées.

Pourtant, cette fois, il n'avait plus sa démarche élastique, Arnim d'Ulm, car il traînait au bout de son bras droit le lourd disque de mort, cette galette de tôle blindée qui déséquilibrait sa silhouette, déportée vers la gauche, cependant que son bras libre était tendu en balancier à l'horizontale. Il progressait à petits pas rapides, et je me rapprochai de lui en songeant vaguement à l'aider malgré les instructions. Ayant parcouru une centaine de mètres, il s'arrêta et changea de main après avoir remis en place le tampon de chiffon enroulé autour de la poignée trop fine et trop coupante. Il repartit à petits pas plus pressés encore, tendant cette fois le bras droit dans le vide. Puis il s'arrêta à nouveau, et, m'apercevant, il sourit et gonfla ses joues pour exprimer sa fatigue. Il adopta enfin une technique sans doute moins éprouvante, mais tout à fait étrangère au règlement du minage et du déminage qu'on nous avait enseignée. Soutenant la mine des deux mains par le bas, il la porta appuyée sur son ventre, le buste légèrement rejeté en arrière. Ses deux arrêts m'avaient considérablement rapproché de lui, et je n'étais qu'à une dizaine de mètres environ quand l'explosion s'est produite.

Je n'ai rien entendu. J'ai vu une lueur blanche flamber tout à coup à la place de l'enfant, et, aussitôt après, une bourrasque rutilante, une rafale de sang gazeux m'a enveloppé et m'a précipité sur le sol. J'ai dû perdre conscience quelque temps, car j'ai le souvenir d'avoir été entouré et emporté presque aussitôt, ce qui n'est guère concevable. A l'infirmerie, on s'est montré fort surpris de me trouver intact : du sang qui me couvrait uniformément des pieds à la tête, pas une goutte n'était mienne. Arnim pulvérisé en un brouillard de globules rouges m'a seul ensanglanté.

Venant après ma veillée auprès d'Hellmut, ce farouche baptême a fait de moi un autre homme.

Un grand soleil rouge s'est levé tout à coup devant ma face. Et ce soleil était un enfant.

Un ouragan vermeil m'a jeté dans la poussière, comme Saul sur le chemin de Damas, foudroyé par la lumière. Et cet ouragan était un jeune garçon.

Un cyclone écarlate a enfoncé ma figure dans la terre, comme la majesté de la grâce ordinante cloue au sol le jeune lévite. Et ce cyclone était un petit homme de Kaltenborn.

Un manteau de pourpre a pesé d'un poids intolérable sur mes épaules, attestant ma dignité de Roi des Aulnes. Et ce manteau était Arnim le Souabe.

E. S.   Frais et dispos depuis belle lurette, je me suis attardé entre les mains lénifiantes de Frau Netta sans raison avouable. A la réflexion, il est surprenant que je ne me sois pas aventuré plus tôt dans cette partie des sous-sols, convertis en infirmerie, dont l'odeur sucrée et agressive d'éther me jette dans d'étranges transports. La chair ouverte, blessée est plus chair que la chair intacte, et elle a ses vêtements propres, les pansements, qui sont grilles de déchiffrement plus éloquentes que les vêtements ordinaires. Cette atmosphère mêlée d'angoisse et d'extase m'a reporté d'un seul coup à l'infirmerie de Saint-Christophe où j'ai dû faire un séjour après que Pelsenaire m'eut fait laver de ma propre bouche son genou blessé.

Je suis aujourd'hui grâce à Dieu assez fort et assez lucide pour supporter que toute la lumière soit faite sur cet épisode malheureux, mais de si vaste portée. Il ne m'aura pas fallu moins que toutes ces années pour pouvoir arracher l'aveu de la vérité à ce qu'il y a en moi de plus réticent et de plus pudique. Mais soyons justes et gardons-nous de tout anachronisme : lorsque la fièvre et les convulsions me terrassèrent aux pieds de Pelsenaire, je ne songeais évidemment pas à analyser ce qui m'arrivait. Je vivais trop immédiatement les événements de ma vie pour tenter de gloser sur eux. Et au demeurant, l'eussé-je fait, que l'excès des malheurs qui m'accablaient eût été une explication suffisante à mon effondrement nerveux. Mais il y eut ensuite un assez long repos à l'infirmerie — une quinzaine de jours peut-être — qui aurait dû m'ouvrir les yeux, si la peur obscure d'en apprendre trop sur moi-même ne les avait tenus obstinément fermés.

Aujourd'hui donc, aujourd'hui seulement, je suis en mesure d'écrire la vérité sur cette crise, et je le fais avec le minimum de mots : ce qui m'a dévasté au moment où mes lèvres ont rencontré les lèvres de la blessure de Pelsenaire, ce n'est rien d'autre qu'un excès de joie, une joie d'une insupportable violence, une brûlure plus cruelle et plus profonde que toutes celles que j'avais subies précédemment et que j'ai endurées depuis, mais une brûlure de plaisir. Il était tout à fait exclu que mon organisme vierge, et tout clos encore sur sa propre tendresse, supportât une pareille fulguration.

Quant aux jours d'infirmerie qui suivirent, ils ne furent en somme que la reprise adoucie, diluée, et comme attendrie de cette épreuve intolérable. L'odeur d'éther douceâtre et pleine d'équivoque, qui poissait tout et imprégnait jusqu'aux aliments, me faisait vivre dans une ivresse légère, à la fois heureuse et inquiète. Mais c'était surtout l'attrait qu'exerçaient sur moi les pansements, et la curiosité avide avec laquelle je suivais l'enlèvement successif de la bande, du tampon d'ouate et de la gaze, pour surprendre, au centre de la peau blanchie et gaufrée, le visage de la plaie qui chauffèrent et illuminèrent ces heures fiévreuses. Un rectangle de taffetas maintenu en place par un croisillon de sparadrap me troublait davantage que les plus capiteux des falbalas. Quant à la plaie elle-même, son dessin, sa profondeur, et même les étapes de sa cicatrisation fournissaient à mon désir un aliment combien plus riche et plus inattendu que la simple nudité d'un corps, aussi appétissant fût-il! Ces étapes, c'étaient les croûtes qui les jalonnaient, tantôt arrachées et rouvrant une blessure nouvelle d'où sourdait le sang, tantôt tombant d'elles-mêmes et découvrant un peu d'épiderme nouveau-né, rose et translucide. Il n'était pas jusqu'aux désinfectants qui ajoutaient à la plaie un air de sophistication provocante. Sur les traînées laiteuses de l'eau oxygénée, la teinture d'iode dessinait, comme au henné, un maquillage fantastique. Mais rien n'égalait le vermillon criard d'un produit nouveau — suspecté d'inefficacité parce que indolore — le mercurochrome. Sans doute certaines plaies avaient la rectitude sobre et rigoureuse des bouches véraces aux lèvres minces, mais elles étaient l'exception. La plupart étaient hilares, grimaçantes et fardées comme des gueules de putain.

*

E. S.   Ce matin, les quatre cents enfants étaient rassemblés en formation serrée sur le glacis. Ils venaient de faire leur mise en train, et malgré le froid ils n'étaient vêtus que de la culotte de sport noire, torses nus, jambes nues. Raufeisen, parce qu'il devait être à onze heures à la Kommandantur de Johannisburg était casqué, sanglé, botté, monoclé, et il marchait nerveusement en ployant son stick sous son bras. Ah, j'ai bien deviné, rien qu'à le voir caparaçonné comme un hanneton devant toute cette innocence désarmée, le sentiment ignoble qui a envahi son âme! Il a donné un ordre bref, et les rangs ont croulé en avant, comme des dominos, et il n'y a plus eu qu'une immense jonchée de corps aussi régulièrement étalés que les andains de blé ou d'herbe après le passage du faucheur. Alors, il s'est avancé au milieu des corps, non pas *entre* les corps, mais *sur* eux. Ses bottes ont osé fouler ce tapis humain, écrasant au hasard une main, une fesse, une nuque. Il s'est même arrêté au milieu de ce champ d'enfants fauchés, et il a allumé un cigare, jambes écartées, stick coincé sous le bras...

Avec un instinct diabolique, tu as trouvé très précisément la formule de l'acte *antiphorique* par excellence, et pour cela, Stefan de Kiel, je t'annonce une mort cruelle et imminente!

Ils venaient de Reval et de Pernau en Estonie, de Riga et de Libau en Lettonie, de Memel et de Kowno en Lituanie, et ils attiraient moins l'attention que les autres réfugiés parce qu'ils voyageaient principalement de nuit, sous une escorte de S.S. qui faisait le vide autour d'eux. Une vieille paysanne qui les avait vus passer au clair de lune dans un silence fantomatique raconta que les morts des cimetières de l'Est s'étaient levés de leurs tombes, et fuyaient devant l'ennemi, violeur de sépultures. D'autres témoins confirmèrent que leur crâne rasé surplombait une face de tête de mort, mais ils ajoutaient qu'ils flottaient comme des mannequins de bâtons articulés dans des pyjamas rayés et qu'ils étaient parfois enchaînés les uns aux autres. Lorsque l'un d'eux tombait d'épuisement, l'escorteur le plus proche l'achevait d'une balle de revolver dans la nuque, et ainsi cet exode secret laissait derrière lui des vestiges.

Tiffauges ne rencontra jamais l'une de ces colonnes provenant des usines de mort, des mines et des carrières, des ghettos ou des camps de concentration de l'Est qu'il fallait évacuer en catastrophe devant l'armée rouge. Un jour pourtant qu'une affaire l'avait fait remonter au nord jusqu'à Angerburg, il arrêta Barbe-Bleue pour découvrir un corps caché dans le fossé bordier sous une vieille cape de berger. C'était le cadavre d'un être sans sexe et sans âge, impossible à identifier, sinon par un numéro tatoué sur le poignet gauche, et par un J jaune se détachant sur une étoile de David rougeâtre cousue au côté gauche. Il remonta à cheval, mais ce fut pour s'arrêter encore, deux kilomètres plus loin, devant un paquet de toiles de sacs appuyé à une borne. Il s'agissait cette fois d'un enfant, coiffé d'un bonnet formé de trois pièces de feutre cousues ensemble. Il respirait, il vivait encore. Tiffauges le secoua doucement, voulut en tirer des réponses. Vainement. Il était plongé dans une torpeur qui paraissait proche de la mort. Lorsque Tiffauges le souleva dans ses bras, il eut le cœur serré de le trouver si incroyablement léger, comme s'il n'y avait rien dans le ballot de tissus grossiers d'où sortait sa tête. Il reprit au pas le chemin de Kaltenborn. La citadelle était encore à une bonne vingtaine de kilomètres; il y arriverait, comme il le souhaitait, avant le lever du jour.

Une heure plus tard en effet, la claire nuit hyperboréenne l'environnait de ses scintillements et de ses mystères. Barbe-Bleue avançait d'un pas paisible et régulier, et la glace du chemin éclatait en étoiles sous le martèlement tranquille de ses fers. Ce n'était plus la chevauchée tumultueuse qui ramenait Tiffauges à Kaltenborn après une chasse fructueuse, serrant dans ses mains une proie blonde et fraîche. Il n'était pas porté par l'ivresse phorique habituelle qui lui arrachait des rugissements et des rires hagards. Sur sa tête, le grand bestiaire sidéral tournait lentement dans le cirque du ciel autour de l'étoile polaire. La Grande Ourse et son Chariot, la Girafe et le Lynx, le Bélier et le Dauphin, l'Aigle et le Taureau se mêlaient à des créatures sacrées et fantastiques, la Licorne et la Vierge, Pégase et les Gémeaux. Tiffauges cheminait avec une lenteur solennelle, sentant confusément qu'il inaugurait une ère absolument nouvelle en accomplissant sa première astrophorie. Sous son grand manteau, l'enfant Porte-étoile remuait parfois les lèvres, prononçant des mots dans une langue inconnue.

La plus grande partie des combles du château n'était couverte que par la toiture en tuiles disjointes qui laissaient le passage à toute une population d'oiseaux nocturnes. Mais il existait cependant dans l'encoignure d'un grenier un petit galetas clos, point de convergence des tuyaux de chauffage et de purge, où il était possible, à l'aide d'un primus à pétrole d'appoint, d'entretenir une chaleur de serre. C'est là que Tiffauges installa son protégé, sur un lit de camp qu'il prit au hasard parmi le matériel accumulé dans les débarras. Puis il descendit aux cuisines, et en remonta un bol de bouillie de semoule au lait qu'il s'efforça vainement de lui faire avaler.

Dès lors sa vie se partagea entre ses occupations habituelles à l'intérieur et à l'extérieur de la citadelle, et cette cellule matelassée, surchauffée où il tentait avec acharnement de rendre la vie au corps délabré d'Éphraïm. Impossible de donner un âge

373

à cet enfant qui pouvait avoir indifféremment entre huit et quinze ans, et dont la débilité physique contrastait avec la précocité mentale. Tiffauges avait trouvé à l'infirmerie un savon de pyrèthre avec lequel il lavait doucement le crâne d'Éphraïm couvert d'une calotte nauséabonde formée de cheveux agglutinés à des lentes et à des croûtes. Mais c'était surtout sa dysenterie qui l'inquiétait avec ses coliques torturantes qui tordaient le corps squelettique, rejetant des selles blanchâtres striées de sang dans le plat que Tiffauges glissait sous lui. Ensuite il demandait à boire, beaucoup, inlassablement, et lorsque Tiffauges était absent, il se traînait seul vers le gros robinet de cuivre du grenier qu'entouraient les tuyaux, haches, lances et seaux de la panoplie anti-incendie. Puis il tombait dans des sommeils coupés de cauchemars et de luttes contre des adversaires invisibles. Tiffauges avait installé dans son logement une petite cuisine qui lui permettait de préparer, sans attirer l'attention, les jus de viande et les bouillons de légumes dont il nourrissait le malade.

Il fallut attendre deux jours pour que l'enfant commençât à lui parler. Il s'exprimait dans un yiddish mêlé de mots hébreux, lituaniens et polonais dont Tiffauges ne comprenait que les éléments d'origine allemande. Mais ils disposaient pour se comprendre d'un temps indéterminé et d'une inépuisable patience, et lorsque l'enfant tournait vers lui son mince visage poudré de dartres et dévoré par ses grands yeux noirs, Tiffauges l'écoutait de toutes ses oreilles, de tout son être, car il voyait s'édifier un univers qui reflétait le sien avec une fidélité effrayante et qui en inversait tous les signes.

Il découvrait que sous cette Allemagne, tout entière exaltée et polarisée par la guerre, le réseau des camps de concentration formait un monde souterrain sans rapports — autres qu'accidentels — avec le monde superficiel des vivants. Dans toute l'Europe occupée par la Wehrmacht — mais principalement en Allemagne, en Autriche et en Pologne — près d'un millier de villages, de hameaux, de lieux-dits formaient une carte géographique infernale qui sous-tendait le pays et qui avait ses hauts lieux, ses capitales, mais aussi ses sous-préfectures, ses nœuds de communication, ses centres de triage. Schirmeck, Natzviller, Dachau, Neuengamme, Bergen-Belsen, Buchenwald, Oranienburg, Theresienstadt, Mauthausen, Stutthof, Lodz, Ravensbrück... Ces noms avaient dans la bouche d'Éphraïm la valeur de points de repère familiers sur cette terre des ombres qui était la seule qu'il connût. Mais aucun ne brillait d'un éclat aussi noir que celui d'Oswiecim, à trente kilomètres au sud-est de Katowice, en Pologne, que les Allemands appelaient Auschwitz. C'était l'*Anus Mundi*, la grande métropole de l'abjection, de la souffrance et de la mort vers laquelle convergeaient de tous les points de l'Europe des convois de victimes. Éphraïm y était arrivé si jeune qu'il lui semblait y être né, et il paraissait presque fier d'avoir grandi au fond de cet abîme qui se parait d'un prestige funèbre aux yeux du peuple concentrationnaire. Arrêtés par les *Services spéciaux* en juillet 1941, peu après l'invasion de l'Estonie par la Wehrmacht, ses parents et lui avaient été envoyés directement à Auschwitz. De leur arrivée en wagons à bestiaux, il ne se souvenait précisément que des ballons captifs qui formaient un chapelet de saucisses dans le ciel sombre. Des S.S. réglaient l'évolution de l'immense troupeau à coups de grands bâtons. Puis il y avait eu la douche, la tonte, la désinfection, et on leur avait enjoint pour se rhabiller de puiser dans un monceau de guenilles disparates, à la grande joie des enfants.

— On jouait à mettre des robes de femme, certains couraient en boitillant parce qu'ils n'avaient que deux chaussures droites ou deux chaussures gauches. On aurait cru que c'était Pourim [16] !

Et Éphraïm ne pouvait retenir un petit rire de crécelle en évoquant cette arrivée burlesque. Ensuite il avait été séparé de ses parents qu'il ne devait jamais revoir, et affecté aux blocs où étaient parqués les enfants de moins de seize ans et où se trouvaient même quelques bébés. Un ancien professeur venait leur faire la classe, et il n'oublierait jamais le sujet d'un devoir qu'on leur avait donné une fois : que vous arriverait-il si l'attraction universelle venait à cesser? Réponse : nous nous envolerions tous dans la lune. Éphraïm ne pouvait s'empêcher de pouffer à cette idée! Souvent les S.S. étaient gentils avec eux. Les enfants pouvaient garder leurs cheveux. On leur avait donné une table de ping-pong, et même un ballot de vêtements provenant du Canada.

Lorsque Éphraïm prononça pour la première fois le mot Canada, Tiffauges comprit que la promulgation de la grande inversion maligne venait de retentir. Le Canada, c'était une province de son rêve personnel, c'était le refuge de son enfance nestorienne et de ses premiers mois de captivité prussienne. Il exigea des précisions.

— Le Canada? répondit Éphraïm surpris de tant d'ignorance. C'était le trésor d'Auschwitz. Tu comprends, les détenus portaient sur eux ce qui leur restait de plus précieux, des pierres fines, des pièces d'or, des bijoux, des montres. Quand on les avait gazés, leurs vêtements étaient rangés avec tout ce qu'on avait trouvé dans leurs poches et les doublures dans un baraquement spécial qu'on appelait justement le Canada.

Tiffauges ne pouvait se résigner sans discussion à cette horrible métamorphose de ce qu'il possédait de plus secret et de plus heureux.

— Mais pourquoi, pourquoi appeliez-vous ces baraquements le Canada?

— Ah, parce que pour nous, le Canada, c'est la richesse, c'est le bonheur, c'est la liberté! Tu comprends, moi, on m'a toujours dit : « Si tu veux être heureux, émigre au Canada. Ton grand-oncle Jehuda possède une fabrique de vêtements à Toronto. Il est riche, il a de nombreux enfants. » Moi je rêvais d'aller aussi au Canada. Je l'ai trouvé à Oswiecim.

— Et qu'est-ce qu'il y avait encore au Canada?

— Des pièces pleines de vêtements, d'autres où il n'y avait que des lunettes, des lorgnons, et même des monocles. Ah, et puis aussi une baraque pleine de cheveux. Des cheveux de femmes qui devaient avoir vingt centimètres de long au moins pour pouvoir être utilisés. Alors pour pouvoir reconnaître, malgré leurs cheveux longs, les femmes qui s'évaderaient, on leur tondait une mince tranchée au milieu de la tête. On emportait les cheveux par wagons entiers. Il paraît qu'on en faisait du feutre pour les surbottes des soldats allemands en Russie.

Tiffauges ne pouvait entendre ce récit sans se revoir traînant un sac de cheveux d'une main, offrant de l'autre un cuissot de chevreuil à Frau Dorn, et il se souvenait de l'épouvante de la grande femme, fuyant à reculons en faisant non, non, non de la tête, de ses mains, de tout son corps. Elle avait dû entendre parler des cheveux d'Auschwitz, elle, et croire qu'on voulait la faire travailler dans cette vaste et funèbre entreprise.

Puis Éphraïm raconta le supplice des appels qui pouvaient durer jusqu'à six heures, et pendant lesquels les détenus devaient demeurer debout, immobiles quelle que fût la température. Et Tiffauges reconnut aussitôt l'inversion diabolique de son rite d'exhaustion totale qui s'accomplissait dans le dénombrement amoureux de tous ses enfants. Dès lors, le rôle des dobermans concentrationnaires, dressés à pourchasser et à déchiqueter à mort les détenus, ne lui sembla plus qu'une touche presque légère, destinée à parfaire la monstrueuse analogie, cette contre-semblance qui était son enfer personnel. En revanche la révélation des chambres à gaz maquillées en salles de douche acheva de le désespérer.

— A la fin, poursuivait Éphraïm, nous avons formé avec vingt autres enfants un Rollkommando grâce à une voiture à cheval. Le cheval, c'était nous! Nous poussions et tirions la voiture dans tout le camp, en faisant des vraies galopades dans les grandes allées. C'était toujours moi qui courais devant et qui dirigeais la voiture en poussant le timon à droite ou à gauche. Nous transportions du linge, des couvertures, du bois. Comme ça, nous circulions dans tout le camp, nous pouvions tout voir. J'ai assisté à des sélections. Une fois, j'ai donné du rouge à une femme pour qu'elle s'en mette sur les joues et paraisse moins malade. Un jour en hiver, un kapo nous a permis d'entrer dans les chambres à gaz pour nous réchauffer. C'était des fausses salles de douche. On faisait déshabiller les condamnés en leur recommandant de bien noter où étaient leurs vêtements pour pouvoir les retrouver. On distribuait même des serviettes.

377

Ensuite, on entassait le plus possible d'hommes et de femmes dans la pièce. A la fin, les kapos poussaient à coups d'épaule pour pouvoir fermer les portes, et ils jetaient les petits enfants par-dessus la tête des autres. Les pommes de douche étaient fausses. J'ai bien vu qu'elles étaient piquetées, mais pas vraiment percées. Quand on ouvrait les portes après le gazage, on voyait que les plus forts avaient piétiné les autres pour échapper aux vapeurs mortelles qui montaient du sol. Ça formait un tas jusqu'au plafond avec en bas les enfants et les femmes, en haut les hommes les moins faibles.

Malgré les facilités que lui donnaient son âge et son Rollkommando, Éphraïm n'avait certes pas vu par lui-même tout ce qui se passait dans l'immense métropole de la mort. Mais il avait des oreilles pour entendre, et les bruits se propageaient rapidement dans le camp. Éphraïm connaissait l'existence du quartier B, où le Dr Mengele se livrait à ses expériences médicales sur les détenus. Mengele, rapporta-t-il à Tiffauges, s'intéressait passionnément à la gémellité, et il surveillait le débarquement des convois nouveaux pour prélever à son usage les couples de frères ou de sœurs qui pouvaient s'y trouver. C'est qu'il est d'un intérêt majeur de pouvoir faire l'autopsie comparée de deux jumeaux morts simultanément, et il va de soi que le hasard à lui seul n'offre pratiquement jamais une pareille occasion. Ce hasard, la main du Dr Mengele y suppléait. Enfin on parlait à Auschwitz d'expérience de mort sous vide, pratiquées sur des détenus, pour apprendre à remédier aux suites physiologiques de la dépressurisation accidentelle des avions volant à haute altitude. Le cobaye humain était enfermé dans un caisson à l'intérieur duquel on pouvait faire le vide instantanément. Par le hublot vitré de l'appareil, on voyait le sang jaillir du nez et des oreilles de la victime, cependant que ses ongles s'enfonçaient dans la peau de son front, et d'un mouvement lent et irrésistible dépouillaient sa face de tout son masque de chair.

Abreuvé d'horreur, Tiffauges voyait ainsi s'édifier impitoyablement, à travers les longues confessions d'Éphraïm, une

Cité infernale qui répondait pierre par pierre à la Cité phorique dont il avait rêvé à Kaltenborn. Le Canada, le tissage des cheveux, les appels, les chiens dobermans, les recherches sur la gémellité et les densités atmosphériques, et surtout, surtout les fausses salles de douche, toutes ses inventions, toutes ses découvertes se reflétaient dans l'horrible miroir, inversées et portées à une incandescence d'enfer. Il lui restait encore à apprendre que les deux peuples sur lesquels s'acharnaient les S.S., et dont ils poursuivaient l'extinction, étaient les peuples juif et gitan. Ainsi, il retrouvait ici poussée à son paroxysme la haine millénaire des races sédentaires contre les races nomades. Juifs et gitans, peuples errants, fils d'Abel, ces frères dont il se sentait solidaire par le cœur et par l'âme, tombaient en masse à Auschwitz sous les coups d'un Caïn botté, casqué et scientifiquement organisé. La déduction tiffaugéenne des camps de la mort était achevée.

Si Auschwitz fut le terminus de la mort pour la plupart des détenus qui franchirent son portail orné de la devise lourdement ironique *Le travail, c'est la liberté* (Arbeit macht frei), c'était aussi pour certains une plaque tournante d'où ils étaient expédiés vers d'autres camps, ou vers des chantiers et des usines, au gré d'une administration qui voulait à la fois et contradictoirement les anéantir et en tirer le maximum de travail. Au printemps de l'année 1944, Éphraïm partait avec un faible convoi en direction de sa Lituanie natale où il devait échouer au camp de Kaunas. Pour peu de temps, au demeurant, car dès le mois d'août, l'approche des troupes soviétiques provoquait l'évacuation du camp et un nouvel exode vers le sud-ouest, à pied cette fois. Le lamentable troupeau devait errer de camp provisoire en camp provisoire pour traverser finalement la province d'Angerburg où Tiffauges avait recueilli Éphraïm.

*

Les autorités nazies s'efforcèrent de retarder autant que possible une mesure qui devait revêtir en Prusse-Orientale une valeur symbolique funeste : le transfert en Allemagne occidentale des cendres du maréchal Hindenburg qui reposaient dans le mausolée de Tannenberg au milieu des étendards des régiments prussiens qu'il avait commandés. Ce fut chose faite en janvier 1945, au moment même où, après une accalmie de deux mois et demi, les Soviétiques lançaient une vaste offensive contre les lignes allemandes. Le 13 janvier, une vague de froid ayant rendu les lacs et les marais accessibles aux blindés, deux brigades de chars lourds appuyées par trois cent cinquante batteries d'artillerie enfoncèrent les défenses allemandes entre Gumbinnen et Ebenrode, suivis par treize divisions d'infanterie. La forêt de Rominten fut investie et les pavillons de chasse incendiés. Lorsque l'on vit, dans les champs enneigés et sur les lacs gelés, galoper librement des troupeaux de chevaux à l'œil fou et à la crinière échevelée, portant sur la cuisse droite un fer en forme de bois d'élan stylisé, on comprit dans toute la région que les haras impériaux de Trakehnen avaient cessé d'exister. Le 27, les Soviétiques se trouvant aux portes de Königsberg, des unités du génie allemand firent sauter les bunkers et les installations de la Wolfsschanze d'Hitler à Rastenburg. On racontait qu'à Varzin, la vieille baronne von Bismarck, belle-fille du chancelier de fer, avait obstinément refusé de quitter le château et les terres dont le roi avait doté en 1866 le vainqueur de Sadowa. Elle était restée seule avec un vieux serviteur, après avoir seulement exigé de ses gens qu'ils lui creusassent une tombe avant de fuir, et elle attendait, frêle et intrépide, avec ses bandeaux de cheveux blancs et son face-à-main, la marée rouge à laquelle elle savait qu'elle ne survivrait pas.

Pourtant l'avance soviétique se déroulait plus selon des percées exploitées au maximum et étirées parfois sur des centaines de kilomètres que selon une ligne continue balayant tout le pays. D'innombrables îlots de résistance demeuraient sur les arrières des vainqueurs et devaient subsister d'autant plus longtemps qu'Hitler persistait dans ses consignes de résistance à outrance, et de refus de toute capitulation. C'est ainsi que le groupe d'armée nord, stationné en Lettonie et coupé de la

Prusse-Orientale depuis le début d'octobre 1944, ravitaillé par mer grâce au port de Libau, devait tenir jusqu'à l'armistice. La forteresse de Königsberg elle-même ne se rendit que le 10 avril, et, lors de la capitulation générale de la Wehrmacht le 8 mai, plusieurs poches importantes subsistaient notamment dans la presqu'île d'Hela et sur la côte orientale de Dantzig.

Le rôle qui incombait aux napolas dans ces jours d'apocalypse avait été fixé par leur chef, le S.S.-Obergruppenführer Heissmeyer, qui avait écrit, dans une circulaire du 2 octobre 1944, qu'au cas où l'ennemi parviendrait jusqu'à elles, les napolas, presque toujours isolées en rase campagne, ne devraient pas compter sur la protection de l'armée, et qu'en conséquence toutes mesures devraient être prises pour en faire des nids de résistance autonomes [17]. Rien ne paraissait plus naturel au moment où le commandant de Königsberg mettait en ligne une unité d'enfants, gênés par la taille des casques qui leur basculaient sur les yeux à chaque coup de feu qu'ils tiraient, et pour lesquels l'alcool et les cigarettes distribuées avant les assauts avaient été remplacées par des bonbons et du chocolat [18].

Dans la nuit du 22 au 23 janvier, une grande lueur embrasa l'horizon visible de la terrasse orientale de Kaltenborn. C'était la ville de Lyck qui brûlait. Ensuite des troupes débandées défilèrent deux jours et deux nuits durant sous les murs de Kaltenborn. Des vieux chars M-2 du début de la guerre remorquaient quatre ou cinq camions surchargés de blessés qui s'aidaient de leur moteur à bout de souffle, et dérapaient en cahotant dans les ornières gelées. Des side-cars B.M.W. qui avaient fait la campagne de France, des autocars déshabillés de leur carrosserie, des trecks bâchés dont les chevaux poilus comme des ours hochaient la tête à chaque pas en soufflant un double jet de vapeur, enfin des fantassins isolés qui poussaient leur barda dans des voitures d'enfants se succédèrent, selon une progression inexorable dans le délabrement. Raufeisen crut devoir consigner les Jungmannen dans la citadelle pour leur épargner ce spectacle du naufrage de la Wehrmacht.

Puis ce fut le vide et le silence. Enfin des informations permirent le 1er février d'inscrire sur la carte le nouveau tracé du front, selon une ligne allant de Kulm à Dantzig, en passant par Graudenz, Marienwerder et Marienburg, situés à deux cents kilomètres à l'ouest de Kaltenborn. Dès lors, il était clair que la citadelle était isolée de l'arrière dans une poche où les combats avaient provisoirement cessé.

★

Tiffauges ne prêtait qu'une attention distraite à ces péripéties. Le meilleur de son temps, il le passait auprès d'Éphraïm qui avait repris un peu de vie, une petite flamme de vie curieusement sautillante, parfois même gaie. Un jour, il l'avait juché sur ses épaules, et l'avait promené dans les combles du château, décor immense, chaotique, bizarrement éclairé par des œils-de-bœuf, devant lesquels il avait arrêté l'enfant pour lui montrer les vastes étendues de forêts, de lacs et de marais qui entouraient Kaltenborn. Éphraïm y avait pris goût, et depuis, il réclamait chaque fois qu'il voyait Tiffauges sa promenade à dos d'homme.

— Cheval d'Israël, emporte-moi, lui disait-il, montre-moi les arbres, il faut que je surveille le dégel qui annoncera la nuit du 15 de Nissan.

Le jeu n'était pas sans danger, et Tiffauges ne se dissimulait pas les risques que courait l'enfant porte-étoile au milieu de cette couvée de blondes bêtes de proie. Mais l'enfer qu'avait traversé Éphraïm faisait pâlir les menaces qui continuaient à peser sur lui.

Un soir pourtant que le Cheval d'Israël venait de faire une cavalcade jusque dans l'aile nord du château, il se trouva nez à nez avec le S.S.-mann Rinderknecht venu monter quelques matelas dans les débarras. Il y eut une seconde d'hésitation mutuelle, puis, sans prendre le temps de poser Éphraïm à terre, Tiffauges saisit le S.S. par les revers de sa veste de treillis, le souleva, l'appuya contre le mur, et lui enferma la poitrine dans cet étau de chanvre qui lui fit craquer les côtes. Les débats du S.S. commençaient à faiblir, et sa face révulsée devenait bleue, quand Éphraïm poussa un cri aigu, et se mit à frapper des deux poings sur la tête de sa monture et à trépigner de toutes ses forces sur ses épaules. Tiffauges, aveuglé par la peur et la colère, l'aurait laissé faire, mais l'enfant se démena au point de tomber en arrière et de rouler sur le plancher où il se blottit avec des petits sanglots nerveux. Cette fois Tiffauges lâcha sa proie qui demeura appuyée au mur en soufflant comme un phoque, et il s'agenouilla près de l'enfant.

— Béhémoth, ne le tue pas! répétait-il entre ses sanglots. Les soldats de l'Éternel vont venir délivrer le peuple d'Israël, mais toi, ne tue pas, non, ne tue pas! Je te jure qu'il ne dira rien!

Tiffauges l'emporta dans son galetas sans plus se soucier du S.S. : Éphraïm avait peut-être raison, mais le risque n'en restait pas moins considérable. C'était la première fois que sur un point important il imposait sa volonté au Français. Tiffauges ne doutait pas qu'il abdiquerait désormais de plus en plus devant son protégé. Il s'y résignait le sentant plus habité encore que lui-même par la force du destin. Il voulut savoir pourtant qui était Béhémoth, et pourquoi l'enfant lui avait donné ce nom. Il lui demanda dès le lendemain.

— C'est à cause de ta force, Cheval d'Israël, lui répondit-il. Un jour l'Éternel parla à Job du sein de la tempête, et il lui dit :

Vois Béhémoth que j'ai créé comme toi :
il se nourrit de l'herbe comme le bœuf.
Vois donc, sa force est dans ses reins,
Et sa vigueur dans les muscles de ses flancs!
Il dresse sa queue comme un cèdre;
Les nerfs de ses cuisses forment un solide faisceau.
Ses os sont des tubes d'airain,
Ses côtes sont des barres de fer.
C'est le chef-d'œuvre de l'Éternel;
Son créateur l'a pourvu d'un glaive.
Les montagnes produisent pour lui du fourrage,

Autour de lui se jouent toutes les bêtes des champs.
Il se couche sous les lotus,
Dans le secret des roseaux et des marécages.
Les lotus le couvrent de leur ombre,
Les saules du torrent l'environnent...

Éphraïm avait psalmodié ces versets du Livre de Job dans le sing-sang des récitants talmudiques. Il conclut sa récitation par son rire de farfadet.

Tiffauges — auquel l'image du Roi des Aulnes *couché dans le secret des roseaux et des marécages* s'était immédiatement imposée — admirait sa certitude dans le triomphe final de son dieu, et il se rapprochait de lui, comme d'un foyer ardent, pour profiter du rayonnement de sa foi prophétique. Un jour l'eau vint à manquer, les vannes du bassin collecteur du district ayant été détruites par les bombes. Puis elle se remit à couler petitement dans les robinets, mais teintée de rouge, et elle laissait une traînée de rouille sur les éviers et les lavabos. Éphraïm n'en fut pas surpris : la première plaie d'Égypte, n'était-ce pas les eaux de tout le pays changées en sang? Les temps étaient mûrs, répétait-il, et la délivrance approchait.

*

A la fin du mois de mars, le froid céda brusquement. Une tempête de vent et de pluie balaya tout le pays, charriant pêle-mêle des nuées d'étourneaux, de pluviers et de vanneaux, soulevant en vagues furieuses les eaux des lacs dégelés, noyant sous des inondations les rues des villages situés dans les bas-fonds. Puis le vent baissa, et l'on vit passer à haute altitude les formations en V des oies sauvages. Les enfants servant la batterie de D.C.A. ne purent se retenir d'ouvrir le feu sur ces cibles vivantes qui traversaient leur champ. Lorsqu'un obus explosait au milieu d'un vol serré, l'ensemble des oiseaux se désintégrait dans un nuage de plumes que les tireurs saluaient en hurlant.

Raufeisen se félicita de ce dégel précoce qui ne pourrait que retarder une éventuelle attaque soviétique. Le soir même, dans le calme revenu d'une nuit pleine de bourgeonnements et d'odeurs, on entendit pour la première fois, dans le lointain, le cliquetis précis, sec, terrifiant des chenilles russes. S'il y avait eu le moindre doute, il aurait été dissipé par l'arrivée d'un jeune paysan qui montait à cru un petit alezan trakehnien, ses pieds nus bizarrement chaussés d'éperons. Il arrivait d'Arys, gros bourg situé à une quinzaine de kilomètres, presque complètement évacué, où il était resté avec quelques vieillards et des bêtes. Les Soviétiques y étaient depuis trois heures, et ils devaient le talonner de près. Aussitôt Raufeisen fit occuper tous les emplacements de combat qu'il avait prévus, et auxquels les Jungmannen étaient affectés par groupes et par colonnes.

L'attente eût été longue, si la musiquette nombreuse et insistante des trains de chenilles avait laissé quelque répit à l'esprit. Enfin deux chars apparurent sur le glacis dans la pénombre du crépuscule et s'avancèrent tous feux éteints vers le rempart. C'étaient des T-34, ces pachydermes fabriqués par les paysans sibériens, incroyablement rustiques, avec leurs plaques de blindage mal ajustées, pleines de bavures grosses comme le pouce, leurs chenilles larges comme des tapis roulants, leurs lignes basses et fuyantes, mais insensibles au froid et à la boue, et qui roulaient pesamment depuis les confins de l'Asie, en écrasant sous eux les Panzerdivisionen d'Hitler.

Ils stoppèrent, leurs phares s'allumèrent et balayèrent la muraille qui paraissait aveugle. Ils étaient suivis par un de ces petits caissons automobiles amphibies, d'origine américaine, très appréciés dans ces régions de lacs et de fondrières. Un officier en descendit, et alla se placer devant les tanks, de telle sorte que sa silhouette se détachait violemment dans les faisceaux des phares. Il avait à la main un mégaphone. C'était le lieutenant Nicolas Dimitriev, vétéran de Stalingrad, décoré sur le front de Minsk, légendaire parmi ses soldats et ses camarades pour sa témérité et sa chance. Il approcha l'entonnoir électrique de son visage, et lança quelques mots en allemand avec l'accent chantant des Ukrainiens.

— Je ne suis pas armé! Nous savons qu'il n'y a que des enfants ici. Rendez-vous! Aucun mal ne vous sera fait. Ouvrez les portes...

Sa phrase fut interrompue par une rafale de mitrailleuse partie d'une des tours de flanquement. Le mégaphone roula dans la neige, et le lieutenant Dimitriev porta les mains à sa poitrine. Mais les phares des chars s'éteignirent, et on ne le vit pas tomber. L'obscurité fut aussitôt trouée à nouveau par les éclairs de départ d'un feu nourri de roquettes qui convergeaient sur les chars. Les moteurs Diesel hurlèrent, et les deux monstres amorcèrent un mouvement de retraite précipitée. Mais l'un des deux avait été déchenillé déjà, il fit une embardée et heurta l'autre char avec un bruit d'enclume. Ils s'immobilisèrent, comme deux taureaux affrontés, sous une grêle de projectiles qui les dépouillaient de toutes leurs pièces en relief. Un torrent de fumée noire s'échappait de leurs flancs. Il y eut une demi-heure d'accalmie, puis le tonnerre d'une pièce de 155 faisant du tir direct sur les remparts ébranla l'atmosphère, prolongé par la musique cristalline de toutes les vitres des bâtiments qui volaient en éclats. L'instant d'après, on entendait le grondement plus lointain de la batterie de Flak qui devait prendre en enfilade la route de Schlangenfliess, sans doute encombrée de colonnes soviétiques.

Il n'entrait pas dans les intentions de Raufeisen de défendre les remparts à outrance. Il avait prévu de les évacuer après le premier engagement, et de concentrer ses tirs sur l'entrée ou sur la brèche dans laquelle se jetteraient les blindés soviétiques. Mais à ces calculs manquait un élément essentiel : l'évaluation de la puissance de feu de l'assaillant. Il fut surpris par l'importance de l'artillerie qui prit les vieux murs à partie. Au lieu d'ouvrir une brèche limitée, facile à encadrer, elle se livra à un démantèlement en règle de la citadelle, faisant basculer les remparts par pans entiers sur les édifices construits à leur pied. Une heure plus tard, deux mitrailleuses lourdes quadruplées, montées sur des camions à plate-forme, se mettaient en position à l'abri des hangars et prenaient sous leur feu toutes les ouvertures de la façade du château, tandis que des sections d'obusiers — cibles médiocres pour les Panzerfaust — se dispersaient autour des bâtiments. Les positions de la défense allaient devenir intenables. Il ne restait plus aux assiégés qu'à tenter de rejoindre les commandos de voltigeurs dispersés hors de l'enceinte avec mission de harceler les blindés et l'artillerie autoportée de l'assaillant, à partir de points variables et imprévisibles.

Tiffauges achevait de troquer ses beaux habits de maître de Kaltenborn contre sa vieille défroque de prisonnier français marquée des deux lettres énormes K.G. lorsque les premiers obus de mortier commencèrent à pleuvoir sur la toiture. Il se hâta de monter dans les combles, éperonné par la vision fugitive qu'il eut en passant devant une pièce d'angle, dont la porte était fracassée, des corps de trois Jungmannen gisant pêle-mêle sur l'affût d'un F.M. pointé vers le rectangle noir de la fenêtre. Dans l'un des greniers, un stock de matelas dégageait une fumée grasse et suffocante qui traînait sur le sol, malgré les grandes brèches de ciel étoilé ouvertes dans la toiture. Tiffauges se rua dans la cambuse d'Éphraïm.

L'enfant juif était assis devant la petite table branlante de sa chambre qu'il avait recouverte d'un rectangle de tissu blanc. Il y avait disposé des tranches de pain, un os de mouton, des herbes, un verre contenant de l'eau rougie de vin.

— Éphraïm, il faut partir, lui cria-t-il en entrant. Les Soviétiques détruisent le château!

— En quoi cette nuit du 15 de Nissan est-elle différente de toutes les autres nuits? lui demanda Éphraïm gravement.

— Viens, il n'y a pas une minute à perdre!

— Béhémoth, chef-d'œuvre de l'Éternel, réponds-moi : « cette nuit-là, nous sommes sortis d'Égypte ». En quoi cette nuit est-elle différente de toutes les autres nuits?

— Cette nuit-là nous sommes sortis d'Égypte, répéta Tiffauges subjugué.

Mais un tremblement de terre secoua le plancher sous ses pieds, et une grêle de plâtras tomba du plafond.

— Viens avec moi, Éphraïm, il faut partir!

— Oui, nous allons partir, dit l'enfant en écartant la table. Les soldats de l'Éternel frappent de mort les aînés des Égyptiens, mais ils protégeront notre fuite. Mais si tu ne veux pas t'asseoir avec moi à la table du Seder, laisse-moi au moins réciter les premiers versets de la Haggada.

Il se recueillit, et ses lèvres se mirent à remuer. Il y eut encore quelques explosions de grenades, auxquelles succéda un silence plus angoissant encore que la canonade. Tiffauges s'impatienta.

— Ta Haggada, tu la finiras sur mes épaules. Allons, en selle sur le cheval d'Israël! ordonna-t-il en s'agenouillant près de l'enfant.

Quand il quitta le galetas en se baissant pour faire passer la porte à Éphraïm juché sur ses épaules, le crépitement des mitraillettes qui retentissait de toutes parts, et le silence persistant de l'artillerie, semblaient indiquer que l'assaut avait été donné au château. Il dut faire demi-tour, car l'aile gauche des combles n'était plus qu'un brasier. Il fallait descendre par l'escalier central, et se risquer dans le corps principal des bâtiments d'où venait le bruit des combats. A chaque pas, Tiffauges rencontrait des Jungmannen tués, les uns intacts et comme endormis, isolément ou par grappes — et il songeait avec un déchirement à l'hypnodrome —, d'autres mutilés, déchiquetés, méconnaissables. Des ordres criés en russe et des coups de revolver l'obligèrent à remonter d'un étage. Une porte était ouverte : le bureau du Kommandeur. Il s'y précipita. La grande fenêtre dominant la terrasse des épées béait comme une brèche dans le fond. Tiffauges s'appuya contre une tapisserie pour reprendre force. C'est alors que le *cri* s'éleva. Tiffauges le reconnut aussitôt, et il sut qu'il l'entendait pour la première fois dans son absolue pureté. Cette longue plainte gutturale et modulée, pleine d'harmoniques, certains d'une étrange allégresse, d'autres exhalant la plus intolérable douleur, elle n'avait cessé de retentir depuis son enfance souffreteuse dans les couloirs glacés de Saint-Christophe jusqu'au fond de la forêt de Rominten où elle saluait la mort des grands cerfs. Mais ces échos plus ou moins lointains n'avaient été qu'une suite d'approches tâtonnantes de ce chant transcendant qui venait de monter avec une insoutenable clarté de la terrasse des épées. Il savait qu'il entendait pour la première fois à l'état originel la clameur suspendue entre la vie et la mort qui était le son fondamental de son destin. Et une fois encore — comme le jour de sa rencontre avec les prisonniers français en retraite, mais avec une force de persuasion incomparable — ce fut le visage apaisé et désincarné du Roi des Aulnes, enseveli sous son linceul de tourbe, qui se présenta à son esprit, comme l'ultime recours, l'ultime retraite.

— Tu as entendu? dit-il. Je crois que quelqu'un agonise sur la terrasse. Tu vois quelque chose?

Et parce qu'il pouvait en se penchant découvrir le garde-corps de la terrasse, Éphraïm dit ce qu'il voyait dans l'obscurité étoilée que des explosions faisaient sans cesse palpiter. Les trois épées, oui, mais elles paraissaient porter des formes sombres et épaisses, comme si elles étaient devenues les hampes de trois étendards de lourd brocart, aux plis pesants et noirs.

Il reprit le chemin du grand escalier. Il allait arriver sur le palier du premier étage quand des détonations toutes proches l'obligèrent à s'enfoncer dans une encoignure. Des soldats soviétiques — les premiers qu'il voyait — poussaient devant eux un homme qui chancelait, tombait, se relevait sous les coups de bottes. Une bourrade le rapprocha, et Tiffauges vit, un instant tendu vers lui, un visage tuméfié dont l'un des yeux, crevé, coulait sur la joue en liquide sanglant et vitreux. Il reconnut Raufeisen. Le S.S. tomba une fois encore, et tenta de se relever en s'agrippant des deux mains à la rambarde de l'escalier. Il était agenouillé quand un soldat lui appuya le canon de son revolver sur la nuque. Il y eut une détonation sourde, et la tête de Raufeisen, violemment projetée en avant, rebondit contre le mur de la rampe. Puis le corps sans vie glissa sur les marches. Alors Tiffauges prit dans ses mains les maigres genoux d'Éphraïm, et, les tirant en avant, il enfonça plus profondément sa nuque entre ses cuisses, comme pour mieux l'assurer de leur protection. Cependant une phrase venue de son enfance retentissait dans son esprit... *pour cette seule fin qu'en la société de leur fortune, son innocence lui servit de garant et de recommandation envers la faveur divine pour le mettre à sauveté.*

L'escalier était actuellement infranchissable. Il fallait remonter encore une fois, gagner la chapelle peut-être, se cacher sur la grande terrasse. Tiffauges ne réfléchissait guère. Il agissait sous l'impulsion des urgences du moment. Une partie du plafond de la chapelle était effondrée, mais la porte de la grande terrasse demeurait béante. Tiffauges s'y précipita. Il fit quelques pas et demeura figé sur place par ce qu'il vit.

Un tapis de neige immaculée, que le dégel n'avait pas entamé, couvrait les dalles de la terrasse. La balustrade était également blanche, sauf au pied des trois épées où elle était largement tachée de rouge, comme si on avait jeté un manteau de pourpre sous chacune d'elles. Ils étaient là tous les trois, Haïo, Haro et Lothar, les deux jumeaux roux encadrant en compagnons fidèles l'enfant aux cheveux blancs, percés d'oméga en alpha, les yeux grands ouverts sur le néant, et la pointe des épées faisait à chacun d'eux une blessure différente. Pour Haïo, elle sortait au-dessus de l'omoplate gauche, de telle sorte que, posé de biais, il semblait relever un genou et pencher la tête de l'autre côté, comme pour rétablir un équilibre compromis. Un filet de sang caillé qui tremblait dans les souffles nocturnes unissait au garde-corps l'un de ses orteils figé dans une contracture tétanique. Haro inclinait la tête à droite, vers Lothar, aurait-on pu croire, mais c'était sous l'effet de la lame qui émergeait à gauche de sa gorge, et remontait jusqu'à l'oreille. Il avait les poings serrés, les genoux légèrement fléchis, l'attitude d'un sauteur en plein essor, montant vers le ciel. Lothar avait la tête renversée en arrière. Il ouvrait la bouche et serrait les dents sur la pointe de l'épée qui les disjoignait. Il était empalé tout droit, les jambes unies, les bras collés au corps, comme le parfait fourreau de la lame vénérable qui le traversait. Les étoiles s'étaient éteintes, et le puéril golgotha se dressait sur un ciel noir. *D'argent à trois épées de gueule dressées en pal, au chef de sable,* murmura Tiffauges.

Une explosion qui fit vaciller la terrasse pulvérisa la chapelle, et une grêle de pierrailles et de tuiles mitrailla Tiffauges et Éphraïm.

— Éphraïm, dit Tiffauges, je n'ai plus mes lunettes. Je ne vois presque plus rien. Guide-moi !

— Ce n'est rien, Cheval d'Israël, je vais te prendre par les oreilles, et te guider !

Un chapelet de balles traçantes s'égrena en larmes de feu au-dessus des arbres.

— Éphraïm, je vois un poing fermé dans le ciel noir. Il se serre, et il en sourd des gouttes de sang.

— Allons-nous-en, Béhémoth, je crois que tu deviens meschugge !

— Éphraïm, est-ce qu'il n'est pas dit dans les livres saints que sa tête et ses cheveux étaient blancs comme neige, ses yeux comme une flamme de feu, ses pieds semblables à de l'airain rougi dans une fournaise, et qu'une épée à deux tranchants sortait de sa bouche ?

— Béhémoth, si tu ne fais pas demi-tour, je t'arrache les oreilles !

Tiffauges obéit docilement, et ne fut plus dès lors qu'un petit enfant entre les pieds et les mains du Porte-étoile. Ils n'avaient pas fait dix mètres qu'ils étaient arrêtés par un groupe de soldats soviétiques qui braquaient sur eux leurs mitraillettes. Et ce fut la voix de fausset d'Éphraïm criant *Voïna prani! Franzouski prani!* qui les fit reculer, et ouvrir le passage au Porte-enfant.

Les combats avaient cessé dans le château dont seule l'aile droite avec la tour de l'Atlante était apparemment intacte. Mais des détachements soviétiques devaient s'employer à réduire un à un les commandos de Jungmannen dispersés dans les bois et les landes, et des fusillades éclataient de loin en loin. Tiffauges longea les bâtiments incendiés, il se glissa contre les grilles du chenil où les onze dobermanns massacrés à la mitraillette composaient le dernier tableau de chasse de Kaltenborn, et il s'engagea sur la route de Schlangenfliess, vaguement orientée en direction de l'ouest sauveur. Comme un naufragé en plein océan qui nage d'instinct sans espoir de salut, il accomplissait tous les gestes qui auraient pu le mener *à sauveté*, sans croire un instant qu'il en réchapperait. Il traversa Schlangenfliess éclairé a giorno par les maisons qui brûlaient comme des torches, en lançant haut dans le ciel des colonnes de fumée enluminées de flammèches. Puis l'obscurité se referma sur lui. Il avança encore quelques minutes, doublement aveugle, quand Éphraïm lui tira brusquement les deux oreilles.

— Arrête, Béhémoth! Écoute!

Il s'arrêta. Il écouta. Dans le silence nocturne, le cliquetis multiple et argentin des chenilles d'une colonne de chars en déplacement leur parvenait avec une précision menaçante. Une fusée rouge, partie à un kilomètre à peine devant eux, inscrivit en chuintant sa courbe dans l'obscurité. Et presque aussitôt les premiers obus sifflèrent et fusèrent sur la route. La batterie de Flak n'était donc pas encore réduite, et elle répondait au signal des voltigeurs.

— Il faut quitter la route, décida Éphraïm. Tu vas prendre à gauche par la lande, nous contournerons la colonne de chars.

Sans discuter, Tiffauges obliqua vers le talus de gauche, s'enfonça dans les congères boueuses qui le bordaient, et sentit sous ses pieds le sol mou et traître de la brande. Un arbuste lui griffa le visage, et il avança, dès lors, les bras tendus en avant, comme un aveugle. Il marcha longtemps ainsi, au point que le pilonnage de la route ne fut plus à ses oreilles qu'une vague et orageuse rumeur. Peu à peu, le sol devenait spongieux sous ses pieds, et il devait faire effort à chaque pas pour les arracher à sa succion. Puis ses mains rencontrèrent les branches et les troncs d'un petit bois, et il reconnut l'aulne noir des marécages. Il voulut s'arrêter, faire demi-tour, mais une force irrésistible le poussait aux épaules. Et à mesure que ses pieds s'enfonçaient davantage dans la landèche gorgée d'eau, il sentait l'enfant — si mince, si diaphane pourtant — peser sur lui comme une masse de plomb. Il avançait, et la vase montait toujours le long de ses jambes, et la charge qui l'écrasait s'aggravait à chaque pas. Il devait maintenant faire un effort surhumain pour vaincre la résistance gluante qui lui broyait le ventre, la poitrine, mais il persévérait, sachant que tout était bien ainsi. Quand il leva pour la dernière fois la tête vers Éphraïm, il ne vit qu'une étoile d'or à six branches qui tournait lentement dans le ciel noir.

NOTES

1. Cité dans *Pétain et de Gaulle* (Plon éd.) de J.-R. Tournoux.

2.   LE ROI DES AULNES

Qui chevauche si tard dans la nuit et le vent?
C'est le père avec son enfant.
Il serre le jeune garçon dans ses bras,
Il le tient au chaud, il le protège.

— Mon fils pourquoi caches-tu peureusement ton visage?
— Père, ne vois-tu pas le Roi des Aulnes?
Le Roi des Aulnes avec sa couronne et sa traîne?
— Mon fils, c'est une traînée de brume.

— Cher enfant, viens, partons ensemble!
Je jouerai tant de jolis jeux avec toi!
Tant de fleurs émaillent le rivage!
Ma mère a de beaux vêtements d'or.

— Mon père, mon père, mais n'entends-tu pas,
Ce que le Roi des Aulnes me promet tout bas?
— Du calme, rassure-toi, mon enfant,
C'est le bruit du vent dans les feuilles sèches.

— Veux, fin jeune garçon, -tu venir avec moi?
Mes filles s'occuperont de toi gentiment.
Ce sont elles qui mènent la ronde nocturne,
Elles te berceront par leurs danses et leurs chants.

— Mon père, mon père, ne vois-tu pas là-bas,
Danser dans l'ombre les filles du Roi des Aulnes?

— Mon fils, mon fils, je vois bien en effet,
Ces ombres grises ce sont de vieux saules.

— Je t'aime, ton beau corps me tente,
Si tu n'es pas consentant, je te fais violence!
— Père, père, voilà qu'il me prend!
Le Roi des Aulnes m'a fait mal!

Le père frissonne, il presse son cheval,
Il serre sur sa poitrine l'enfant qui gémit.
A grand-peine, il arrive à la ferme.
Dans ses bras l'enfant était mort.

GOETHE.

3. Cité dans *Generation im Gleichschritt* (Stalling éd.) de W. Klose.

4. Cf. *Elite für die Diktatur* (Droste éd.) de Horst Ueberhorst, ouvrage de base sur les *Napolas*.

5. *Procès de Nuremberg*, t. XX, p. 566 et ss.

6. Cf. Alfred Rosenberg. *Der Mythus des XX. Jahrhunderts.*

7. Hans Baumann. *Procès de Nuremberg*, t. XXXIII, p. 71.

8. *Sozis :* surnom des socialistes sur lequel a été calqué celui de leurs adversaires les *nazis*.

9. Cf. Werner Klose, *op. cit.*

10. Cité dans *Elite für die Diktatur, op. cit.*

11. A. Pardun. *Procès de Nuremberg*, t. XXXIII, p. 70.

12. *Heuaktion : Procès de Nuremberg*, t. XXV, p. 88.

13. K. Hofmann. *Procès de Nuremberg*, t. XXXIII, p. 71.

14. Eberhard Marschall. Cité dans *Der braune Kult* (Rütten & Loening éd.) de H. J. Gamm.

15. *Id.*

16. *Pourim :* fête juive au cours de laquelle les enfants se déguisent. Détails empruntés au document CCCLXI-32, Centre de documentation juive contemporaine de Paris.

17. Lettre de Heissmeyer citée dans *Elite für die Diktatur (op. cit.).*

18. Cf. *Der Kampf um Ostpreussen* (Gräfe & Unzer éd.) de Diekert-Grossmann.

*Composé et achevé d'imprimer
par l'Imprimerie Floch
à Mayenne, le 3 octobre 1989.
Dépôt légal : octobre 1989.
1er dépôt légal : septembre 1970.
Numéro d'imprimeur : 28498.*
ISBN 2-07-027397-0 / Imprimé en France

47597